NUMERI PRIMI

ALESSANDRO PIPERNO

Il fuoco amico dei ricordi

INSEPARABILI

Illustrazioni di Werther Dell'Edera

MONDADORI

Questo romanzo è frutto dell'immaginazione. Gli eventi di cronaca e i personaggi realmente esistenti o esistiti sono trasfigurati dallo sguardo del narratore. Per il resto, ogni riferimento a persone e fatti reali è da ritenersi casuale.

www.librimondadori.it - www.numeriprimi.com

Inseparabili
di Alessandro Piperno
© 2012 Arnoldo Mondadori Editore S.p.A., Milano

ISBN 978-88-6621-057-3

I edizione Scrittori italiani e stranieri febbraio 2012
I edizione NumeriPrimi° giugno 2013

INSEPARABILI

A Filippo, mio fratello.

Questa vita è un ospedale in cui ogni ammalato è posseduto dal desiderio di cambiare letto.

CHARLES BAUDELAIRE

Adesso che ho vinto uno slam, so qualcosa che a pochissimi al mondo è concesso sapere. Una vittoria non è così piacevole quant'è dolorosa una sconfitta.

ANDRE AGASSI

Prima parte

È SUCCESSO!

Basta frequentare se stessi con assiduità per capire che, se gli altri ti somigliano, be', allora degli altri non c'è da fidarsi.

Da una vita Filippo Pontecorvo non faceva che ripeterselo. Per questo non era così sorpreso che Anna, sua moglie, da quando aveva saputo che il cartone animato del marito – prodotto con pochi spiccioli e senza grandi pretese – era stato selezionato alla Quinzaine des Réalisateurs del Festival di Cannes, per ritorsione gli avesse inflitto il più drastico sciopero sessuale che il loro strambo matrimonio avesse mai conosciuto. Peccato che tanta consapevolezza non alleviasse in lui lo sconforto: semmai lo incrementava subdolamente.

Da un mese e mezzo ormai, Anna fomentava bellicosi picchetti davanti alla prospera fabbrica della loro intimità. E sebbene per un tizio come Filippo, con un debole per il bistrattato sesso coniugale, si trattasse di un vero castigo, tale sabotaggio non lo aveva mai fatto arrabbiare come quel giorno di maggio. Se ne stava lì, nella penombra pomeridiana della stanza da letto, a riempire la sacca militare coi suoi stracci in vista della partenza per Cannes dell'indomani. Chissà perché, avvertiva un senso di nausea, neanche si stesse preparando per una missione in Afghanistan.

Fuori pioveva a dirotto. Dentro Filippo si sentiva affogare. Da qualche minuto stava cercando di consolarsi con una tecnica da lui stesso messa a punto, tanto collaudata quanto inefficace. Consisteva nel fare un benevolo bilancio di vita: un consuntivo che, almeno nelle intenzioni di chi lo stilava, avrebbe dovuto sprizzare ettolitri di irragionevole ottimismo.

Dunque, vediamo un po': aveva quasi trentanove anni, un'età pericolosa ma niente male. Stava per partecipare a un'importante kermesse. Disponeva di un numero invidiabile di pantaloni mimetici, in ricordo della sola esperienza luminosa della sua esistenza: sottotenente nei fucilieri assaltatori alla caserma di Cesano.

Malgrado, secondo gli antiquati canoni della madre, non avesse combinato quasi niente nella vita, Filippo non si sentiva scontento di sé. Anzi, gli pareva di aver saputo imprimere una certa classe a tutta quell'inerzia.

Sposare la figlia di un milionario era stato un colpo da maestro. Anna si occupava della sua sussistenza con la stessa irrefutabile solerzia con cui, per un sacco di tempo, se n'era occupata la madre. Eppure, anche se indossare i panni del mantenuto non lo umiliava più di tanto, ciononondimeno gli dispiaceva che la maggior parte dei loro conoscenti liquidasse l'unione tra lui e Anna come un matrimonio di interesse. La verità è che Filippo aveva iniziato ad amare Anna Cavalieri molto prima di incontrarla. E questa era la cosa più romantica che fosse capitata a entrambi.

Le donne: altro capitolo da cui trarre consolazione. Filippo non era un tipino come suo fratello Samuel, tutto frigido e schifiltoso. Di quelli che, per rendere a letto, hanno bisogno d'un bungalow a cinque stelle vista oceano. Intendiamoci: non che avessero mai discusso certi argomenti, ma qualcosa gli diceva che il fratellino avesse divorato troppi film con Fred Astaire e Gene Kelly per essere un grande scopatore. Lui, invece, almeno in quel ramo, se la cavava egregiamente: anche nelle circostanze più squallide e con le partner meno appetitose.

Filippo evitò di conteggiare – nella lista delle cose-di-cui-essere-fiero – la laurea in Medicina, conseguita con fatica indicibile grazie allo sprone di una specie di vocazione dinastica: il padre era stato un oncologo pediatrico di fama internazionale, da anni la madre era la geriatra più in voga nei circoli bocciofili orbitanti intorno all'Olgiata.

Si guardò bene inoltre dall'includere il periodo trascorso in

Bangladesh nelle file di Medici Senza Frontiere, un'avventura penosa in tutti i sensi, anche se gli aveva fornito la maggior parte del materiale per il suo cartone animato.

In compenso rivalutò in extremis la stupefacente capacità di imitare, con mano felice, i disegni dei grandi venerati maestri dei comics. Dopotutto, il primo vero riconoscimento della sua vita si doveva proprio a quel velleitario talento. Se stava preparando la sacca per Cannes era perché a Gilles Jacob, il leggendario patron del festival più leggendario del pianeta, non era dispiaciuto il suo cartone animato.

Uscì dalla camera. Percorse il corridoio che divideva – stando al gergo di Raffaele, l'architetto di grido che aveva curato la ristrutturazione della casa – la zona notte dalla zona giorno. Il passo imperioso con cui marciava verso la cucina la diceva lunga sulla bellicosità delle sue intenzioni alimentari. Uno spuntino dei suoi, qualcosa che placasse l'inquietudine e rimettesse in moto i neuroni.

La cucina era il solo spazio domestico su cui Filippo aveva messo becco. Una cosa che condivideva con la moglie era il disinteresse per i beni materiali: non c'era niente che meno rappresentasse quella coppia di eccentrici sbandati della casa in cui vivevano. Tanto è vero che il suo acquisto, nonché la dispendiosa ristrutturazione, erano stati uno degli imprevisti e non così graditi regali del dottor Cavalieri, il padre di Anna. Mentre Filippo aveva accolto il dono con il solito fatalismo, Anna era stata lì lì per rifiutarlo: il quartiere (ogni anno un po' più esclusivo e un po' meno intellettuale) era infestato da attrici per cui provava un odio omicida, e che aveva il terrore di incontrare al supermarket.

Il villino sorgeva in una delle vie più appartate di Monteverde. Una palazzina liberty di un color zabaione vagamente lezioso, ma del tutto appropriato al boschetto di magnolie in cui era immersa. Il caro Raffaele, benché frustrato dal disinteresse dei committenti per l'interior design, ce l'aveva messa tutta per conferire ai trecento metri quadrati la squisitezza giapponese che forse sarebbe stata più adeguata a single professionalmente soddisfatti e sessualmente carismatici. Niente tende, pareti chiare, pavimenti coperti di ta-

tami, arredo rado fin quasi all'ascetismo monastico, uno schermo Sony di settanta pollici che svaniva in una parete attrezzata piena dei dvd della moglie e dei fumetti del marito.

Nessuna di quelle scelte stilistiche era stata dettata né avallata da Filippo. Perché, per l'appunto, l'unica stanza che gli premeva era la cucina. Dalle sue proposte, si capiva che Raffaele era molto più interessato alla tinta acida del frigorifero Smeg che alla sua capienza. E questo Filippo non poteva tollerarlo. Per lui ciò che rendeva una cucina degna di questo nome era un grande – ma che dico grande? –, un enorme tavolo da lavoro piazzato in mezzo alla stanza, che invogliasse a cucinare per un reggimento.

E l'aveva ottenuto.

Era proprio all'adorato tavolo da lavoro, delle dimensioni di una piazza d'armi, che Filippo stava ora chiedendo di aiutarlo a scacciare l'insoddisfazione. Era intento a preparare una dozzina di crostini. Aveva acceso il forno. Tagliato in due una manciata di panini al latte. Li aveva poggiati sopra a una teglia, cospargendoli di pomodoro, mozzarella, pasta d'acciughe, olio, pepe e basilico. Ogni tanto si attaccava al collo di una Heineken. Aveva acceso la radio per ascoltare una di quelle trasmissioni in cui si parla di calcio per tutto il pomeriggio.

Mentre, con gesto consumato, infilava la teglia nel forno a colonna, Filippo capì che se lui stava così male, la colpa era di Cannes. E dire che aveva fatto ogni sforzo affinché questa opportunità non modificasse di un millimetro l'idea di sé che aveva impiegato una vita intera a formarsi. E perché mai avrebbe dovuto modificargliela? *Erode e i suoi pargoli* – questo il titolo del film –, da brava opera d'esordio, non era che la cronaca disorganica, goffamente camuffata, della sua esperienza di cooperante umanitario e medico di frontiera, condita con una serie di grandiose balle autopromozionali. Il protagonista era un tizio con barba incolta e pantaloni mimetici, straordinariamente simile alla versione palestrata dell'autore in persona. Più che un medico sembrava un supereroe che combatteva valorosamente, tentando di riportare l'ordine in un Terzo Mondo fosco e allucinato, in cui il Bene e il Male si sfidavano con fumettistico manicheismo. Da un lato bambini denutriti e brutalizzati, dall'altro adulti affamatori.

Le mille avventure di questo supereroe sui generis erano intervallate dai suoi sogni apocalittici, a mio parere un po' troppo didascalici, nei quali venivano affastellati celebri infanticidi: dal tentato omicidio di Isacco fino ai martiri di Beslan. Inoltre Filippo aveva usato quel film per raccontare se stesso in forma autoironica e dissacrante: persino il fratello e la madre comparivano in un tenero cammeo.

Tutto ciò per dire che avrebbe dovuto attendere qualche altro decennio prima di avere di nuovo qualcosa d'interessante su cui pontificare. E visto che il divertimento che lo aveva assistito durante il concepimento di quell'opera prima si era, per così dire, in essa esaurito, Filippo non aveva alcuna intenzione di produrne una seconda, né una terza e così via... L'idea di intraprendere una carriera i cui primi passi gli erano costati, almeno per i suoi gusti, tutta quella fatica, non lo allettava per niente.

Aveva senso infettare il benessere conquistato grazie a una lunga indolenza con il germe dell'ambizione? Aveva senso, raggiunto un grado di saggezza che nel corso dei millenni uomini molto più in gamba di lui avevano soltanto saputo invocare, mandare a puttane tanta sapienza?

No che non ne aveva.

E allora meglio attenersi all'immarcescibile programma elettorale: nessun orgoglio, nessuna ambizione e, soprattutto, nessuna dignità da difendere. In fondo, non faceva che ripetersi, si trattava di un cartone animato, destinato a una sezione minore del festival. Una robetta da nulla. Di cui nessuno si sarebbe accorto. Sarebbe andato lì a divertirsi. Si sarebbe pappato un'aragosta a spese del produttore, una tartare piena di salsa Worcester come piaceva a lui. Film gratis à gogo dei migliori maestri del globo. L'autografo di Jodie Foster o di almeno uno dei fratelli Dardenne. E se ti giochi bene le tue carte, ragazzo mio, ci scappa anche una bella scopata.

La Croisette pullula di spostate pronte a tutto! Insomma, anche in quella circostanza Filippo era riuscito là dove la maggior parte delle persone falliscono: nel non darsi troppa importanza.

Peccato che lo sforzo di ridimensionare quanto gli stava capitando avesse trovato un nemico giurato nell'atteggiamento di Anna, che negli ultimi mesi, ben prima del recente sciopero sessuale, aveva moltiplicato le occasioni di scontro, e che, con l'avvicinarsi della partenza del marito per Cannes, aveva ulteriormente intensificato la razione quotidiana di immotivati malumori e boicottaggi.

Faceva ancora male il ricordo di come, quella mattina, Anna aveva osato svegliarlo. Prima di uscire per raggiungere gli studi televisivi, per recitare nell'ennesima, demenziale serie tv, era irrotta nella sua stanza (camere separate, da sempre), e gli aveva messo sotto il naso qualcosa di non precisamente profumato, urlando:

«Ecco, questa non l'avevo mai vista!»

Svegliatosi di soprassalto, Filippo si era trovato a pochi centimetri dalla bocca una specie di installazione artistica, di quelle che spopolano alle biennali di mezzo mondo: un vassoio da cucina sulla cui superficie convivevano, non proprio serenamente, una crosta di parmigiano smangiucchiata, una bottiglia di birra piena di mozziconi di sigari, una solitaria scarpa Adidas da cui spuntava una confezione (peraltro vuota) di biscotti Gentilini. Ciò che chiunque avrebbe potuto scambiare per un'opera pop che denunciava i dissesti nevrotici del capitalismo avanzato, Filippo riconobbe come i resti della lunga seduta televisiva della notte precedente.

Forse, in altre condizioni, avrebbe rivendicato quel capolavoro con lo slancio con cui Michelangelo avrebbe affermato la paternità del suo David. Ma si dà il caso che al mattino presto, preso alla sprovvista, sottoposto a un brutale risveglio, il suo senso estetico fosse ancora abbastanza intorpidito da spingerlo a valutare l'opera d'arte con gli occhi prosaici della moglie. Eh sì, doveva ammetterlo: dal punto di vista di una moglie priva di immaginazione e piena di rancore quelle reliquie facevano davvero schifo. E ciononondimeno, dopo essere stato svegliato in quella maniera, non voleva darle alcuna soddisfazione. Aveva girato la testa dall'altra parte, chiudendo di nuovo gli occhi. Un contegno che l'aveva fatta ancora più imbestialire:

«Mio padre non ha speso tanti soldi per questa casa perché tu la deturpi con certe schifezze.»

Era la prima volta, da quando si erano sposati, che Anna osava rinfacciargli, seppur in forma implicita, il loro squilibrio economico. Era la prima volta che lo faceva sentire un parassita. Senza dubbio la colpa era sempre e solo di Cannes. La beffa era che Anna si permetteva di ricattarlo proprio nel momento in cui il mondo gli aveva fornito una possibilità (sebbene ancora remota) di emanciparsi da lei.

E dire, porca miseria, che era stata lei a spronarlo a trasformare in qualcosa la sua inconsistente vocazione di fumettista. Era stata lei a fargli tutti quei discorsi sul fatto che un essere umano non poteva vivere nel modo in cui viveva lui: chiuso in casa, mangiando, dormendo, guardando programmi trash alla tv e, nei ritagli di tempo, coltivando sedentarie ipocondrie. Che la gente non vive così. O che almeno fa di tutto per evitarlo. Insomma, era stata lei a trovare il varco giusto nel diaframma della sua proverbiale inconcludenza.

«Non ti chiedo di diventare Matt Groening o Alan Moore» gli aveva detto una volta. «Ti sto solo consigliando di divertirti. Dato che non puoi fare a meno di disegnare, che non fai altro dall'età di sei anni, e che chi se ne intende giura che sei bravo...»

L'opera di convincimento non si era limitata a generici incoraggiamenti. Mettendo a frutto lo spirito organizzativo ereditato dal padre, e tramite il suo funambolico agente, Anna aveva scovato un produttore disposto a investire sul talento del marito.

Ma allora perché proprio ora – ora che aveva finito di esercitare con generosità l'ufficio di talent scout e moglie-groupie, ora che grazie all'entusiasmo e all'abnegazione si era aperto uno spiraglio, ora che anche Cannes le dava ragione – lei non trovava di meglio che chiudere proditoriamente le saracinesche del sesso, e cogliere ogni pretesto per insolentirlo?

Il misterioso contrappeso che regola l'equilibrio coniugale! Stravolgilo e verrai fatto a pezzi.

In fondo però anche il più generoso dei mentori, quando si sente surclassato dal pupillo, può dare in escandescenze. E, ragazzi, parliamo di Cannes. Un appuntamento che forse Filippo, dalla sua comoda poltrona di outsider, può trattare con distacco. Ma che per un'attricetta come sua moglie, che solca lo show business dall'età di quindici anni, per una revanscista di prim'ordine che ogni sera, prima di addormentarsi, fantastica su una ribalta che le consenta di superare di slancio qualsiasi successo il padre abbia mai ottenuto, lasciandosi alle spalle il penitenziario dorato delle fiction tv... be', per una tipa del genere Cannes è la Terra Promessa (che Cannes non stia per Canaan, allora?).

E che lui vi acceda al primo tentativo, tra uno sbadiglio uno spuntino e una scrollata di spalle, tra un sigaro un Averna con ghiaccio e una scopata, serve solo a inasprire umiliazione e arrabbiatura.

Ma guardatelo – doveva essersi detta Anna da che era così intrattabile –, se n'è stato lì, acquattato nell'ombra, tutti questi anni, come un gorilla in uno zoo, e per di più a mie spese. E ora che Sua Grazia si degna di concedersi al mondo, ecco che il mondo si mette sull'attenti. Niente di meno che Gilles Jacob. Vi rendete conto? Da non credere.

Erano quasi le sette e venti di sera e, almeno per un tipo apprensivo come Filippo, Anna era in spaventoso ritardo. Erano quelli i momenti in cui sentiva di amare di più la moglie: quando lei era in ritardo.

D'un tratto, proprio mentre tirava fuori i crostini dal forno, desiderò Anna con la disperata depravazione con cui agognano il sesso gli adolescenti funestati da una verginità da cui, a sentir loro, non si libereranno mai.

Con quanta nostalgia ripensò alla prima volta che l'aveva vista (almeno dal vivo): seduta in terra, le gambe incrociate come una piccola indiana, vicino a un gate dell'aeroporto di Francoforte. Il vento, impastato di neve, fischiava con cinematografica impetuosità oltre la grande vetrata affacciata sulle piste. A giudicare dalla mise balneare, era facile ipotizzare che tornasse da un viaggio esotico. Prima ancora di riconoscerla, Filippo era rimasto sorpreso dal senso di inadeguatezza denunciato da ogni millimetro quadrato del suo corpo. I lunghi serici capelli da polinesiana, le tempie abbronzate e pulsanti parzialmente coperte dalle stanghette di un paio di occhialoni da sole, le braccia lunghe e sottili da scimmietta, le infradito gialle da hippy ripulita, da cui spuntavano dita dorate lievemente ritratte. Filippo, dopo tanto tempo, ricordava con immutata commozione ogni dettaglio. Così come ricordava il momento in cui la sua ammirazione di connaisseur era stata soppiantata dallo stupore nel trovarsi di fronte a qualcosa di familiare ed esotico allo stesso tempo.

Lui, quella ragazza, l'aveva già vista. Non sapeva chi fosse, come si chiamasse. Né poteva immaginare di essere al cospetto della nevrotica figlia di un multimilionario, da poco incamminatasi nel fiabesco mondo della fiction televisiva. Era consapevole che non esiste approccio peggiore che dire a una donna di averla già vista, non meno di quanto fosse certo di averla effettivamente già vista.

Poi qualcosa lo mise sulla buona strada. Filippo riconobbe nella piccola Toro Seduto le fattezze di una maldestra danzatrice. Dài, dove l'aveva vista? Finché, finalmente, la rivelazione. Lei aveva partecipato, nel ruolo di ballerina-cantante, a "Non è la Rai", un programma molto popolare, all'inizio degli anni Novanta, tra ragazzine e vecchi bavosi. Per Filippo Pontecorvo si trattava di uno dei programmi culturali più riusciti nella storia della televisione italiana. Un'intuizione che, come tutte le trovate geniali, sprigionava la grazia dell'essenzialità.

L'idea consisteva nel raccogliere in un enorme studio televisivo un numero meravigliosamente sconsiderato di ragazzine tra i tredici e i diciotto anni. Non senza aver verificato che le suddette fossero sprovviste di qualsiasi talento e di qualsiasi vocazione: non per il canto, tantomeno per la danza e per la recitazione. La sola cosa che veniva richiesta loro era di esibirsi teneramente, impudicamente, di fronte alle telecamere. E in questo davvero non avevano rivali.

Filippo ricordava con struggimento i loro nomi: Miriana, Teresa, Pamela, la mitica coppia formata da Antonella-Ilaria... Ricordava la dizione scorretta, la camminata incerta e caracollante (ah, sublime sensualità dell'imperfezione!). Ricordava i loro pianti isterici. I discorsi privi di logica. I finti sorrisi di complicità rivolti alla macchina da presa, che lasciavano presagire un assai più umano spirito di competizione impaziente di manifestarsi, dietro all'infiocchettata sciarada dell'ipocrisia televisiva, in gesti d'inimmaginabile meschinità e cattiveria.

Che sogno! Che tempi!

Era lì – nel contesto del lussurioso paradiso islamico gratuitamente servito agli spettatori tutti i giorni subito dopo pranzo – che Filippo aveva visto per la prima volta in costume intero la sua futura moglie, allora appena quindicenne.

Un secondo dopo averla riconosciuta, Filippo si era guardato intorno con predatoria circospezione, per verificare se per caso nei paraggi, in mezzo alla calca di viaggiatori in transito, incombesse l'ombra di un accompagnatore. Pareva di no.

Lo spettacolo offerto dalla natura oltre il vetro ispirava uno sgomento biblico. Mancava un quarto d'ora alle tre del pomeriggio, ma sembrava di essere in piena notte. Non si vedeva niente se non il muso dell'MD80 sul quale entro un'oretta avrebbero dovuto imbarcarsi, che aveva sempre più l'aspetto di un delfino perplesso che ti guarda dall'interno di un acquario. Era più che probabile che non lo avrebbero fatto decollare. Che nessun aereo quel giorno sarebbe decollato dall'aeroporto di Francoforte.

Forse era questo il motivo per cui la piccola polinesiana non faceva che agitarsi. Si alzava, si risedeva, cambiava posizione continuamente. Sfilava i piedi dalle infradito. Torturava un anellino d'argento all'indice. E soprattutto si intestardiva ad armeggiare con il telefonino. Lo spegneva e lo riaccendeva. Lo apriva, estraeva la sim card, la strofinava sulla maglietta, la reinseriva. Niente da fare: non funzionava. E questa cosa la stava esasperando.

«Provi con il mio.»

Così esordì Filippo, porgendole un Nokia sgangherato.

Lei, afferrandoli per le stanghette, aveva fatto scivolare di qualche millimetro gli occhiali scuri sul naso, per squadrarlo con gli occhi più neri e diffidenti che mai si fossero posati su di lui.

Sapere fin troppo bene l'effetto che produci sugli uomini: era stato questo a rendere quegli occhi così guardinghi? Essere abbordata in un luogo pubblico per lei era all'ordine del giorno. Ma questo tizio doveva essere proprio disperato. Era la vigilia di Capodanno. Erano tutti agitati all'idea di dover passare la notte di San Silvestro accampati in un hub sovraffollato. E lui si metteva a fare il galante?

«Non si preoccupi. Fa sempre così, ma poi non mi tradisce mai. La ringrazio» disse lei, alludendo al proprio telefonino con le parole che avrebbe potuto riservare a un fidanzato.

E Filippo aveva capito che la cosa giusta da fare era anche la meno audace: marcia indietro. Era tornato al suo posto, proibendosi categoricamente di guardare la sola cosa al mondo che in quel momento gli interessasse guardare. Proprio quando era riuscito a impedirsi di lanciare piccole occhiate intermittenti alla ragazza, ecco che aveva sentito una voce contrita aggredirlo alle spalle:

«Come non detto. Stavolta mi ha tradito. Se la tua proposta è ancora valida... Dovrebbero venirmi a prendere. E non riesco a telefonare.»

Filippo aveva notato con piacere come frattanto lei fosse scivolata dal "lei" al "tu". Senza farsi pregare, aveva tirato fuori dalla tasca dei pantaloni il telefonino rifiutato solo pochi minuti prima. Lei glielo aveva strappato dalle mani con il gesto rapace di una tossica in astinenza. Si era allontanata di qualche passo. Aveva composto il numero con rapidità impressionante. E ancora una volta aveva dato ai passeggeri del volo AZ1459 Francoforte-Roma una plastica dimostrazione della precarietà del suo stato emotivo. Aveva preso a camminare avanti e indietro all'altezza di una postazione dell'American Express adornata da uno striminzito alberello di Natale. Faceva oscillare la testa come un ebreo in preghiera. Alzava eccessivamente la voce e la riabbassava in modo altrettanto vertiginoso. Era evidente che il qualcuno che sarebbe dovuto andare a prenderla la stava sgridando. Perché lei piagnucolava, si giustificava come una bimba di otto anni. Ma allo stesso tempo faceva mostra del suo caratterino, aggredendo e incassando con l'arditezza di un boxeur professionista. Tutto, a quanto pareva, con un grande dispendio di forze fisiche ed emotive. Ogni tanto, evidentemente sentendosi in colpa, la piccola polinesiana gettava un'occhiata al suo benefattore, alzava l'indice come a dire: "Scusami, dammi un altro secondo...".

Di secondi ne erano trascorsi un bel po' prima che lei si ripresentasse e con aria colpevole gli restituisse il telefonino:

«Temo di avertelo scaricato.»

«Ho il caricabatterie nella sacca.»

«Anche tu vai a Roma?»

«Se continua così non vado da nessuna parte.»

«Mi sa anche a me.»

«È per questo che ti accaloravi al telefono?»

«Mio padre. È sempre il solito. Certe volte credo che la sola cosa che gli interessi sia farmi sentire un'incapace.»

«Che hai fatto di male?»

«Che ne so. Per un attimo ho temuto che volesse incolparmi pure di questo schifo di tempesta.»

«Almeno adesso so con chi prendermela.»

«Sai, lui è la classica persona che non sbaglia mai. Lui viaggia solo quando c'è il sole.»

«Viaggia molto?»

«Tantissimo.»

«Che fa tuo padre?»

«Soldi.»

«Un bel lavoro!»

«Fare tanti soldi è la cosa che gli viene meglio, a parte rimproverare me e occuparsi delle previsioni del tempo.»

«Mi sembrano tre ottime occupazioni.»

«Mica tanto. Il problema è che la fiducia in te stesso che ti danno i soldi può essere davvero molesta per chi ti sta vicino.»

«Una teoria interessante. Che peraltro spiega perché sono schiavo del Prozac» disse lui per dare una sferzata alla conversazione.

«Perché?»

«Perché non ho una lira.»

«Davvero?»

Ora che si era tolta gli occhiali e li aveva agganciati alla scollatura – lasciando gli occhi, per così dire, nudi –, Filippo si stava chiedendo se le lenti scure non le servissero proprio a proteggere la disturbante onestà dello sguardo. Occhi che, con la precisione di un sismografo, sembravano fatti apposta per registrare in tempo reale ogni impercettibile smottamento psichico. Ora, per esempio, esprimevano qualcosa in bilico tra gioia, empatia e partecipazione.

«Davvero cosa?»

«Davvero sei schiavo del Prozac?»

«Ti sembro il tipo che farebbe dello spirito su una cosa simile?»

«Che ne so che tipo sei? Ti ho appena conosciuto... Insomma, ti fai di Prozac o no?»

«Non solo di Prozac. Vedi questa sacca? È una farmacia. Antidepressivi, stabilizzatori dell'umore... Una vita regolata dagli armonici principi attivi della farmacologia. Le pastiglie della felicità. Non so come faccia la gente a vivere senza.»

«Sai che parli in modo strano?»

«Ti dà fastidio?»

«No, anzi, mi diverte, ma è strano, concitato.»

«Non prendertela con me. È colpa del Prozac.»

«Dài, mi prendi in giro. Non hai l'aria dell'abusatore di Prozac.»

«E tu non hai l'aria di una che sa che aria abbiano gli abusatori di Prozac.»

«Non sai quanto ti sbagli... Comunque, i pantaloni militari non mi sembrano molto adatti alla parte. Se posso dirtelo.»

«Ora sei tu a sbagliare. Il Prozac è ecumenico, democratico. Fa proseliti ovunque, persino tra uomini molto più in gamba di me. Pare che Sylvester Stallone non possa farne a meno.»

«Perché non capisco mai se parli seriamente?»

«Ti giuro, ho appena letto una sua intervista in aereo, sulla rivista della Lufthansa. Una rivista seria, teutonica. Quelli non mentono mai! Pare che Stallone non salga su un aereo senza le sue pasticchette. Così le chiama: "le mie pasticchette". Non trovi che sia una cosa tenera per un uomo del genere? Te lo immagini gonfio di steroidi e di anabolizzanti, e invece è schiavo del Prozac. Sai, è un vero supporto per gente come me sapere che anche nelle alte sfere...»

Naturalmente non esisteva alcuna intervista in cui Sylvester Stallone avesse confessato alcuna dipendenza. Di sicuro, però, Filippo stava passando un brutto periodo. La particolare virulenza dell'ennesimo attacco di ipocondria lo aveva spinto, qualche settimana prima, a salire su un aereo, volare a Tel Aviv e piazzarsi in casa di Joshua Pacifici, un cugino da parte di madre che conosceva a stento. Che tipo quel Joshua! Disponeva di risorse energetiche infinite. Durante il giorno faceva la guida turistica per facoltosi ebrei americani, e la sera il disc jockey in un locale sul lungomare. Per Filippo era stata una gioia lasciarsi andare all'ipercinetico vitalismo di Joshua. Così come era stato corroborante vivere dall'interno un'esperienza israeliana. Aveva verificato sul campo quanto svegliarsi ogni mattina in un posto che da un secondo all'altro potrebbe essere incenerito da una bomba atomica modifichi istantaneamente il punto di vista: di fronte al rischio nucleare, persino un'autodiagnosticata malattia mortale sbiadisce. Peccato che gli fosse bastato atterrare a Francoforte perché il benefico fatalismo conquistato nella terra dei Profeti andasse a farsi benedire.

In quel momento venne annunciato un altro cospicuo ritardo che fece imbizzarrire tutti i passeggeri in attesa, e che gettò nello sconforto la ragazza.

«È la solita storia. È la mia tipica sfiga. Pensa: ho litigato con il mio ragazzo, l'ho mollato in Argentina anche se lui mi gridava dietro che se me ne andavo non avrebbe mai più voluto vedermi... e tutto per passare il Capodanno con mio padre. Non ho mai passato un Capodanno senza di lui. Qualcosa mi dice che, se non passo il Capodanno con lui, potrebbe succedergli qualcosa di terribile! Io sono un po' strega. Certe cose le sento scorrere dentro di me...»

Filippo non disse niente. Lasciò che lei continuasse a farneticare. Considerò gli indubitabili spunti romantici offerti dall'essere rimasto intrappolato la notte di Capodanno in un aeroporto con una ragazza tanto avvenente quanto nervosa.

«Ti posso chiedere per l'ultima volta il telefono?» gli domandò lei sempre più preoccupata.

Allora Filippo ebbe modo di assistere ancora una volta alla scena di lei che perdeva le staffe al telefono con il padre. Parlava con un tono esageratamente animato, come se fosse l'ultima telefonata della loro vita. Meno male che stavolta, dopo aver attaccato, il suo umore era decisamente migliorato. Il padre l'aveva tranquillizzata. Le aveva consigliato di cercare un posto dove dormire. Di certo l'aeroporto di Francoforte disponeva di un servizio alberghiero. Lei e Filippo avevano fatto il giro degli alberghi nei paraggi e naturalmente li avevano trovati pieni. Verso le sette di sera, si erano incamminati di nuovo verso il gate. L'aeroporto sembrava un bivacco. La gente, ormai rassegnata a passare lì il Capodanno, bisbocciava con qualche bottiglia di fortuna acquistata al duty free.

Da che Anna (sì, così aveva detto di chiamarsi) si era arresa all'idea di non partire, e per questo aveva smesso di agitarsi, aveva anche cominciato a parlare ininterrottamente del padre, del morboso rapporto che la legava a quell'uomo carismatico e sorprendentemente facoltoso. Chissà se spinta dalla volontà di competere o dal conforto nel trovarsi di fronte a un adepto dello stesso clan, Anna parlò di tutti i farmaci che nel corso della sua giovane vita aveva dovuto ingerire, e di come, al contrario del suo compagno di disavventure, odiasse quelle medicine. Parlò persino dei suoi ricoveri psichiatrici. Sembrava godere nel non risparmiare alcun dettaglio a quell'interlocutore occasionale. Filippo si chiese se lei si comportasse così perché era sicura che non lo avrebbe mai rivisto. Se lui stesse svolgendo il ruolo del classico sconosciuto incontrato nello scompartimento di un treno a cui sveli il più inconfessabile segreto della tua vita.

Ogni tanto, in mezzo al profluvio di rivelazioni intime, Anna gli rivolgeva qualche domanda. Filippo rispondeva rapidamente. Anna fu particolarmente contenta nel sentire che lui viveva ancora con la madre. Era circondata da uomini che cercavano l'indipendenza e l'emancipazione dalle famiglie di origine: eccone uno che non si vergognava di volere bene alla sua mamma almeno quanto lei, Anna, voleva bene al suo papà. Filippo notò come non ci fosse niente che lui potesse raccontarle di sé di cui lei non si appropriasse immediatamente per mettersi subito a raccontare un aneddoto che la riguardava. Si trattava di una modalità dialettica davvero esasperante, ma che importanza poteva avere? Era così bella.

A mezzanotte, accampati in un angoletto vicino alla postazione dell'American Express, brindarono con due bottiglie di birra. Fuori la tormenta non accennava a placarsi. Dentro l'aria era tiepida e deliziosamente viziata. Finalmente Anna si appisolò. Allora Filippo, non potendo farle ciò che avrebbe provato a farle se si fossero trovati in una stanza d'albergo, si contentò di tirare fuori dalla sacca i fogli e le matite. E cominciò a disegnarla di profilo, in primo piano, a tre quarti, a figura intera. Mentre rideva, con lo sguardo triste e un'espressione imbronciata. Non fece altro per tutta la notte, eppoi toccò a lui addormentarsi.

All'alba, svegliandosi di soprassalto, Filippo trovò ad attenderlo due cose impreviste. Un bel sole che spandeva i suoi tiepidi raggi invernali sulle piste completamente coperte di neve. E Anna che compulsava i suoi disegni. Per un attimo Filippo temette che lei fosse arrabbiata. Che gli chiedesse conto di quello che poteva essere considerato il preludio di uno stalking. Ma si accorse subito che Anna era raggiante quanto la luce là fuori. Subito aveva iniziato a ringraziarlo. Continuando a ripetergli che era l'omaggio più tenero che lei avesse mai ricevuto.

Erano passati sette anni dal loro primo risveglio insieme e da tutte quelle reciproche smancerie. Di cose da allora ne erano successe. Adesso Filippo sapeva di Anna più di quanto desiderasse sapere. E tuttavia gli piaceva ripensare a quei disegni. Grazie a loro,

Anna lo aveva amato come mai più sarebbe riuscita ad amarlo. E ormai Filippo conosceva anche il perché: niente, fino a quel momento, aveva placato l'insaziabile narcisismo di Anna come l'incontro con il suo devoto ritrattista personale. Non era poi così strano che, alla fine, lei quel ritrattista se lo fosse sposato.

Dove si era cacciata? Erano già le sette e mezzo!

La pioggia veniva giù così violenta da piegare gli scricchiolanti rami delle magnolie. La sirena di un allarme lontano, innescato dal temporale, non la finiva di strepitare in un modo sempre più concitato. Dalla finestra semiaperta giungevano zaffate di un umido profumo di primavera violata.

Sempre più angustiato, Filippo provò a chiamare Anna sul cellulare. Niente. Staccato.

Proprio in quel momento squillò il telefono di casa. Filippo fu certo che fosse lei. Era Rachel, sua madre. La quale sembrava avere un particolare talento nel chiamare i figli proprio quando loro attendevano con impazienza la telefonata di qualcun altro. Di solito la delusione per questa puntuale intempestività materna si trasformava nel figlio di turno in un legittimo desiderio di liquidarla o, se necessario, di maltrattarla:

«Tesoro?»

«Mamma, che c'è?»

«Volevo solo sapere se hai bisogno che ti accompagni all'aeroporto domani mattina.»

«No, grazie. Ho l'aereo alle otto. Devo stare lì un'ora prima. Per accompagnarmi dovresti accamparti qua fuori stanotte.»

«Guarda che non mi costa niente. A quell'ora non trovo nessuno per strada.»

«Ma costa a me. Non mi va di farti alzare all'alba.»

«Mi piace alzarmi all'alba.»

«Mamma, ti prego...»

«Ti accompagna Anna?»

«Lo sai che Anna non ama tornare da sola dall'aeroporto.»

«E perché no?»

«Perché i pettirossi hanno il petto rosso? Anna è fatta così.»

«Va bene, ma non c'è mica bisogno che ti arrabbi. Allora come vai?»

«Ma che ne so, prenderò un taxi.»

«Hai fatto i soldi?»

Filippo sapeva ancora prima di pronunciare la parola "taxi" che essa avrebbe provocato la reazione indignata di Rachel. Ma, là per là, non aveva saputo cos'altro inventarsi. Il taxi faceva parte della lista nera di generi di conforto velleitari e proibiti, che comprendeva altri articoli di largo consumo come bibite e noccioline del frigobar di un albergo o popcorn e bomboniere venduti al cinema nell'intervallo.

Doveva essere stato per via del lavaggio del cervello subito ai tempi dell'infanzia se Filippo cedette all'impulso di mentire alla madre come un bambino di prima media:

«Il taxi non lo pago io, ma la produzione.»

«E loro hanno soldi da buttare?»

«Che palle, mamma, pensa un po' anche ai tassisti. Non stiamo mica parlando dell'Aga Khan. Dovranno pure sbarcare il lunario.»

«E la valigia?»

«La valigia cosa?»

«L'hai fatta?»

«La stavo facendo.»

«Non dimenticare le bustine di Buscopan. Ci manca solo che...»

«Senti, mamma, ora devo andare.»

«Che ti metti per la serata di gala?»

«Quale serata di gala?»

«Ho letto che ci sarà una serata di gala.»

«Ma per chi mi hai preso? Per Sean Penn? Nessuno mi ha invitato a nessuna serata di gala. Vado lì, dico due cazzate e torno.»

«Ti senti più adulto se dici le parolacce?»

«Mi sento più adulto tutte le volte che non ci sentiamo per almeno due giorni di seguito...»

«Porta almeno la cravatta e i mocassini... Non si sa mai.»

«Lo so che mi vorresti agghindato come il frocetto.»

«Sai che non mi piace quando lo chiami così. A proposito, l'hai sentito?»

«Chi? Il frocetto?»

«Ti ho detto di non chiamarlo così... La sola cosa che non potrei sopportare una volta morta è che voi due non andaste d'accordo. Se quando non ci sarò più vi metterete a litigare come i figli del notaio, vengo a tirarvi i piedi la notte...»

«Be', dài, lì c'era un bel bottino da spartire. Con te mi sa che caschiamo male. Non ha senso scannarsi per le briciole.»

Il commento fu seguito da un piccolo intervallo di silenzio. Rachel si era offesa?

«Poi mi sa che non è un bel periodo per tuo fratello.»

«Nel senso?»

«Mah, non so. È sempre nervoso. Non vuoi provare a sentirlo? Se lo chiami gli fa piacere. Dice che non lo chiami mai...»

Mentre Rachel tentava di iniettargli subdolamente la dose quotidiana di senso di colpa (era assai improbabile, infatti, che Semi si fosse lamentato di una, peraltro del tutto falsa, trascuratezza telefonica da parte del fratello maggiore), l'attenzione di Filippo venne rapita dall'inconfondibile sferraglio di chiavi che giungeva da dietro la porta di casa.

«Mamma, scusami, c'è Anna. Ci sentiamo domani.»

«Sì, ricordati di mandarmi un messaggio quando atterri.»

«Mamma, a domani.»

Guardò di nuovo l'orologio. Un'ora e mezzo di ritardo. Filippo, la birra in una mano e nell'altra l'ultimo smangiucchiato crostino sopravvissuto alla furia bulimica, le andò incontro. Sapeva che avrebbe dovuto resistere all'impulso di rimproverarla, e anche di chiederle ragione di un ritardo così sconsiderato. Quando finalmente se la trovò di fronte rimase di sasso.

Sullo sfondo dell'ingresso c'era un'eroina tragica. Vi prego di non pensare a Medea o a Clitennestra, ma a qualcuno di più contemporaneo, a metà tra la mesta zingarella che chiede l'elemosina al semaforo e l'adolescente magrebina scampata per un pelo al naufragio.

Neppure nella fiction sulla figlia pentita del camorrista Anna aveva raggiunto una simile intensità drammatica. I lunghi capelli neri sgocciolavano come un davanzale, ma lei sembrava non curarsene. Era lì, catatonica come se fosse stata testimone di un omicidio. Cosa le era successo? Filippo ingoiò con difficoltà uno dei suoi commenti piccati insieme all'ultimo pezzo di crostino. Che fatica avere a che fare con il sofferente istrionismo della moglie. Salire ogni tanto sul deltaplano delle sue iperboli nevrotiche poteva essere un'esperienza stimolante, talvolta persino allegramente spericolata, ma viverci sopra, ogni santo giorno, alla lunga ti procurava una nausea insopportabile.

«Si può sapere dov'eri?» fu la cosa più gentile che riuscì a chiederle.

«Ho appena litigato con Piero.»

Poi Anna lasciò che a commentare le sue parole ci pensasse il temporale con un belligerante borbottio di tuoni lontani. E subito dopo aggiunse: «Stavolta definitivamente».

Era la terza volta nelle ultime settimane che Anna litigava "definitivamente" con Piero Benvenuti. Il suo agente. E non solo suo, ma di un mucchio di altri intrattenitori da lui pomposamente definiti "artisti", sebbene neanche uno tra loro avesse mai preso in mano un pennello.

Piero era un impasto conturbante, e dopotutto spassoso, di cinismo e sentimentalismo. Un talentuoso piazzista di teatranti senza talento. Uno che si spendeva con caparbietà per i suoi assistiti, per far ottenere loro i contratti più convenienti e le ribalte più popolari, ma che, per un deficit incolmabile di empatia, stentava a capire la piega peculiare che in ciascuno di loro prendeva la vanagloria.

Perché, prima o poi, arriva sempre il momento in cui lo strapagato conduttore di telequiz scopre in sé la passione per la recitazione. O in cui la starlettina, nota per la statuaria immobilità, si lascia tentare dal demone della danza... Perché tutti in quel cazzo di mondo – del quale Piero si considera una specie di genio della lampada – decidono di voler essere ciò che non sono? L'insoddisfazione cronica dei suoi artisti non è meno misteriosa e irritante dell'ingratitudine che alla lunga quasi tutti finiscono per manifestare nei confronti della sorte, e soprattutto nei riguardi di quel solerte e immaginifico, e tuttavia non onnipotente, genio della lampada. E sebbene Piero si sia fatto l'idea, in fondo consolatoria, che l'incontentabilità sia il vizio peculiare degli artisti (una sorta di romantica deformazione senza la quale non sarebbero tali), ciononostante continua a soffrire ogni volta che uno dei suoi assistiti gli riversa addosso la propria frustrazione di incompreso.

Quel pomeriggio Piero doveva aver sofferto parecchio, dato il tenore delle accuse che di certo Anna gli aveva rivolto. Da settimane Filippo assisteva allo spettacolo della montante rabbia della moglie verso il suo agente. Evidentemente, più Anna prendeva coscienza di ciò che Piero aveva saputo fare per Filippo e di tutto ciò che non aveva saputo fare per lei, più s'infuriava.

E dire che tra lei e Piero era stato subito romanzo d'amore. La loro collaborazione professionale era iniziata pressappoco un anno prima che Filippo e Anna convolassero. E se a quel tempo Filippo non avesse avuto già una buona conoscenza dei processi psichici e dei conseguenti comportamenti della futura moglie, avrebbe persino potuto temere per il matrimonio alle porte. Niente di strano. Così funzionava Anna. Improvvisamente s'innamorava di qualcuno. Ed era stupefacente l'intensità drammatica con cui ogni volta riusciva a farlo. In quel periodo era toccato a Piero, il suo nuovo agente. Che esistesse al mondo un uomo i cui interessi convergevano così magicamente con i suoi bastava a illuderla che in questa landa di lacrime potesse realizzarsi l'unione perfetta di cui parla Platone.

Passava al telefono con lui almeno tre ore al giorno. Non c'era niente che lei gli nascondesse, e pretendeva da Piero una trasparenza altrettanto impudica. E Piero, venendo meno agli scrupoli deontologici nonché alla cautela imposta dal buonsenso, aveva finito con il confidarle tutte le proprie magagne coniugali. Carla, la moglie, non lo eccitava più. Era come una sorella ormai. Una sorella tremendamente gelosa, peraltro...

Povero Piero, come avrebbe potuto immaginare che le sue privatissime confidenze sarebbero state divulgate da Anna nelle più improbabili occasioni conviviali? Ebbene sì: i suoi casini di letto con la moglie erano diventati l'argomento di conversazione preferito da Anna, oltre che il pretesto che le consentiva, durante i lunghi pasti con gli amici, non solo di non toccare cibo ma di non alzare neppure la forchetta.

Non facevi in tempo a sederti a tavola che lei attaccava con le sue solfe: «Pensate che Piero, il mio agente...». Dopo aver esposto il problema, si aspettava da ciascuno un commento sapido almeno quanto il prosciutto che non riusciva a toccare.

Insomma, Piero doveva lasciarla questa arpia o tenersela? Anna, guarda caso, era favorevole alla separazione. E tendeva a rimanerci male ogni volta che qualcuno, che tra l'altro non aveva mai visto Piero, le diceva che era meglio non mettere il naso in certi affari privati e che, in ogni caso, era sano tifare per l'integrità di vecchie coppie consolidate.

Le ragioni per cui Filippo tollerava tutto questo non erano poi così complesse. Anzitutto c'è da dire che gli invaghimenti di Anna gli risolvevano la vita, perché lei tendeva a trasformare il nuovo pupillo nel confidente privilegiato. Filippo era certo che, se non ci fosse stata l'efficiente cortina sanitaria costituita dall'amico intimo del momento, il suo tenore di vita di marito distratto e edonista sarebbe stato messo in serio pericolo. Poi c'era la solita annosa questione della dignità e del decoro. Filippo adorava percepirsi come uno a cui certe cose non interessano. I commensali di turno si facevano l'idea che Anna avesse una relazione con il misterioso uomo di cui non poteva evitare di parlare? Lui, mangiando silenzioso e in disparte, ci faceva la figura dell'allegro cornuto? Cazzi loro! Filippo avrebbe incontrato non poche difficoltà a spiegare al branco di filistei con cui la moglie lo costringeva a cenare quanto trovasse eccitante trastullarsi con l'immagine vivida di un uomo segaligno e nervoso come Piero che si scopava Anna.

La luna di miele tra Anna e il suo agente aveva coinciso con un fatto luttuoso: la morte improvvisa della signora Benvenuti, la venerata mamma di Piero. Anna, sebbene avesse visto la signora in questione una sola volta e non l'avesse trovata poi così simpatica, si era mostrata a dir poco inconsolabile. Al funerale, tra i banchi di una pittoresca chiesetta in una piazza dell'isola di Ponza, in una di quelle giornate di febbraio rese fosche da un cielo se possibile ancor più burrascoso del mare, molti dei convenuti avevano creduto che Piero non fosse figlio unico, e che l'avvenente ragazzina svenuta in seconda fila fosse una sua sorella segreta distrutta dal dolore. Sarebbe stato difficile spiegare agli isolani innocenti che Anna Cavalieri viveva con tanta intensità la morte di qualsiasi genitore, come una prova generale dell'incombente catastrofe che prima o poi le avrebbe portato via il suo. Filippo sapeva bene che, per capire il contegno della moglie, occorreva dare il giusto peso al fattore esibizionismo – così rilevante nella vita di ogni attore di professione, e quindi anche nella sua. Il messaggio che Anna voleva lanciare al mondo era che, qualsiasi dramma si stesse consumando, lei era la più autorizzata a sentirsene la dolente protagonista.

Non era un caso che il suo odio per la moglie di Piero avesse raggiunto l'apice proprio nei giorni successivi al funerale. A sentire Anna, il modo in cui Carla aveva letto i passi del Vangelo, fingendo di non riuscire ad andare avanti per la disperazione, era davvero indecente. Eppoi Piero, a suo tempo, gliel'aveva detto che Carla aveva sempre detestato la suocera. E che ogni volta che lui andava a trovare la madre, la moglie si urtava. Ecco, e allora come si permetteva adesso di fare la parte dell'addolorata?

Filippo non aveva potuto fare a meno di guardare la moglie esterrefatto: com'era possibile che Anna accusasse Carla di aver tenuto un contegno affettato, a fronte di quello tenuto da lei? Senza contare che Carla ne aveva molto più diritto! Ma anche in quella circostanza Filippo aveva preferito tacere.

Finché inevitabilmente Piero aveva subito, come tutti i suoi predecessori, un tracollo di celebrità presso la sua esigentissima sodale. Quando Anna aveva potuto misurare il grado d'infedeltà cui solo un famoso agente avrebbe potuto così spudoratamente indulgere, e quando, d'altronde, aveva capito che Piero, la moglie, non l'avrebbe mai lasciata, aveva iniziato a sparlare di lui (neanche a dirlo, pubblicamente). Dopo tante amorevoli blandizie, dopo tanti panegirici, ora irrompeva la delusione.

E dire che lei lo aveva avvisato: se fosse rimasto con una donna del genere si sarebbe inaridito. E ora guardatelo. Era quasi irriconoscibile: quanta superficialità, quanta volgarità! Solo l'affetto che provava ancora per Piero le impediva di cambiare agente. Anche se l'ultima nidiata di starlettine che lui aveva preso incautamente ad assistere l'aveva messa davvero in crisi. L'idea di fare parte della stessa scuderia di quelle fichette dilettanti, be', era per lei una tale mortificazione. Alla quale, tuttavia, Anna era riuscita ad abituarsi. Le cose non sarebbero mai precipitate se Piero non avesse preso tanto a cuore la situazione del più improbabile dei suoi nuovi acquisti...

In effetti come altro definire, se non impagabile, il lavoro che Piero aveva svolto su Filippo? Era stato il primo a cui Anna aveva sottoposto un assaggio dell'enorme disorganico maniacale materiale artistico accumulato dal marito nel corso di una vita. Glielo aveva messo in mano una sera, dopo cena. Piero era fra gli invitati a una di quelle feste estive in terrazzo in occasione delle quali Anna amava circondarsi dei suoi amici eccentrici e dei suoi nemici prestigiosi. Feste che riuscivano bene solo quando Filippo, spinto da un'estemporanea condiscendenza, si degnava di preparare banchetti indimenticabili. Ebbene, nella serata in questione lo chef si era superato.

Alla fine della cena, mentre gli invitati iniziano a volatilizzarsi, Anna mette il faldone nelle mani di Piero.

«Sono di Filippo. Dagli un'occhiata, ti prego. È roba buona.»

A Piero scappa da ridere. Non solo perché è ciucco, satollo e strafatto, ma perché se c'è una cosa di cui i suoi esclusivistici principi non lo fanno dubitare è che il cuoco, fautore del meraviglioso banchetto, possa essere stato fornito dal Padreterno di qualsiasi altro talento alternativo a quello culinario. Ci risiamo: uno che sa cucinare simili spaghetti con gamberi rossi e bottarga non dovrebbe desiderare di fare altro. Ed ecco perché Piero, nell'accettare da Anna il faldone pieno di bozzetti, non può impedirsi di mostrare la sussiegosa sufficienza che è uso riservare alla masnada di dilettanti, molto spesso imparentati con uno dei suoi artisti, che a un certo punto si rivolgono a lui per ottenere una ribalta che, tutto considerato, non meritano.

Ciò che Piero non può sapere è che Filippo su questa faccenda la pensa più o meno come lui. E neppure che, sebbene Filippo disegni da tutta la vita, sebbene Filippo non possa fare a meno di disegnare, non ha mai creduto un solo istante che i suoi fumetti possano servire qualsiasi altro padrone se non colui che li ha concepiti. Ma ciò che Piero soprattutto non può sapere è che l'iniziativa di sottoporgli quei disegni non è partita dal loro autore. Il quale già da tre ore dorme nella solitaria stanzetta, pentito di aver cucinato per tutti quegli stronzi. (Dio, quanto gli fanno schifo gli amici della moglie!) L'iniziativa è di Anna. Un'iniziativa rischiosa. Un'autentica violazione. Forse il solo atto che potrebbe spingere il marito più serafico del mondo a perdere seriamente le staffe.

A Piero erano bastate le quarantotto ore impiegate a disintossicarsi dal veleno che aveva in corpo per ricredersi sul conto di Filippo e dei suoi disegni, con la più spettacolare delle inversioni a U.

«Mia cara, tuo marito è un genio!» aveva detto ad Anna, avendo passato le ultime ore (quelle della purificazione) a scorrere i "capolavori" di Filippo. Intendiamoci, lui non se ne intendeva. Per carità, non leggeva fumetti dall'età di quattordici anni. Non aveva esperienza nel ramo. Ciò che sapeva era che non poteva smettere di guardarli. Lo facevano ridere e lo facevano piangere, lo indignavano e lo avvincevano. E chi l'avrebbe detto che l'energumeno in T-shirt bianca e calzoni militari potesse essere così spiritoso? Che il malmostoso individuo, di cui si parlava solo per il talento con cui era riuscito a mettere le mani su uno dei più sfarzosi partiti in circolazione e per il suo polpettone con le fave, potesse avere avuto tante avventure?

«Ma davvero tuo marito è stato in tutti quei posti? Come ha fatto a vedere così tante cose? In Africa, in Australia... E poi tutti quei bambini... come li ha disegnati quei bambini! Tesoro mio, quei bambini ti spezzano il cuore come Bambi, più di Bambi! Ti rendi conto? Qui c'è già tutto, una storia che tiene, un romanzo!»

Sì, Piero non sapeva ancora bene come fare per tentare di promuovere i disegni di Filippo, ma di una cosa era certo: qualcosa avrebbe fatto.

E qualcosa aveva fatto eccome.

Ci si era buttato a capofitto. E da allora non aveva smesso di sfornare nuove idee per garantire a Filippo e alle sue creazioni, almeno potenzialmente, un pubblico sempre più vasto. Tanto per capirci, era stato Piero ad avere l'intuizione di farne un film. («Mio caro, la graphic novel puzza di sfiga lontano un chilometro!») Perché contentarsi di una graphic novel a uso di segaioli brufolosi, se questa roba ha tutte le carte in regola per essere un film?

Vista la sua esperienza, non era stato difficile per Piero sbaragliare le obiezioni del nuovo assistito, che – ripresosi a fatica dall'incazzatura con la moglie colpevole di avergli sottratto i disegni per metterli nelle mani di uno sconosciuto – non perdeva occasione per manifestare al suo agente il timore di non essere all'altezza di una simile impresa. Piero era la persona giusta per demolire pezzo per pezzo tutte le incertezze del suo recalcitrante pupillo. Quella modestia gli faceva onore, continuava a dirgli durante le lunghe telefonate che avevano preso a scambiarsi. Era indice di serietà, della capacità di non perdere il controllo, di non montarsi la testa, ma era anche il segnale della sua maturità artistica... Eccetera.

La retorica di Piero, la sua eloquenza, l'entusiasmo cialtrone così contagiosamente ottimista, surclassando ogni più roseo pronostico avevano conquistato anche il cinico Filippo. Che con il tempo aveva imparato a perdonare a se stesso la credulità e la vanità che non avrebbe mai perdonato agli altri, e aveva cominciato a fidarsi.

Il resto non era che la storia degli ultimi mesi, che l'indomani avrebbe raggiunto il suo apice (dopo il quale probabilmente sarebbe iniziato il declino) nella presentazione di *Erode e i suoi pargoli*, il primo film animato di quel perfetto sconosciuto di un Filippo Pontecorvo, alla Quinzaine di Cannes.

Peccato solo che, in tutto questo tempo, la grande sostenitrice del folle progetto, la prima immaginifica promoter del marito, avesse trovato il modo di innervosirsi. Ormai le sole due cose a cui Anna riusciva a pensare erano la fantasiosa abnegazione con cui Piero si era prodigato per il marito e l'ordinaria amministrazione che aveva riservato a lei.

«Ma perché non hai preso un taxi?» le chiese Filippo per procrastinare il più possibile il momento in cui lei gli avrebbe rivelato il motivo del litigio con Piero.

«L'ho preso. Ma poi sono stata qua sotto a discutere con Piero e non mi sono accorta che pioveva.»

«Come non te ne sei accorta? Ma guardati, sei...»

«Ha osato propormi anche per il prossimo anno una di quelle...»

Di certo Anna alludeva a una fiction, ma era talmente sconvolta da non riuscire a nominarla.

«Sono anni che gli dico che con quella merda voglio chiudere. Che mi merito un ruolo serio in un film serio con una produzione seria.»

«Scusa, se stavolta non ti va di farla, non farla!»

«Eh be', certo, per lui è facile parlare. Il nostro artista sa come preservare la sua integrità. Mi spieghi come facciamo a campare se anch'io smetto di lavorare avanzando ragioni artistiche?»

Se non fosse stato allergico alle questioni di principio, Filippo si sarebbe persino potuto offendere. E invece la sola cosa che riuscì a fare fu avvicinarsi un altro po', toglierle dalle mani il telefonino bagnato, ormai quasi inservibile, e accorgersi che Anna aveva le mani bollenti.

«Dio santo, scotti.»

«Credo di avere la febbre.»

Il mélo stava assumendo contorni sempre più ottocenteschi. Eccola lì, l'eroina smorta smagrita sconvolta, ora pure febbricitante. E allora ditelo, dèi del cielo, se non volete altro che il pover'uomo in astinenza faccia ciò che non ha mai pensato di poter fare nella vita: prendere la moglie con la forza. Sul serio? Non c'aveva mai pensato? A dire il vero, c'aveva pensato eccome. Sotto forma di pura fantasticheria onanistica, ma non solo: certe volte anche quando scopavano. Che ci poteva fare se i sottilissimi polsi di Anna, i suoi piedi cupamente affusolati, ogni millimetro quadrato del suo corpo che, almeno per chi aveva le orecchie per ascoltare, emetteva costantemente un grido di allarme per protestare la propria fragilità, agivano su di lui con più forza di qualsiasi Viagra o Cialis! E che poteva farci se, soprattutto quella sera, non c'era davvero niente nella fradicia Pocahontas tremante di freddo e di sdegno davanti alla porta d'ingresso che non rappresentasse per Filippo un'insostenibile provocazione sessuale e un subdolo invito rivolto alla sua brutalità ad abbandonarsi a se stessa?

«Su, vieni qui. Spogliati, asciugati, mettiti a letto, e intanto io ti preparo qualcosa di caldo.»

«No, dài, lasciami» scattò lei quasi con un fremito di disgusto. «Me ne sto un attimo qua per conto mio.»

Con passo felpato, senza curarsi della scia d'acqua sul pavimento, si trascinò fino a uno dei costosissimi divani color nocciola di Piemonte che l'architetto, prima di scegliere, si era sincerato fossero scomodi al punto giusto. E si lasciò cadere. La tensione dentro al salotto era in perfetta controtendenza con il temporale di fuori, che improvvisamente sembrava aver mollato la presa. Sì, era come se la moglie si fosse portata il temporale in casa.

Da che si era gettata sul divano, Anna non la smetteva di sguainare il fradicio calcagno del piede dalle paperine per poi fulmineamente ringuainarlo. Afferrò con le mani una lunga ciocca di capelli e la strizzò come se stesse posando per Degas. Filippo sapeva che quel silenzio non era da lei. Non amava stare zitta. O, più precisamente, non ci riusciva. Ancora qualche attimo e si sarebbe andata a nascondere nella sua stanza, dove avrebbe dato la stura alla lunga serie di telefonate alla manciata di confidenti che abitualmente molestava sproloquiando su tutto ciò che non funzionava nella sua vita.

Ma quella sera no, non avrebbe permesso che lei se ne andasse. Ne era talmente certo da essere disposto persino ad ascoltarla.

«Allora, spiegami: cos'è che non va in questa nuova proposta?»

«Tanto non te ne frega niente.»

«Certo che mi frega.»

«No, ti annoi subito. Inizi a sbadigliare e io non posso sopportarlo.»

«Ti prometto che stavolta non sbadiglierò.»

Filippo scoprì ben presto quanto sia difficile mantenere certe promesse. Da qualche minuto Anna parlava, ammonticchiando fatti uno sull'altro con una certa concitazione, e lui già non ce la faceva più. Stavolta non era semplice noia, ma anche sconforto. Non c'era nulla nella lamentosa dissertazione di Anna sulle inadempienze del suo agente che non suonasse alle sue orecchie in questo modo sinistro: "Non riesco a credere che tu sia in partenza per Cannes. No, non ce la faccio ad accettare l'idea che tu stia per fare ciò che io agogno da sempre. No, non riesco a credere che stia succedendo grazie al mio agente!".

Che disastro.

Lotti tutta la vita per evitare che certe cose capitino a te. Ti crogioli nell'inconcludenza per anni pur di non ritrovarti un giorno invischiato nella gretta ferocia della competizione umana. Poi, appena ti dai un po' da fare, persino tua moglie ti si rivolta contro. Il dato comico è che non ti odia per ciò che hai ottenuto. Ma per ciò che potresti ottenere. Per l'opportunità che ti sei conquistato. E va bene, non hai molti meriti. Hai l'onestà di ammetterlo. Quei disegni non sono male, ma non esageriamo... E comunque non ti meriti tutto questo meno di quanto se lo meritino persone che se la tirano assai più di te!

Fu così che Filippo, dopo qualche minuto trascorso ad assentire come uno psicoanalista alle prese con il suo paziente più intemperante, fece ciò che in cinque anni di matrimonio e in uno di fidanzamento non avrebbe mai creduto possibile: si lanciò su di lei. E lo fece con l'energia di un uomo eccitato che ha cattive intenzioni nei confronti di una donna poco più che inerme.

Lo fece non tanto perché gli sembrò la cosa giusta da fare, ma perché sentì di non poter fare altrimenti. Lo fece per tapparle la bocca, affinché lei cambiasse discorso. Ne aveva abbastanza della sua meschineria, e trovava davvero ignobile che lei lo odiasse per un successo che non aveva ancora avuto. Lo fece perché erano mesi che desiderava farlo. E perché lei non era mai stata così desiderabile. Lo fece perché lei aveva la febbre e lui si era immaginato lo stremato deliquio in cui quella tenera scimmietta sarebbe precipitata nei giorni successivi: il collo bollente, l'odore di medicinali e biscotti della salute, lenzuola sfatte, sudore paludoso... Lo fece perché per un attimo intuì cosa passa per la testa del più bestiale degli stupratori.

Ma soprattutto lo fece a suo rischio e pericolo, e naturalmente senza coltivare alcuna illusione che la sua impresa avesse successo. E infatti il fiasco fu completo, così come la sanzione immediata, plateale e sdegnata:

«Lasciami! Ho detto di lasciarmi. Mi fai schifo. Sei un pervertito.»

«Scusami, tesoro» disse lui mollando subito la presa: ecco come la recita del fauno stava per chiudere indecorosamente i battenti.

Ma ormai era troppo tardi. Lei era in piedi e gli gridava cose orribili. E lui era lì, e faceva attenzione a non toccarla e a non avvicinarsi; era lì che provava a calmarla, senza smettere di giustificarsi. Ma la sola cosa a cui riusciva a pensare era quanto tutto questo gli sarebbe costato in termini di astinenza sessuale.

Pochi minuti dopo i due coniugi erano a distanza di sicurezza. Anna si era placata, ma non aveva intenzione di soprassedere:

«Non vedi come sto? Neppure le mie lacrime ti colpiscono?»

«È che non capisco perché piangi.»

«Come perché? Mio marito ha appena provato a violentarmi!»

«Dài, non dire così.»

«E cosa devo dire allora?... Poi tutto il resto. La mia carriera è un tale fallimento. E per di più mi vedo assediata, brutta, grassa...»

«Tesoro, ma non sei grassa. Sei magra come un chiodo.»

«Non ho detto che *sono* grassa, ho detto che mi ci sento. Se va avanti così, ci scappa un altro ricovero. Ma a te che te ne importa. Tu vuoi solo molestarmi.»

«Non ti molesto. Ti valorizzo.»

«Da uno stupratore professionista non otterrei di meglio.»

«Lo faccio per la tua autostima.»

«Lascia in pace la mia autostima!» urlò asciugandosi le lacrime con gesto melodrammatico. «Io e la mia autostima non ci frequentiamo da un pezzo... Eppoi ti conosco. Sei di bocca buona, tu.»

«Lo dici come se fosse un difetto. Dovresti ringraziarmi. Con tutti gli eunuchi che ti ronzano attorno...»

«Hai visto? Avevo ragione io. Non ce la fai proprio ad ascoltarmi. Non ti interessa né quello che sono né quello che faccio...»

«Come puoi dire così? Certo che mi interessa quello che fai e quello che dici...»

«Ma se appena inizio a parlarti dei miei casini ti mostri impaziente. Ti agiti. Oppure ti arrapi. È una cosa così mortificante.»

«Trovi mortificante che tuo marito ti desideri?»

«Trovo insultante che le tue smanie trovino sempre il modo di manifestarsi nei momenti più inopportuni.»

«Più inopportuni? Più inopportuni, cazzo? Ma se sono quasi due mesi che...»

«No, ecco, ora non metterti a strillare. Sai che quando fai così ho paura. So che è così che fate voi in famiglia. Vi dite cose terribili. Vi strillate addosso. Vi saltate al collo. Non date alcun peso alle parole...»

Filippo d'un tratto si sentì infastidito dalla propria condiscendenza. Cosa diavolo gli prendeva? Perché invece di continuare a scodinzolare non metteva gli attributi sul tavolo, come aveva sempre fatto, d'altronde? Dov'era finito il sarcasmo? Perché non trovava un modo brillante per dirle che ne aveva le palle piene delle sue paranoie? Se c'era una cosa che lo aveva sempre riempito di orgoglio era il contegno con cui si opponeva ai capricci della moglie. Già, perché, in perfetta controtendenza rispetto al maschio della sua epoca, Filippo Pontecorvo trattava la moglie alla vecchia maniera.

Che ne era quella sera della vecchia maniera? Possibile che Anna, a forza di non concedersi, gli avesse stravolto il carattere? Oppure Filippo voleva farsi perdonare ciò che lei aveva già pomposamente soprannominato "il tentato stupro"?

41

«Dài, eccomi, sono qui, fanculo tutto il resto, ti ascolto... E giuro che tengo le mani a posto.»

E, in effetti, per un po' era riuscito ad ascoltarla e a tenere le mani a posto. Quando era eccitato, starla a sentire non era poi questa grande impresa. Anzi, in un certo senso, in quei momenti, Filippo pendeva dalle sue labbra. Intendiamoci: non che prestasse attenzione al senso letterale di ogni singola parola, però non le toglieva gli occhi di dosso.

Ora lei aveva ripreso a parlare di quelle fiction.

Ok, stava spiegando al marito, facevano grandi ascolti. Pagavano bene. Garantivano una notorietà impensabile per la maggior parte degli attori seri. La barista che, ogni mattina, le serviva il ginseng nella latteria sotto casa, prima che lei si recasse agli studi, la trattava come se fosse Julia Roberts. Ma corrispondere agli standard della barista non era meno degradante dei ruoli che le affibbiavano registi e produttori.

Tutta colpa del padre. Su questo lei non aveva dubbi. Il grande pregiudizio da cui si sentiva perseguitata. Non la prendevano seriamente perché era carina, perché aveva lavorato in tv sin dai primi anni dell'adolescenza e perché il padre era un pezzo talmente grosso da risultare ingombrante. Dio solo sa quanto quel padre avesse nuociuto alla sua carriera. D'altro canto, malgrado lui conoscesse tanta gente, non aveva mai alzato un dito per aiutarla. Era contrario ai suoi principi. Se solo c'avesse provato, se avesse provato ad aiutare la figlia, certo la sua carriera di attrice non sarebbe stata così squallida.

«Ancora con questo "squallida". Perché dici "squallida"?» le chiese il suo fan più irriducibile fin dai tempi lontani di "Non è la Rai", ormai totalmente fiaccato dall'eccitazione.

«Hai idea del quoziente intellettivo della gente che guarda quella roba?»

«Ti comunico che mi stai offendendo.»

«Ecco, lo vedi, con te non si può mai parlare seriamente...»

Ma che poteva farci lui se era così entusiasta di quelle fiction? Se non se ne perdeva neanche una puntata? E neppure le repliche pomeridiane? Sì, forse su un punto Anna aveva ragione. Le davano sempre gli stessi ruoli.

Gli anni passano, ma loro continuano imperterriti a offrirle parti da ragazzina: la figlia piena di intuito dell'eroico e ombroso commissario, la novizia che fa da mascotte alle suore detective, la fidanzatina del partigiano che nella quarta puntata viene trucidata da glabri e isterici nazisti, e che, grazie al Cielo, nella sesta risorge (nei sabbiati flashback della sua disperata mammina) negli abiti succinti di un'ingenua scolaretta di terza media.

Che meraviglia!

Ciò che ad Anna sfuggiva era che Filippo condivideva la passione per le sue fiction, e per i ruoli da lei interpretati, con un mucchio di altri sporcaccioni in circolazione. Non c'era newsgroup su internet dedicato ad Anna Cavalieri a cui negli anni Filippo non avesse aderito con entusiasmo, anche se, ahilui, smerciando false generalità. C'era un fanclub per ogni dettaglio anatomico della moglie: uno per l'efebico culetto da putto rinascimentale, un altro per il vorrei-ma-non-posso del suo seno di dodicenne, c'erano i feticisti delle mani, il partito dei piedi, una confraternita che, da quando Anna aveva sacrificato la bella chioma per un taglio alla maschietta adatto al ruolo di novizia, aveva deciso di non pagare più il canone Rai... Una masnada di depravati che passava la vita (probabilmente triste e inconcludente quanto quella di Filippo) a postare su internet dettagli di foto tratte da riviste o pezzi di telefilm in cui la nostra eroina dava il meglio di sé. Quelle immagini risultavano sempre desolatamente sgranate, e tuttavia, malgrado sia difficile da spiegare a chi non è del ramo, era proprio la loro cattiva qualità a renderle allo stesso tempo così losche, così intime e così commoventi.

Certo è che la posizione di Filippo, rispetto ai suoi compagni di merende, era complicata, anche se decisamente privilegiata: lui conosceva par coeur ciò che quegli anonimi cibernauti desideravano ardentemente. Ma purtroppo non era nelle condizioni di poterlo confessare. L'idea che tanti uomini sbavassero sulla sua mogliettina gli spezzava il cuore dalla commozione: ma un simile piacere era mutilato dal fatto di doverselo tenere per sé. Talvolta aveva persino la tentazione di dividere con i suoi colleghi di mouse i filmini privati che, da quando la moglie aveva inaugurato il suo sciopero sessuale, lui le aveva girato di nascosto con il telefonino. Sarebbero impazziti per il corto non autorizzato, della durata di trentasette secondi, in cui Anna Cavalieri sonnecchia sul divano con addosso soltanto una sparuta canottiera a strisce bianche e viola e un paio di slippini da leccarsi i baffi. Se avesse condiviso quel video con i suoi amichetti, probabilmente gli avrebbero offerto una specie di presidenza onoraria. Ma era altrettanto prevedibile che avrebbe perso Anna. E posso assicurarvi che è solo per via di questa tragica prospettiva che, almeno fin lì, si era astenuto dal fare all'umanità quell'impareggiabile regalo.

«Forse, piccola, la devi solo vedere da un altro punto di vista. Sei una professionista. Che fa il suo lavoro al meglio. Non ti piace quello che fai, ma lo sai fare bene. È vero, potresti fare molto di più se te ne dessero l'occasione. In questo momento però nessuno è disposto a dartela. Ma pensa a tutta la gente che ti ama, pensa a tutta la gente che vorrebbe essere al tuo posto. Forse il fatto che lavori da così tanti anni può averti dato l'illusione prospettica di essere una all'apice della carriera. Ma non è vero. Sei giovanissima. Chissà quante opportunità...»

Così pontificava il vecchio saggio. Avendo forse dimenticato la lezione più terribile che impari dopo un po' che sei sposato: ci sono momenti in cui, per quanto tu possa sforzarti di rivolgere al coniuge le parole più benintenzionate, le più tenere e persuasive, esse si riveleranno sempre le meno appropriate.

«Perché non capisci mai niente?»

Queste le ultime parole pronunciate da Anna prima di correre a chiudersi in camera.

Una quarantina di minuti più tardi, al nuovo squillo del telefono, Filippo sperò con tutto il cuore che fosse la madre. Aveva un tale bisogno di qualcuno da bistrattare!

Era il padre di Anna.

«Buonasera, Filippo.»

Niente da dire: il suocero era veramente educato. E il bello di tanta educazione era che, pur non avendo nulla di affettato, esibiva sempre una certa gravità.

«Buonasera.»

«Senta, Filippo, mi dispiace disturbarla a quest'ora... È che... Ho messo giù il telefono con Anna qualche minuto fa, sembrava sconvolta.»

Per un attimo Filippo temette che il suocero – che fino ad allora si era distinto per la capacità di vigilare sulla vita della figlia senza mai invadere quella del genero – lo avesse chiamato per rimproverarlo.

«Mi ha detto che avete bisticciato, ma questi naturalmente non sono affari miei... Filippo, le confesso che sono preoccupato e vorrei chiederle... Lei per caso ha notato qualcosa di strano in Anna in questi ultimi tempi?»

Era come chiedere a un astronauta in orbita nello spazio se per caso dalla sua postazione non vedesse qualche corpo celeste.

Filippo fu tentato di confidare a quell'esperto e magnanimo signore i propri dolori di marito rifiutato. Allo stesso tempo era in cerca di una frase capace di testimoniare la sua apprensione di marito premuroso.

«Diciamo che oggi è rientrata a casa un po' più bagnata del solito.» Fu il meglio che riuscì a concepire: ossia una di quelle frasi che andrebbero intese in senso letterale ma che sembrano brillantemente congegnate per alludere a reconditi significati metaforici.

«Capisco quello che intende» disse il padre di Anna.

Ma la verità era che il dottor Cavalieri, per svolgere al meglio il ruolo di padre, aveva dovuto rinunciare molto tempo prima alla legittima pretesa di capirci qualcosa, lasciandosi andare alla deriva lungo i vorticosi torrenti dell'irrazionale.

Nel corso di una turbolenta infanzia, Anna ce l'aveva messa tutta per scombinargli la vita. E dire che a quel tempo lui era certo di essere attrezzato per affrontare qualsiasi sfida. Fu costretto a ricredersi: non c'era verso di gestire in modo laico una figlia così emotivamente instabile. Anna, sin dal principio, non aveva fatto mancare niente né a se stessa né al suo catafratto genitore. Una vera calamità per un individuo i cui principi erano saldi e banali al punto di fargli ritenere inconcepibile qualsiasi malessere non direttamente collegato a problemi primari: cibo, alloggio, lavoro (e sesso, ma questo è meglio metterlo tra parentesi). Sembrava quasi che Anna lo avesse fatto apposta a comportarsi in maniera contraria al tipo di figlia che un padre come lui, con tutto il mazzo che si era fatto, credeva di essersi meritato. E tuttavia le difficoltà della sua piccolina, per lui così indecifrabili, lo avevano attaccato a lei in un modo disperato.

Tanti anni prima, per poco non era saltato al collo di quello spocchioso d'uno psichiatra che, come se niente fosse, gli aveva detto che la sua bimba undicenne doveva essere ricoverata. Il dottor Cavalieri aveva dovuto controllarsi. Se non altro perché era stato proprio lui, quella mattina, a frapporsi tra la figlia e la finestra dalla quale lei aveva deciso di gettarsi. E pensate che trauma era stato dover apprendere da un luminare del cazzo – dopo che per una settimana l'aveva tenuta sedata e sotto osservazione – che forse la piccola Anna aveva iniziato a dare i numeri dopo aver sentito il padre al telefono chiamare "tesoro" la sua segretaria.

«Chi glielo ha detto che è questo il problema?»

«Anna, naturalmente.»

«Ma, professore, le assicuro che non c'era niente di ambiguo» si era affrettato a spiegare il signor Cavalieri pieno di vergogna. «Conosco Ines da trent'anni. E ogni tanto la chiamo così. Ma le assicuro che...»

«Si figuri se deve giustificarsi con me delle sue abitudini intime.»

«Di quali abitudini intime sta parlando? Le ho detto che...»

«E io le ripeto che non è questo il punto.»

«E qual è, professore, il punto? Me lo dica, la prego...»

«Il punto è che lei deve prendere atto che sua figlia non è in grado di sopportare l'idea di dover spartire il suo affetto con qualsiasi altra donna.»

«E allora mia moglie?»

«Lasci stare sua moglie.»

«E perché dovrei lasciarla stare?»

«Deve capire, dottor Cavalieri», e qui la voce del luminare aveva fatto trapelare una nota di derisione, «che sua moglie in questa storia non ha alcuna importanza.»

Quante volte Anna aveva ripetuto a Filippo la frase pronunciata con tanta acribia dal primo medico che l'aveva ricoverata:

Sua moglie in questa storia non ha alcuna importanza.

Dio solo sa quanto adorasse quella frase. Quanto corrispondesse a tutto ciò che lei aveva sempre voluto sentirsi dire: sua madre non era che una comprimaria nell'infinito melodramma edipico di cui Anna era la protagonista indiscussa.

«Le posso chiedere se stasera Anna ha mangiato? E, se sì, che cosa?» chiese il signor Cavalieri.

Ci risiamo, pensò Filippo con disappunto. L'indigeribile argomento anoressia si profilava all'orizzonte.

Ebbe la tentazione di chiamare provocatoriamente in causa il famigerato bambino del Terzo Mondo, quello che viene evocato tutte le volte in cui si vuole colpevolizzare un bimbo inappetente. Ma c'era qualcosa di più: Filippo, una decina di anni prima, aveva fatto parte di un progetto di lotta alla denutrizione dei bambini bengalesi. Ecco – avrebbe voluto dire al dottor Cavalieri –, questo è il solo disturbo alimentare di cui posso farmi carico.

Poi ebbe l'impulso di deviare sarcasticamente il discorso sulla deliziosa ricetta di polpette con sedani e funghi porcini da lui proprio quella sera sperimentata per liberarsi dal senso di oppressione procuratogli dall'ennesimo litigio con Anna.

Anche su questo preferì soprassedere. E utilizzò le polpette per una bugia non troppo verosimile.

«Davvero? Ha mangiato anche le polpette con i sedani?» chiese il dottor Cavalieri incredulo. «Ma se è vegetariana.»

«Conosce sua figlia. Sa quanto è volubile.»

«Ma se ha sempre detto che lei le proteine animali non le digerisce...»

Filippo era certo che Anna digerisse le proteine animali molto più di quanto lui digerisse gli interrogatori del suocero sulla dieta della moglie.

«Filippo, non mi sta prendendo in giro, vero? Questa non è una cosa su cui scherzerebbe?»

Ebbe l'improvvisa percezione di quanto il tono di voce di quell'uomo potesse essere implicitamente intimidatorio. Ma sì, nessuno fa tanti soldi senza mettere in campo tutta la spietatezza di cui è capace. La sobrietà non è che il vestito buono indossato dalla ferocia. E dire che, sentendolo parlare al telefono in un modo così dimesso, non avresti mai immaginato che il dottor Cavalieri fosse finito nella lista degli "Italiani di cui siamo fieri" stilata da un noto quotidiano milanese, corredata da un articolo che ripercorreva per sommi capi l'avventura di questo formidabile self-made man. L'intuizione originaria consisteva nell'inserzione del plantare da lui stesso brevettato nella leziosa scarpa italiana che fa impazzire gli anglosassoni di tutte le latitudini. Sì, tutto era iniziato così. E ora non c'era downtown, aeroporto, outlet del pianeta che non fosse griffato dal marchio Cavalieri.

«La prego, Filippo, mi rassicuri. Mi dica che lei vigila su Anna nello stesso modo in cui io ho fatto per tanti anni» stava dicendo il dottor Cavalieri con trepidazione. «Mi faccia stare tranquillo. Mi dimostri che il malessere di Anna la preoccupa quanto preoccupa me.»

A poche ore dalla partenza per Cannes, a notte fonda, Filippo non era ancora riuscito a prendere sonno. Era in camera, di fronte al computer, a chattare con altri disperati insonni idolatri di Anna Cavalieri.

Proprio allora, mentre digitava un commento entusiasta alle foto che accompagnavano una recente intervista concessa da Anna alla rivista "Glamour", l'oggetto di quei patinati scatti e di quelle collettive fantasticherie notturne gli si era materializzato alle spalle. A tradimento. E aveva iniziato a inveire contro di lui.

«No, no, no... questa cosa mi fa paura.»

Filippo con colpo deciso aveva abbassato lo schermo del laptop. Il solo indumento indossato da Anna in quel momento era una delle vecchie camicie azzurre che lui non portava più. Le arrivava fino alle ginocchia. Guardando sua moglie svanire in quella camicia, Filippo aveva provato una cocente tenerezza, ciononostante aveva sentito di poter esibire tutta la flemma che non era riuscito a ostentare nel litigio di poche ore prima. Quell'aria di impudente sufficienza che la faceva così infuriare:

«Cos'è che ti fa paura, tesoro?»

«Ti prego, Filippo, dimmi che non è vero. Dimmi che questo non è mio marito che guarda le mie foto su internet. Dimmi che questa cosa non sta capitando a me.»

«Ok, se è quello che vuoi sentirti dire: *non sta capitando a te!*»

Lei lo aveva guardato con odio. Perché non c'era niente che la esasperasse di più della mancata adesione di lui al suo registro melodrammatico.

«Poi dici che tra noi le cose non funzionano. Che io ti sfuggo e ti rifiuto. Ma come credi che mi faccia sentire questa cosa? Pensi che sia facile da gestire per una che ha un rapporto così difficile con il suo corpo? Per una afflitta da questa specie di narcisismo pervertito. Per una che non sopporta di vedere le sue foto, neppure quelle incorniciate sulla scrivania del padre. Per una che...»

Ecco il tuo problema, piccola mia. Proprio ora che avresti il diritto a una vera incazzatura, proprio ora che ti potresti permettere una scena madre, non trovi di meglio che metterti lì a elucubrare e a psicoanalizzarti: e il rapporto con il tuo corpo, e le tue foto, e il narcisismo, e tuo padre... e che palle!

«Perché non dici niente? Come credi che mi senta? Prova a metterti nei miei panni!»

«Allora, vediamo un po'. Mettiamoci nei tuoi panni. Entro in camera tua, ti trovo seminuda che guardi tutta eccitata le mie ultime foto e le commenti con un altro centinaio di ragazzine arrapate. Be', piccola mia, questo per me è il paradiso. Lo vedi, hai tutte le fortune...»

«Non credo, Filippo, che questa cosa qui riuscirò a superarla tanto facilmente.»

No. 824 du 2? au 24 novembre 2011

les inRocKuptibles

Le Nouveau Rossellini
se nomme Filippo Pontecorvo

Entretien exclusif avec l'auteur révélation de Cannes

Alla guida della sua sgangherata Ka rosso sporco, Filippo non smetteva di gettare occhiate sempre più apprensive alla rivista francese che celebrava in copertina il suo successo.

Aveva imparato precocemente a diffidare della felicità. La copia di "Les inrockuptibles" acquistata quella mattina all'aeroporto Charles De Gaulle avrebbe dovuto renderlo l'uomo più felice del mondo. Eppure, già nel tirarla fuori dalla rastrelliera, aveva avvertito un senso di incongruità e di pericolo.

Non era perciò così assurdo che, proprio ora che tutti lo reclamavano, lui non trovasse di meglio che avviarsi lemme lemme verso casa della mamma. Come se – dopo aver incamerato un successo talmente fragoroso che poteva ancora percepirne il ronzio nelle orecchie, riscattando in un sol colpo una vita equamente spartita tra lassismo ipocondria e disincanto – Filippo non avesse alternative se non tornare là dove tutto era iniziato.

Nonostante fosse appena rientrato da Parigi – la città in cui *Erode e i suoi pargoli* spopolava incomprensibilmente –, Filippo aveva già avuto modo di litigare con Anna. La quale, dall'ultimo alterco consumatosi la notte prima della partenza del marito per Cannes, era passata dalla furia a una sempre più dolente laconicità telefonica.

Si era stupito quel giorno, arrivato in taxi direttamente dall'aeroporto, di trovarsela lì in casa, come se lo stesse aspettando. Perché non era andata agli studi?

Oltretutto sembrava di buon umore, persino felice di vederlo. Forse gli era grata del fatto che lui, negli ultimi tempi, avesse evitato accuratamente di metterla a giorno di ciò che gli stava capitando. Tanto, un paio di settimane prima, era stato contento di annunciarle che alla fine *non* aveva vinto la Caméra d'Or a Cannes, sebbene i bookmaker alla vigilia lo dessero per vincente, quanto, nel corso della trionfale trasferta parigina, si era guardato bene dallo sbatterle in faccia l'entità del suo successo.

Quando lo aveva visto, Anna gli aveva gettato le braccia al collo con la teatralità di una bambina che accoglie il suo papà tornato da un lungo viaggio. Poi, sempre più fibrillante, gli aveva chiesto se non desiderasse farsi un bel bagno. Nel qual caso glielo avrebbe preparato lei.

«Tua madre mi ha regalato una favolosa confezione di sali del Mar Morto» aveva aggiunto sempre più ilare.

«Ti ringrazio. È proprio quello che ci vuole.»

Poco dopo, mentre dal bagno giungeva lo scroscio rigenerante dell'acqua, Anna si era accovacciata sul letto al fianco di Filippo, che si era già appisolato.

«Dài, non dormire, raccontami.»

Filippo le aveva raccontato lo stretto indispensabile. E tuttavia quanto bastava per dare l'idea del grande cambiamento che stava per stravolgere la sua vita: le *loro* vite!

«A proposito» gli aveva detto lei, «hai sentito Piero?»

«Mi ha chiamato sia ieri sera che stamattina. Non me la sono sentita di rispondere.»

«Perché?»

«Non trovi che certe volte sia davvero petulante?»

«È solo contento. Contentissimo. Dice a tutti che sei un genio. Che lui lo aveva capito subito.»

«Sai cosa voleva?»

«Credo di sì.»

A quanto pareva, Piero voleva dirgli che avevano un invito a cena a casa di Bernardo Bertolucci. Il Maestro aveva visto il film di Filippo in una proiezione privata e ne era rimasto così colpito da volerne incontrare l'autore. Il suo agente aveva contattato Piero, che a sua volta aveva provato (invano) a girare l'invito a Filippo.

«Ti rendi conto? Bernardo Bertolucci che vuole conoscerci!»

Filippo aveva atteggiato il viso a un sorriso di circostanza. Più che di conoscere Bernardo Bertolucci era contento di avere Anna lì, al suo fianco, sul letto. Da tanto non capitava più. Lei indossava un cardigan di lana sopra una delle sue magliettine aderenti e dei leggings color bronzo. Il suo scricciolo era sempre così infreddolito! Questo aumentava in Filippo il desiderio di proteggerla dalle intemperie.

«Per quando sarebbe?»

«Stasera.»

«Neanche a parlarne.»

«Perché?»

«Stasera no, tesoro, perdonami. Proprio non ce la faccio. Non sai da che giorni vengo. Sognavo solo di chiudermi un po' in casa con te. Che ne dici? Ce ne stiamo qui, un bel bagno, una cenetta e se Dio vuole...»

«Ti scongiuro, andiamo.»

«Ma scusa, perché ci tieni tanto?»

«È una cosa bella, importante. È un onore.»

«Di onori ne ho avuti più che abbastanza. Sono nauseato dagli onori.»

«Ti assicuro che è molto più nauseante l'insuccesso. Poi, ti confesso, anche per me... forse potrebbe essere un'opportunità.»

Era stato più o meno dopo aver sentito queste parole, pronunciate peraltro con tono dimesso, che Filippo aveva finto di indignarsi. Cogliendo la palla al balzo per alzarsi, infilare le scarpe e avviarsi verso la porta di casa.

«Si può sapere che ti prende?» gli aveva chiesto lei inseguendolo fino al salotto.

«Ho capito tutto.»

«Che cosa hai capito?»

«Le moine, il bagno, i sali del Mar Morto.»

E aveva sbattuto la porta dietro di sé.

Adesso, in auto, era in grado di riconoscere che la sua alzata d'ingegno era stata a dir poco pretestuosa. Alla fine Anna non gli aveva detto niente. Era chiaro che ardeva all'idea di andare a cena da Bertolucci. Era chiaro che, qualora lui si fosse rifiutato di andarci, lei avrebbe iniziato a deplorare la sua indolenza, la sua mancanza di generosità, la sua maledetta misantropia. Ma, almeno per il momento, Anna non aveva esercitato alcuna pressione, né gli aveva inflitto uno di quei suoi ricatti coniugali del genere: "Tu non fai mai niente per me".

Forse, se Filippo non se ne fosse andato, alla fine si sarebbe giunti a questo, ma bisognava ammettere che fino a quel momento Anna aveva rigato dritto.

Perché aveva reagito così? E perché ora stava correndo a rifugiarsi armi e bagagli nel quartier generale della madre che, dopo più di un quarantennio, era ancora lì, al solito posto, accogliente e inespugnabile, al numero otto dell'isola tre dell'Olgiata?

Filippo era preda di una smania isolazionista che poteva vagamente ricordare quella che tanti anni prima aveva indotto Leo, suo padre, esposto a una fama decisamente più sconcia di quella ora toccata al figlio, ad andarsi a nascondere nel seminterrato di casa, sottraendo se stesso alla vista del mondo per il resto della sua vita.

Evidentemente i maschi Pontecorvo hanno un debole per certe teatrali autoreclusioni! Ma perché farla tanto lunga? Da cosa bisognava scappare? Che senso aveva mettere sullo stesso piano ciò che oltre due decenni prima aveva distrutto la rispettabilità del professor Pontecorvo (un'accusa di molestie ai danni di una dodicenne) con ciò che stava accadendo a lui: un successo inatteso che avrebbe portato soldi, fica, autostima (in questo preciso ordine)?

Non aveva alcun senso.

Filippo era il primo a saperlo. Così come sapeva che quella commedia era, anzitutto, a uso di un'autocoscienza melodrammatica, e, solo in seconda battuta, del suo pubblico. Considerato che adesso ne aveva uno, era felice di regalargli il dramma dell'artista disinteressato per cui la gloria è una seccatura.

Occorre tuttavia precisare che tale gloria – freschissima e ancora inutilizzata – aveva premiato un narcisismo che, a dispetto delle apparenze, non era mai sceso a patti con la dura realtà di trentanove anni di fallimento. Chissà perché ora gli sembrava che non ci fosse stato un solo giorno della sua vita in cui lui non avesse dedicato qualche minuto a contemplare la propria velleitaria grandezza. Persino adesso che se ne erano accorti i francesi, malgrado gli piacesse mostrarsi stupefatto e ritroso, Filippo si chiedeva come mai c'avessero impiegato tutto quel tempo a rendersene conto.

Una cosa però si sentiva di aggiungerla, a chiusura dell'intervista interiore che dal momento in cui era salito in macchina concedeva a se stesso: così come quando non era nessuno non faceva che ripetersi quanto fico fosse non essere nessuno, ora che stava diventando qualcuno provava piacere nel darsi dell'impostore.

Ormai a pochi chilometri dall'Olgiata, Filippo fantasticava sui giorni che lo attendevano a casa della madre. Relax, cibo, sigari, whisky e tanta, ma tanta tv. Pregustava il momento in cui avrebbe tirato fuori da un vecchio nascondiglio le videocassette di alcune puntate di "Non è la Rai", per utilizzarle nel solo nostalgico modo in cui era ancora possibile utilizzarle.

E tutto questo mentre la madre gli avrebbe ronzato attorno costernata, Anna avrebbe fatto l'offesa da qualche altra parte e i francesi non avrebbero smesso di incensarlo. Il bello di aver realizzato un'opera di successo è la consapevolezza che – per quanto tu te ne stia a oziare indecorosamente – lei sgobbi in tua vece tutto il santo giorno come un fidato maggiordomo.

La rilevanza di tale successo Filippo aveva potuto misurarla proprio l'ultima sera a Parigi, quando, spinto da una perniciosa curiosità, aveva inserito il proprio nome su Google, il più autorevole giudice della reputazione universale. Ed era rimasto sbalordito davanti ai cinquecentoquarantatremila risultati. Era fantastico sapere che ora, là fuori, c'era un mucchio di gente che, pur non conoscendolo personalmente, digitava il suo nome. Come se di colpo il suo nome significasse qualcosa.

Da qualche giorno, inoltre, aveva preso l'abitudine di spegnere il telefonino e di riaccenderlo un paio d'ore dopo per vedere quante telefonate e sms aveva ricevuto nel frattempo. Era evidente che il traffico telefonico fosse aumentato esponenzialmente. La maggior parte delle persone che lo cercava era costituita dai suoi sedicenti mentori, che volevano sentirsi ringraziare per la lungimiranza con cui avevano scommesso su di lui. Era questo che lo induceva ogni volta, dopo aver scorso la lista delle chiamate perse e dei messaggi, a spegnere di nuovo sdegnosamente il cellulare. Filippo stava capendo che, se la sconfitta è orfana, il successo ha mille padri.

All'entrata est dell'Olgiata, di fronte alla sbarra a strisce rosse e bianche che lo divideva dal comprensorio in cui era nato, Filippo si rivolse alla guardia giurata indossando l'ipocrita maschera dell'inconsolabile, come se volesse fare le prove generali della commedia che avrebbe regalato alla madre. Evidentemente impermeabile al suo charme, l'uomo si limitò a chiedergli:

«Dove va?»

«Da mia madre. Sono Filippo Pontecorvo.»

Stranamente quel tizio, udendo il suo nome, non aveva strabuzzato gli occhi. Evidentemente non leggeva "Le Monde". Evidentemente non era uno dei cinquecentoquarantatremila cibernauti ai suoi piedi!

Allora Filippo volle aggiungere con tono condiscendente: «Sa, una volta vivevo qui». Come se non stesse parlando a un irsuto ometto che sotto la divisa lasciava intravedere un crocifisso e una canotta, ma semmai a una delle giovanissime groupie di Lione o di Grenoble che ormai era certo di avere.

A venti all'ora, sulle strade serpeggianti del comprensorio che conosceva a menadito, Filippo si sarebbe voluto godere con olimpica trasognatezza il verde, i rovi, i fiori, le staccionate... Ma fu la nostalgia a prendere il sopravvento.

Che enorme privilegio poter crescere in un posto del genere. Ettari di paradiso terrestre a uso di decine di ragazzini scalmanati. Un clima di permanente tribalità che, se non fosse stato per la sobria tutela degli adulti, sarebbe potuto degenerare in una ferina oligarchia infantile.

Alla fine degli anni Settanta, l'Italia era improvvisamente ridiventata un posto pericoloso. Era dai tempi remoti della Seconda guerra mondiale che il Paese non viveva una guerra civile così sanguinaria. Eppure là dentro – tra i confini di quell'oasi – le cose funzionavano in modo del tutto diverso: la vita scorreva leggera.

Il solo antagonismo concepibile era quello, per lo più leale, esibito dalla falange di ragazzini impegnati a sfidarsi in partite a pallone che non stento a definire leggendarie.

La cosiddetta generazione Baby Boom aveva prodotto una sovrappopolazione giovanile. Nessuna coppia aveva meno di due figli. Ragazze e ragazzi, sorelle e fratelli, cugine e cugini. La cosa bella è che lui e Semi non se l'erano lasciata scappare, tutta quella libertà. Di più: se l'erano goduta. Finché la storiaccia del padre, sopraggiunta nel modo più inatteso e rocambolesco, non aveva spezzato l'equilibrio che aveva sempre regolato le loro esistenze acerbe, Filippo e Semi avevano avuto l'infanzia che tutti sognano di avere. Poi...

Poi era stata tutta un'altra storia.

Nel vedere il figlio maggiore intrufolarsi in soggiorno come un ladro dalla portafinestra, in viso un'espressione da funerale, a Rachel venne quasi un colpo.

«Amore?»

Il saltimbanco fu felice che il vecchio numero del figlio-fuggiasco funzionasse ancora così bene sul solito pubblico suggestionabile. Filippo non aveva neppure risposto che l'espressione facciale di Rachel sbandò dallo spavento all'apprensione, per poi attestarsi sul rassegnato sconforto che avrebbe accompagnato le ore a venire: la sacca militare che il suo ragazzone aveva con sé significava che quella in atto era l'ennesima fuga dagli oneri coniugali. Un atto che per una donna all'antica come Rachel Pontecorvo rappresentava il gesto sedizioso per eccellenza, fin troppo diffuso nella generazione dei suoi figli.

Benedetti ragazzi, sempre lì a schivare le difficoltà della vita adulta e a imboccare le scorciatoie più frivole. Se fosse dipeso dalla volontà di Rachel Pontecorvo, sarebbe stata istituita già da un pezzo una specie di corte marziale preposta a giudicare i crimini commessi dagli uomini e dalle donne del suo tempo contro il Senso di Responsabilità. Adulteri, separazioni, figli contesi, divorzi, ripicche di avvocati, alimenti, appartamenti incautamente acquistati grazie a mutui a tasso variabile che il fedifrago finiva sempre per cedere al consorte tradito pur di riappropriarsi dell'immaturità perduta, ottenendo, di fatto, solo una vita miserabile da spendere in un monolocale per single in bolletta.

Non era forse questo il grande dramma della sua epoca?

Rachel era abbastanza al passo coi tempi da sapere che il 99 per cento delle volte c'era di mezzo il sesso. E malgrado non amasse considerarsi una bigotta, tuttavia aveva sempre manifestato nei confronti dell'eros il distacco che le rendeva impossibile comprendere il significato drammatico del termine "pulsione", tanto più quando esso si associava all'aggettivo (per lei così spregevole) "incontrollata".

E mica era colpa sua se, ai diritti invocati dalla gente (diritto al lavoro, diritto al piacere, diritto ad avere un figlio anche se la natura ha deciso che non puoi averne, anche se ormai, alla tua età veneranda, il meglio che ti possa capitare è di essere la nonna del tuo frugoletto), lei aveva sempre preferito l'ostinata pratica dei doveri. Non c'era niente che la facesse più imbizzarrire di chi non fosse disposto a sacrificare se stesso in nome di un impegno da rispettare. Ebbene, quale miglior palestra di quella coniugale per allenare la propria inclinazione al sacrificio? Lasciarsi scoraggiare dalle prime (ma persino dalle undicesime) difficoltà era prova di una tale mancanza di carattere che, quando la vedeva incarnarsi in uno dei suoi figli, ne provava una delusione così lancinante che preferiva tenersela per sé. Lasciandola decantare nell'oscurità o facendola trapelare solo attraverso piccoli boicottaggi, come non telefonare al figlio in castigo per tre giorni di seguito: gesti scandalosi di cui peraltro era l'unica a rendersi conto e di conseguenza a soffrire.

La verità è che non si sentiva abbastanza intelligente per tenere testa ai suoi figli. Quei due erano troppo in gamba per lei. Sfidarli apertamente significava infilarsi in un vicolo cieco dialettico nel quale la attendevano paroloni pretenziosi (moralismo, perbenismo, ipocrisia) che, se valutati con un po' più di distacco, risultavano un esplicito insulto alla sua intelligenza e alla qualità della sua istruzione.

Ma quel giorno lo scontro era inevitabile. Sebbene da quando, cinque anni prima, il figlio aveva sposato quella shoté[1], questa fosse almeno la quarta volta che lui e la sua maledetta sacca militare le piombavano in casa alle sei del pomeriggio, Rachel evidentemente non era ancora riuscita ad abituarsi.

«È tutto finito!» sospirò Filippo lasciandosi andare sulla poltrona Frau dai braccioli scrostati.

A quanto pareva quella vecchia poltrona e il modo di gettarvisi sopra nei momenti di impasse non erano le sole cose che Filippo avesse ereditato dal padre, ma, buon Dio, anche il vizio di drammatizzare.

«Dài, tesoro, sai che non capisco mai se parli seriamente...»

«Ma no, vecchierella, non è successo niente. Sono solo stanco di essere sposato con una psicopatica... Aspetto che le passi.»

«Ma perché non vi parlate? Perché invece di andartene ogni volta come un matto non provi almeno a...»

«Chiariamo subito: non me ne sono andato. Mi ha cacciato» mentì lui per chiudere subito il contenzioso.

«Non ci credo.»

«Non crederci. Ma lo sai, la casa è sua. Tutto è suo. Può disporre di me a suo piacimento. Lei e suo padre. Mi hanno comprato all'asta.»

«Non dire così.»

E nella voce di Rachel qualcosa vibrò. Il fatto che la famiglia della nuora fosse così spaventosamente più solvibile di lei la umiliava profondamente. Ma, in nome di un bene superiore, si riebbe e riprese ad argomentare:

«Io conosco i difetti di Anna, ma...»

«Mamma, tu la odi.»

«Non dire sciocchezze. Io non odio nessuno. Figurati se...»

«La disprezzi... E, tenendo conto delle sue performance degli ultimi mesi, temo che tu abbia ragione...»

[1] "Pazzoide" in giudaico romanesco.

«Ma figurati se potrei mai disprezzare la moglie di mio figlio.»

«E se avessi sposato uno dei figli di Saddam Hussein? Il primo matrimonio gay dell'Iraq libero?»

«La smetti di fare il cretino? È vero, ci sono un sacco di cose di Anna che non capisco, ma solo perché lei è molto complicata... Però so anche che non è una ragazza tanto insensibile da cacciare il marito solo perché la casa è intestata a lei.»

«Ti giuro. Non faceva che sventolarmi sotto il naso l'atto di compravendita.»

«Ti ho detto di piantarla con queste sciocchezze!»

«Pensala come ti pare.»

«Lo sai, tesoro, in certi momenti uno dice più di quanto pensa.»

«Vedi perché vengo qui? Perché almeno su di te ci si può contare: dici sempre la banalità sbagliata al momento giusto...»

Rachel incassò l'ingiuria con stupore dolente, come se il figlio l'avesse schiaffeggiata a freddo. D'altronde, se c'era un difetto che lei per prima era disposta a riconoscersi era una certa suscettibilità. Una stortura del carattere che all'inizio di ogni settembre (il suo mese preferito) lei si impegnava a raddrizzare, ma che ogni ottobre doveva riconoscere a malincuore come l'asse portante della propria struttura emotiva.

Stavolta l'emergenza la spinse a procrastinare il broncio a tempi migliori. Filippo, invece, conoscendo quella donna di certo meglio di quanto conoscesse se stesso, aveva compreso un secondo prima di finire la frase che il suo sarcasmo aveva superato di qualche spanna il livello di sopportazione della madre. Così, un po' per senso di colpa, un po' per calcolo opportunista, affidandosi a un tono di voce più dolce, con lievi inflessioni lamentose, si sbrigò ad aggiungere:

«Se solo sapessi, quella pazza...»

Ma Rachel non voleva sapere di quella pazza della nuora più di quanto desiderasse sapere di qualsiasi altro pazzo in circolazione. Rachel era il contrario dell'impicciona. Era una nemica giurata del gossip: il mondo era un posto troppo complicato e perverso per incuriosirla davvero. Il che spiega anche perché non diede seguito al piccolo interrogatorio. Per esprimere tutto quello che aveva in corpo le bastò avvicinarsi alla vecchia poltrona Frau e carezzare la nuca del figlio.

Gli occhi di Rachel in quel momento dicevano che, sebbene ce la stesse mettendo tutta, non riusciva a considerare Filippo per ciò che era diventato ma semmai per ciò che era stato: un ragazzino difficile e bisognoso di attenzioni. Non le piaceva vederlo in un simile stato d'animo, così come non sopportava di vederlo vestito in quel modo. Ma come? Quel maglione a V sformato che lasciava intravedere una T-shirt sbrindellata, i pantaloni mimetici, le Adidas sporche... Sembrava un mercenario in libera uscita. Aveva ancora un viso così bello, il suo bambino di quasi quarant'anni: le guance rosate, gli occhi azzurri, i lineamenti di un putto. E allora perché non si faceva la barba?

Filippo, a sua volta, abituato al materno linguaggio del corpo, le afferrò uno dei paffuti avambracci con il gesto esperto del macellaio che, di fronte a un cliente, soppesa un bel taglio di controfiletto. Peccato che, al contrario del prezioso pezzo di carne, si trovò a maneggiare una pasta flaccida, la cui superficie faceva pensare più che altro all'epidermide di un pollo spennato.

Da quanti anni Filippo cercava in quegli avambracci una qualche verità, che il più delle volte si rivelava astrusa! Ora finalmente, quando ormai stava disperando, le braccia della madre gli avevano parlato. E, Dio mio, il loro messaggio era suonato forte e chiaro ai sensi di Filippo. Parlavano di un irrevocabile declino organico. Di nient'altro che questo. Della sola cosa che lui, in quei giorni di gloria, non poteva proprio perdonarle. Un'eventualità che aveva messo in conto, certo, ma che, come tutte le faccende naturali, al suo inderogabile manifestarsi risultava perfidamente imbarazzante.

Ci doveva essere nella sua mente di uomo adulto una specie di filtro attraverso cui concepiva la madre incatenata all'invalicabile soglia dei quarant'anni. Un'età magnifica per le madri, un'età magnifica per le donne: gli ultimi fuochi della femminilità coniugati al massimo del vigore e dell'efficienza. Ma il fatto è che Rachel, malgrado facesse di tutto per non darlo a vedere, non aveva più quarant'anni da un pezzo. E sembrava che nel corso del quarto di secolo da allora trascorso non avesse trovato di meglio che assimilarsi capziosamente alle signore dai capelli azzurrini che l'eufemistica ipocrisia contemporanea cataloga nella casella "donne mature".

Ora che era lui a trovarsi prossimo ai quarant'anni, ecco che gli veniva naturale paragonare il modo in cui, a quell'età veneranda, di fronte a una cosa da niente come un successo imprevisto, lui annaspava nel melmoso stagno dell'irresolutezza, all'energia con cui la madre, nello splendore della mezza età, era riuscita a tirarsi fuori dal mare in tempesta in cui le circostanze l'avevano gettata.

Sto parlando dei mesi in cui la rispettabilità di Leo Pontecorvo era stata fatta a pezzi da una disgustosa storiaccia giudiziaria, di fronte alla quale il povero Leo aveva mostrato una totale inanità. E malgrado Rachel – almeno durante la lunga crisi – non avesse offerto una grande prova di sé, lasciando che il marito ammuffisse in cantina come un pezzo di gorgonzola, dal giorno di fine agosto in cui una squadra di energumeni in guanti di gomma si era portata via il suo cadavere, lei si era come risvegliata da un incantesimo.

Allora sì che aveva fatto vedere ai suoi figli cosa significasse avere le palle. Una dimostrazione di virilità davvero preziosa, considerando l'esempio offerto dal padre negli ultimi mesi. C'è da dire che sia Filippo che Semi erano troppo piccoli e troppo traumatizzati per realizzare con chiarezza quanto insana fosse stata la perizia da serial killer con cui la madre, in così poco tempo, aveva fatto scomparire ogni traccia capace di attestare che Leo Pontecorvo fosse mai esistito.

Per prima cosa aveva parcheggiato i figli a casa di amici. Poi, sfruttando la loro assenza, aveva concepito e avviato la grande opera: rimettere in sesto un intero organismo familiare espellendo persino il ricordo del tumore che lo aveva fatto ammalare.

La prima a farne le spese era stata la Jaguar del marito. La berlina di un elegante blu Francia era stata intestata a Herrera Del Monte, il pittoresco avvocato che, malgrado non fosse riuscito a tirarlo fuori dai pasticci, vantava ancora nei confronti di Leo, e quindi dei suoi eredi, un cospicuo credito.

Poi era arrivato il momento dei tagli draconiani: licenziare Telma, la colf, togliere i ragazzi, almeno temporaneamente, dal tennis e dal nuoto, abolire ogni sfizio personale: parrucchieri, massaggi, creme antirughe, scarpe, teatri, cinema.

Per fare fronte ai debiti più ingenti, Rachel aveva avviato con una banca le pratiche per stipulare un'ipoteca su uno dei due appartamenti che il padre le aveva lasciato e che avrebbe lottato fino alla morte per non vendere, perché, come recitava una splendida tautologia di quell'impegnativo genitore: "Se vendi non è più tuo".

Saldati in buona parte i debiti, le si era presentato il problema di pagare puntualmente la rata in scadenza e, contemporaneamente, di garantire ai figli (se non a se stessa) un tenore di vita che somigliasse a quello cui erano abituati.

Era stato più o meno allora che la sua intraprendenza aveva assunto, almeno agli occhi dei figli, un'aura leggendaria. Per cominciare aveva tirato fuori dal fondo di un cassetto la pergamena che attestava che lei a suo tempo si era laureata a pieni voti in Medicina. Poi aveva chiamato Max, un vecchio amico del marito, primario di un reparto di Cardiologia, per capire se era ancora in tempo a esercitare la professione. Da brava secchiona qual era sempre stata, aveva superato l'ostico esame di ammissione per la specializzazione in Geriatria. Nei quattro anni della specialità Rachel aveva tirato a campare, amministrando gli spiccioli avanzati dopo il pagamento dei debiti, e arrotondando con lavoretti di fortuna.

Ottenuto il diploma di specializzazione, finalmente era stata assunta in una casa di cura per anziani e, poco dopo, aveva aperto, proprio nel seminterrato in cui il marito era morto, lo studio geriatrico che da un ventennio ormai serviva i vecchietti della zona. Quel periodo, così difficile per i Pontecorvo, aveva coinciso con gli anni di liceo di Samuel.

Quando i ragazzi erano approdati entrambi all'università, il tenore di vita della famiglia – pur lontano dallo scintillante benessere assicurato un tempo da Leo – si era assestato sugli standard di un confortevole ménage borghese.

Con questa prova di esuberanza aveva avuto inizio la seconda vita di Rachel Pontecorvo e dei suoi figli. Ecco che razza di Wonder Woman era stata sua madre quando i profumati avambracci tenevano ancora!

Eppure, sebbene per deformazione professionale Filippo avesse una certa pratica di supereroi, quando pensava alla madre negli anni immediatamente successivi al giorno in cui era cominciata la sua vedovanza, non riusciva a vederla se non dentro ai soliti panni: pantaloni di fustagno e un twin set di un caldo color autunno.

Che non fosse quella la tenuta da supereroe?

Era come se Rachel ce l'avesse messa tutta per conferire al suo eroismo la minor pretenziosità possibile, epurandolo della retorica che rende così scomode e pacchiane le divise di Spiderman o di Capitan America. E tuttavia il superpotere su cui poteva contare non era meno versatile e straordinario di quello di cui disponevano i due solitari divi dei cartoon. E non c'erano dubbi che consistesse nel dono di una servizievole ubiquità. Malgrado in quegli anni Rachel avesse avuto le giornate letteralmente ingolfate di impegni, Filippo non ricordava una sola occasione in cui non avesse risposto "presente" a una delle frequenti richieste di aiuto dei suoi figli. Perché la ditta Rachel Pontecorvo, come il room-service di certe grandi catene alberghiere, non chiudeva mai: funzionava ventiquattr'ore su ventiquattro. Ok, non era sempre al meglio (conoscete qualcuno che lo sia?), e tuttavia potevi *sempre* contarci.

Filippo ricorda ancora la notte in cui, tornando da una festa in un casale nella campagna toscana, la sua auto, carica di altri quattro amici sbronzi quanto lui, rimane in panne. Ce ne fosse uno, di quegli spacconi mezzo ubriachi, che prenda l'iniziativa. Naturalmente solo allora, alle tre di notte, in una strada sperduta nel bosco, in pieno febbraio, esce fuori che nessuno ha avuto il coraggio di rivelare alla mammina e al papino che il programma della serata prevedeva una festa a duecento chilometri da Roma. Un'autentica sconsideratezza per quella compagnia di neopatentati.

«Se chiamo mio padre, mi fa il culo!» dice uno. «Non lo dire a me. Meglio che mi trovi un posto dove nascondermi per il resto della mia vita» interviene un altro. Persino il tizio che ha con sé uno dei primi rudimentali cellulari Motorola in circolazione, che il padre gli mette in mano tutte le volte che deve uscire, persino lui non ha il coraggio di usare quell'aggeggio per ciò per cui gli è stato dato.

Così tocca a Filippo. Tocca a lui chiamare Rachel, svegliarla, spaventarla a morte. E lei non si perde certo in rimproveri. Macché. In un tempo che a Filippo nel ricordo appare non più lungo di un istante, eccola spuntare fuori dalla nebbia dentro al suo vecchio, mitico Land Cruiser.

Dà subito istruzioni ai ragazzi (per i suoi gusti fin troppo cerimoniosi) di spingere la macchina del figlio in una piccola radura. Ci penserà lei a venirla a riprendere con uno dei suoi fidati omini. Poi li carica tutti in macchina – quei pisciasotto! – e li riaccompagna a casa uno a uno. Dio, mamma, quella notte ero così orgoglioso di te. Tutti quanti quei cazzoni avevano entrambi i genitori ancora in vita. Eppure ti guardavano come se tu fossi una cosa speciale, una cosa unica. E dire che i loro padri erano tutti pezzi grossi, e le madri avevano un vero talento nello spendere i quattrini dei mariti.

Dopo aver riportato gli amici a casa, Rachel si era fermata nel solito bar vicino all'entrata secondaria dell'Olgiata. Il chiarore di un'incerta alba invernale faticava a insinuarsi nella nebbia, sebbene questa fosse sempre meno fitta. Mentre divorava il cornetto caldo e gustava il cappuccino bollente, Filippo era stato invaso dal tepore che dà solo la stanchezza quando si accompagna alla felicità. Stava per andarsene a letto. E intanto la madre avrebbe riempito le successive quindici ore di impegni, senza un attimo di tregua, a costo di percorrere i trenta chilometri che dividevano Roma dall'Olgiata anche sei o sette volte nella sola mattinata.

Qual era stato il prezzo di tutta quella disponibilità? D'un tratto Filippo, massaggiando gli avambracci della madre, si trovò a chiederselo: che tutto quel darsi da fare non le si fosse semplicemente impresso negli avambracci, come nel famoso romanzo in cui gli atti spregevoli commessi dal protagonista vengono brutalmente registrati da un vecchio ritratto nascosto in solaio?

Per un attimo Filippo fu sfiorato dall'idea che il prezzo pagato da Rachel, inciso sulla carne come un vistoso tatuaggio, fosse il più salato di tutti. Che lei, dopo la morte di Leo, non avesse detto addio soltanto alla comoda vita di signora ricca, ma anche alle discrete opportunità erotiche che avrebbero potuto schiudersi a una graziosa vedova quarantenne.

Ecco come la sessualità della madre – il classico pensiero nei meandri del quale nessun figlio vorrebbe avventurarsi – colmò l'orizzonte emotivo di Filippo. Strano, gli sembrava di pensarci per la prima volta nella vita. Era come se di fronte agli avambracci, che ora non avevano più niente di commestibile e che tuttavia non gli erano mai sembrati così preziosi, Filippo avesse preso coscienza del fatto che la madre aveva abolito il desiderio dalla sua vita molto tempo prima che esso si estinguesse da sé. E il fatto bizzarro era che Filippo non riusciva a decidere se tale abolizione fosse una cosa encomiabile o se, tra tutte le scelte di Rachel, fosse semplicemente la più perversa.

Certo è che, anche in questo, la vita di Rachel somigliava a quella di un supereroe. Incondizionata dedizione alla causa, astinenza, castità, solitudine, l'altra metà del letto gelida e vuota come una tomba.

Non è forse il minimo che pretendiamo da Wonder Woman?

Filippo, non riuscendo a capire se la vischiosa pietà che di soppiatto l'aveva invaso fosse rivolta a se stesso o ai malridotti avambracci materni, tagliò corto:

«Insomma, mi dai asilo o devo sloggiare?»

Solo allora notò, accatastati disordinatamente sul fratino di mogano in mezzo ad altra rachelesca cianfrusaglia, i ritagli di articoli di giornale che, nei giorni precedenti, avevano celebrato l'assurdo successo ottenuto dal suo ragazzone in Francia.

IL FUMETTISTA ROMANO CHE AMMALIA I PARIGINI.
La Stampa

DOPO AVER SFIORATO LA CAMÉRA D'OR A CANNES,
FILIPPO PONTECORVO SBANCA AI BOTTEGHINI D'OLTRALPE.
Il Corriere della Sera

FILE SOTTO LA PIOGGIA DI FRONTE AL BALZAC E ALL'ARLEQUIN
PER ASSISTERE ALLA MESSA CANTATA DI FILIPPO PONTECORVO.
La Repubblica

IL CINEASTA ITALIANO CHE HA COMMOSSO CARLA BRUNI!
Vanity Fair

Quindi le sue imprese avevano raggiunto anche queste remote contrade? Ma certo che le avevano raggiunte. E, a giudicare da quei ritagli, dovevano aver portato uno scompiglio niente male nell'ecosistema di questa discretissima Cornelia. Era strano che solo ora Filippo si rendesse conto che negli ultimi giorni tutti avevano preteso da lui resoconti dettagliati di ciò che era successo in Francia, tranne la madre: la timida Rachel non se l'era sentita di chiedere niente.

Persino Semi lo aveva chiamato da uno dei suoi posti improbabili.

La telefonata era arrivata poche ore prima. Filippo era appena salito sul taxi che dall'aeroporto l'avrebbe condotto a casa, quando il telefonino aveva iniziato a vibrare istericamente e il display si era illuminato della scritta SEMI CELL:

«Ma chi è, il nostro frocetto?» aveva urlato allora Filippo, suscitando la bofonchiante indignazione del tassista. Il quale, chissà, forse sarebbe stato più indulgente se solo avesse saputo che il turpiloquio era così necessario a Filippo e a Samuel Pontecorvo per comunicare. Scambiarsi insulti e volgarità: questo il modo virile in cui i due fratelli da tempo immemorabile non smettevano di volersi bene!

«Pensa, stavo cacando in santa pace, sfogliando un giornaletto in cirillico di cui non capivo un'acca, quando ho visto la tua bella faccina di cazzo che mi sorrideva dalla pagina degli spettacoli...»

«E quindi?»

«Voglio che mi racconti per filo e per segno tutto quello che è successo nell'ultima settimana. Per intenderci: da quando hai messo piede allo Charles De Gaulle a quando Carla Bruni ti ha fatto il suo pompino accademico.»

Sia Samuel che l'aveva pronunciato sia Filippo che l'aveva assimilato sapevano che il copyright di quel modo di dire – "Voglio che mi racconti per filo e per segno" – apparteneva al loro defunto padre. Avevi avuto un bel voto a scuola o fatto un goal di testa nella prima partita del campionato scolastico, ed ecco che Leo esigeva da te un racconto ricco e dettagliato di quel che era successo, affidandosi sempre allo stesso incipit: "Voglio che mi racconti per filo e per segno".

Filippo e Samuel non parlavano mai del padre. Era una legge non scritta cui quei due attempati orfani si attenevano scrupolosamente da venticinque anni. Il solo luogo in cui Leo continuava a esistere erano certi giri di frasi, certi vocaboli peculiari, certe fantasiose costruzioni sintattiche di cui lui era solito abusare, e che i figli avevano interiormente registrato e plasmato a uso della loro comunicazione cifrata. In fondo, il ricco catasto di citazioni – tratte da libri film cartoni animati – che costituiva il centro nevralgico dell'intimità di Filippo e Samuel Pontecorvo era abbastanza capiente da contenere anche i tic linguistici di Leo.

C'era forse un modo più efficace per tenere in vita il padre senza nominarlo?

Fatto sta che Filippo, lì, sul taxi che lo riportava a casa, intrappolato nello starnazzante traffico romano, al telefono con il fratello e in telepatica comunicazione con un padre che non esisteva più da secoli, era stato sommerso dall'onda anomala dell'ansia retrospettiva. Era come se, improvvisamente, dopo giorni di caos e inettitudine, in un solo istante avesse preso coscienza dell'enormità di ciò che gli stava capitando. Come se fino a quel momento avesse accolto il pandemonio suscitato in Francia dal suo lungometraggio animato con sonnambulesco distacco.

Filippo aveva appena saputo di non aver vinto la Caméra d'Or, quando l'ufficio stampa del distributore l'aveva convocato a Parigi: la rivista "Les inrockuptibles", dopo l'exploit di Cannes, voleva dedicargli una copertina. Un'occasione irrinunciabile. Il nostro sonnambulo, sebbene nel registrare tutte quelle novità avesse avvertito un po' di nausea, era corso a Parigi.

Ma nonostante la buona volontà, non c'era stato momento, durante il trionfale soggiorno parigino, in cui Filippo fosse riuscito a liberarsi dall'irritante sensazione di essere stato beneficiato da uno scambio di persona, la cui vittima era un uomo di certo più meritevole di lui.

Davvero è lui il damerino che alloggia nella junior suite dell'Hôtel de Sers, dalla cui vasca rococò si gode la vista di uno stucchevole spicchio di Parigi? Lui, il pezzo grosso scarrozzato in Audi A5 lungo solenni assolati boulevard? Lui, il contegnoso cineasta che, sul palco allestito davanti allo schermo di un grande cinema cittadino, non sa dove mettere le mani di fronte all'ovazione di almeno cinquecento parigini? Lui, il rubacuori che, la sera prima di ripartire, riceve in camera la visita di Charlotte, l'occhialuta interprete che lo ha assistito in quei giorni, la quale, senza colpo ferire, gli sbottona i calzoni per elargirgli uno sdolcinato pompino vista Tour Eiffel?

Sì, certo. Doveva essere proprio lui. Ma allora perché le sensazioni più vivide sopravvissute a quel tour de force erano il gusto affumicato del club sandwich ordinato a notte fonda per alleviare l'angoscia e il senso di scampato pericolo che lo aveva invaso quando era risalito in aereo?

Insomma, c'era voluto Semi perché i ricordi degli ultimi giorni prendessero miracolosamente fuoco, inducendolo peraltro a pensieri di sconsiderato sentimentalismo. Chissà papà cosa avrebbe pensato di tutto quel casino? Dio solo sa quanto si sarebbe divertito e quanto ne sarebbe stato fiero. Parigi che incorona suo figlio. Sì, proprio Parigi: la città in cui Leo aveva vissuto, la città che Leo aveva tanto amato... Esiste una ragione più virtuosa per avere successo che far piangere di orgoglio tuo padre? Esiste un motivo più lecito per commuoversi della consapevolezza che il padre a cui tanto sarebbe piaciuto godersi il tuo successo da un quarto di secolo non è più in grado di godere di alcunché?

Ebbene, analoghi lacrimevoli interrogativi lo assalirono nel soggiorno di Rachel, vedendo lì affastellati i trafiletti che lei aveva ritagliato in suo onore e che, probabilmente, sarebbero andati ad arricchire la pingue cartella nella quale la signora Pontecorvo conservava tutte le cose importanti capitate all'umanità da che lei era al mondo. D'un tratto Filippo fu invaso da una tenera pietà per Rachel.

«Insomma, tesoro, è ora di chiamare Anna! Dài, ti faccio il numero.»

Rachel era la donna con la quale Filippo aveva vissuto più a lungo. Aveva ventotto anni quando aveva lasciato il nido. Ecco perché sapeva perfettamente che i giorni trascorsi con lei sarebbero stati scanditi da quel genere di lagne e di richieste. Sarebbe stato tutto un "dài-chiama-Anna-ti-faccio-io-il-numero" e un "dài-ti-prego-non-fare-il-bambino"... Ma per ora non gliene importava niente.

Il gesto patetico di Rachel di conservare i ritagli di giornale, unito alla discrezione con cui aveva evitato di alludere a ciò che quei trafiletti significavano, l'aveva persuaso di essere venuto nel posto giusto: non c'era al mondo, infatti, un'altra creatura vivente che più di sua madre avrebbe potuto rassicurarlo sul fatto che no, lui – a dispetto di ciò che dicevano quegli esagerati di francesi con i loro *formidable*, *génial*, *drôle*, *prophétique* – non valeva ancora un bel niente.

Finché, un sabato di inizio estate, alle prime luci dell'alba, Anna non va a riprenderselo. Come da copione, Rachel si mostra a dir poco collaborativa con la nuora. Porta al figlio il caffè in camera. Accende l'abat-jour. Per un attimo Filippo si chiede se non sia ora di andare a scuola.

Intanto la madre gli riempie la sacca con camicie e mutande stirate. Dopo averlo strappato al giaciglio dello storico letto a castello che un tempo condivideva col fratellino, e dopo averlo fatto vestire, lo scorta come un condannato a morte fino all'auto della moglie, parcheggiata fuori dal cancello, ammannendogli nel frattempo il trito discorsetto della corona su doveri e responsabilità. Come se, più che a un qualsiasi figlio alle prese con una crisi coniugale, Rachel si stesse rivolgendo a un capo di governo accusato di alto tradimento.

Anna è lì che ciondola nel vialetto. Indossa orribili fuseaux a strisce orizzontali che esaltano la sua magrezza, e occhialoni neri non molto diversi da quelli inforcati in un aeroporto innevato un memorabile Capodanno. Filippo intuisce che, al contrario di lui, Anna viene da notti tormentose. Se sceglie di tacere è perché teme che qualsiasi cosa dica ora, da semiaddormentato, potrà essere usata contro di lui quando sarà sveglio. La sola frase che riesce ad articolare è: «Che ne facciamo della mia macchina?». È Rachel a rispondergli: «Non preoccuparti, tesoro, faccio in modo di fartela riavere il prima possibile».

Filippo non sa decidere se preferisce il profumo che langue nell'abitacolo dell'auto di Anna o il paesaggio che si gode dal finestrino. La testa poggiata al vetro, si abbandona all'epico quadro della campagna romana al suo meglio. Doveva essere in una mattina del genere che Turno ed Enea se le diedero di santa ragione. Un soffice piumone di foschia azzurra da cui spuntano magicamente lecci secolari e casupole di pietra.

Quando Filippo si sveglia non è a casa. Ma nel parcheggio di un motel. Motel Ranch, per essere precisi.

«Che ci facciamo qui?»

La sua laconica moglie non risponde.

Si capisce che l'allampanato portiere, dall'accento slavo, ha riconosciuto Anna. In circostanze normali la cosa sarebbe per lei terribilmente lusinghiera. Ma stamattina ha altro per la testa. È intenzionata a regalare a Filippo ciò che da troppo tempo tiene per sé. Sebbene si trovi in uno squallido motel fuoriporta, a suo marito basta vedere come lei si toglie i fuseaux con un gesto rapidissimo per sentirsi di nuovo a casa. Da quel momento in poi, è tutto un commovente riconoscersi.

Anzitutto l'egoismo. In quei momenti l'infantile egoismo di Anna raggiunge vette paradossali. Se ne sta lì tutta concentrata su di sé. Avete presente le docili ragazze un po' all'antica che fanno ogni sforzo per darti piacere, in un modo (diciamolo) anche un po' patetico? Ecco, Anna è incapace di un simile altruismo. Si

71

comporta come un vizioso animaletto in cerca della posizione più congeniale. Inutile spiegare quanto entusiasmanti possano essere alcune sue estemporanee ritrosie. La piccina non vuole essere distratta e la sua ricerca di perfezione è resa ancor più titanica dalla proverbiale irrequietezza. Non fa che cambiare posizione. Costringendoti a salti mortali. E tuttavia, essendo una ragazza beneducata, figlia di un padre tutto d'un pezzo, lei ama le posizioni tradizionali. Quando le stai sopra (al modo del celebre missionario), lei si stringe come un bebè infreddolito: è quello il segnale del pieno abbandono.

Per non dire del momento dell'orgasmo. Che poi "momento" non è la parola giusta. Parliamo di un bel po' di secondi. Una lieve vibrazione che sembra provenire da un centro nevralgico inattingibile, che pian piano contagia ogni centimetro del suo corpo. Il rombo grave e lontano che annuncia il maremoto. È lì che intuisci veramente quanto sia fragile e sensibile, povera piccola. C'è da dire che al dunque non emette alcun particolare suono. In quel frangente (e solo in quello) si vergogna. Chissà perché è così impacciata quando si tratta di esprimere verbalmente il grado del suo piacere. Sarebbe bello se la sua faccia in quei grandiosi istanti assumesse la stessa estatica espressione di quando la novizia della serie sulle suore detective avverte nella sua cella la presenza della Madonna. Ma in realtà somiglia di più a quella della figlia del commissario quando crede che il padre, rapito dalla mafia, sia stato fatto fuori. Sì, c'è qualcosa di straziante in quel suo modo di lasciarsi andare. Un san Sebastiano che accoglie i dardi che arrivano da tutte le parti con vero fatalismo.

Ebbene, se esci incolume dal formidabile spettacolo del suo orgasmo, se riesci a non venire a tua volta di fronte a quella commovente esibizione di discrezione e delicatezza, be', allora per te arriva il bello. Perché tanto, prima di venire, Anna si è fatta i fatti propri, quanto un secondo dopo si mostra sollecita nei tuoi riguardi.

Dopo l'egoismo, arriva anche per lei il momento dell'altruismo.

Un attimo dopo essersi appropriata della sua razione sindacale di piacere, è pronta a prodigarsi per te. Quel che davvero non può concepire è che tu non le venga in bocca. So che non si tratta di una cosa troppo originale. So che non c'è filmato sul web che oggigiorno non celebri questa pratica per cui i giapponesi impazziscono. Ma ciò non fa che provare quanto Anna sia al passo con i tempi.

E tutto sarebbe davvero perfetto se non si mettesse di mezzo il solito spirito agonistico. Il guaio è che deve essere lei a farti venire. La sua bocca e le sue mani, intendo. Guai se provi ad aiutarti toccandoti. Lei lo considera un oltraggio alla sua femminilità e un insulto al suo orgoglio! È lei che deve riuscirci. Tocca a lei scalare tutta sola quella montagna. Ed è a quel punto – in quegli istanti decisivi – che lei dà degna prova del suo strabiliante nervosismo: te lo mena e te lo succhia con tutta la foga che ha in corpo. A costo di maltrattarti, a costo di farti male. E il suo slancio è talmente incontrollato che certe volte si protrae ben oltre il tuo orgasmo... Finché non sei tu a fermarla con gesto delicato.

L'epilogo è dei più imprevedibili. A differenza del 99 per cento delle ragazze, Anna non chiede di essere coccolata né rassicurata. Non ti chiede la parodistica prova di una tenerezza che in quel momento non provi affatto. A fine corsa Anna è sazia e depressa quanto te. Non le resta che togliersi di mezzo, trotterellare via come un cowboy che, dopo aver salvato la città, fugge – benedetto dalla feroce luce del tramonto – verso una nuova solitaria avventura.

Ma non nella sordida stanza del motel Ranch. Quel giorno Anna rimase al fianco di Filippo. Con un gradito eccesso di zelo si allontanò solo un attimo per andare a prendere nella borsa un bel sigaro Cohiba, di quelli che il padre offriva al genero dopo pranzo.

«Servizio in camera» disse Filippo divertito.

«Sei un essere così elementare» rispose Anna tutta soddisfatta di sé. Ed era la prima frase che gli rivolgeva da che si erano rivisti.

«Di' un po': perché tu mi deludi sempre, in tutto, tranne che in questa circostanza primaria?»

«La mia forza» rispose Anna compita, come si accingesse a parlare dell'argomento che conosceva meglio «è che, a differenza di molte altre donne meno nevrotiche di me, io non ho tabù. E non ne ho per una ragione molto semplice: perché non do alcuna importanza al mio corpo. Perché per me il mio corpo semplicemente non esiste.

A quindici anni ho avuto una relazione con il migliore amico di mio padre. Ero appena uscita dal mio secondo ricovero e sarebbe passato un bel po' di tempo prima che rientrassi in pieno possesso del mio corpo. Conosci la storia, no? Avevo capito che era arrivato il momento di ricoverarmi quando una mattina, prima di andare a scuola, guardandomi allo specchio non avevo visto alcuna immagine riflessa. Non hai idea che spavento! Avevo iniziato a urlare. Comunque sia, il ricovero, le cure, i farmaci mi aiutarono. Ma non fino al punto di riuscire a restituirmi completamente il corpo che mi era stato sottratto da una specie di incantesimo.

Devo aver intuito allora che non avere un corpo certe volte può essere vantaggioso. Per esempio ti impedisce di avere tutta quell'ansia di preservarlo. E forse fu questa la ragione per cui mi consegnai a un uomo dell'età di mio padre. Se non senti il tuo corpo esistere, puoi dare prova di grande docilità e perversione. È quello che capitò a me con l'amico di mio padre. Lui poteva fare di me quello che voleva. Mi sembrava persino una scortesia negargli qualcosa.

Sai, come molti uomini esperti, era un patito del mio fondoschiena. Per lui il didietro era davvero tutto. Una religione. Il culo di una quindicenne. Era tutto quello che voleva. Be', a me non restava che volgergli le spalle e dargli il benvenuto, senza fare troppe storie. E sai che ti dico? Ho sempre trovato commovente il modo in cui voi uomini desiderate certe parti specifiche di noi donne. Siete come dei bambini. Rifiutarvi ciò che più desiderate è come rifiutare a un figlio il suo giocattolo preferito. Una crudeltà di cui non sono capace!»

Queste parole avevano fatto da viatico a un periodo della vita di Filippo Pontecorvo che si annunciava foriero di felicità. Nell'ultima settimana di giugno di quel bizzarro 2010 l'epidemia francese aveva, per così dire, attraversato il traforo del Monte Bianco per contagiare le redazioni Cultura&Spettacoli di influenti giornali nostrani, e Filippo non aveva fatto che ricevere grappoli di sms che si congratulavano genericamente per non si sa bene cosa, dato che il film in Italia sarebbe uscito in autunno e nessuno, quindi, lo aveva ancora potuto vedere e valutare.

Ma non erano certo quegli assurdi attestati di ammirazione ad aver reso così sconcertantemente piacevole il soggiorno di Filippo in casa propria. Bensì la presa d'atto che la persona i cui ormoni erano stati maggiormente scombussolati dalla baraonda che lo aveva investito era proprio Anna. Che dopo aver messo fine allo sciopero sessuale in una squallida stanza d'albergo, non aveva più fatto le bizze.

Malgrado Filippo non avesse esitato un attimo ad approfittarsi dell'imprevista disponibilità carnale della sua signora, preferì non soffermarsi troppo sulla natura opportunistica di quel cambio di rotta. Così come nelle passate settimane aveva digerito (pur opponendo qualche vibrante protesta) i rifiuti sempre più insofferenti di Anna, ora si godeva la pacchia della sua generosità, disperando che quel nuovo corso potesse durare anche solo sino alla fine dell'estate.

E forse proprio perché il sesso era l'unico luogo che i due coniugi non avevano mai osato inquinare con le scorie delle rispettive nevrosi, a Filippo sembrava che le cose tra loro non avessero mai funzionato così bene. Allora si era illuso che quella potesse essere l'estate della tranquillità.

In effetti, sulle prime, tale si era rivelata: l'estate dell'attesa che un successo annunciato si trasformi in un successo conclamato. L'estate in cui Filippo prova per gli amici della moglie delle ricette nuove davvero gustose e gli amici della moglie non lo trattano più come se lui fosse lo chef di casa, ma un grande artista con il vezzo della cucina. L'estate in cui Filippo scopre quanto sia galvanizzante l'idea di avere combinato qualcosa.

Poi, un martedì di inizio luglio, era arrivata quella telefonata.

Fu Anna a prenderla. Filippo, in soggiorno, stava rivedendo per la decima volta la puntata dei "Simpson" in cui Krusty il Clown, pentito di non aver fatto il Bar Mitzvàh[2], si fa aiutare da Bart e Lisa a riconciliarsi con l'intransigente padre rabbino. Afferrando la cornetta, Filippo aveva ancora stampato in faccia un divertito sorriso di ammirazione per il genio di Matt Groening e per la propria capacità di riconoscerlo, quando sentì la voce del produttore che gli diceva:

«Senti, caro, hai due minuti? Ti devo parlare di una cosa seria.»

Allora Filippo si ritirò nell'angusta stanza che da quando era un pezzo grosso aveva preso a chiamare "il mio studio".

«Che succede?»

«Quello che ti sto per dire è estremamente delicato, Filippo. Ma promettimi di non preoccuparti, probabilmente è soltanto una cretinata. Quindi non saltare subito a conclusioni sbagliate...»

«Dài, finiscila con i preamboli e dimmi cosa sta succedendo.»

«Arrivano strane voci dalla Francia.»

«Che voci?»

«Pare che nei giorni scorsi su alcuni siti internet islamici siano usciti giudizi feroci nei confronti di *Erode*.»

«Stai parlando di stroncature? È per questo che hai una voce funerea, perché dopo tanti consensi arrivano le prime stroncature?»

«No, Filippo, non sto parlando di stroncature. Sto parlando di contenuti minatori. O, per essere franchi, di minacce.»

«Minacce? E chi minacciano?»

«Minacciano te, s'intende. E, in seconda battuta, noi che ti abbiamo consentito di arrivare a un pubblico così vasto.»

«Cos'è, uno scherzo?»

«Purtroppo no. Ieri sera non ho chiuso occhio.»

«E mi chiami soltanto adesso?»

«Volevo esserne certo. Non volevo allarmarti per niente.»

---

[2] Cerimonia che celebra l'ingresso nell'età adulta del giovane ebreo all'età di tredici anni.

«Quindi significa che ora hai qualcosa per cui allarmarmi.»

«In realtà non credo che ci sia nulla di davvero allarmante. È solo una seccatura. Anzi, sono convinto che non corri alcun pericolo.»

«Non hai la voce di uno convinto di qualche cosa.»

«Te l'ho detto, non ho chiuso occhio. Stamattina ho fatto tutte le verifiche del caso. Ho parlato con il distributore, con le autorità francesi, ho pure contattato un traduttore per capire il tenore delle minacce.»

«E...?»

«Sono incazzati, Fili. Sono davvero incazzati. La buona notizia è che, a quanto sembra, si tratta di siti marginali, per lo più sconosciuti alle autorità. La cosa, quindi, potrebbe non avere alcun seguito. Morire lì.»

«Oppure a morire potrei essere io.»

«No, dài, non esagerare. Non sto dicendo questo. Anzi, volevo rassicurarti sul fatto che la situazione è sotto controllo. Stiamo lavorando affinché la notizia non esca sui giornali. Sai come funziona: la cosa peggiore, in talune circostanze, è la pubblicità.»

«Ma si può sapere perché ce l'hanno con me?»

A turbare tanto quegli esagitati erano stati trenta secondi di film, pochi fotogrammi. Certamente i milioni di fan di *Erode e i suoi pargoli* ricordano bene le scene che furono oggetto di accesi dibattiti sui giornali e nelle tribune televisive. Scene innocue, capaci tuttavia di attirarsi le ire degli integralisti... su cui il narratore di questa storia, sprovvisto del coraggio di Filippo Pontecorvo, preferisce perciò soprassedere. In alcune circostanze l'omertà è la migliore assicurazione sulla vita.

«Me li sono rivisti almeno dieci volte, quei trenta secondi di film. Ma non riesco proprio a capire.»

«Mi sembra un'assoluta follia. Una cazzo di follia!» urlò Filippo.

Già da qualche istante non ascoltava più il produttore. Era infuriato. Non sapeva cosa odiare di più: l'oscura follia omicida che, chissà perché, voleva mettere fine ai suoi giorni, o il modo mellifluo in cui il produttore manifestava la sua inettitudine snocciolando discorsi pieni di buonsenso illuminista. Per un secondo Filippo fu sfiorato dall'idea che quel tale, famoso per la sua avidità, potesse essere persino contento. Che grandiosa opportunità pubblicitaria! Sì, davvero niente male: un Salman Rushdie nuovo di zecca, germogliato spontaneamente nel tuo giardino, proprio lì dove non avevi neppure seminato.

Poi Filippo ripensò ai fotogrammi incriminati, quelli per cui ora c'era chi voleva fargli la pelle. E dire che era stato lì lì per eliminarli. Alla fine dell'ultima proiezione, poco prima di licenziare il film definitivamente, si era chiesto se quei trenta secondi non fossero pretenziosi. Vi si raccontava un sogno del protagonista. Uno sfoggio di erudizione esotista... Ma poi, con la vanità dell'esordiente, aveva deciso di tenerli. E una cosa bisognerà pur riconoscerla, alla vanità: trova sempre modi creativi per farti pentire di averle dato credito.

«Forse siamo ancora in tempo a sbarazzarcene» disse Filippo d'impulso.

«Di cosa?»

«Di quei trenta secondi.»

«Sai, non osavo chiedertelo. Ma... sì, questa sarebbe una buona idea. Una dimostrazione di buona volontà.»

Ancora una volta Filippo patì l'irritante distonia tra le intime convinzioni del produttore e il tenore conciliante delle sue parole. Poteva anche dare fondo alle sue inesauribili riserve di vaselina ma questo non avrebbe modificato la realtà: i giochi erano fatti. Ormai quei trenta secondi erano stati visti e commentati. Toglierli non serviva a niente. Il dono più grande fatto da Dio al fondamentalista è l'ottusità: sta proprio lì il gusto, nell'attenersi coerentemente a certi saldissimi principi. A tutti i costi. Quest'infedele l'ha sparata grossa? Ha sgarrato? Presto vedrà di cosa siamo capaci.

Quando Filippo attaccò, la casa con cui negli ultimi tempi aveva fatto pace gli si manifestò di nuovo nella sua forma più lugubre. Avrebbe pagato oro in quel momento per una moglie normale. Una donna equilibrata e perbene con cui confidarsi e da cui lasciarsi confortare. Un ventre morbido su cui poggiare le guance ispide di barba. Ahimè, di là c'era Anna. E Filippo di tutto aveva bisogno, tranne che di assistere alle manovre con cui stavolta lei si sarebbe appropriata di quella storia. Gli bastava la pazzia degli integralisti. Aggiungere pazzia a pazzia non sembrava una buona idea. No, non le avrebbe detto niente.

Tornò in soggiorno. Afferrò il telecomando del dvd. Tolse la pausa. Ora il Bar Mitzvàh mancato di Krusty il Clown non era più divertente. Anzi, sentir parlare di cerimonie ebraiche e di padri inflessibili da parte di piccoli ometti gialli lo sconfortava profondamente.

Spense la tv.

Doveva inventarsi qualcosa per superare quello stato di angoscia. Avviò il laptop sul tavolo. Andò su Google. E nei minuti successivi le provò tutte per arrivare ai siti islamici che ce l'avevano con lui. Scovò persino un sito che faceva la traslitterazione dei nomi propri dal nostro alfabeto in quello arabo. Digitò il suo nome. Ottenne una scritta enigmatica, la incollò nella stringa di ricerca di Google. Cliccò. Apparve un certo numero di siti (ottocentotrenta) scritti in quello strano alfabeto. Visitò i primi quindici. Che frustrazione vedere il suo nome in un alfabeto sconosciuto, per di più assediato da tanti altri segni terribilmente minacciosi. In un attimo il web – il mondo magico dai confini imprecisabili –, che fino a qualche ora prima gli era sembrato un luogo a lui così favorevole, gli parve una giungla vischiosa e inviolabile, un milione di volte più vasta della foresta amazzonica, dove le leggi di convivenza che gli uomini si erano dati erano state abolite dal clic simultaneo di miliardi di polpastrelli.

Sì, quel posto, la potenza di quel posto, faceva davvero paura.

Dunque era questo ciò che, alla fine, gli regalava l'estate che avrebbe dovuto celebrare il suo trionfo: il solito vecchio caro scotto da pagare? Dio santo, era stato stupido a non prevederlo. Perché meravigliarsi? Non c'è dono per cui alla fine non ti venga presentato il conto. Come aveva potuto dimenticarsene, proprio lui, il figlio di quella giansenista di Rachel Pontecorvo?

Fu così che Filippo finalmente trovò qualcuno su cui rifarsi. Non poteva prendersela con i killer che presto gli sarebbero stati alle calcagna, non poteva prendersela con il produttore, non poteva pren-

dersela con Anna. Ma con Rachel sì, con lei poteva prendersela eccome. Di slancio Filippo comprese le ragioni di chi lo minacciava.
Quando sei frustrato è essenziale trovare qualcuno con cui avercela a morte. Loro se la pigliavano con lui. Lui se la prendeva con la
madre. Il che non era una novità: a cos'altro serviva Rachel se non
a raccogliere su di sé la rabbia dei figli?

"È tutta colpa di mamma" pensò Filippo. E subito si sentì meglio.

Seconda parte

IL PENDOLARE DEL CIELO

Il minimo che ti aspetti da un hotel con tutte quelle stelle all'ingresso è che, nel computo dei comfort garantiti (prodotti di bellezza Hermès, lenzuola di raso, vista zen), ci sia posto anche per una bella dormita.

Di quelle che facevi da ragazzo.

Ma qualcosa doveva essere andato storto se Samuel Pontecorvo, alle cinque del mattino – dopo tre ore impelagato in qualcosa di solo vagamente somigliante alla veglia e quasi per niente all'incoscienza ristoratrice –, si ritrovava in bagno preda di un'angoscia senza precedenti.

Aveva senso infilarsi un paio di pantaloni, scendere nella hall e protestare per la cattiva qualità del sonno? Sebbene i concierge nei giorni precedenti avessero dato prova di quanto garbata potesse essere la loro britannica ipocrisia, c'era il rischio che stavolta lo prendessero per matto.

Armeggiò per qualche secondo nel nécessaire, da cui trasse una scatoletta disastrosamente vuota. La fine della scorta di Pasaden non fece che offrire nuovo combustibile alla crisi di ansia in corso. Semi aveva un tale rispetto per quella droga legalizzata che negli anni aveva imparato come parte del gusto di consumarla abitualmente consistesse nel controllarne gli approvvigionamenti e amministrarne la dipendenza. Sapere che stava lì, a portata di bocca, era quasi meglio che ingerirla. Gli era stata prescritta da un medico (un secolo prima) per alleviare i postumi di una delusione amorosa: «È una molecola giapponese, un po' vecchiotta, forse, ma sempre in gamba». Altro che vecchiotta! Altro che in gamba! Semi aveva continuato a consumarla anche quando le corna della ragazza fedifraga avevano smesso di tormentarlo da un pezzo.

Il guaio era che, nelle ultime settimane, aveva avuto più di una ragione per abusarne. E ora che ogni cellula del suo corpo chiedeva di essere consolata, lui si ritrovava sprovvisto della consueta panacea. Con la depravazione del tossico, iniziò a leccare avidamente i piccoli incavi del blister. Ma il solo effetto prodotto da quel gesto dissoluto fu di farlo sentire ancor più ridicolo e fuori di testa.

Calma, bisogna solo stare calmi. Riordinare le idee.

Ecco: normale che a quell'ora, in piena astinenza da Pasaden, la materia grigia si impantanasse in deprimenti cliché come quello appena trascritto! L'ultima cosa di cui Semi aveva bisogno, infatti, era la lucidità. Mille volte meglio dimenticare tutto ciò che era successo un paio di giorni prima che stare lì ad analizzarlo con cura. Per quanta ironia ci mettesse, non c'era modo di conferire all'evento un crisma di tollerabilità. Per Dio! Se non è un vicolo cieco che un tizio con l'alito pestifero ti punti una pistola ai testicoli, be', allora ditemi voi cos'è un vicolo cieco. È pur vero che non si può sapere quanto faccia paura ritrovarsi una pistola sulle palle prima che qualcuno te la punti. E ora che Semi lo sapeva, gli bastava ripensarci perché gli intestini fremessero in uno spregevole spasmo di colite.

La cautela scaramantica di sedersi sul water gli diede l'illusoria sensazione di aver ritrovato la calma. Faceva un bel calduccio là dentro (figuriamoci, settecento sterline a notte). Lo scroscio della doccia che viola il silenzio della notte suona sempre come un sacrilegio. O, se non altro, come un atto di imperdonabile indelicatezza. Almeno così lo giudicò Semi pensando che, oltre la parete del bagno, nello stesso lettone in cui fino a qualche attimo prima si era consumata la battaglia tra lui e i suoi più oscuri presagi, dormiva Silvia. Povero amore mio, facciamola riposare. Ieri era esausta.

Semi si chiese se la pietà con cui pensava alla ragazza che lo aveva raggiunto a Londra per il weekend, e con cui stava da quasi quindici anni, non rivelasse la forma compiaciuta e ipocrita assunta dalla sua autocommiserazione. O se, più semplicemente, in un accesso di fariseismo, non riuscisse a non compatire Silvia per ciò che lui le aveva fatto, e avrebbe presumibilmente continuato a farle: menzogne, tradimento, la riparatrice proposta di matrimonio, tanto per cominciare. Poi tutto il resto.

Uscendo dal bagno, urtò con il piede il carrello su cui marcivano i resti della frettolosa cena della sera prima, che esalavano un equivoco odore di confettura di lamponi e ketchup raffermo.

Da troppo tempo, ormai, per lui e Silvia quei carrelli imbanditi rappresentavano il delizioso apice toccato da una vita raminga e paramatrimoniale. Strano: Semi aveva sempre pensato che, per una coppia come si deve, l'attimo per antonomasia dovesse essere quello in cui lui viene dentro di lei proprio mentre lei sta per venire. Non era questo il romanticismo coniugale cui era doveroso aspirare? Possibile che per loro tutta la gioia di stare assieme si esaurisse nell'irruzione dei cigolanti carrelli che trasportano il cibo buono, asettico e ripugnante degli alberghi ultrastellati? E che quello stridio di ruote facesse le veci dell'orgasmo condiviso?

Semi sapeva che tutto questo capitava a causa sua. La sola colpa di Silvia era che, nella sua docilità, si era adeguata ai ritmi e alle mancanze di un futuro marito ogni giorno più simile a un maledetto eunuco.

E leccagliela! È ciò che farebbe un vero uomo a questo punto della storia. Non riesci a scoparla? Be', almeno dimostrale che per te il fatto che lei sia una donna è una cosa interessante. Su, frocetto, non startene lì impalato: tira via le coperte, sposta delicatamente con un dito la striscia di slip che ti separa dal tesoro e donale il risveglio che merita! Fa' quello che deve essere fatto, quello che da troppo tempo non fai. Sì, forse all'inizio si spaventerà, per qualche istante farà l'indignata, se non stai attento potrebbe pure scalciare; poi però, vinto l'imbarazzo, ti lascerà arrivare a destinazione. Per qualche assurda ragione ti ama. Dovrai pure ricompensarla, no?

Lo so che non è facile: non lo fate da troppo tempo. Anzi, a ben pensarci lo avete fatto talmente poche volte che ti sembra di ricordarle tutte, una a una. Per la verità, la cosa che ricordi meglio è il senso di esultante sollievo da cui sei stato invaso nelle occasioni in cui sei arrivato fino in fondo. Il guaio, ragazzo mio, è che la ragione per cui la gente scopa non è arrivare in fondo. La ragione per cui la gente lo fa è godersi il più a lungo possibile il tempo che separa il momento in cui ci si spoglia da quello in cui ci si riveste. La gente normale non pensa a un coito compiuto come a un pericolo scampato.

Muovendosi con cautela nel buio, Semi raggiunse la grande finestra protetta da un pomposo tendaggio. Aprì un varco – feritoia di luce fioca nel funebre mare di velluto – e diede una sbirciata fuori. A quell'ora Canary Wharf, il quartiere hi-tech nell'East End affacciato sul Tamigi, mostrava il suo aspetto fantascientifico. Il cielo aveva il colore di un mirtillo maturo. Un'enorme chiatta dal fondo piatto scivolava sul fiume carica di tonnellate di immondizia industriale spolverata dallo zucchero a velo del nevischio.

Se fosse stato solo, a quell'ora avrebbe già acceso luci e tv. Avrebbe esorcizzato i cattivi pensieri con un po' di baccano. Si sarebbe infilato sotto la doccia per una ventina di minuti. E chissà, forse avrebbe persino trovato il coraggio di buttarsi dalla finestra.

E pensare che era stato lui, un mese prima, a insistere perché Silvia lo raggiungesse a Londra. È che a quel tempo (sì, gli veniva da dire così, "a quel tempo", come se fosse passato un secolo) il magnifico investimento sulla partita di cotone uzbeco, nonostante si fosse già un tantino complicato, prometteva ancora bene.

Per questo aveva insistito. Si sarebbero visti in zona neutra. Il suo aereo di ritorno da Tashkent atterrava a Londra. Era lì che lui l'avrebbe attesa. Avevano un bel po' di cose da festeggiare: quindici anni assieme, il matrimonio alle porte e un affare che, qualora lui fosse riuscito a condurlo in porto, avrebbe pagato tutte le spese che li attendevano. Lei, per accontentarlo, aveva disertato il compleanno del boss allo studio legale presso cui lavorava. E questo, per una tipetta solerte e ambiziosa come Silvia, doveva essere stato un bel sacrificio. E per cosa? Per l'ennesimo weekend romantico. Una patacca pretenziosa e inflazionata!

Da che, più o meno tre anni prima, esasperato da un lavoro sempre più rischioso e snervante, aveva mollato il posto di senior advisory manager presso la Citibank di New York, e, pur di rientrare finalmente in Italia, aveva accettato l'offerta di un trader di cotone di affiancarlo come socio di minoranza in una florida impresa, il numero dei viaggi in capo al mondo di Samuel Pontecorvo era aumentato esponenzialmente. Sebbene, rispetto a quando viveva a New York, potesse stare molto più tempo con Silvia, con Rachel, con Filippo, non c'era modo di eludere tutti quei viaggi lungo la cosiddetta "via del cotone", come una specie di novello Marco Polo.

D'altronde Jacob Noterman, il suo socio-mentore, su questo punto era stato chiaro sin dal principio: «Non ha senso commerciare in cotone nel modo in cui lo fa la maggior parte dei miei colleghi: seduti di fronte a uno schermo a seguire le oscillazioni del mercato. Questo lavoro si fa sul campo. Alla vecchia maniera! Occorre andare lì dove il prodotto nasce. Impratichirsi con le tecniche di lavorazione. Trattare personalmente con quei figli di puttana. Guardarli negli occhi, sentire la puzza del loro fiato e bla bla bla...».

Discorsi del genere avevano trovato terreno fertile nel cuore di un ragazzo che aveva passato gli ultimi dieci anni della sua esistenza a interpretare dati al computer, a comporre scenari virtuali, a vendere e a comprare carta straccia. Certo, lo scotto da pagare per questa nuova vita avventurosa erano i tempi morti trascorsi negli aeroporti, nelle stazioni ferroviarie, negli alberghi, in taxi. Per non dire dei ritardi accumulati, degli imprevisti meteorologici, degli scioperi, dei controlli di sicurezza, degli allarmi attentato, dei bagagli smarriti...

Con il tempo Semi aveva imparato a rendere questa inevitabile trafila un po' meno estenuante. Aveva preso a disprezzare i viaggiatori occasionali, e a fare tutto il contrario di ciò che loro avrebbero fatto. Ormai era in grado di preparare un bagaglietto funzionale che neppure la hostess di terra più pedante avrebbe potuto costringerlo a imbarcare. Aveva un'idea alquanto precisa di quali fossero le compagnie aeree e le catene alberghiere da scegliere, e quali quelle da evitare. Riconosceva a prima vista il genere di bar aeroportuale in cui era sconsigliabile ordinare un Manhattan.

Nei momenti di buona, Semi si sentiva un eroico globetrotter del ventunesimo secolo: l'individuo dinamico e saettante che aveva sempre sognato. Ma nei momenti di stanca, temeva di essere la versione contemporanea di un commesso viaggiatore, solo leggermente meno patetico rispetto ai suoi precursori.

Era per ridurre ai minimi termini quelle impasse che Semi, da qualche tempo, aveva iniziato a chiedere spesso a Silvia di incontrarsi a metà strada. Per rendere i loro viaggi insieme ancora più indimenticabili Semi aveva preso l'abitudine, adeguando di tasca propria il budget aziendale, di prenotare alberghi all'altezza del Four Seasons in cui stavano passando la notte.

Il dato davvero sconfortante era che ciò che restava a Semi di quegli esosissimi viaggi – almeno così gli sembrava ora, a pochi minuti dalle sei del mattino, seduto sull'ennesima ergonomica poltrona dell'ennesimo felpato Four Seasons – era una terribile confusione. Aveva l'impressione non solo che tutti gli alberghi si somigliassero in modo perturbante, ma che ancor più si somigliassero le città in cui quegli alberghi sorgevano. Ripensandoci, Semi aveva difficoltà a isolare l'odore rifritto di Shanghai da quello di Singapore, di Hong Kong o di Tokyo; né era in grado di ricordare cosa distinguesse il waterfront di Vancouver e di Stoccolma da quello di Londra, su cui adesso era angosciosamente affacciato...

Qualcosa gli diceva che se – alla fine di una delle loro lunghe giornate in una nuova città, dopo aver cenato in un ristorante qualificato, accovacciato sul grande letto rassettato da un'efficiente housekeeper – avesse dato alla sua futura moglie ciò che lui le doveva e ciò che lei meritava, be', questa sola impresa avrebbe retrospettivamente reso l'intera permanenza in quella località assai più memorabile. Già: se lui avesse avuto maggior rispetto della natura, ora non avrebbe avuto tanta confusione in testa.

Il che lo portò malinconicamente a concludere che, tutto sommato, se due giorni prima la pistola che gli aveva minacciato i testicoli avesse sparato non avrebbe fatto questo gran danno.

Anzi, avrebbe risolto un bel problema.

Il trillo di un sms risultò più straziante dello scoppio interiore dello sparo mancato. Chi poteva essere a quell'ora? Forse, con tutte le compagnie telefoniche cui Semi si era dovuto affidare nelle ultime settimane, si trattava di un messaggio ritardatario finalmente giunto a destinazione? Considerava la frenetica attività del suo telefonino come la dimostrazione che lui voleva bene alla vita, e che tale amore era ricambiato. Il fatto che ora tremasse alla sola idea di verificare l'identità del mittente la diceva lunga sulla piega che di recente aveva preso la sua esistenza. L'ipotesi più incoraggiante restava che la compagnia telefonica inglese gli desse il benvenuto in ritardo. Tutte le altre ipotesi oscillavano nello spazio pericoloso che divide l'ansiogeno dal terrificante.

No, Ludovica non poteva essere. Non si sarebbe permessa. Così presto, poi. Lo sapeva che quel weekend apparteneva a Silvia. Su queste cose lei non sgarrava. Era strano ma, al contrario di tante altre ragazze nella stessa posizione, Ludovica aveva un rispetto quasi religioso per la rivale. Un rispetto non troppo diverso dalla circospezione che Semi provava per Marco, il ragazzo di Ludovica. Ecco perché accadeva così spesso che quelli che sarebbero dovuti essere gli incontri clandestini tra un trentasettenne quasi sposato e una ventunenne pure lei sentimentalmente imbrigliata, si trasformassero in un surreale gioco delle coppie tra due innamorati braccati e due fantasmi in agguato.

Sia Semi che Ludovica erano consapevoli che, se non avessero estromesso quanto prima le ombre giudicanti di Silvia e Marco dalla loro segretissima e nevrotica relazione, per loro il divertimento non avrebbe mai raggiunto l'apice auspicato. Ma sapevano anche che la presenza di Silvia e Marco faceva parte del divertimento, garantendo, per così dire, una drammatica longevità a una tresca che, sebbene avesse pochi mesi, sembrava esistere da sempre.

Quando, durante l'ultimo incontro nel solito posto, lui, con tono ministeriale e non senza sadico compiacimento, le aveva comunicato la data del suo matrimonio con Silvia, Ludovica, invece di gettargli in faccia il decaffeinato macchiato, era rimasta lì, impassibile. Poi aveva detto: «Sono contenta per te... volevo dire, per voi». E Semi non aveva sentito in quelle parole neanche una virgola di sarcasmo. Per un attimo aveva temuto che lei stesse per complimentarsi. Aveva impiegato qualche istante a capire che il tono dimesso e dignitoso con cui Ludovica aveva pronunciato la frase: "Sono contenta per te" sarebbe stato assai più adeguato a esprimere ciò che lei, probabilmente, aveva in testa, ossia: "Me lo aspettavo". Sì, questo doveva aver pensato con tutto lo slancio di cui era capace. Questo dicevano gli occhi che avevano compiuto ogni sforzo per non abbassarsi, e la mano che, pur di afferrare qualcosa, aveva ghermito il manico della tazzina del deca, senza però riuscire a sollevarla.

Era colpa di un innato fatalismo se Ludovica aveva incassato una botta del genere con tanta grazia? Per questo non si era infuriata? Perché lei era la prima a sapere che ogni cosa era già scritta?

Era scritto che Semi non avrebbe lasciato Silvia dopo tutti quegli anni, per non spezzarle il cuore; e che Ludovica non avrebbe lasciato Marco per le stesse ragioni. E non era solo già scritto, era anche la cosa giusta da fare. Era la condotta che gli spettri ingannati di Silvia e di Marco non facevano che pretendere dai loro partner adulteri e penitenti. Il motivo per cui Ludovica non era stupita che Semi avesse chiesto a Silvia di sposarlo proprio nel momento in cui aveva scoperto di essere ormai indissolubilmente legato a un'altra era che si trattava del comportamento irragionevole e autolesionista che lei, Ludovica, per prima avrebbe potuto adottare.

Ebbene, Ludovica doveva aver intuito immediatamente che Semi, chiedendo a Silvia di sposarlo proprio in quel momento, dopo aver così a lungo tergiversato, non aveva fatto che ratificare in modo solenne che il suo amore per Ludovica sarebbe rimasto per sempre un amore impossibile. Il fatto strano è che Ludovica tutto questo lo aveva capito prima di Samuel. E forse, col suo contegno arrendevole, aveva voluto fargli comprendere che ciò che lui le aveva appena fatto somigliava molto a ciò che lei avrebbe potuto fargli.

Tra le tante ragioni per cui quella ragazzina era riuscita ad avvincerlo così implacabilmente, toccando corde segrete che nessuna prima di lei aveva saputo neppure sfiorare, c'era anche la capacità di dare voce – costeggiando l'abisso del ridicolo senza precipitarvi – a un sentimentalismo tanto delizioso quanto anacronistico.

Dove l'aveva pescata una tipa del genere?

Quando gli era capitata sotto tiro, non aveva avuto alcuna difficoltà a riconoscerla. Era lì, in disparte, nella piccola hall del museo del Fumetto di Lucca, poggiata goffamente a una statua di Superpippo, con il quale condivideva l'aria di chi si sente nel posto più sbagliato dell'universo. Non c'era niente in quella ragazzina che non lo avesse colpito: il taglio creolo degli occhi, la morbida zazzera di capelli neri raccolti che dava l'impressione di essere lì lì per cedere. Vestiva come Samuel sognava che una donna vestisse, ovvero nel modo in cui le donne non vestono più da un mucchio di tempo. C'era qualcosa di coloniale nei pantaloni di lino dello stesso color corda delle scarpe, così come nella camicia bianca leggermente sciancrata dal collo alla Robespierre, sopra alla quale cadeva con noncuranza un gilè di un turchese un po' meno acceso, ma dello stesso tono, di quello della pashmina di seta annodata al collo.

Era come se un'eroina dei musical per cui Semi stravedeva si fosse incarnata nel luogo più inaspettato. Una di quelle giovani donne in technicolor che vivono in mansarde di cartapesta e che, quando devono esprimere entusiasmi o contrarietà, si mettono a cantare e a ballare accompagnate da orchestre invisibili.

Provate a immaginare la sorpresa di Semi nel vedere la ragazza dei suoi sogni staccarsi da Superpippo, con cui forma una coppia niente male, e venirgli incontro con un'espressione a dir poco imbarazzata. Peccato che non sia lui a produrre in lei tanto reverenziale timore. Bensì la persona con cui Semi si accompagna. Filippo.

Sono a Lucca, i due fratelli. Semi non se l'è sentita di lasciare solo Filippo a un evento che ha le carte in regola per rivelarsi un'inutile seccatura. Un assessore alla Cultura (forse la categoria umana più patetica in circolazione), dopo aver letto le cronache che davano conto del successo francese di Filippo Pontecorvo, aveva pensato bene di organizzargli un incontro pubblico al museo del Fumetto di Lucca un sabato di fine giugno. Filippo aveva accettato l'invito perché non aveva avuto ancora il tempo di imparare a dire di no.

Non si era presentata anima viva. Se non la strana ragazza che nel farsi loro incontro aveva in faccia lo stesso illuminato impaccio che se avesse appena incontrato Walt Disney in persona, circondato dal suo entourage.

Subito dietro di lei, ecco sbucare l'assessore: trafelato, costernato. Non fa che accampare scuse patetiche su improbabili scioperi ferroviari, concomitanti festival del blues, errori dell'ufficio stampa... Ma si vede che in fondo al cuore ce l'ha con i suoi concittadini. Per l'ennesima volta devono aver preferito qualche divertimento balneare a una delle iniziative che lui organizza apposta per arricchirli spiritualmente.

«La signorina è entusiasta. È un pezzo che parliamo di *Erode e i suoi pargoli*. Pensi, l'ha visto già due volte. La signorina lavora per... Mi scusi, per quale giornale ha detto che lavora?»

«Veramente lavoro per un sito...»

«Un sito?»

«Sì, un sito. Si chiama Artecomunque.it» aveva precisato lei sempre più sui carboni ardenti, evidentemente disperata che il sito per cui lavorava avesse un nome così improbabile. Quello doveva essere stato il momento più difficile. E non solo per lei. La parola "sfiga" benediceva con la sua irrefutabilità l'incontro di quei quattro individui in un museo di provincia assediato da una feroce canicola.

«Mi chiamo Ludovica Giacometti. Sì, Giacometti, come lo scultore. Sa, ho visto il suo film a Parigi. L'ho trovato una delle cose più incredibili in cui mi sia mai imbattuta. Sono io che ho chiesto alla redazione di "Artecomunque" di intervistarla. Loro ne sono stati entusiasti... E, insomma, eccomi qui... Non si preoccupi, vedrà che quando il film uscirà sarà molestato da gente molto più titolata e autorevole di me.»

Dopo aver dato tutte queste informazioni su di sé e sul suo lavoro era arrossita. E Semi si era chiesto che c'entrasse quel rossore. Si era pentita di aver usato un verbo ambiguo come "molestare"? O si era accorta di aver implicitamente ratificato che quello che si stava per concludere prima ancora di cominciare era un evento a dir poco fallimentare?

Poi c'era la voce, che sembrava lottare con se stessa per attestarsi su modulazioni medie, né troppo acute né troppo gravi. E non era solo questione di tono, ma anche di volume. L'inizio di una frase poteva essere pronunciato in modo stentoreo, eppoi perdersi pian piano in un sussurro. Di solito erano sempre le ultime sillabe a farne le spese. Più parlava, più perdeva fiducia in se stessa. Quella era timidezza. Un pezzo d'antiquariato. Tanto più se a esibirla non era una pallida professoressa delle medie con gli occhiali e le guance incavate, ma una ragazza bella ed elegante che, a giudicare dalla delicatezza della pelle, poteva avere a stento vent'anni.

Era stato allora che Semi si era sentito in dovere di correrle in soccorso:

«Perché non ci mangiamo un boccone?»

«Che splendida idea!» l'aveva benedetta l'assessore.

«I miei mi aspettano per colazione, hanno una casa da queste parti...» aveva detto la ragazzina, ma si vedeva che ardeva dalla voglia di essere della partita.

«E, scusi, la sua intervista?» aveva chiesto l'assessore che, tremando all'idea che dell'evento da lui organizzato non restasse traccia, non era disposto a lasciarsi scappare il resoconto fatto dalla signorina tal dei tali per il sito pinco pallino.

Qualche minuto dopo si trovavano nel dehors di un ristorante, protetti da un piccolo esercito di ombrelloni bianchi, seduti intorno a un tavolo coperto da una di quelle tovaglie esasperantemente quadrettate.

Erano trascorsi un bel po' di mesi da allora. E Semi non ricordava neppure una delle dotte e appropriate domande che Ludovica Giacometti aveva rivolto a Filippo. La sola cosa che Semi ricordava a memoria era l'intervista ufficiosa a cui il fratello dell'intervistato aveva sottoposto l'intervistatrice durante tutto il pranzo e anche dopo.

Dallo spezzettato interrogatorio che Samuel le aveva inflitto era emerso che Ludovica Giacometti doveva essere figlia (peraltro unica) di qualcuno di molto importante che un understatement, insito nel carattere e raffinato dall'educazione, le aveva impedito di rivelare. Viveva a Milano con i genitori. Ed era chiaro che la casa nella campagna lucchese, quella di Milano e quella parigina nei pressi di rue du Bac (cui era stata costretta ad alludere) non erano le sole che i signori Giacometti possedessero in giro per il mondo.

La ragione per cui quell'estate Ludovica non si sarebbe mossa dal buen retiro toscano (nel quale aveva trascorso tutti i mesi di agosto di un'infanzia che lei riteneva molto più remota di quanto non fosse) era l'urgenza di portare a termine la tesi di laurea sul rapporto difficile tra Vasari e Pontormo. Semi aveva notato che lei, nel pronunciare il nome di Pontormo, aveva alzato gli occhi al cielo e aveva fatto una piccola smorfia con la bocca, in segno forse di rispetto, o forse per prendere le distanze da un artista del cosiddetto manierismo toscano per cui nutriva il tipo di venerazione di cui il decoro sconsiglia l'ostentazione.

Semi si era accorto che lei indulgeva in quel pittoresco tic anche quando parlava del film di Filippo, e dei modelli da cui lui, a sentir lei, aveva tratto ispirazione. Per quanto facesse di tutto per nasconderlo, era evidente che era una patita di comics. E che lo era in modo più eclettico e consapevole di quanto non lo fosse Filippo. Così come era evidente che si era resa conto (molto prima che se ne rendesse conto il suo autore) che *Erode e i suoi pargoli* di Filippo Pontecorvo era un'opera di straordinaria originalità.

Tutte queste competenze avevano fatto ipotizzare a Semi che Ludovica avesse una vita tremendamente solitaria. Pazzesco, una ragazza così bella, così giovane, così ricca... che se ne sta qui con la testa affondata nei libri. Una ragazzina che, malgrado sulla tabella di marcia degli studi universitari sia in evidente anticipo, non molla l'osso neppure d'estate. Ma anzi incrementa gli sforzi per un fine di questi tempi tanto faticoso quanto velleitario: laurearsi il prima possibile. Una ragazzina che, nel giugno del 2010, ritiene che nella vita non possa esistere qualcosa di più impellente che portare a termine una tesi di laurea in Storia dell'Arte. Talmente fissata da ritirarsi in campagna per non concedersi le distrazioni cui la sua età, la sua condizione e il suo profitto accademico le darebbero diritto. Perché la cosa che più le importa scoprire, durante quest'afosissima estate, è la ragione per cui Vasari, nella seconda edizione delle sue famose *Vite*, se la prende tanto con un tizio solitario e introverso come Pontormo. Sì, quello che Ludovica muore dalla voglia di scoprire è cosa abbia fatto il Pontormo a Vasari per farlo così tanto incazzare.

E si capisce che lei tifa per il Pontormo, e non solo perché questi obiettivamente era un pittore molto migliore di Vasari (e forse il migliore della sua generazione), ma anche perché la nevrotica introversione del povero artista solitario è così toccante. E lei vuole a tutti i costi scoprire il segreto di quella nevrosi. Perché è convinta che un segreto ci sia. Almeno quanto Semi è convinto che nell'ostinazione di Ludovica nell'interrogarsi sul Pontormo ci sia qualcosa di tremendamente squilibrato.

Semi pensa a tutte le ragazze come lei che in questo preciso istante se la stanno spassando su una trialberi in rada nel mare di Formentera. Perché è sul ponte di barche così che ragazze del genere si danno convegno a giugno. È là che stanno ed è là che meritano di stare.

Dio solo sa quante ragazze così aveva incontrato a Londra, a metà degli anni Novanta, nel triennio in cui, appena laureato, aveva fatto il suo MBA. Allora sì che Samuel le aveva viste all'opera. Al meglio delle loro possibilità. Ragazzine fresche e benestanti, vissute fino ad allora in famiglia, che si scatenavano come se all'improvviso fosse arrivata la tanto attesa ricreazione. Mentre Semi frequentava assiduamente il master per imparare un mestiere che, almeno nelle sue intenzioni, gli avrebbe garantito la prosperità, aveva visto quelle ragazzine profondere un impegno altrettanto encomiabile nel non lasciarsi scappare neppure un'occasione di dissolutezza.

Il fatto è che nella Londra del 1996 l'aggettivo "dissoluto" aveva perso la sua aura trasgressiva, se non altro perché, laddove il libertinaggio diventa norma, nessuna deroga alla cosiddetta pubblica decenza può essere considerata una violazione. Per questo lasciarsi andare a spericolate sfrenatezze, più che un gesto di ribellione alla morale vittoriana, era parso a Semi l'ennesima prova di conformismo. Sesso. Alcol. Stupefacenti. Rapporti omoerotici. Ammucchiate in discoteca. Scambismo. Tutto questo era la prassi cui era consigliabile attenersi se non volevi essere considerato un bacchettone non abbastanza à la page. Sì, Semi ne aveva viste di queste ragazze arrivare a Londra – tutte carine e linde, piene di virtuosi propositi, decise a trarre il massimo beneficio professionale dallo stage presso una banca o uno studio legale –, prendere casa con qualche amica a Chelsea, a South Kensington, a Belgravia, e in men che non si dica perdere completamente il controllo. In veste di veterano della città, ne aveva pure aiutata qualcuna a sistemarsi. La qual cosa gli aveva causato più di un imbarazzo.

Quando, per esempio, un caro amico gli aveva chiesto se per caso non potesse aiutare la sua ragazza a trovare una casa nei pressi di Notting Hill, Semi si era rivelato assai efficiente nel ruolo di agente immobiliare, ma non altrettanto in quello di chaperon. Non se l'era sentita infatti di spifferare all'amico che, da quando era atterrata a Londra, la futura consorte aveva perso non solo ogni inibizione ma ogni cautela nel nascondere l'inedita audacia.

La ragazza si chiamava Gaia Cittadini. Ed era una di quelle biondine con la pelle color miele che avevano affollato i corridoi del liceo di Semi. Il quale aveva assistito con un certo fastidio, venato di preoccupazione, alla progressiva degenerazione dei costumi di Gaia, che aveva raggiunto il suo acme nella sfida da lei lanciata alla sua room-mate australiana a chi un sabato sera sarebbe riuscita a fare più pompini al maggior numero di uomini. Ecco come Londra aveva trasformato in pochi mesi una fanciulla romantica come Gaia Cittadini!

E poi? Che ne era stato di lei in seguito? Come si era ridotta dieci anni dopo? Faceva la vita? Era forse diventata una maîtresse di alto bordo? Una tossica all'ultimo stadio? Ma niente affatto. Era come se la bohème non avesse lasciato traccia. Evidentemente il vizio praticato a Londra nel 1996, a dispetto di quello praticato un secolo prima, non comportava alcun rischio e non lasciava sul corpo e sullo spirito alcuna traccia visibile. Tutti i pompini che Gaia aveva generosamente elargito non avevano conferito alla sua bocca alcuna piega depravata. Ora Gaia Cittadini era una mamma. Quella regina del sesso orale ora viveva con l'aitante marito e la loro bionda prole nel più borghese attico del più borghese dei quartieri romani, e conduceva una vita non così dissimile da quella che le donne della sua famiglia avevano sempre condotto.

Qualche anno dopo a New York, quando, finito il master, era stato assunto da una banca d'affari, Semi aveva potuto constatare che l'intero Downtown Manhattan era stato colonizzato da un esercito di cloni di Gaia Cittadini, non meno smaniose di sballo di quanto lo fosse stata l'originale londinese. La sola differenza era che le sue epigone non erano europee, ma per lo più americane. Con tutta l'ipocrisia che essere americani comporta.

Nel ripensarci, Semi si sentiva fiero di aver resistito, durante gli anni londinesi e i successivi a New York, al fascino degenerato di quelle ragazzine piene di soldi e di insofferenza, e soprattutto così incredibilmente disponibili. Non c'è che dire, c'era stato qualcosa di eroico nella sua sobrietà. Nessun altro uomo al suo posto avrebbe retto. E, infatti, tutti intorno a lui cadevano. Mentre la maggior parte dei suoi amici che vivevano ancora a Roma passavano la vita a tradire le loro compagne nella pausa pranzo, lui, intrepido, era sempre riuscito a rimanere fedele a Silvia, persino quando si erano ritrovati divisi da un oceano intero e da ben sei ore di fuso orario.

Samuel amava dirsi che quella sua prova di carattere dipendeva dall'intuizione che, in due metropoli e in un'epoca tanto promiscue, non ci fosse nulla di più scandaloso della fedeltà. Così come amava raccontarsi che era stato il rispetto sacro nei confronti della "corsa all'oro" intrapresa sin dal primo anno di università ad averlo spinto a rimanere concentrato, anche e soprattutto in un contesto nel quale la distrazione sembrava per tutti un'inderogabile necessità.

L'inghippo è che Semi, nel celebrare la sua tempra di uomo fedele, mentiva a se stesso. La bruta verità (ce n'è sempre una sullo sfondo!) è che di mezzo c'erano i suoi problemi con il sesso. I quali, contrariamente a ciò che era solito confessarsi, erano iniziati prima dell'arrivo di Silvia nella sua vita, e quindi prima che lui andasse a Londra a studiare e a New York a lavorare. L'epoca felice della sua sessualità, su cui lui amava favoleggiare, era, per l'appunto, una favola. Non c'era stato un tempo in cui le capricciose intermittenze del suo apparato riproduttivo non fossero state un motivo di mortificazione per Samuel Pontecorvo e per la partner di turno. Samuel conosceva per esperienza diretta l'umiliazione del fiasco erotico, proprio come alcuni anoressici conoscono la ripugnanza suscitata dalla più appetitosa delle pietanze. E sapeva fin troppo bene cosa significa avere sotto di te una ragazza che ti desidera da morire e che tu non sei in grado di soddisfare.

L'impotenza. Quale bizzoso dio della mitologia greca si è inventato un supplizio del genere? Si tratta di una cosa che mette in discussione tutto, non solo una faccenda triviale come la propria mascolinità, ma persino le fondamenta su cui poggiano l'amor proprio e il cosiddetto rispetto di sé.

E allora ammettiamolo: è per non ritrovarsi a balbettare patetiche giustificazioni (per di più in un'altra lingua) che Semi si è tenuto a distanza di sicurezza dal delirio sessuale imperversante a Londra e a New York negli anni in cui, almeno da un punto di vista anagrafico, la sua potenza sessuale avrebbe dovuto toccare il culmine oltre il quale c'è solo decadimento.

Ed è così che, ben presto, il suo tenersi alla larga dalle ragazze, la sua fedeltà coatta a Silvia, si trasforma in qualcos'altro. Diventa inavvertitamente ostilità. Non le sopporta, quelle ragazze. Forse perché gli ricordano quanto lui sia incapace di utilizzarle. Hanno il potere di esasperarlo. E forse ciò avviene perché, al di là di tutto, Semi non smette di desiderarle. Che non sia questo allora il vero castigo degli impotenti? Che il desiderio è sempre lì, immobile e intatto. Non molla. Anzi, non fa che autoalimentarsi, fiasco dopo fiasco, astinenza dopo astinenza. Va a braccetto con il senso di beffa permanente. E da quest'ultimo trae linfa e ispirazione. Eppoi si cronicizza.

Eh sì, perché gli impotenti, checché se ne dica, non sono meno arrapati delle persone con una vita sessuale del tutto appagante. Gli impotenti sono come i diabetici: la natura ha tolto loro la possibilità di cibarsi di alcuni deliziosi alimenti, ma, per Dio, non ha risparmiato loro la smania di desiderarli. Tutt'altro, l'ha sacralizzata, quella maledetta smania! A ben vedere non c'è nulla, nell'apparato idraulico dell'impotente, che non funzioni. Gli impotenti sono capaci di erezioni vertiginose e di fragorosi entusiasmi sessuali. Almeno, parlo degli impotenti che conosco io. Il cui principale problema è proprio questo: che quando finalmente arriva il momento di mettere le erezioni vertiginose e i fragorosi entusiasmi al servizio della natura, qualcosa fatalmente s'inceppa. Qualcosa che non saprei dove collocare anatomicamente: nel cazzo? Nel cuore? Nel cervello? No, non so dove. La sola cosa che so è che quando l'impotente si trova al cospetto delle colonne d'Ercole dell'intimità femminile, qualcosa non va come deve andare. L'impotente passa la mano, come un vile giocatore di poker scontento anche di una scala reale servita, condannando se stesso e la partner a un imbarazzo intollerabile. Per questo mi verrebbe da dire che l'impotenza è, anzitutto, un problema di sincronia. L'impotente non è uno che non ce la fa in senso assoluto. Ma uno che non ce la fa nel tempo giusto.

Ed è proprio questo il tipo di imbarazzo che Semi, durante gli anni londinesi e in quelli newyorkesi, non vuole provare, né infliggere a nessuno. La sola persona a cui continua a infliggerlo con una determinazione quasi dimentica di sé è Silvia (forse perché ormai con lei la frittata è fatta, o forse perché anche il più sfiduciato essere umano qualche volta ha bisogno di illudersi). Così, non c'è occasione in cui Semi torni a Roma per qualche giorno oppure Silvia lo raggiunga a Londra o a New York in cui la giovane coppia non si ritrovi a recitare il medesimo, penosissimo copione.

«Lo sai cos'è che mi dà più fastidio?» gli aveva chiesto Silvia con voce dolce l'ultima volta che Semi aveva provato a fare il suo dovere, prima che entrambi, di comune accordo pur senza dirselo, mettessero sulla faccenda sesso una pietra tombale.

A quell'epoca lui viveva ancora a New York. Era maggio inoltrato quando Silvia, dopo aver vinto la prima causa importante, lo aveva raggiunto negli Stati Uniti. Semi aveva tirato fuori dal garage il Suv Lexus. Con il quale i due piccioncini avevano raggiunto un bed&breakfast nascosto nel bosco, a poche centinaia di metri dalla spiaggia di East Hampton. E, almeno prima di mettersi sotto le coperte, tutto era andato magnificamente. Erano arrivati subito dopo pranzo, l'ora giusta per godersi un pomeriggio scintillante. Si erano fatti il bagno in una piscina ben riscaldata. Dopo la doccia e un riposino, con il quale Silvia aveva cercato di alleggerire il peso del jet lag, erano andati a mangiare da Uncle George, una vecchia trattoria locale. Si erano pappati una cremosa *clam chowder*, un piatto di granchi, e si erano scolati una bottiglia di Sauvignon.

A letto, come da copione, erano iniziati i problemi.

E dire che Semi era giunto preparato a quell'appuntamento con il destino. Aveva adottato tutte le cautele del caso. Era circa una settimana che non si masturbava. E, a proposito di masturbazione, stavolta si era peritato di avviare la pratica da solo in bagno, così da presentarsi al cospetto di Silvia con l'arnese già in forma. Inoltre, tenendo conto delle esperienze passate, Semi aveva fatto in modo che la stanza fosse completamente al buio e lui non potesse vedere gli occhi di Silvia pieni di ironica affettuosa sfiducia. Naturalmente Semi aveva la bocca e la gola in fiamme visto che, qualche ora prima, aveva irrorato la zuppa di salsa al peperoncino ("fa bene all'erezione" gli aveva detto un amico).

Naturalmente nessuno di quegli ingenui esorcismi aveva dato il risultato sperato. Sperato? No, non è la parola giusta. L'impotente non spera. L'impotente è disperato per costituzione. E c'è chi dice che sia quella mancanza di fiducia la sua vera condanna. Insomma, come previsto, niente era andato secondo gli auspici. E ora il copione imponeva alla giovane coppia di accendere l'abat-jour e cominciare a parlarne per la duecentesima volta.

«Lo sai cos'è che mi dà più fastidio?» aveva attaccato lei facendo in modo che la voce non tradisse alcuna evidente ostilità. «La cosa che mi dà più fastidio, Semi, è che tu pensi a me. E invece dovresti pensare a te stesso. Non credere alle stupidaggini che scrivono sulle riviste. Per divertirsi a letto bisogna essere egoisti. E tu invece non fai che pensare a quanto sia faticoso per me. Ma per me non lo è, Samuel. Io posso farne a meno. Noi donne possiamo farne a meno. Vorrei solo che tu mi facessi divertire in un modo alternativo. Che non ti arrendessi subito. Ma tu, o scopare o niente. Dài, divertiamoci in un altro modo. Lascia fare a me.»

«Perché ogni volta mi dici tutte queste stronzate? Non sarebbe più decente restarsene zitti?» le aveva detto lui dopo aver tirato fuori la testa da sotto il cuscino. Stava per capitare di nuovo: ecco che Semi stava cercando di accollarle il peso di una colpa che, poveretta, non le apparteneva.

«Non sono stronzate. È la verità.»

«Mi chiedo solo perché perdi ancora tempo con me.»

«Non è tempo perso. Io ti amo, e poi lo sai che sono più di dieci anni che stiamo insieme?»

«Sono dieci anni? Dieci anni di questo? Sei un'eroina, cazzo. Santa Maria Goretti.»

«Be', dài, abbiamo avuto i nostri momenti.»

«Ah, quelli di sicuro. Ti ho fatto passare gli anni migliori della tua vita adulta accanto a un uomo che finisce le sue serate nascondendo la testa sotto il cuscino dalla vergogna.»

«Mi hai fatto passare dieci anni magnifici. E, sai, tu non ci crederai, ma ci sono coppie che hanno problemi antitetici ai nostri. La segretaria del mio capo in ufficio l'altro giorno mi ha confessato che la sera deve fingere di dormire. Il suo ragazzo le dà il tormento.»

«Be', grazie, questo sì che mi consola.»

«Non sono qui per consolarti. Non sono la tua consolatrice. Spero almeno questo: di essermi ritagliata un ruolo più eccitante nella tua vita.»

«Anzi, Silvia, sai che ti dico? Tradiscimi. Scopa chi ti pare. Ne hai diritto. Persino la Santa Rota ti darebbe il permesso di farlo. Non sono certo io a doverti spiegare che esiste pure una formula giuridica per definire quelli come me. Noi non adempiamo ai nostri "doveri coniugali". Capito? Sono doveri. Non sono diritti. Non sono opportunità. Non sono piaceri. Sono doveri. "Vostro Onore, non è colpa mia se l'ho tradito. La sua inadempienza mi ha esasperato." Sei un grande avvocato, sono certo che te la caveresti bene in una situazione del genere...»

103

«Ti prego, piccolo, non cominciare adesso con le tue predicazioni. Proviamo ad affrontare la cosa in modo serio e razionale. Almeno per una volta!»

«Cosa vorresti dire, che io l'affronto in modo frivolo e irragionevole? La differenza tra me e te è che tu te ne puoi trovare un altro, mentre il mio handicap, per quel che ne so, è permanente.»

«Il tuo handicap? Ma senti che paroloni, oggi! Su, non stare lì a filosofeggiare. Forse è solo ora di agire. Voglio dire, io sono abituata così. Se ho un problema lo affronto... Pensiero-azione!»

«Ah, allora lo vedi che è un problema. Lo vedi che anche per te è un problema!»

«Ma certo che è un problema. È evidente che è un problema. Se non lo fosse tu non staresti così male e io non starei così in pensiero per te.»

«E sia, e quale sarebbe per te il modo razionale di affrontare la beffa di un cazzo che si alza sempre tranne quando dovrebbe farlo?»

«Be', anzitutto interrogarsi su un po' di fatti. Per esempio, chi lo dice che lui sia tenuto ad alzarsi quando, come dici tu, "dovrebbe farlo"? Chi lo dice che *deve* farlo? Forse il problema è che lui non ama fare ciò che deve fare. Che lui è un anarchico. Un libertario. Un anticonformista... Uno come te.»

«Ti avverto che sono io il solo autorizzato ad antropomorfizzare il mio attrezzo. A conferirgli sentimenti umani e scelte consapevoli. Tu dovresti accontentarti di riceverlo in te ogni tanto.»

«Sai, io e lui ne abbiamo viste talmente tante insieme che ormai lo considero quasi un fratello.»

«Un fratello di sventura.»

«Ecco, una cosa del genere. Per me è uno di famiglia. Sia io che lui ci siamo fatti l'idea che il problema sia tu. Sei tu il guastafeste. È quella testa che non fa che pensare, che non si abbandona. Perché non ci lasci mai soli?»

«Sono felice che voi due ve la intendiate così bene. Se dipendesse da me me lo staccherei, te lo consegnerei. E finalmente potreste partire in viaggio di nozze.»

«Lascialo stare dov'è. È fondamentale per me che lui rimanga con te. È tutto lì il divertimento. La simbiosi.»

«Se c'è una parte del mio corpo che non sento simbiotica con me è quella. Ha sempre fatto l'esatto contrario di ciò che desideravo. Non mi ha risparmiato niente. Pare che ci provi gusto a mettermi in imbarazzo.»

«Sai come diceva Kennedy: non pensare a ciò che il tuo cazzo può fare per te. Pensa a quello che tu puoi fare per il tuo cazzo.»

«Non era proprio così che diceva.»

«A me pare di sì. E lui di cazzi se ne intendeva.»

Di solito era su una battuta del genere che finivano le lunghe chiose dedicate alle sue inadempienze. Lui e Silvia parlavano del suo pene come se fosse un bambino capriccioso da raddrizzare, un figlio indolente e indisciplinato che non faceva i compiti e al mattino si rifiutava di bere l'Ovomaltina. E il tutto era suggellato da un lungo frustrante abbraccio dentro al quale entrambi finivano con l'addormentarsi.

Ma quella sera agli Hamptons, no. Quella sera entrambi avevano intuito che era necessario aggiungere qualcosa. Fare un passo avanti. Per quanto drammatico potesse sembrare.

«E dunque, sentiamo un po'. Cos'è che dovrei fare per lui?» le aveva chiesto Semi.

«Fallo respirare. Non lo stressare. Lo tratti come una mamma apprensiva. Lascia che vada a conoscere il mondo. Che si faccia le sue avventure.»

«È un invito all'adulterio?»

(A questo eravamo?)

«Ci ho pensato tanto... se la cosa potesse aiutarti, perché no? Forse se la meriterebbe un'ora d'aria, dopo tutti questi anni.»

Dunque la conversazione iniziata con lui deciso a persuadere lei che aveva il diritto (garantito dalla legge) di tradirlo, finiva con lei che lo rassicurava su quanto in fondo lui avesse il diritto (garantito dal buonsenso) di sperimentare qualche altra donna. Semi si era sentito triste e deluso. Quello che apparentemente si era presentato sotto le spoglie dimesse del gesto amorevole, gli era parso una specie di sanzione di un disamore irreversibile. Proprio così: se Silvia lo invitava ad andare con le altre, ciò significava che lui ormai, ai suoi occhi, aveva perso ogni prestigio erotico. Il che, intendiamoci, date le premesse era perfettamente comprensibile, e ciononindimeno intollerabile. Silvia era stata sempre molto possessiva nei suoi confronti: una delle ragioni per cui aveva patito la loro lunga separazione era stata proprio la gelosia. Lo aveva fatto sentire un maschio desiderabile che lei voleva tenere per sé. Ma ora quel maschio era morto. O forse lei aveva semplicemente capito che non era mai esistito. E questo per Semi era il colpo di grazia. Tutto poteva sopportare, ma non l'indulgenza di Silvia in quel campo. D'altronde, se lei si stava mostrando così indulgente nei confronti dell'uomo con cui stava da tanto tempo, era più che probabile che tale indulgenza l'avesse già concessa a se stessa. Era più che probabile che lo avesse tradito da un pezzo. Sicuramente era quanto avrebbe fatto qualsiasi donna nel fiore degli anni che avesse avuto la sfiga di mettersi con un mezzo uomo come Samuel Pontecorvo. Come aveva potuto non mettere mai in conto l'ipotesi che Silvia potesse anche solo pensare di tradirlo? Certo che era possibile. È così che sono fatti i maschi. Trovano sempre poco plausibile, se non addirittura assurda, l'idea di essere traditi.

Quell'invito a tradirla, che forse lei aveva utilizzato come un diversivo, aveva segnato un solco molto più profondo di quanto Silvia avrebbe potuto immaginare. Per la prima volta da che si conoscevano, Semi aveva avuto un accesso di odio nei suoi confronti. Non era un caso che, da quella sera agli Hamptons – quattro anni prima –, non avesse mai più neppure provato a toccarla.

E se non poteva sapere cosa, nel frattempo, Silvia avesse fatto dell'ipocrita invito al tradimento rivoltole dal suo ragazzo impotente, sapeva bene cosa ne aveva fatto lui di quello di Silvia.

Molto tempo dopo la loro conversazione nella cameretta del B&B di East Hampton – quando ormai non viveva più a New York da un bel pezzo e insieme al lavoro aveva cambiato anche città, trasferendosi in un pratico residence a Milano in zona Buenos Aires –, Semi si era improvvisamente ricordato delle parole di Silvia e dell'esplicito invito di lei a tradirla, che aveva di fatto chiuso la discussione. E, forte di quell'invito lasciato in solaio per così tanto tempo, si era preso la sua ora d'aria.

Adesso che l'ora d'aria si è dilatata in un semestre di tormentata clandestinità e di vili inganni, Semi non desidera altro che l'ora d'aria si espanda per un tempo indefinito. E il fatto strano è che ha iniziato a sperarlo fin dal primo appuntamento con Ludovica.

Lei gli aveva proposto di incontrarsi in un bar a Brera: di quelli che, dopo le cinque, si riempiono di chiassosi trentenni che esibiscono impunemente nodi di cravatta grandi come palle da tennis. Alle tre del pomeriggio era praticamente vuoto.

Quando lui era arrivato, peraltro in perfetto orario, Ludovica era già lì con un libro in mano, ma lui non l'aveva individuata subito. Aveva scelto un tavolo defilato. Vedendola, le era andato incontro. Lei si era alzata con la prontezza di una scolaretta all'ingresso della maestra. Ancora una volta, Semi era rimasto entusiasticamente colpito dal suo modo di vestire: pantaloni di fustagno marrone e una giacca di velluto a coste larghe color caramello, sotto alla quale Ludovica indossava un dolcevita di lana merino di un celeste diafano. Le scarpe erano la cosa più sorprendente, così simili a quelle che anche lui, appena arrivato dall'ufficio, sfoggiava quel giorno: un modello Church's, ma, al contrario delle sue, in camoscio testa di moro.

Se qualcuno avesse udito la loro conversazione senza vederli, avrebbe potuto scambiarla per le quattro chiacchiere di un vecchio professore con la giovane assistente dopo un seminario. La voce di Semi aveva un'inflessione ironico-paternalistica, mentre quella di Ludovica era irresoluta. Ogni affermazione sembrava una domanda. E le domande erano pronunciate con una tale tremebonda insicurezza da risultare quasi non udibili. Inoltre si ostinava a dargli del lei. Una stranezza comportamentale che un po' lo divertiva, un po' lo eccitava, un po' lo offendeva. Perché lo faceva? Per timidezza o per mettere subito in chiaro che non c'era alcuna ambiguità nel loro appuntamento? Ma se non c'era, perché aveva scelto un tavolo appartato vicino al bagno?

Occorre dire che Semi era riuscito a ottenere l'incontro con un argomento che puzzava di pretesto a un chilometro. Siccome lei, durante il pranzo lucchese, aveva parlato a Filippo del primo numero dei *Fantastici Quattro* della Marvel, che era riuscita con infiniti sforzi a procurarsi, Semi, che di fumetti se ne infischiava, aveva colto la palla al balzo per mandarle un sms, già durante il viaggio di ritorno da Lucca, chiedendole se per caso lei non potesse mostrarglielo. Prima ancora di ottenere risposta, le aveva scritto di nuovo per spiegarle che anche lui viveva a Milano: qualora lei fosse tornata per qualche giorno in città, si sarebbero potuti vedere. Ludovica aveva impiegato una settimana a rispondere a quei primi sms; e solo alla fine di agosto aveva acconsentito a incontrarlo. Ma poi Semi aveva dovuto attendere altre tre settimane prima che l'incontro avesse luogo.

Ora era lì, vestita in un modo fantastico, e non la smetteva di cambiare posizione sulla sedia, preda di un imbarazzo che sfiorava la paranoia. Poi aveva tirato fuori dalla borsa il numero accuratamente incellofanato, e lo aveva appoggiato sul tavolo. Samuel le aveva chiesto:

«Posso?»

«Ma certo, faccia pure!»

«Se continui a darmi del lei dovrò iniziare a farlo anch'io.»

«Sì, lo so. Ha ragione» aveva risposto lei abbassando la testa in segno di resa, come se il tono canzonatorio di Semi l'avesse profondamente mortificata.

«Sa che quando uscì questo numero...» continuò Ludovica afferrando il fumetto e prendendo un'aria incongruamente professorale.

«Niente! Proprio non ci riesci. Be', vorrà dire che dovrò chiamarti "signorina".»

«La prego, non lo faccia.»

«Temo che dovrò farlo. Se non smetti...»

108

«Non lo faccio mica apposta. Ho serie difficoltà a dare del tu alla gente.»

«Anche ai tuoi amici dai del lei?»

«No, a loro no, che c'entra?»

«E i tuoi amici sono così diversi da me?»

«Non saprei.»

«Ecco, allora facciamo che io sono un tuo amico. Altrimenti...»

Semi si era reso conto che nella propria voce si era insinuata una nota lievemente scostante. Era come se questa ragazzina così fine e cerimoniosa gli ispirasse sentimenti pieni di insana aggressività. E la cosa, ben lungi dal dispiacergli, lo divertiva.

In quel momento erano stati interrotti da un cameriere dall'aspetto rubizzo e screpolato di un alcolista all'ultimo stadio: grandi basette bianche, sopracciglia foltissime.

«Posso portarle qualcosa?» disse rivolgendosi a Ludovica con la tenera deferenza che i vecchi servitori tengono in serbo per le principesse.

A Semi parve del tutto evidente che il cameriere la conoscesse da sempre. Che l'avesse vista crescere, o qualcosa del genere.

«La signora sta bene?» chiese il cameriere, riferendosi evidentemente alla madre di Ludovica.

«È all'estero.»

«Quando torna, me la saluti.»

«Certo, Roberto, gliela saluto.»

«Cosa vi porto?»

«Caffè» disse Samuel.

«Per me un decaffeinato lungo, macchiato freddo.»

Ludovica, quasi volesse giustificare la pedanteria dell'ordinazione, aggiunse: «Adoro il caffè. Vivrei solo di caffè, ma purtroppo soffro di esofagite cronica e mi è stato seriamente sconsigliato... Il guaio è proprio questo: che mi piacciono da morire le cose che mi fanno male».

Questa considerazione era andata a depositarsi nella parte più vigile della coscienza di Samuel. Se l'era portata a casa, quella frase, e ci aveva pensato e ripensato. Ci aveva persino dormito assieme per qualche notte di seguito. "Mi piacciono da morire le cose che mi fanno male." Davvero una gran bella frase. Una frase rivelatrice.

Nei successivi incontri – stesso posto, ma ora di pranzo –, Semi non aveva potuto fare a meno di pensare a quella frase ogni volta che Ludovica, per sbaglio, gli dava del lei per poi subito dopo correggersi, o tutte le volte che ordinava qualcosa di eccezionalmente elaborato pur di evitare alimenti per lei nocivi: aglio, asparagi, formaggi, insaccati. Ludovica apparteneva alla prima generazione di ragazzini ossessionati dalle intolleranze alimentari. Era strano tuttavia che una ragazza così pudica non avesse alcun ritegno a mettere in piazza le sue deficienze fisiche, così come era insolito che non facesse altro che interrogare il proprio corpo, assecondandone esigenze e idiosincrasie.

Già al primo incontro, avevano smesso subito di parlare di fumetti. Ludovica aveva capito, dopo qualche scambio di battute, che Semi non ne sapeva un tubo. E questo, ben lungi dal deluderla, le aveva fatto un enorme piacere: come se smascherare una volta per tutte la natura pretestuosa di quel primo invito titillasse il suo narcisismo.

Al quinto appuntamento Semi si era presentato in ritardo. E, avendo dimenticato il telefonino al residence, non aveva potuto avvertirla. Quando era entrato di corsa aveva visto Ludovica lì, al solito posto defilato; indossava ancora il montgomery color ruggine, come se fosse appena arrivata o come se stesse per andarsene. Sembrava una bimba in castigo. Stavolta, al contrario di tutte le altre, non aveva fatto neppure il gesto di alzarsi. Le occhiaie che abitualmente le ornavano gli occhi sembravano ancora più livide, come se avesse pianto.

«Credevo non venissi più» aveva sussurrato.

La gonna pantalone che le arrivava fino al ginocchio amplificava l'impressione di una scolaretta in punizione.

«Perché non sarei dovuto venire?»

«Per via di tuo fratello.»

«Mio fratello? Che c'entra mio fratello?»

«Credevo che ora che tutti parlano di lui, io non ti...»

Evidentemente, essendosi resa conto di quanto stravagante fosse quello che stava per dire, Ludovica si era interrotta. Ma Semi sapeva dove voleva andare a parare. Ora che *Erode*, uscito anche in Italia da appena un paio di settimane, poteva vantare impressionanti incassi da blockbuster, il fratello di quella nuova superstar sarebbe stato autorizzato a qualsiasi inadempienza e maleducazione. Persino non presentarsi a un appuntamento senza neppure avvertire. Questo era ciò che Ludovica aveva pensato senza avere il coraggio di esprimerlo compiutamente. Un modo davvero strano di concepire i rapporti interpersonali. Eppure, ora che Semi iniziava a conoscerla, assolutamente da Ludovica.

Sembrava provenire da un mondo in cui il merito e la competizione avevano un'importanza talmente esagerata che il successo aveva preso a occupare un prestigio quasi repressivo. Semi si chiese se tale ferino spirito di competizione le fosse stato inculcato da genitori che l'avevano troppo spronata a essere all'altezza di ciò che le avevano dato, o, al contrario, da genitori che, avendole dato tutto quello che si può dare a un figlio, ora non si aspettavano niente.

Tutte e due le risposte avrebbero potuto spiegare perché lei, sebbene studiasse per svolgere un giorno un'attività assai poco remunerativa come la critica d'arte, ce la mettesse tutta per laurearsi il prima possibile con una tesi tanto impegnativa, da lei drammaticamente giudicata superiore alle sue forze. Questo spiegava inoltre perché idolatrasse i suoi genitori, i suoi insegnanti, chiunque esercitasse un'autorità su di lei. Chiunque potesse lodarla o punirla. Semi si chiese se non fosse questa la ragione per cui, ogni volta che la trattava in modo scostante, lei sembrava attaccarsi a lui con maggior morbosità. E se alla fine non fosse questo il vero motivo per cui Ludovica aveva tutta quella voglia di dargli del lei. Forse non aveva bisogno di un interlocutore, ma di una sorta di divinità. Sì, forse era questo il suo segreto.

Per esempio, già dopo il primo incontro Ludovica aveva preso a mandargli ogni tanto qualche sms. Semi aveva notato che quando lui, sopraffatto da un impegno di lavoro, aveva lasciato passare un po' di tempo prima di risponderle, lei, di rimbalzo, gli aveva scritto: "Che sollievo. Credevo che non mi volessi più vedere". Perché reagire in maniera tanto scomposta a un ritardo di poche decine di minuti? Com'era possibile che una ragazza come Ludovica fosse oppressa da un tale terrore di essere abbandonata? Chi l'aveva ridotta così? E perché per Samuel tale atteggiamento era, se possibile, ancor più seducente delle sue peculiarità nel vestire, nel parlare, nell'ordinare il cibo? E persino della sua bellezza.

Certe volte Semi amava immaginarla alla scrivania intenta alla revisione della sua tesi, con gli occhiali inforcati e la matita in bocca, che controllava ogni dieci secondi il telefonino per vedere se lui le aveva risposto. Chissà perché quell'immagine lo galvanizzava.

«Sei fiero di lui?» gli chiese lei.

«Di lui chi?»

«Di tuo fratello.»

«Certo che sono fiero.»

«Tua madre è contenta?»

«Immagino di sì.»

A Semi non piaceva la piega presa dal discorso. Tutte quelle domande sul fratello. Per un attimo fu sfiorato dal pensiero che Ludovica lo percepisse come un individuo autorevole solo perché era il fratello minore di Filippo Pontecorvo (e mai la parola "minore" gli era parsa mortificante come in quel momento). E poiché non sopportava l'idea di concepire pensieri malevoli nei confronti del suo fratellone, spostò tutta l'improvvisa aggressività su quell'essere indifeso che aveva il torto di averlo messo di fronte alla propria meschinità:

«Senti» disse Semi, «tra qualche ora io ho un aereo per Tel Aviv.»

«Lo so, me lo avevi detto. Ma c'è ancora un po' di tempo.»

«Mica tanto. Sai come sono fatti quelli, devi stare lì minimo tre ore prima.»

«Ma anche per te che sei...»

«Io che sono cosa?»

«Be', lo sai cosa sei.»

«Non lo so. Dimmelo tu.»

«... ebreo.»

«Vedi? Non era così difficile. In ogni modo, non gliene frega niente se sei ebreo. Guai, a fidarsi degli ebrei. Ci può sempre essere di mezzo l'odio di sé.»

Samuel sapeva che Ludovica amava il fatto che lui fosse ebreo. E che al mondo c'erano un sacco di donne disposte ad amarti solo perché sei ebreo. E, di conseguenza, un sacco di uomini che riscoprivano improvvisamente una genealogia ebraica. Una volta Filippo gli aveva raccontato che i primi tempi lui aveva detto ad Anna di aver militato nei corpi speciali israeliani. E la cosa incredibile era che lei se la fosse bevuta e lui avesse tratto da tale credulità uno straordinario vantaggio sessuale.

«Ma scusa: prima arrivi in ritardo, ora dici che te ne devi andare subito.»

«È che devo passare al residence a prendere la valigia. Devo chiamare un taxi.»

«Ti accompagno io.»

«Tu?»

«Il mio garage è qui vicino. Ti accompagno con la mia macchina. Non sono una gran guidatrice ma neanche pessima. Vado un po' piano, ma che importanza ha? E se non ti fidi puoi sempre guidare tu.»

«No, Ludovica, è meglio di no. L'aeroporto di Malpensa è lontanissimo. Non mi va che torni con il buio.» Ed era stato allora che Semi si era sentito di aggiungere, senza averci mai pensato prima:

«Eppoi, senti, non so veramente se è il caso di continuare con questi incontri...»

Ludovica era sbiancata.

«Perché dici così? Cosa ti ho fatto? È successo qualcosa? Quello di prima non era mica un rimprovero. Ti giuro. Era solo per farti capire... Anzi, dimentica quello che ho detto. Dimentica la mia

113

proposta. Se non vuoi, non ti accompagno. Mi sembrava una cosa gentile, ma se non vuoi...»

Mentre Ludovica guidava la sua Polo verde inglese verso l'aeroporto con la goffaggine di chi non guida da un pezzo, Semi era ancora sbalordito da se stesso e dalla sua amica. Perché lui le aveva detto che non voleva più vederla, che quella era l'ultima volta, sebbene non lo desiderasse affatto? E perché lei, invece di mandarlo a quel paese, aveva avuto una reazione così apprensiva? Era come se d'un tratto lo squilibrio tra loro si fosse ulteriormente accentuato. Dunque era così facile? Era sufficiente minacciarla per averla in pugno? Semi si era sentito nelle mani un potere terribile.

«Che direbbe Marco del fatto che mi accompagni all'aeroporto?»

«Marco non sa che esisti.»

«Perché non glielo hai detto?»

«Tu l'hai detto a Silvia?»

«No, non c'è stata occasione.»

«Ecco, appunto. Neppure per me c'è stata.»

«Quindi Marco non sa che esisto? Interessante, davvero interessante.»

«Perché interessante?»

«Mi dà un bel vantaggio strategico rispetto a lui.»

«Non siete mica in competizione...»

«Lo pensi tu.»

Ludovica si era sciolta in un sorriso che rivelava quanto le piacesse essere contesa.

«Quindi a Marco nascondi delle cose?»

«Non deliberatamente, ma capita.»

«Dimmi un altro segreto. Un'altra cosa che Marco non sa ma a me puoi dirla.»

«Non mi viene in mente niente.»

«Dài, una cosa segreta che a lui non confesseresti. Sono certo che c'è. Qualcosa di molto più scabroso del fatto che mi accompagni all'aeroporto.»

«Purtroppo la mia vita non è per niente scabrosa.»

«Non ci credo. Chiunque ha un segreto scabroso.»

«Se mi dici il tuo, io ti dico il mio.»

«Sei sicura di volerlo sapere?»

«Certo che sono sicura. E sappi che so stare ai patti. Se mi dici il tuo, io ti dico il mio.»

«Ok. Eccolo qui, allora... Non sono un grande amatore.»

«E questo che cosa significa? Che cavolo di segreto è?»

«Vuoi dire che è di pubblico dominio?»

Ludovica aveva riso:

«No, non voglio dire che è di pubblico dominio. Ma che è un dato relativo. Che non sta a te darti i voti. Che io potrei sostenere di me l'esatto contrario e non significherebbe niente.»

«Lo dici solo perché non hai voglia di dirmi il tuo segreto scabroso. Mi hai buggerato.»

«Non ho alcun problema, invece. Se ci tieni a saperlo. Ok, allora beccati questa: sono una maniaca sessuale.»

«Buon per Marco.» Era sbalordito e anche un po' offeso per ciò che lei aveva detto. Come tutte le persone che hanno problemi con il sesso, Semi non era così indulgente con quelli per cui il sesso è una sana ossessione.

«Marco non lo sa. Credo che lo intuisca. Ma non lo sa.»

«Il discorso si sta facendo interessante. Come può non saperlo? Vuol dire che lo tradisci?»

«Non l'ho mai tradito.»

«Lo dici come un'eroina da romanzo. Come se aveste alle spalle quarant'anni di vita coniugale.»

«Non lo dico in nessun modo. Lo dico serenamente: sto con lui da anni e non l'ho mai tradito.»

«E allora in cosa si esplica questa tua mania?»

«In cosa?» E qui Ludovica aveva atteso qualche secondo prima di rispondere. «Da sola.»

«In che senso, da sola?»

«Perché vuoi costringermi a spiegarti una cosa così imbarazzante?»

E ora provate a immaginare la meravigliosa sorpresa di Semi nello scoprire che al mondo esiste una ragazza di ventuno anni, bella da togliere il fiato, elegante ed eterea come l'eroina di un musical, il cui attaccamento sfiora ormai la devozione, che condivide con lui un amore altrettanto insano e altrettanto morboso per la masturbazione. Una ragazzina che, se dipendesse da lei, scoperebbe solo con la mente. Al punto tale che preferisce darsi piacere da sola piuttosto che esigerlo dal suo aitante ragazzo venticinquenne.

Sì, provate a mettervi nei panni di un tipo come Semi che incontra una tipa come Ludovica nel momento della vita in cui ha smesso di sperare che un simile incontro sia possibile. Una ragazza con cui scambiare le proprie morbosità.

Un miracolo. Una rivelazione. L'anima gemella a portata di mano. Semi è spiazzato. Semi è al settimo cielo. Semi non riesce a crederci.

Naturalmente quell'aereo per Tel Aviv lo aveva perso. Ma ne aveva preso uno assai più pericoloso per un viaggio cento volte più eccitante. Lui e Ludovica erano finiti nella stanza di uno Sheraton vicino all'aeroporto. E la cosa incredibile è che là dentro non avevano fatto sesso. Nient'affatto. Non nel modo in cui gli adulti lo fanno al primo incontro. Diciamo solo che in un contesto così intimo si erano tolti una miriade di sfizi e avevano continuato a rivolgersi quel reciproco interrogatorio. Ludovica gli aveva spiegato che la cosa che amava di più con Marco era prenderglielo in bocca. E che non c'era niente al mondo che la eccitasse di più che sentirselo in bocca. Allora Semi aveva provato, con estrema delicatezza, a chiederle di farlo anche a lui. Lei si era rifiutata e lui non aveva insistito.

In compenso gli offre mille altri dettagli sulla storia della sua vita intima. Inizia a masturbarsi all'età di quattro anni. E da allora non smette più. Ricorda come un'immensa mortificazione i rimproveri della nanny perché indulgeva troppo in certe pratiche solitarie. E come, per puro spirito di sopravvivenza, abbia dovuto inventarsi un modo discreto di farlo senza che quella vecchia bacchettona se ne accorgesse. E come, ancora oggi, le capiti di farlo (con la discrezione appresa sul campo) mentre Marco dorme.

Le rivelazioni non finiscono qui. Gli dice anche che con Marco è difficile perché lui sulla questione sesso ha idee molto più spartane, alle quali lei ogni tanto deve soggiacere ma senza particolare trasporto... E il bello è che tutte le spiegazioni snocciolate da Ludovica si erano accompagnate, o per così dire, incastrate, nei successivi incontri, con alcuni comportamenti che erano allo stesso tempo incoerenti e conseguenti.

In questo momento amerei chiamare al banco dei testimoni la macchina di Semi, almeno quella che lui all'epoca possedeva (una BMW Z4, la perfetta auto del finocchio arrivista). Perché solo quella macchina potrebbe raccontare gli estenuanti reiterati minuetti erotici di cui fu testimone. Una specie di danza, non troppo dissimile da certe raffinate arti marziali, il cui segreto è tutto nel provocarsi e nel non toccarsi. Un'arte marziale che li fa impazzire, che li trascina fino al confine che divide il desiderio dalla frustrazione. Un dolore quindi, un dolore che piace a entrambi. Perché lui ha trovato la donna che non gli chiede niente. E lei ha trovato l'uomo che non le chiede niente.

Eccoli qua, questi sterili Adamo ed Eva che annaspano nel piacere che non sono capaci di darsi vicendevolmente, dentro una BMW parcheggiata in una via laterale a pochi isolati dal residence dove Semi abita da tre anni circa. Il fatto che siano in quella macchina, con il rischio che qualcuno li becchi intenti nelle loro solipsistiche porcherie, e che non si siano più prudentemente rintanati nel residence di Semi o, come la prima volta, in un albergo, la dice lunga sulla loro ipocrisia e sul perverso piacere nel procrastinare all'infinito il momento di arrivare al dunque.

D'altro canto, che te ne fai del "dunque" se sei un patito dei prologhi? Mi chiedo se oggigiorno non sia questo l'orizzonte estremo della depravazione. Forse è l'inibizione, non il suo contrario, a fare di noi degli esseri realmente dissoluti. È pur vero che non esiste modo più efficace di onorare il desiderio che mortificarlo non smettendo di provocarlo. È difficile capire tale ragionamento per chi non sta dentro questa auto. Così com'è difficile comprendere quanto la doppiezza e l'ipocrisia possano essere eccitanti per questi due pervertiti.

Se è vero che lei ama così tanto prenderlo in bocca a Marco, perché si rifiuta di elargire un analogo trattamento all'uomo di cui, a suo dire, non può più fare a meno? All'uomo con cui scambia almeno un centinaio di sms al giorno? Al primo uomo a cui dà il buongiorno al mattino e all'ultimo a cui augura la buonanotte prima di addormentarsi come una bimba? All'uomo che si masturba di fronte a lei e di fronte al quale lei non può che fare altrettanto?

Davvero Ludovica ritiene che Marco accetterebbe di buon grado ciò che capita dentro questa macchina solo perché lei rifiuta al suo amante il servizietto orale da questi continuamente invocato? Davvero è così pazza da credere a una favola del genere? O forse non è questo il punto. Forse quella di Ludovica non è che la solita questione di principio. E quindi, come ogni questione di principio, una cosa ottusa e irragionevole. E tuttavia Semi sa bene che l'ottusità e l'irragionevolezza di Ludovica sono parte del piacere celestiale di stare con Ludovica. Che Ludovica non esiste senza la sua formidabile ottusità e la sua spiazzante irragionevolezza. Le sue regole. Le sue nevrosi. Le sue impossibilità. Le sue interdizioni. Tutte le cose che non può fare e tutte le cose che deve fare. Non c'è niente di tutto questo che per Semi non risulti meraviglioso. È la ragione per cui non riesce a staccarsi da lei, né a stancarsi di lei. O almeno, è una delle ragioni.

Dall'esperienza maturata sul campo, Semi ha compreso che l'amore agisce su di lui come certe canzoni da hit parade, che al primo ascolto ti danno l'illusione di una rivelazione. Sei così sicuro della genuinità dell'incantesimo di quelle canzonette che non ti fai nessuno scrupolo a riascoltarle, anche dieci volte di seguito se necessario, chi se ne importa, tanto sembrano fatte per non stancarti mai. Ogni volta che le rimetti da capo ti sorprendono. Finché qualcosa inizia a incrinarsi. Finché l'entusiasmo non comincia a vacillare. Finché non avviene un miracolo increscioso: ciò che era sempre stato così fresco, d'un tratto ti appare opaco, tedioso in modo ripugnante. Come è potuto accadere? Non lo sai. Ma sai che è accaduto. E ti pare una vera beffa. Una beffa necessaria, forse – se non altro perché offrirà una chance ad altre canzoni altrettanto belle e altrettanto effimere –, e tuttavia una beffa che ti rende cinico.

Nei suoi trentasette anni di vita, gli era accaduto di innamorarsi una manciata di volte. E il copione non era mutato di una virgola da quello testé descritto. Come se la grande danza dell'amore e del disamore dovesse esaurirsi ogni volta nei soliti passi obbligati.

Normale allora che Semi si chieda se il sentimento persistente che lo lega a Ludovica e che lega Ludovica a lui non dipenda dalla natura scostante dei loro incontri sessuali. Forse lui non fa che pensare a lei proprio perché lei non glielo prende in bocca, e forse lei non smette di pensare a lui perché lui ha appena chiesto la mano a un'altra. E forse lui ha chiesto la mano a un'altra donna proprio affinché lei non si stanchi di lui, o per ritorsione perché lei non glielo prende in bocca. E forse lei, sconvolta dal fatto che lui ha chiesto la mano a un'altra, si deciderà a prenderglielo in bocca. E così via, all'infinito...

Eppure, nonostante tutte queste complicazioni caratteriali, fino a quel momento Ludovica non è mai venuta meno alle sue impeccabili affidabilità e buona creanza. Semi apprezza la diligenza (di nuovo la sua tenera ottusità!) con cui lei rispetta il patto che c'è tra loro. Quando Semi sta con Silvia o Ludovica sta con Marco, la comunicazione tra i due amanti deve interrompersi istantaneamente. Sì, la serenità della coppia ufficiale deve essere garantita da un marzialissimo "silenzio radio". Sarebbe talmente grave romperlo che fin qui nessuno dei due si è permesso.

Ecco perché Semi, afferrando finalmente il cellulare dopo aver fin troppo tergiversato, fu ancora più sicuro che, sebbene l'ultima volta che aveva sentito Ludovica qualche giorno prima, di fronte al gate d'imbarco del volo per l'Uzbekistan, lei fosse così evidentemente turbata, di certo non poteva aver in alcun modo violato quel precetto inviolabile.

Il cielo di Londra era livido non meno del fiume. Semi strinse il telefonino. Guardò il messaggio che aveva rischiato di svegliare Silvia. Diceva: "Ti cerco da quattro giorni tu non rispondi chiamami dobbiamo parlare!".

Lo stile era talmente inconfondibile che non ci sarebbe stato nemmeno il bisogno di verificare l'identità del mittente. La perentorietà dell'espressione, la punteggiatura parsimoniosa, il tono imperturbabilmente intimidatorio, l'ora folle e senza scrupoli in cui era stato concepito... tutto lasciava intendere che le infuriate dita che lo avevano scritto appartenessero alla mano di Jacob Noterman, il trader di cotone per cui Semi lavorava ormai da quasi un triennio.

Il tenore del messaggio diceva inequivocabilmente che Jacob sapeva. Sapeva del casino che il suo pupillo aveva combinato in Uzbekistan. Sapeva quanto, giorno dopo giorno, fosse più improbabile uscirne puliti. Sapeva della quantità impressionante di quattrini che quell'affare andato male gli sarebbe costato. E se lo sapeva lui, dovevano saperlo molti altri nell'ambiente. Tanto più che, trattandosi di un ambiente relativamente piccolo (il commercio mondiale del cotone è nelle mani di un centinaio di persone che si conoscono e fanno affari tra loro), Jacob doveva aver capito soprattutto che a questo punto la credibilità di Semi, il fidato, giovane socio di minoranza della Noterman&Fils, il cavallo su cui lui aveva incautamente puntato, stava per andare in frantumi.

E questo doveva averlo fatto infuriare.

Jacob era il padre di Eric, il ragazzo con cui Semi aveva condiviso l'appartamento newyorkese in Downtown negli otto anni in cui aveva lavorato alla Citibank.

Sebbene corresse voce che Jacob Noterman avesse disseminato in giro per il mondo una prole numerosa e variegata, il solo figlio legittimo che le circostanze gli avessero regalato, nato dal secondo matrimonio con una sfaccendata signora milanese, non corrispondeva in alcun modo a ciò che Jacob avrebbe amato ritenere il suo figlio ideale. Si trattava del soave smidollato Eric. Uno scricciolo biondino, il cui organismo era inquinato da velleitarie ambizioni artistiche e da un cocktail micidiale di alcol e Special K (che lui, da vecchio buongustaio, adorava mescolare con la cocaina).

Semi lo aveva conosciuto a Londra, proprio l'anno in cui Eric stava per trasferirsi a New York. Quando Semi era entrato alla Citibank e aveva avuto l'esigenza di trovare anche lui una sistemazione a Manhattan, Eric lo aveva preso con sé come room-mate. Ed era stato un bel colpo per entrambi. Non c'era niente che Semi il virtuoso potesse invidiare a Eric il dissoluto. E viceversa. E questo era un grande vantaggio. Perché sbarrava la strada sul nascere a ogni possibile competizione e, allo stesso tempo, sanava (normalizzandola) ogni eventuale incomprensione. Per nulla al mondo Eric avrebbe emulato il tenore di vita del suo coinquilino romano. Alzarsi tutti i giorni alle sei del mattino? Indossare abito grigio, cravatta, scarpe nere? Infilarsi in una fetida metropolitana per raggiungere prima di chiunque altro gli uffici della Citibank in Midtown? E rimanere là dentro fino a notte fonda, se necessario? Ma scherziamo? No, un'abnegazione che non faceva per Eric.

D'altra parte per Semi non c'era niente che contrastasse di più con la sua idea di benessere e realizzazione dello stato di stordimento allucinato in cui Eric precipitava grazie all'ingestione di tutta quella ketamina. E tuttavia ciò non impediva all'uno di capire le ragioni dell'altro. Eric vedeva bene che il suo amico era completamente impelagato nella corsa all'oro intrapresa fin dai tempi della scuola, quando aveva iniziato a collezionare pagelle sempre più impeccabili. Eric sapeva che, per Semi, Wall Street rappresentava ciò che il Klondike aveva rappresentato per Zio Paperone: il punto di partenza di un'ascesa inarrestabile.

Allo stesso modo Semi sapeva che Eric aveva un conto in sospeso con il capitalismo. Non perché avesse letto Marx, o qualcuno dei suoi intraprendenti epigoni. Ma solo perché odiare il capitalismo era un ottimo modo per avercela indirettamente con suo padre. Non era un caso che il pretesto più frequente che spingeva Eric a stordirsi gli venisse offerto da Jacob.

Ben prima di incontrarlo faccia a faccia, Semi aveva potuto valutare la nefasta influenza che quell'uomo forte e gradasso era capace di esercitare sul suo delicato erede. Le telefonate di Jacob a Eric lasciavano nell'aria un odore greve di umiliazione inflitta e mortificazione subita. Ogni volta che Semi, rientrando la sera nel piccolo appartamento di Sullivan Street, trovava Eric seduto in un angolo accanto al frigorifero, con la testa poggiata alla parete, capiva che l'amico aveva appena ricevuto una fluviale telefonata nella quale il padre doveva avergli brutalmente ribadito tutta la sua disistima e tutto il suo disprezzo.

Quando Jacob passava per New York (più o meno ogni tre mesi), convocava il figlio da Ruth's Chris, una steakhouse in Midtown di cui andava pazzo. Tre o quattro giorni prima dell'incontro, Eric iniziava un programma personale, per lo più inefficace, di disintossicazione. Smetteva così, da un giorno all'altro (o almeno ci provava), di bere e di farsi.

«Mio padre ha una specie di antidoping incorporato» diceva a Semi. «Gli basta guardarmi in faccia per capire quanta merda ho in corpo.»

«Ti assicuro che non ci vuole questo gran superpotere» commentava Samuel sarcastico.

Come dicevo, non sempre quelle estemporanee ripuliture garantivano gli effetti sperati. Nella migliore delle ipotesi, ovvero quando Eric riusciva a rigare dritto, la lucidità guadagnata lo faceva precipitare in uno stato di prostrazione assolutamente inadatto ad affrontare un pasto insieme al padre. Nella peggiore, invece, Eric, esasperato, finiva con il farsi un attimo prima di uscire e, una volta giunto sul luogo dell'appuntamento, era quasi inevitabile che Jacob gli rivolgesse frasi di un'esemplare durezza:

«Sparisci dalla mia vista. Qua dentro mi conoscono e mi rispettano. Non vorrai mica che pensino che me la faccio con i tossici.»

Tenuto conto del fosco ritratto che Eric gli aveva fatto del padre, Semi aveva provato una specie di delusione estetica quando finalmente se lo era ritrovato di fronte. Non c'era niente in lui di così sensazionale e mostruoso. Era un uomo. Uno dei tanti in circolazione. Soprattutto in quella città. Non c'era nulla che lo distinguesse da tanti altri robusti esemplari della sua generazione, che avevano passato la vita a mietere successi e collezionare una variegata quantità di orpelli, come vini di pregio o macchine d'epoca.

Parlava l'inglese fluido, scorretto, duro di un alsaziano che lo ha imparato da adulto sul campo. A Semi, anche se si era ben guardato dal dirlo a Eric, Jacob era piaciuto. Forse perché aveva un debole per gli arroganti e i prevaricatori. Tanto più se i prepotenti in questione sembravano vivere al solo scopo di alimentare e saziare (con un unico gesto) appetiti pantagruelici. La simpatia che provava per quell'uomo aveva a che fare anche con la sua conformazione fisica. C'era qualcosa di ferinamente scimmiesco nella postura di Jacob Noterman, qualcosa che sembrava dare ragione ai darwiniani più incalliti. Semi era certo che le robuste scapole di quel signore fossero ricoperte da un'importante coltre di peli. Inoltre, era incredibile che caviglie così sottili potessero sopportare il peso di un busto carenato e grande come un'uccelliera. E, a proposito di incongruità, era davvero difficile che una sola faccia potesse ospitare occhi così ironici, labbra così voluttuose e una pelle dura come una sella di cavallo.

Il vestito color antracite doveva essere sicuramente su misura, considerato che le maniche coprivano interamente gibbonesche braccia, talmente lunghe da sfiorargli le ginocchia. Semi si era chiesto se fossero quegli arti abnormi e penzolanti a conferire ai passi di Jacob la cadenza ritmica di un giocatore di basket. O se invece la camminata da bullo non fosse altro che una ginnica espressione della sua arroganza.

Ancora una volta Semi aveva constatato quanto la natura possa essere malvagia con certi padri e con certi figli. La dissomiglianza di Eric dal padre era così perfetta che, in uno strano paradosso, sembrava certificare la sua stretta consanguineità con quello scimmione soddisfatto. Solo a un figlio davvero cocciuto poteva essere riuscito il miracolo di distinguersi con simile radicalità dal proprio padre. Nel corso degli anni, Semi aveva avuto parecchi amici con alle spalle genitori ingombranti come Jacob Noterman, al punto che certe volte credeva non ne esistessero di altro tipo. E aveva imparato che, per quanto costoro apparissero, agli occhi dei loro tremebondi figli, montagne misteriose e inespugnabili, in realtà il più delle volte non erano altro che padri, ovvero individui sprovvisti dalla natura di capacità empatica e cautela misericordiosa.

Sì, Jacob Noterman faceva parte di questa categoria di padri non meno di quanto Eric facesse parte di una categoria assai diffusa di figli deboli. Questo era il loro fascino, il loro problema, la loro condanna. E questo era ciò che Semi aveva intuito sin dalla prima volta che li aveva visti uno di fronte all'altro.

Il primo incontro tra Semi e il suo futuro capo era stato favorito da una tipica ubbia di Eric.

«Accompagnami» gli aveva chiesto una sera Eric, irrompendo nella sua stanza. Semi era sdraiato sul letto, con indosso soltanto un paio di boxer a quadretti. Si stava frizionando i capelli con un asciugamano. Era appena rientrato dall'ufficio dopo una delle sue giornate. Pioveva a dirotto, e rientrando si era preso tanta di quell'acqua che era certo che non avrebbe mai più bevuto. E ora stentava a credere che il suo debosciato room-mate gli stesse chiedendo di accompagnarlo da Chris al trimestrale appuntamento con il padre.

«Ma non ci penso nemmeno.»

«Ti prego. Accompagnami. Dice sempre che vuole conoscerti.»

«Stai scherzando, vero?»

«No, Semi, non sto scherzando. Oggi proprio non ce la faccio. Ogni volta che mi abituo alla sua assenza, rivederlo è un trauma. E lui non mi rende certo la vita facile. Sai perché mi porta sempre in quella cazzo di steakhouse?»

«Perché?»

«Perché sono vegetariano. E questo lui non può sopportarlo. E allora mi provoca. Mi riempie di rimproveri, mi umilia, e intanto divora quegli orribili pezzi di carne unti, mi mastica in faccia come una bestia.»

«Naturalmente non ti è venuto in mente che possano semplicemente piacergli le bistecche. Per te qualsiasi cosa faccia quell'uomo, persino mangiare un piatto di carne, deve essere per forza una provocazione?»

«Ecco, lo vedi? Sono paranoico. È per questo che mi devi accompagnare. Per tenere a bada la mia paranoia. Ti prego, ti scongiuro. Non posso affrontarlo da solo. Non oggi, cazzo. Sono quattro giorni che non bevo neanche una birra. Sto per crollare...»

«Non riesco a credere che tu me lo stia chiedendo. Hai idea di che tempo faccia là fuori?»

«Dài, che ti costa? Ti assicuro, se non sei suo figlio può risultare interessante e simpatico, o perlomeno pittoresco. Vedrai, non farà altro che intrattenerti su quanto sono fichi i cinesi e come siamo antichi noi...»

La profezia di Eric si era avverata. Jacob aveva saputo essere davvero interessante e simpatico con l'inatteso ospite del figlio. E poco importa che lo fosse stato nel modo in cui sanno essere interessanti e simpatici gli uomini come Jacob Noterman, ovvero strafacendo, straparlando. Ciò che conta è che la serata si era rivelata piacevole per tutti. Per Semi, che aveva conosciuto un uomo stimolante. Per Jacob, che aveva potuto esibirsi di fronte a un pubblico nuovo di zecca. E per Eric, che, con il padre distratto da un ospite peraltro gradito, si era risparmiato la rigogliosa, abituale cornucopia di insulti e rimproveri.

Semi aveva capito che la ragione per cui Jacob andava a mangiare sempre da Chris era la più classica per quelli come lui: non c'era nessuno là dentro che non lo trattasse come un padrone, ancor più che come un cliente di riguardo. Era una di quelle steakhouse newyorkesi il cui arredo sembra ispirato agli interni di un vecchio galeone della marina britannica. Tale impressione era suffragata dalle luci calde e soffuse, quasi fossero sprigionate da cento candele accese. Semi fu stupito dal fatto che i camerieri, la cui cortesia era temperata da una maschia sprezzatura di stampo irlandese, chiamassero Jacob con un deferente "Mister Noterman" invece che con l'appellativo, assai più adeguato alle circostanze, di "ammiraglio Nelson" o "commodoro". Per darvi il senso della grandeur, vi dirò che persino il menu aveva le dimensioni di un vecchio codice rinascimentale.

Nello scegliere cosa mangiare, padre e figlio avevano mostrato ancora una volta quanto fossero differenti. Jacob, guardandosi bene dal consultare il menu, aveva ordinato un cocktail di scampi e la sua bisteccona Porterhouse con il tono perentorio di chi non avrebbe potuto ordinare altrimenti. Eric, invece, dopo aver armeggiato con l'ingombrante menu per quasi cinque minuti, dovendo sopportare anche l'impazienza delle tamburreggianti dita paterne, aveva optato per una loffissima insalata di avocado.

Poi era iniziato lo show.

La prima cosa che Jacob fece per impressionare l'amico del figlio fu annunciare, come fosse la cosa più normale del mondo, che il giorno dopo avrebbe pranzato con Ralph Lauren. Eppoi si godette l'effetto sensazionale prodotto da quel nome sul viso del suo giovane ospite. Il quale si guardò bene dal deludere le sue aspettative:

«Davvero è amico di Ralph Lauren?»

«Conosco Ralph da quasi cinquant'anni. Tutto quel poco che sa di cotone lo deve a me. Allora eravamo due ragazzini. Lui era bello, cortese, timido, ambiziosissimo. Aveva le idee un po' confuse sul business, ma un sacco di voglia di imparare. Tutto si può dire di lui tranne che non ce l'abbia fatta. Sai quanto incassa solo con la biancheria?»

Questa era una tipica domanda di Jacob Noterman. Era già la terza che faceva da quando si erano seduti a tavola. La sua specialità era porti domande di cui non potevi sapere la risposta. Semi si chiese se tale modalità gli servisse a conferire maggior enfasi drammatica alle informazioni che stava per darti o se, altrimenti, si trattasse di una tecnica (peraltro grossolana) per coglierti in castagna su una cosa che, dopotutto, non eri tenuto a sapere. Semi rispose con semplicità: «Non ne ho la minima idea, dottor Noterman».

«Non mi chiamare "dottore". Non sono dottore. Io i dottori li odio. Chiamami Jacob... In ogni modo, se ci tieni a saperlo, quel figlio di puttana incassa mezzo miliardo di dollari l'anno. Eppure, nonostante l'impero che ha costruito, è uno che continua ad ascoltare i buoni consigli. Soprattutto se gli arrivano gratuitamente da un vecchio amico con il pallino per gli affari. Per questo ogni tanto sente l'esigenza di vedermi. E io, c'è da dire, non mi tiro mai indietro.»

Il dato perturbante di uomini come Jacob Noterman è che il trionfalismo con cui parlano del proprio talento negli affari sembra aver contaminato ogni altro pensiero su qualsiasi argomento. Essi ritengono che l'aver ottenuto un così brillante successo sul lavoro li autorizzi a pronunciarsi sull'intero scibile umano. Era stato lui stesso a confessarlo: se c'era un'opinione da dare non si tirava mai indietro. Forse per questo il suo intercalare preferito era: "No, non sono d'accordo con te". E, nel dirtelo almeno cinque o sei volte nel corso di un unico pasto, non voleva certo offenderti, o denigrarti. Voleva solo spiegarti come stavano le cose. Voleva farti rendere conto che non c'era niente che tu potessi pensare su un qualsiasi argomento su cui lui non la sapesse più lunga di te. Persino sul mercato azionario, materia non meno incontrollabile e misteriosa degli studi sulle placche terrestri e sui movimenti tellurici, Jacob Noterman si pronunciava con devastante apoditticità.

E non c'era cosa che gli facesse più tenerezza di uno come Samuel Pontecorvo: un ragazzino che, solo perché aveva alle spalle buoni studi, solo perché lavorava in una banca d'affari da qualche anno, solo perché tutte le mattine indossava il completo grigio e le scarpe nere e andava a trascorrere la giornata con altri ragazzini in completo grigio e scarpe nere, si sentiva tanto in gamba da spiegare a te, che trottavi da tutta una vita, come sarebbe andato il mercato da qui alla fine del mondo.

Semi ci mise poco a capire che, malgrado Jacob Noterman non fosse il satanasso che gli era stato descritto a più riprese da Eric, doveva essere stato davvero difficile avere a che fare sin dai primi giorni sulla terra con un uomo così tanto interessato alle proprie opinioni e così poco a quelle degli altri. Un padre che sa dirti solo no. Un padre per cui tu non ne azzecchi mai una. Un padre che si spazientisce ogni volta che provi a esprimere un'idea alternativa alla sua.

Questo virilismo nelle convinzioni, si era colto a pensare Semi, era davvero anacronistico. Non c'era più nessuno al mondo che si vantasse tanto delle sue prodezze e che tenesse in così alta considerazione la propria persona. Era quasi una maleducazione, di questi tempi, essere tanto entusiasti di sé. Eppure la sua energia era proprio del tipo parossistico che Semi aveva sognato di trovare in ogni angolo di New York, ma che invece aveva incontrato raramente.

Quando uno degli scattanti camerieri aveva messo di fronte al muso di Jacob la sua pietanza preferita, a Semi era sembrato di ravvisare una misteriosa consonanza tra quell'enorme parallelepipedo di carne bovina che continuava a friggere nel burro e la faccia rubizza del vecchio commerciante di cotone che ne aveva viste tante, non meno di quante ne avesse vissute.

Non c'erano dubbi che lo show allestito da Jacob quella sera fosse integralmente dedicato a Semi. Era evidente che Semi gli era piaciuto. Oooh, finalmente un amico del figlio che gli piaceva. Non i soliti goyim[3] mezzo finocchi mezzo artistoidi di cui si circondava Eric. Ma un bravo ragazzo ebreo con la testa sulle spalle. Uno normale, che mangiava la carne come la gente normale, vestito decentemente (solo con qualche vezzo di troppo), con i capelli in ordine e le unghie pulite. Un ragazzo gentile, educato, rispettoso dell'autorità e soprattutto (qualità da non sottovalutare) un superbo ascoltatore.

Sembrava quasi che Jacob tutte queste doti le avesse apprezzate ancor di più perché gli erano subito sembrate perfettamente alternative ai difetti del suo Eric, al suo stile di vita incoerente e dissipato. Se solo pensava alla quantità di soldi che il figlio gli aveva fatto spendere per quell'inutile laurea alla Columbia. Regia e tecniche di montaggio. Che cazzo di materia era Regia e tecniche di

---

[3] Plurale di *goi*, che in ebraico significa "popolo", "nazione", usato poi nel senso di gentile, non ebreo.

montaggio? Chi diavolo poteva essere così fesso da far spendere al padre tanti soldi per imparare tutto sulla regia e sulle tecniche di montaggio? Ma certo, solo quell'impiastro di suo figlio. Quell'impostore di suo figlio.

Che stavolta però ne aveva imbroccata una: portando al suo desco un amico perbene. Uno con cui era possibile parlare di tutto, e in particolare di economia globale. Uno che ascoltava con autentico interesse le sue elucubrazioni su Ralph Lauren e sui cinesi.

Da quella prima cena, non c'era stata volta in cui Jacob fosse passato per New York senza pretendere che il figlio si presentasse alla cena da Chris con Semi. Il fatto è che Jacob, tra le molte qualità che si attribuiva, includeva anche quella di capire le persone al primo incontro. Se un giorno il mercato del cotone non gli avesse più dato alcuna soddisfazione, si sarebbe potuto riciclare come cacciatore di teste. Sì, avrebbe venduto ai cinesi la sua strabiliante capacità di capire le persone. Si sentiva infallibile. Era talmente alta la stima che Jacob provava per se stesso e per il proprio intuito che, quando metteva gli occhi su qualcuno con benevolenza, non riusciva neppure a ipotizzare di poterne essere deluso. Come se la smodata fiducia riposta in se stesso avesse la meglio sulla congenita, radicata diffidenza nei confronti del prossimo.

Per questo, quando aveva avuto l'idea di aprire una sede milanese della sua azienda e aveva preteso che il figlio lasciasse i suoi sogni di gloria e andasse a Milano a lavorare per lui, si era ricordato di Semi. Lo aveva convocato nel solito ristorante. Aveva fatto in modo che Eric non fosse presente e aveva formulato una proposta di lavoro.

Ufficialmente Jacob avrebbe messo parte dell'azienda nelle mani del figlio. Nella sostanza, Eric avrebbe dovuto dividere il potere con Semi. Inoltre si impegnava, il giorno in cui si fosse ritirato, a cedere a Samuel la quota della Noterman&Fils necessaria per renderlo socio alla pari con Eric. Non gli dispiaceva che un giorno, quando lui non ci fosse più stato, un amico buono e fidato come Samuel Pontecorvo si prendesse cura, in un'unica mossa, del suo inconcludente figlio e della sua prospera azienda. Jacob lo sapeva: di primo acchito non poteva offrire a Semi ciò che gli garantiva una grande banca d'affari. Ma alla lunga gli forniva la possibilità di fare quattrini comprando e vendendo merce vera, pesante, profumata. Avrebbe potuto mettere in piedi qualcosa di suo. Avrebbe potuto maneggiare soldi che gli appartenevano, di cui conosceva la provenienza. Niente più carta straccia, ragazzo, questo è business vecchio stile. E Semi non doveva credere si trattasse di un business morente. È vero, l'industria tessile era in crisi. Ma solo per chi non aveva un senso della strategia. Solo per chi non era disposto a muovere le chiappe e andarsi a cogliere gli affari là dove fiorivano.

La Noterman&Fils non aveva nulla da temere. La gente non avrebbe mai smesso di indossare camicie di cotone o di dormire fra lenzuola di cotone. Il commercio del cotone era eterno. Bisognava solo adattarsi ai nuovi mercati. I cinesi, ragazzo. Dovrai abituarti a trattare con i cinesi. E Jacob era sicuro che nessuno potesse farlo meglio di un ragazzo ambizioso come Samuel, uno che, sebbene ancora giovane, aveva maturato una grande esperienza... Eccetera.

Non era l'offerta di lavoro che Semi stava aspettando da tempo. Era anzi l'offerta di lavoro che, fino a qualche tempo prima, avrebbe declinato con un sorriso condiscendente. Ma qualcosa nel frattempo era cambiato. E Semi non avrebbe saputo dire se fosse più grande il mutamento epocale avvenuto in Borsa o quello che si era innescato dentro di lui.

A seguito della crisi economica senza precedenti del 2008, un cataclisma che aveva spazzato via in un solo giorno un colosso come Lehman Brothers, si respirava un'ariaccia. Che la recessione incombesse sulle teste di milioni di inermi e cordiali individui Samuel lo aveva capito dal fatto che, tanto per fare un esempio, quasi da un giorno all'altro i ristoranti alla moda (Indochine, Cipriani...), dove fino a qualche tempo prima era necessario prenotare con una decina di giorni di anticipo, avevano sempre dei coperti vuoti.

Semi, da poco diventato senior advisory manager, aveva l'impressione che quella, più che una promozione, fosse una fregatura. La sua paranoia gli diceva che un tale incarico di responsabilità gli fosse stato offerto dopo che altri, più qualificati e più saggi di lui, lo avevano rifiutato. O forse quel che l'aveva reso idoneo a un posto così strategico era ciò che fino ad allora lo aveva professionalmente svantaggiato: ovvero il suo buon carattere, quella che qualcuno avrebbe potuto definire sprezzantemente la sua arrendevolezza. Una qualità non molto ben vista nel suo ambiente, ma che in tempi in cui era necessaria un po' di sana diplomazia, be', poteva tornare utile.

Certe sere, prima di andare a dormire, Semi aveva l'impressione, alquanto esagitata, di essere un naufrago solitario su una zattera al centro della tempesta del secolo. Lavorava nella sezione north american private banking di Citibank (qualcosa di simile all'essere in balia della suddetta tempesta), e si occupava di wealth management. Il che significava avere a che fare con clienti grossi, importanti, esigentissimi e feroci. Stava diventando evidente che il carico di pressioni che doveva sopportare era superiore alle sue forze. Nell'ultimo biennio l'indice Standard&Poor's era calato di più del 40 per cento. Un massacro. E Semi aveva la sensazione che ogni punto percentuale perso da quel maledetto indice gli togliesse uno strato di pelle e un anno di vita.

Col suo intuito, Jacob ci aveva visto giusto, aveva messo il dito nella piaga: Semi ne aveva le palle piene di titoli, obbligazioni, derivati, e soprattutto di quei maledetti CDO, ABS, subprime che ogni giorno assomigliavano di più a carta igienica sporca. Non ce la faceva più a rassicurare milionari imbizzarriti con argomenti talmente generici e pretestuosi che non avrebbero persuaso nemmeno un adolescente ingenuo, figuriamoci quegli squali affamati di carne umana. Era stanco di dover rispondere quotidianamente al suo country manager, un olandese di una ferocia inimmaginabile. Era stanco di dover spronare a sangue, fin quasi a minacciarli, i personal advisor che dipendevano da lui, affinché provassero a salvare il salvabile. Più di una volta Semi, svegliandosi la mattina pieno di ansia, dopo notti popolate da incubi numerici, aveva avuto l'impressione vanagloriosa che il destino del mercato globale fosse interamente affidato a lui.

No, quella non era vita. O perlomeno non era ciò che lui aveva immaginato tante volte, prima di arrivare a New York.

Era come se l'euforia respirata da Semi fin dal giorno in cui era sbarcato a New York, fresco di master e pieno di voglia di distinguersi, avesse ceduto il passo a un panico permanente. Il senso di forza e di opportunità ispiratogli i primi tempi dalla vista mattutina del Citigroup Center – il candido grattacielo che si staglia agile e imponente in Midtown, la cui punta sembra scheggiata da un immenso coltello da burro – era stato sostituito da una sensazione di vertigine vagamente minacciosa, che Semi non riusciva a scrollarsi di dosso per tutta la giornata. Sempre più spesso gli capitava di svegliarsi alle tre di notte e di dare un'occhiata alle aperture delle Borse europee sul laptop lasciato prudentemente acceso. E di essere preso da attacchi di disperazione.

No, quella non era vita. Tanto più che non aveva nessuna garanzia che sarebbe uscito incolume dal terremoto. Il suo vecchio capo, un ragazzo di New York, la persona che Semi aveva sostituito, era stato mandato via da un giorno all'altro. Perché aveva fatto un errore giudicato dai suoi superiori inaccettabile. Ma avevano idea, quei capi, di quante decisioni uno fosse costretto a prendere durante la giornata? Possibile che non capissero che, in una tale congiuntura, l'errore era fisiologico e strutturale? Ma certo che lo capivano. Peccato che non gliene importasse niente. E solo perché la cosa più importante era pararsi il culo e scaricare le responsabilità sul diretto inferiore. A questo punto della storia l'abnegazione non c'entrava più. Era tutta questione di pelo sullo stomaco e di fortuna. Un terreno di scontro sul quale Semi il Combattente non si sentiva a suo agio.

L'unico motivo di consolazione era il sentirsi parte di un disinganno collettivo. Erano tanti i ragazzi italiani cresciuti nel mito di Gordon Gekko, il leggendario protagonista del film di Oliver Stone (come non amare le sue famose bretelle?), che alla fine del millennio precedente si erano riversati nei monolocali di Downtown. Pervicacemente convinti che, grazie al nuovo cammino intrapreso dal capitalismo finanziario, un giorno, da un lussuoso attico su Central Park, avrebbero raccontato ai loro nipoti americani la storia di come erano diventati schifosamente ricchi.

E gli italiani non erano i soli della partita. C'erano inglesi, francesi, tedeschi, indiani, coreani... Sì, erano arrivati da tutto il mondo: emigranti di lusso con in testa i medesimi sogni di gloria, suscitati dallo stesso incantesimo globale. Avevano l'età di Semi. Erano nati negli anni Settanta. Il che significava che avevano visto gli stessi film, letto gli stessi libri, mangiato lo stesso numero di Big Mac.

Per quel che Semi poteva vedere, erano la prima generazione nella storia dell'umanità a utilizzare gli aerei con la stessa incurante serialità con cui i pendolari della generazione precedente avevano utilizzato autobus e treni. "I pendolari del cielo", così li chiamava lui. Ragazzi per cui il mondo si era improvvisamente rimpicciolito. Ragazzi per cui nessun luogo della terra era davvero irraggiungibile. Ragazzi per cui fare colazione a Parigi, prendere l'aperitivo a Milano e cenare a New York, tutto nello stesso giorno, era semplicemente la norma. Ragazzi a cui era chiaro che non c'è niente di meglio dell'insonnia e della cocaina per risolvere l'annoso problema del jet lag. Ebbene, Manhattan per questi ragazzi non era altro che il centro propulsivo da cui tutto si irradiava. Se volevi andare in altri posti, era comunque da lì che dovevi partire.

Era dal 2000 che Semi viveva a Manhattan, e, certo, aveva avuto i suoi momenti, ma ora era esausto. Da un bel po' non ce la faceva più a pensare ventiquattro ore su ventiquattro alla stessa cosa: a come salvare le chiappe. E da un bel po' non lo divertiva più essere circondato da persone che pretendevano da lui ciò che lui non era in grado di dare. E l'adrenalina prodotta dal terrore di essere cacciato via o di procurare alla sua banca un danno sconvolgente invece di gasarlo lo tormentava. Non lo faceva più sentire speciale chiamare Silvia il venerdì sera, all'ultimo minuto, e dirle: "Senti, piccola, purtroppo stasera l'aereo partirà senza di me... sì, lo so, tesoro, ti avevo promesso che... ma non è colpa mia... sì, devo andare in Connecticut a incontrare un cliente capriccioso... un vero rompicoglioni. Dài, ho già spostato l'aereo alla prossima settimana...".

Perché poi era arrivata anche la nostalgia. Quel sentimento pigro e anacronistico che un pendolare del cielo non avrebbe mai dovuto avvertire lo aveva improvvisamente aggredito alle spalle. No, non era vero, come gli avevano detto, che New York aveva il potere di annullare la nostalgia per qualsiasi luogo originario. A Semi stava capitando il contrario. Quella maledetta città non faceva che procurargli nuovi pretesti per rimpiangere Roma, l'Italia e le cose che aveva lasciato. Non avrebbe mai creduto che fosse possibile sentirsi così solo e smarrito. La violenza della metropoli in cui aveva scelto di vivere lo stava divorando. Tutta quella gente che non faceva altro che scendere e salire, scendere e salire. Tutto quel fumo puzzolente. Il gelido vento dell'inverno, la vampa bollente dell'estate. Semi aveva bisogno di tepore. Solo di un po' di tepore. Voleva Silvia, voleva Filippo. Voleva la mamma. Voleva un pasto normale, ne aveva fin sopra i capelli di quei disgustosi take-away cinesi. Il sushi gli usciva dalle orecchie.

Già, Semi aveva solo trentacinque anni ed era esausto.

Poi c'era la questione economica. Da che aveva avuto la promozione, Semi guadagnava più o meno diecimila dollari al mese e il suo contratto prevedeva un cospicuo bonus per obiettivi. Obiettivi che lui dubitava ogni giorno di più fosse sensato sperare di conseguire. Poi c'erano i benefit: la Lexus, l'assicurazione sanitaria, la carta di credito aziendale. No, non aveva di che lamentarsi. Eppure alla fine del mese non gli avanzava quasi nulla. Quella cazzo di città sembrava fatta apposta per spennare certi ragazzini con i soldi in tasca. L'affitto dell'appartamento newyorkese, i sabati mattina consumati all'Apple Store vicino a Central Park, la rata del leasing della macchina che aveva regalato a Silvia per l'ultimo compleanno. Eppoi i ristoranti, i suoi adorati, stramaledettissimi musical a Broadway, i weekend agli Hamptons o in Florida, i biglietti aerei per l'Italia (e uno come lui, con il suo curriculum, viaggiava in Business. L'idea che qualche suo amico lo beccasse in Economica lo faceva rabbrividire di vergogna).

E infine c'era la compulsione a spendere da cui era stato catturato da quando aveva iniziato a guadagnare. Una vera e propria sbornia consumista. Non faceva che caricare la carta di credito di spese assurde e inutili. Vestiti che non indossava mai, scarpe, cravatte, orologi di marca, gadget tecnologici, di recente anche una Harley-Davidson ultraccessoriata che aveva tirato fuori dal garage cinque volte in tutto... Perché stupirsi? Non c'era suo collega che non sfogasse le tensioni cui il loro lavoro li esponeva coltivando qualche fissazione. C'era chi era ossessionato dal sesso, chi dalla coca o dalle pasticche, chi dai massaggi, chi dal cibo, chi dallo sport, chi dal fitness, chi da qualche inaudita forma di collezionismo. A pensarci, non ce n'era neanche uno che non fosse stato contagiato da una mania.

Questo il contesto ambientale e psicologico in cui Semi era impantanato quando gli era arrivata la proposta di Jacob.

«Hai qualche mese per pensarci» gli aveva detto. E durante tutto quel tempo le cose per Semi non avevano fatto che peggiorare. Una mattina aveva persino temuto che il suo capo lo avesse convocato per dargli il benservito a nome dell'intera baracca per cui sputava sangue da un bel po' di annetti.

E soprattutto, in quei mesi, Semi aveva avuto la possibilità di ragionare sui vantaggi offerti dal nuovo lavoro. Sarebbe potuto rientrare in Italia. Avrebbe avuto di nuovo del tempo libero. Avrebbe potuto mettere su qualcosa di serio con Silvia. Una casa, una famiglia, un ménage che somigliasse alla normalità. Non sarebbe stato sempre in ansia. Avrebbe avuto un solo capo cui far riferimento, e non un milione di capi. E, con il tempo, se avesse fatto le cose per bene, sarebbe stato lui il capobanda.

Un'azienda sua, ben avviata, che da mezzo secolo si occupava di una merce di pubblica utilità. E va bene, il pendolare del cielo avrebbe dovuto darsi una ridimensionata. La corsa all'oro stava per subire una battuta d'arresto. Ma era così sicuro che rimanendo a New York le cose gli sarebbero andate meglio? Chi gli dava la garanzia che prima o dopo non avrebbe fatto la fine del suo ultimo capo, sbattuto fuori dalla sera alla mattina?

Certe volte, entrando in ufficio all'alba, aveva la sensazione terribile di essere un burocrate pagato per gestire goffamente – insieme ad altri parassiti della sua risma – il crollo di un immenso impero. E si trattava di una sensazione davvero melanconica. Di una sensazione antitetica allo slancio di spensierata onnipotenza che quel medesimo ufficio gli aveva suscitato all'inizio della sua avventura.

Finché Samuel, dilaniato dai dubbi, non aveva finito con lo scegliere l'opzione che gli era sembrata più comoda. Aveva accettato l'offerta di Jacob.

Erano trascorsi quasi tre anni da allora. Tre anni pieni di soddisfazioni e di esperienze interessanti, passati a costruirsi una reputazione in un ambiente piccolo e agguerrito. Tre anni in cui il pendolare del cielo, seguito dal suo nuovo pigmalione, aveva avuto modo di conoscere gente stramba e Paesi remoti. Tre anni che non gli avevano fatto rimpiangere quanto aveva lasciato. Tre anni durante i quali aveva convinto Jacob non solo a delegargli gran parte delle sue mansioni, ma che, sì, lui sarebbe stato il suo successore. Tre anni che sarebbero potuti essere il prologo della felicità se Semi, tradito da un'improvvisa impazienza e da un surplus di avidità, non si fosse gettato in un'impresa rischiosissima senza paracadute. Se, ingolosito da un affare che a lui era sembrato facile tanto quanto a Jacob era parso complicato, non avesse agito per conto proprio.

Ed ecco che, improvvisamente, era come se il gomitolo del tempo si fosse riavvolto di tre anni. Quello che Semi stava vivendo da qualche settimana somigliava molto allo stato d'animo degli ultimi mesi newyorkesi.

Anche se in realtà era molto peggio.

A New York, neanche nel momento in cui le cose si erano messe davvero male Semi era arrivato a ritenere che non esistesse un'alternativa. La cosa più terribile che avesse rischiato a New York era un licenziamento in tronco. La perdita del posto. Una faccenda umiliante, che forse lo avrebbe messo in una posizione davvero difficile. Niente più di questo. A New York, nessuna delle persone che avrebbero potuto materialmente licenziarlo avrebbe messo in dubbio la sua onorabilità. E nessuno per sbatterlo fuori avrebbe osato minacciarlo con una pistola.

Forse quella in atto non era che una preziosa lezione di antropologia: ecco la differenza tra barbarie e civiltà. Non è mica questione di astio. Il grado di astio che la gente può raggiungere è sempre lo stesso: in tutte le epoche, a tutte le latitudini. Ciò che distingue la barbarie dalla civiltà è l'attitudine di quest'ultima a conferire forma squisita alla violenza bruta.

E, a ripensarci, non c'era davvero niente di squisito nel modo in cui quel tizio aveva armeggiato nella tasca della giacca nera simil-Armani come se stesse cercando gli occhiali; né nel modo in cui ne aveva estratto, manco fosse la cosa più normale del mondo, una pistola. Semi non si era certo lasciato ingannare dall'ambiente asettico che aveva fatto da sfondo a quella scena: l'ennesima lobby dell'ennesimo InterContinental.

Era lì che Samuel avrebbe dovuto incontrare il suo contatto, tale Olim Aripov (sedicente cugino del ministro degli Esteri). Lì Semi lo aveva atteso per tutta la mattina, sentendo l'ansia crescere dentro le viscere.

Era atterrato il pomeriggio del giorno prima, in mezzo a una tormenta di neve. Per un attimo, mentre il Tupolev ballonzolava nelle nuvole gravide, Semi aveva sperato che precipitasse. Durante la notte la temperatura era calata di una decina di gradi sotto lo zero. Non c'era niente in quel giorno a Tashkent che non avesse un aspetto ostile e inospitale. Tranne la grande lobby tappezzata di stoffe e di moquette.

Semi temeva di avere qualche difficoltà a riconoscere Aripov. Lo aveva visto solo su Skype. Un ometto pelato, dai lineamenti tartari e la pelle scorticata dal sole. Ma che, tuttavia, comunicava qualcosa di rassicurante, di infantile quasi. Forse per via della voce dolce, flautata, o forse per l'elementarità del suo inglese. Era quello il tizio che Semi aveva aspettato per oltre quattro ore, tentando a più riprese di raggiungerlo sul telefonino. Per ingannare l'attesa snervante si era scolato qualche birra, diverse tazze di tè e una mezza dozzina di caffè. E, sebbene ora gli scappasse da andare in bagno, aveva stoicamente resistito al suo posto. Frattanto si era ripetuto almeno cento volte di seguito le frasi che si era preparato. "Non è così che ci si comporta. Non è così che funziona" gli avrebbe detto. "Non è così che facciamo gli affari dalle mie parti." E nel ripetersele così tante volte, aveva capito quanto fossero false. Se c'era qualcuno che, date le circostanze, si era comportato nel modo sbagliato, se c'era qualcuno che aveva peccato d'ingenuità, se c'era qualcuno che non aveva fatto le cose per bene, be', quello era lui. Lui e nessun altro. Anticipare tutti quei soldi. Indebitarsi fino al collo per trovare tutti quei soldi. Ipotecare la casa che Rachel gli aveva intestato. No, non era stato un atteggiamento professionale. A New York per molto meno lo avrebbero preso a calci in culo.

«Mister Pontecorvo.»

Semi aveva capito immediatamente che l'individuo torreggiante davanti a lui, non solo non era Aripov (a meno che Aripov nel frattempo non fosse ingrassato di una trentina di chili e non avesse fatto un trapianto di capelli grigi), ma anche che, con quel lugubre "Mister Pontecorvo", aveva dato fondo a tutto l'inglese che conosceva. Questo significava che non era lì per fare conversazione.

«*Yes, I'm Samuel Pontecorvo... I'm waiting for Mister Aripov... I had an appointment with Mister Aripov... Do you know where he is... Could you tell me, please...*»

Finché a Semi era risultato chiaro che non c'era altro da sapere sull'affare della sua vita oltre alla pistola che il laconico uomo della steppa gli aveva improvvisamente puntato ai testicoli.

Terza parte

1986-2011: IL FUOCO AMICO DEI RICORDI

Lo spettro incombente del Natale rendeva ancor più manifesto che quell'anno, in casa Pontecorvo, l'intero concetto di norma era stato sottoposto a radicale revisione.

Il 1986 si stava concludendo nel modo più imprevedibile: da cinque mesi Leo Pontecorvo, accusato di aver scambiato lettere depravate con la ragazza del suo tredicenne secondogenito Samuel, si era andato a rifugiare nel seminterrato. Da allora, nessun contatto tra il recluso e la gente del piano di sopra. Eppure era come se Rachel, nel pieno di un bombardamento, invece di afferrare i suoi ragazzi e fuggire a gambe levate, fosse stata lì a controllare che i colli delle loro camicie fossero in ordine.

Già dalla fine di novembre, infatti, Rachel non perdeva occasione per alludere alla festa che i Ruben organizzavano ogni anno all'inizio delle vacanze natalizie nella loro villa distante una manciata di metri, una dozzina di dossi e un centinaio di anni da casa Pontecorvo.

Il tutto era ancora più strano perché, malgrado Rachel non avesse mai impedito a Filippo e a Samuel di prendervi parte, quella festa non le era mai andata a genio. Proprio come non le andavano a genio chi la organizzava, chi vi partecipava, chiunque ne parlasse con entusiasmo.

E invece erano giorni che, nella sua ben dissimulata petulanza, coglieva ogni pretesto per rivolgere pleonastiche domande ai figli sulla festa, col timore di essere gelata da un momento all'altro da un "no, mamma, quest'anno non ci voglio andare" pronunciato con tono risolutamente definitivo da uno dei due. Una frase che, date le circostanze, l'avrebbe gettata nello sconforto.

Filippo e Samuel, d'altronde, si sarebbero certo maggiormente stupiti dell'evidente mutamento di giudizio da parte della madre se quello fosse stato un anno come tanti altri, in cui le cose sarebbero andate pressappoco così.

Un sabato mattina, al risveglio, sarebbe stato loro annunciato da una Rachel seccata che quel giorno non sarebbero andati a scuola. I due fratelli, senza bisogno di alcun reciproco ammiccamento, avrebbero dato un senso retrospettivo ai rombi di tempesta giunti la sera prima dalla stanza dei genitori. Evidentemente il padre e la madre erano alle prese con il solito litigio dicembrino: Leo voleva impiegare il giorno di ferie che si era preso dall'ospedale portando i figli a fare shopping e, con l'occasione, comprare loro un blazer da indossare alla festa dei Ruben. Rachel dubitava che un blazer fosse un'adeguata giustificazione per un'assenza scolastica ed era certa che i Ruben non meritassero così tante attenzioni.

Anche su una questione capitale come gli interludi ricreativi dei ragazzi, come su tutto il resto, marito e moglie avevano idee discordi. L'ardore con cui Rachel era convinta che nessuno svago meritasse un giorno perduto di scuola non era meno intenso di quello con cui Leo sosteneva che dovessero ancora inventare un impegno accademico tanto impellente da essere preferito al diversivo più futile. Questo doveva essere stato l'argomento di scontro della sera prima. E se Leo ne era uscito vincitore, ciò dipendeva dal fatto che alla fine doveva essersi appellato al solo argomento cui la moglie era sensibile: *lui* non stava mai con i ragazzi. *Lei* li vedeva molto di più. Non poteva credere che, in nome dell'ottuso regolamento scolastico, lei gli impedisse...

Ecco il ricattatorio asso di cuori che Leo, a un centimetro dalla sconfitta, doveva aver gettato sul tavolo da gioco. Ottenendo in extremis una vittoria il cui effetto collaterale sarebbe stato il cattivo umore della moglie da scontare nei giorni a venire.

Chissà per quale alchimia meteorologica i sabati di dicembre in questione si rivelavano sempre smaglianti: non c'era volta in cui il rettangolo di cielo incorniciato dalla finestra della stanza da letto dei ragazzi non esibisse un blu talmente fiero da apparire laccato di fresco. Dato tale contesto, non era poi così incongruo che il padre irrompesse senza preavviso sulla scena in abiti sportivi, il cui colore oscillava tra giallo girasole e marrone tabacco, e intimasse loro spazientito:

«Siete pronti?»

A vederlo lì, sulla soglia, lo si sarebbe detto soddisfatto. Dei suoi quasi cinquant'anni, dell'esuberanza fisica, del composito odore che si portava dietro – lime, sigaro spento, caffè sorseggiato. Soddisfatto di essere sul punto di buttare dalla finestra un bel po' di quattrini per un paio di blazer che i suoi figli avrebbero indossato tre volte in tutto; e più di ogni altra cosa soddisfatto che l'astratta e decisamente benevola idea che amava coltivare di sé trovasse una rassicurante conferma nello specchio che era stato messo lì per illudere i ragazzi di possedere la stanza più grande della casa.

Quelle mattine di shopping con Leo si rivelavano più vorticose di qualsiasi altra. Non si faceva in tempo a traversare il cancello in un senso che, zac, lo si stava già riattraversando nel senso inverso. Il bottino riportato dal fulmineo saccheggio compiuto in una Roma trafelata ed euforica era stipato nella manciata di buste che Leo, appena rincasato, amava svuotare di fronte a Rachel a riprova del suo infallibile buongusto.

Di solito, il virtuale défilé improvvisato da Leo a uso della scettica moglie trovava il suo apice, come nella migliore tradizione, nell'esibizione dei pezzi pregiati: eccoli là, finalmente, uno di fianco all'altro – gemelli nani –, i blazer che avrebbero consentito a Semi e Filippo di non sfigurare neanche quest'anno in casa Ruben.

Be', era più che probabile che quel Natale – il Natale del 1986 – Filippo e Samuel sarebbero stati costretti a indossare una volta di più i blazer dell'anno prima.

Ripercorrendo a ritroso i mesi trascorsi da Leo in cantina, non era l'accusa in sé, per quanto orribile, la cosa più strana. Ma semmai il fatto che lui, in tutto quel tempo, non avesse sentito l'esigenza di mettere il naso fuori dal suo buen retiro per correre a discolparsi con gli abitanti del piano di sopra. E che, d'altronde, neanche uno tra questi avesse trovato il coraggio di coprire la distanza della rampa di scale che lo separava dal recluso per chiedergli conto di ciò che aveva fatto. Era incredibile che una famiglia così incline al vaniloquio, di fronte al primo vero argomento interessante, si barricasse in un mutismo a dir poco ottuso.

Mi rendo conto che dirlo suoni corrivo, ma temo di non sbagliare dando la colpa alla tv. Se la notizia di ciò che Leo aveva fatto (o almeno, di ciò che quella ragazzina lo accusava di aver fatto) non fosse giunta a tradimento una bella sera di luglio, spiattellata dallo speaker del fidato telegiornale delle venti, e non avesse colto così di sorpresa la famigliola stretta intorno al tavolo della cucina per il pasto serale, forse (non mi resta che ipotizzare), le cose sarebbero andate diversamente.

Non si può capire questa storia se non si tiene nel giusto conto il contrasto tra l'orrore recapitato a domicilio dalla tv e il romantico tramonto che andava in onda oltre la finestra aperta. Fu questo contrasto – il trauma di questo contrasto – a rendere inevitabile la fuga di Leo nel seminterrato, e così naturale il fatto che a nessuno venisse in mente di inseguirlo: né allora, né più avanti.

Intanto Rachel, in prima linea mentre il marito riparava nelle retrovie, era alle prese con un vero e proprio accerchiamento. C'era quel maledetto telefono che non la smetteva di suonare, come se volesse dare conto del formidabile numero di conoscenti davanti alla tv. C'era un personale e devastante sbigottimento per un tradimento al cubo che la sua fantasia di ragazza onesta non le avrebbe mai consentito di immaginare. E c'erano soprattutto i figli (cosa avrebbe detto a Semi?), che stavano lì, in attesa che lei facesse, o almeno dicesse, qualcosa.

E sebbene lei non avesse trovato niente da dire, alla fine qualcosa aveva dovuto fare per forza. E precisamente ciò che avrebbe fatto qualsiasi femmina di mammifero di fronte ai cuccioli in pericolo. Si era stretta a loro. Li aveva abbracciati per proteggerli da una minaccia tanto vaga quanto specifica. Ben sapendo che quell'abbraccio non era meno inutile del solidale, istintivo bisogno di toccare la mano del tuo vicino mentre l'aereo precipita.

Poi li aveva portati nella sua tana, illudendosi di averli intontiti con due tazzone di camomilla, e se li era messi accanto nella parte di letto coniugale rimasta disgraziatamente orfana. Nessuna domanda, nessun singhiozzo. Il tetro silenzio in cui tutto era precipitato, e l'afa di una notte di luglio che li aveva avvolti e inzuppati a dovere. Cui era seguito il risveglio in una casa identica a se stessa, certo, ma in cui nulla assomigliava più a prima.

Una mattina di fine novembre, cinque mesi dopo l'inizio ufficiale della catastrofe, Rachel, svegliandosi di soprassalto, avverte con angosciosa precisione quanto irragionevole sia che il marito se ne stia là sotto in castigo da tutto quel tempo, mentre lei, qua sopra, continua a vivere come se niente fosse.

Staccando la testa dal cuscino Rachel realizza che se questa grottesca situazione si è incancrenita la colpa è soprattutto sua. Ora sa (in realtà lo ha sempre saputo) che la prima mossa spetta a lei. Il marito non è tipo da prime mosse. Tanto può essere intraprendente (al limite dell'avventatezza) nell'esercizio della professione medica o nella scelta di un'esotica pietanza al ristorante, quanto è infingardo in tutto il resto.

D'un tratto Rachel capisce la ragione per cui si è svegliata così angustiata: fino a ieri sera era certa di sapere cosa frullasse nella testa del marito. Sentiva, per così dire, il brivido della sua umiliazione, la puerile angoscia della vergogna alzarsi come il vapore di un vulcano dal seminterrato in cui è andato a espiare... Tale consapevolezza le aveva dato forza. L'aveva illusa di poter controllare a distanza (lei, regina del controllo).

Stamattina qualcosa è cambiato.

È come se improvvisamente le fosse impossibile mettersi nei panni del marito, impossibile concepire l'idea che Leo sia lì sotto, e addirittura che possa ancora esistere. È come se tra lui e lei, nel corso di una sola notte, si fosse interposta la superstizione con tutti i suoi timori irrazionali.

Ho scritto "nel corso di una sola notte", ma credo si tratti di un'imprecisione. In verità Rachel ha appena capito che la superstizione è sempre stata lì. Il guaio è che solo stamattina ha trovato il coraggio di guardarla negli occhi.

Cosa le ha impedito, in questi folli mesi, di cedere all'impulso di prendere il toro per le corna? Di scendere le scale, aprire la porta, pronunciare le parole fatidiche: "Ok, ora basta. Parliamone"?

Sebbene i motivi profondi di tanta insipienza le sfuggano, le sembra che, ogniqualvolta l'occasione si è presentata, un nuovo inconveniente si sia frapposto tra lei e il marito con beffarda puntualità. A ben pensarci, gli ultimi mesi sono stati un continuo alternarsi di illusioni e disillusioni. Di propositi e fallimenti...

Come quando era stato *lui* a farsi vivo.

Già: si presenta in cucina un pomeriggio e, come se niente fosse, le dice che ha bisogno di un mucchio di soldi per pagarsi l'avvocato. Lei fa in tempo a biascicare un "va bene" che lui se n'è già andato, quasi non attendesse risposta, quasi fosse convinto di aver detto tutto quello che c'era da dire. Subito Rachel, spinta da una strana speranza, incarica Telma, la colf filippina, di apparecchiare per quattro in camera da pranzo.

Quando, più tardi, i ragazzi sedendosi a tavola vedono il coperto in più, non chiedono niente ma Rachel intuisce il loro turbamento. Per un po' se ne stanno tutti e tre lì, muti, ad aspettare. Rachel è ancora convinta che Leo stia per salire, che l'incantesimo della sua reclusione sia stato spezzato dalla richiesta di aiuto sotto forma di richiesta di denaro. Tanto che quando Telma chiede: «Allora che faccio, signora?», Rachel prima ci pensa su un attimo, poi guarda l'orologio, dà una sbirciata al viso implorante dei ragazzi, e infine dice: «Aspettiamo qualche altro minuto». Ne passano dieci ed ecco di nuovo Telma impalata lì davanti, preoccupata che il cibo si freddi. Stavolta Rachel non può fare a meno di arrendersi: «Serva pure». Ma quando vede Samuel imbronciato tagliuzzare svogliatamente la frittata di zucchine, allora capisce quanto abbia sbagliato a dare credito a una patetica speranza.

Un giorno (alcuni mesi dopo) Rachel sente che è ora di prendere l'iniziativa. Basta, le cose non possono andare avanti in quel modo. Inizia a vergognarsi con i figli. È grata che non le chiedano niente. Anche se è convinta che, se le chiedessero qualcosa, forse la situazione si sbloccherebbe. Ha una tale nostalgia per la vita precedente e una tale smania di uscire da quella palude!

Così quel giorno, dopo aver lasciato i ragazzi da alcuni amici in campagna, durante il tragitto in auto verso Roma non fa che pensare al modo in cui durante il weekend metterà fine all'incubo.

Arriva a casa. Indossa un maglione di Shetland e i jeans. Mangia svogliatamente un piatto di pasta preparato da Telma. Beve un caffè. Poi aspetta che Telma finisca di lavare i piatti e se ne vada a dormire. Allora allestisce un vassoio con groviera, mozzarella e pomodori, un panino alle olive e una fetta di torta caprese. Cose che piacciono molto a Leo. È tutto pronto, il vassoio già in mano, quando Rachel viene presa da un attacco d'ansia. Posa il vassoio. Mette sul fornello l'acqua per una tisana. Non doveva prendere il caffè, ora è così agitata.

Per sorseggiare la tisana si siede, accende la tv, abbassa il volume. Ha appena ripreso in mano il vassoio quando, per chissà quale assurdo motivo, in tv appare un tizio che somiglia a Leo. No, non somiglia a Leo, è Leo. Per un attimo Rachel si chiede se lei, al di qua del teleschermo, e il marito, al di là, non siano i protagonisti di un fenomeno sovrannaturale. Macché, non sta sognando. Sulla terza rete stanno trasmettendo un approfondimento sul processo di Leo Pontecorvo. La storiaccia di Leo continua a godere di una popolarità indecente. Ma non è questo il lato più perturbante della questione. A certe cose Rachel ha fatto il callo. La cosa peggiore è che quel tizio seduto sullo scranno dell'imputato in un'aula giudiziaria condivide con Leo solo qualche vago tratto somatico, e naturalmente le generalità. Quello in tv è un Leo vecchio, spento, severo, vestito con una specie di ridicola tuta. Indossa un berretto da pescatore. La barba, che frattanto si è fatto crescere, è ispida e grigia.

Possibile che in pochi mesi si sia ridotto così?

Rachel poggia di nuovo il vassoio e corre a spegnere il televisore. Ma non basta: l'immagine trasfigurata di Leo non la lascia in pace. È lì che la tormenta. L'idea che oltre la porta non ci sia più Leo, ma quel vecchio smagrito con un ridicolo berretto le fa orrore. E proprio adesso capisce (anzi, ricorda) la ragione per cui lo ha lasciato marcire là sotto.

L'incongruità. Non esiste altra parola per dirlo. Leo non c'entra davvero niente con ciò che gli è capitato.

Rachel ripensa al loro primo incontro in università. Lei, inesperta matricola di Medicina, riconosce alla cattedra quel ragazzo (sì, ha difficoltà a definirlo "uomo") che spande la sua sapienza in un modo così caldo e brillante. Sa che si chiama Leo Pontecorvo, che è uno dell'ambiente, rampollo di una di quelle famiglie ebraiche romane che se la tirano. Ricorda di averlo visto solo una volta al tempio, in occasione di un matrimonio, e di aver pensato a quanto sarebbe stato bello sposare un tipo del genere. E ora se lo ritrova lì, in cattedra. Sebbene sia molto giovane, il prof in erba emana una tale passione e una tale autorevolezza che tutti gli studenti sono incantati. Rachel si chiede se il suo segreto sia nella prestanza o nel distacco aristocratico. O in tutte e due le cose assieme? È così bello, così elegante, così civile, così ironico. È allora che Rachel si innamora, condividendo questo sentimento con un'altra dozzina di ragazze del suo stesso corso.

Ma era stata lei ad accaparrarselo. Lo aveva sposato. Gli aveva dato due figli. Aveva imparato a conoscere tutto quello che in lui funzionava e tutto quello che non andava bene. Ogni tanto Rachel – prima che quella storiaccia sporcasse tutto – amava immaginarsi una compagna di corso, a suo tempo anche lei innamorata di quel giovane professore, chiederle: "Insomma, com'è essere sposata con Leo Pontecorvo?".

Rachel sentiva quanto una domanda del genere l'avrebbe messa in crisi. Come sarebbe stato arduo far capire a quella vecchia collega perché lei, Rachel Spizzichino in Pontecorvo, avesse l'impressione di amare Leo ogni ora un po' di più. No, la prestanza non c'entrava niente, per non dire della brillantezza intellettuale. Ok, la ricchezza le aveva reso la vita più comoda e più libera, ma niente più di questo, e i mille riconoscimenti professionali ottenuti dal marito l'avevano inorgoglita, almeno per qualche ora. Ma come spiegare all'amica che tutto questo ben di Dio era solo lo scrigno sfavillante che custodiva il suo amore per Leo? La ragione per cui lei lo amava era così ridicola che stentava a confessarla persino a se stessa. Rachel amava Leo perché era buono. Sì, era l'individuo più buono che lei avesse mai conosciuto. La cosa bella era che lui non sapeva di esserlo. E, tuttavia, non esisteva in circolazione una creatura dai sentimenti altrettanto specchiati. Leo era incapace di invidia, non sapeva cosa fosse il risentimento. Era allergico a ogni pensiero equivoco e oscuro. Aveva orrore per la maldicenza. Leo si fidava della gente. Leo amava la gente. Leo era il primo a invocare un'opzione B quando si ritrovava in un vicolo cieco. E forse erano tutte queste cose a fare di lui un grande medico, un terapeuta capace di trasformare il proprio dissennato ottimismo in intraprendenza. Quel che lo rendeva un marito fantastico, e soprattutto un padre fantastico.

Ed ecco allora il punto: com'era possibile che un uomo del genere si fosse messo in una situazione tanto equivoca? Com'era possibile che un padre del genere avesse potuto scambiare delle lettere con la ragazza dodicenne del figlio? Che avesse potuto ingannare per tutto quel tempo le persone che aveva il dovere di proteggere? Come poteva aver portato in casa tutto quello schifo?

Colpevole? Innocente? Rachel quasi nemmeno arrivava a porsi la domanda. In ogni caso il grande tradimento, il vero tradimento, si era già consumato. Ed era un tradimento persino più grave di un qualsiasi adulterio con una qualsiasi ragazzina. Era il tradimento di se stesso. O, per meglio dire, il tradimento dell'idea che lei aveva impiegato una vita a farsi di lui.

Ebbene, le basta vedere Leo in tv ridotto in quel modo per provare ancora una volta, con violenza rinnovata, il senso d'incongruità che le ha impedito finora di fare un passo verso di lui. Le basta vederlo in tv così spaventosamente diverso da se stesso per sentire ancora una volta l'umiliazione dell'inganno, la rabbia del tradimento.

Non le resta altro da fare che lasciare il vassoio al solito posto e andarsene a letto. Ha fallito un'altra volta.

Sono trascorse due settimane da quell'ennesimo fiasco quando Rachel, al colmo dell'inquietudine, decide di alzarsi dal letto. Spalanca le finestre e, da brava meteoropatica, cerca consolazione nella nitidezza del cielo. Il novembre è stato tempestoso. Soprattutto negli ultimi giorni, quello stesso cielo che ora sembra così innocuo ha scaricato un oceano di pioggia che sarebbe bastato a dissetare l'intero continente africano.

Rachel va in cucina e lo vede.

Appisolato sulle scale che portano al seminterrato, come se stesse facendo la guardia al sepolcro in cui il padre si è tumulato, c'è Filippo, con il respiro greve di chi dorme con difficoltà.

«E tu?»

«Mi sono addormentato» dice lui stirandosi.

«Sulle scale? Con questo freddo?»

«Sì, sulle scale, con questo freddo. È proibito?»

«No, tesoro, non è proibito. È solo un po' strano.»

«Qui dentro è tutto strano.»

«Ma scusa, non riesci a dormire nel tuo letto e ci riesci qui?»

«Sì, qui sì... che posso farci?»

«Non potevi venire a dormire da me?»

«Non mi andava.»

«Lo sai che mi puoi svegliare quando ti pare. Tanto mi riaddormento subito... Figurati, tuo fratello lo fa quasi tutte le notti.»

«Non ho detto che avevo paura di svegliarti. Ho detto che non mi andava di dormire con te.»

Ecco la risposta di questo pedantone di suo figlio.

Quindici anni. Questa l'età di Filippo. E sembra li abbia impiegati ad affinare la rude efficacia della sua schiettezza.

«So che quando inizio a russare...»

«Non è questo, mamma.»

(È sempre toccante sentirti chiamare "mamma" quando meno te lo aspetti.)

«E allora cos'è?»

«Niente.»

«Dài, dimmelo. Voglio solo capire», e si avvicina per abbracciarlo, con un gesto istintivo ispiratole dalla tenerezza verso il corpo del figlio intirizzito da una notte trascorsa fuori dal letto. Lui, con uno scarto degno di un rugbista, evita la presa. E Rachel rimane nella posizione un po' buffa di certi ragazzi timidi che, riaccompagnando a casa una ragazza dopo il primo appuntamento, si decidono a baciarla quando lei ha già un piede fuori dall'auto.

«Allora, dài, dimmi cosa sbaglio» lo sfida lei tentando di imprimere alla voce un tono scherzoso.

«Davvero vuoi saperlo?»

«Certo che voglio saperlo.»

«Tu sbagli tutto.»

E per farle capire che lui invece no, lui non sta scherzando, Filippo, dopo aver pronunciato la battuta, abbandona teatralmente la scena.

Insomma, così comincia quel giorno di fine autunno, il giorno della Grande Consapevolezza: con il vento che blatera fuori dalle finestre e il figlio che mette fine a una surreale discussione con un'affermazione radicale e offensiva.

Quando Rachel aveva la stessa età in cui ora annaspa Filippo, le capitava spesso di fantasticare sui figli che avrebbe avuto. Ogni volta si ripeteva che non ci sarebbe stato niente che lei non avrebbe fatto per loro. Si sarebbe comportata in modo totalmente diverso dai suoi genitori. Rachel Spizzichino – il giorno in cui fosse stata sposata con Mister Principe Azzurro che (di certo) l'attendeva là fuori – non sarebbe stata una madre a mezzo servizio.

Trent'anni dopo, Rachel deve prendere atto che la vita le ha regalato questo ragazzino tosto e scorbutico, per niente somigliante al figlio che lei aveva così genericamente immaginato. Il figlio partorito dalla sua fantasia di adolescente era un cucciolo talmente passivo e bisognoso di cure che mai avrebbe rifiutato i servigi messi a disposizione dalla sua mammina. Evidentemente Rachel era stata tanto presa dall'idea di tutto ciò che avrebbe donato al figlio da non aver avuto la forza di ipotizzare che lui avrebbe potuto opporle il più filiale dei dinieghi. Non aveva tenuto conto della più grande violenza che un figlio adolescente possa farti: rifiutare il tuo aiuto, sbattertelo in faccia. Eccolo, Filippo, ben calato nel ruolo dell'asceta rabbioso e giudicante che se ne frega della tua generosità di mamma delle fiabe.

"Tu sbagli tutto."

Così le ha detto, a brutto muso. E il guaio è che glielo ha detto proprio la mattina peggiore: quella in cui lei non sa dove pescare la forza per dargli torto. In camera da letto trova ancora una volta ad attenderla la gelida assenza di Leo.

Di solito quelle crisi la colpiscono quando apre gli occhi, sulla drammatica soglia che separa il sonno dalla veglia, nel momento in cui le nozioni di tempo e di spazio sembrano precipitare l'una nell'altra, e in cui la coscienza coltiva l'illusione estemporanea (cui segue un'orribile delusione) che i tuoi cari, morti da decenni, godano ancora di ottima salute. Sono quelli gli attimi in cui Rachel è più vulnerabile.

La verità è che andare a letto la sera senza Leo non è spaventoso come svegliarsi e non trovarselo lì. Aprire gli occhi e constatare che no, lui non c'è – come se fosse partito per un lungo viaggio o come fosse morto –, le infligge un tormento talmente macabro che Rachel deve voltare la testa dall'altra parte. Non serve a niente: il beffardo fantasma dei risvegli-di-una-volta non schioda. È sempre lì, nell'aria, e per quanto lei ce la metta tutta per ignorarlo, lui non la smette di sussurrarle nelle orecchie quanto emozionanti (soprattutto nel ricordo) fossero le mattine in cui lei sgattaiolava fuori dal letto facendo attenzione a non svegliarlo...

Di solito a Rachel basta infilarsi sotto la doccia per lasciarsi alle spalle i cattivi pensieri: il getto di acqua bollente trascina via ogni superfluo residuo di sentimentalismo e disperazione.

Uscendo dal bagno in accappatoio, lo sguardo le scappa ancora via oltre la finestra, indugia più del necessario sul venerando platano in fondo al giardino che, scosso com'è da folate improvvise, sembra un vecchio brontolone in preda a raptus isterici. Volge altrove lo sguardo, solo per imbattersi negli imperturbabili vestiti di Leo appesi nella cabina-armadio. Chissà perché quei vestiti fuori stagione, malgrado in tanti mesi non si siano mossi da lì, proprio oggi si rivelano così loquaci. La congiura delle cose.

Mentre rapidamente si veste, in un empito di rachelesco decisionismo delibera che prima di Natale troverà il modo di sbarazzarsi dei vestiti di Leo. E per qualche attimo si illude che questo possa bastare.

Ma quella mattina tutto è destinato a non bastare.

Uscendo dalla stanza ben vestita, mal pettinata e struccata, Rachel si imbatte nel figlio minore, con l'aria mogia e ancora in pigiama.

«E tu stai così?»

«Sono malato.»

«Non sembri malato.»

«Mi sento la febbre.»

«La febbre non è un'opinione. Ora ci mettiamo il termometro. Se hai la febbre, allora vediamo.»

«Non serve il termometro. Ti dico che ho la febbre. È una cosa che capisco.»

«Peccato che questa malfidente di tua madre abbia bisogno di prove scientifiche indiscutibili. Purtroppo per te questa mamma così pedante ha studiato Medicina...»

«Tu non sei un medico dei bambini.»

«Ah, e chi sarebbe il bambino?»

«Uno a tredici anni è un bambino.»

«Uno a tredici anni è un ragazzo.»

«Mettimi pure il termometro, tanto sto malissimo» dice lui con aria di sfida.

Naturalmente la prova termometro dà un responso confortante riguardo alla salute di Semi, ma decisamente deludente per quel che concerne il suo stato emotivo. Al punto tale che, subito dopo che la madre glielo ha letto – l'inequivocabile responso! –, lui inizia a piagnucolare in un modo che non gli è proprio:

«Ma io sto male... Mamma, ti giuro che sto male... Non posso andare a scuola...»

E a Rachel era parso autenticamente disperato. Tanto che, per la terza volta quella mattina, lei aveva dovuto soffocare l'impulso di mettersi a piangere. Tale impulso l'aveva spinta a prendere la scorciatoia emotivamente più agile e razionalmente più compromettente, sollevare il figlio dall'incombenza della scuola:

«Ma domani niente storie! Intesi?»

La reazione trionfale di Semi a quella sua inedita concessione era stata, per Rachel, l'ultima botta, la più ferale. A giudicare dalla sua espressione, sembrava quasi che lei gli avesse salvato la vita. Forse il figlio non le aveva affatto mentito: forse – a dispetto delle oracolari indicazioni fornite dal mercurio – stava proprio male. E nel dirselo Rachel aveva sentito qualcosa dentro di sé disintegrarsi. Sì, evidentemente questo era il giorno delle rivelazioni scomode.

Il pensiero di ciò che i suoi figli dovevano aver patito assunse nella sua mente una plasticità inaudita. Per un attimo le sembrò di comprendere ciò che doveva essere frullato, durante quei mesi, nelle acerbe volubili testoline dei suoi ragazzi. E Dio sa quanto tale lucidità la orripilò.

Andare a scuola ogni mattina con la stella gialla dell'infamia sulla manica della giacca. Era a questo che li aveva costretti quando, lo scorso agosto, dopo mille tentennamenti, aveva deciso che non avrebbero cambiato scuola per una ragione di inoppugnabile principio: chi non ha niente di cui vergognarsi, e nulla da farsi perdonare, non fugge come un criminale!

Dio, quanto insensato e malvagio le sembrò improvvisamente tutto quel buonsenso. Quanto pomposo quello sfoggio di dignità. Come poteva essersi lasciata assorbire dalla squilibrata idea di normalizzare ciò che era così spaventosamente non normalizzabile, tanto da non aver valutato con la necessaria gravità le catastrofiche ripercussioni che quella sua scelta (piena di rigore e di imbecillità) avrebbe prodotto sui suoi figli? Come aveva potuto irrigidirsi al punto tale da non tentare di mettersi realisticamente nei loro panni? Il terrore di guardare in faccia la verità aveva forse anestetizzato ogni sua risorsa empatica? Era questa la fine che aveva fatto la "mamma del secolo"?

E dire che di segnali ne aveva avuti.

Rachel ora ripensava all'anomala avventura vissuta durante il primo colloquio del trimestre tra genitori e insegnanti, a fine ottobre. Per quanto incredibile possa sembrare, non c'era appuntamento mondano, nemmeno il più esclusivo, in grado di darle le stesse soddisfazioni del colloquio genitori-insegnanti che si teneva a metà di ogni trimestre nella scuola dove alla fine anche quell'anno aveva scelto di iscrivere Filippo e Semi.

Essa sorgeva in una bella – sebbene fatiscente – palazzina di travertino nel quartiere Trieste, che una decina di anni addietro era stata imperturbabile testimone di scontri tra i facinorosi di estrema destra e i loro omologhi sinistrorsi (nella bollente primavera del '77 le scale dell'istituto si erano trasformate in un'ara macchiata di giovane sangue).

Ciò che restava di così tanta brutale ottusità era l'intrico di scritte sghembe che adornava la parete d'ingresso: per lo più slogan triti, elaborati in un italiano burocratico e melodrammaticamente intimidatorio, che pochi tra i nuovi studenti avrebbero potuto, tantomeno voluto, decrittare.

È strano come, da una generazione all'altra, l'interesse dei ragazzi per la marca degli zainetti e l'ossessione delle ragazze per la lacca e il mascara avessero soppiantato in modo così radicale qualsiasi utopia rivoluzionaria. Una trasformazione che, se aveva sortito un buon effetto sull'ordine pubblico, non l'aveva avuto sull'istruzione media degli studenti. Come se, con la voglia di spaccare la testa al nemico politico, fosse sparita anche quella di leggere buoni o cattivi libri. Il che aveva privato definitivamente gli insegnanti, persino i più preparati, di ogni charme sociale e di ogni naturale autorevolezza.

Per questo non era sorprendente che la professoressa di italiano di Filippo, la più temuta, durante i colloqui ricevesse i genitori con un foulard di Hermès annodato intorno al collo. Era chiaro che la donna – una di quelle graziose quarantenni che aspirano con ogni fibra del corpo allo status di "bella donna" – volesse dare a intendere alle parimenti griffate madri dei suoi studenti che, se lei aveva scelto di passare la vita dietro a una cattedra, ciò non dipendeva certo dal bisogno, ma semmai dall'assai più signorile esigenza di ingannare in qualche modo il tempo.

La ragione per cui era così rispettata dagli studenti (e dai loro bovini genitori) stava proprio nella capacità di porsi sul loro stesso piano, affrontandoli, per così dire, da pari a pari. Ecco perché il suo sarcasmo, non deturpato da risentimento sociale, risultava affascinante persino agli occhi di chi ne era fatto oggetto. La sua specialità era tranciare implacabili giudizi sommari, e farlo senza mai perdere le staffe e senza mai dare a intendere che gliene importasse qualcosa. Era bastato questo a fare di lei la più apprezzata professoressa della scuola da parte di una popolazione studentesca che, evidentemente, nonostante tante inutili rivoluzioni, continuava a trovare l'inflessibilità e l'irrisione più venerabili di qualsiasi gesto comprensivo e misericordioso. Tutti la chiamavano "la Signora", e non si capiva se l'epiteto alludesse alla sua "signorile" distinzione o al fatto che ogni anno dedicava un paio di lezioni di troppo alla Monaca di Monza.

E, a proposito dei suoi giudizi sommari, la sequela di 3 con cui l'anno passato la Signora aveva liquidato i temi di Filippo diceva tutto ciò che per lei c'era da sapere sul conto del ragazzo. La Signora non era una di quelle professoresse disposte a vedere negli studenti più di quanto loro stessi fossero disposti a mostrare. E se c'era uno che in certi ambiti non peccava di esibizionismo, be', quello era Filippo Pontecorvo.

Per il quale, tra l'altro, il passaggio dalle medie al ginnasio era stato traumatico quanto quello di un mediocre calciatore delle giovanili promosso senza preavviso e senza alcun merito in prima squadra. Era come se improvvisamente il mondo intorno a lui si fosse messo a correre e a fare sul serio. Il risultato di un simile mutamento epocale era stato che, alla fine della quarta ginnasio, Filippo era stato rimandato in quattro materie.

E da quanto Rachel aveva appreso nel primo colloquio con i professori, il nuovo anno era iniziato sotto auspici ancor più nefasti. Ma se fosse stato questo il problema, lei avrebbe potuto pure accettarlo, o tentare di risolverlo. Invece si trattava di altro. Rachel era rimasta di sasso di fronte all'atteggiamento del tutto inusuale degli insegnanti nei confronti di Filippo.

A cominciare dalla Signora.

Quando è entrata nella sua austera stanzetta, la professoressa, alzandosi, ha mostrato una sollecitudine in totale contrasto con la sua indolenza. La prima frase che le ha rivolto, poi, è suonata incongruamente affettuosa:

«Ah, signora Pontecorvo, che piacere vederla!»

Rachel non sapeva cosa pensare di fronte al calore effuso da quel noto ghiacciolo in pelliccia. E il resto del colloquio è scivolato via nella stessa atmosfera piena di indulgenza.

Sì, Filippo va male, malissimo, forse peggio dell'anno scorso. I suoi temi sono uno schifo. Le sue interrogazioni fanno pena. Ma bisogna comprenderlo. E Dio solo sa se lei comprende. Le allusioni della Signora a ciò che Filippo doveva aver sofferto negli ultimi mesi sono state velate nella forma ma esplicite nella sostanza. E Rachel è uscita dal colloquio umiliata e inferocita.

Suo figlio è un cretino e uno smidollato. Ma, essendo anche il figlio di un molestatore di bambine, chi se ne importa. Tutto passa in cavalleria. Questo, più o meno, il succo di ciò che la Signora le ha detto. La stessa cosa che tutti gli insegnanti le hanno fatto intendere, uno dopo l'altro.

E non è così strano che il senso di disagio provato durante i colloqui, che Rachel ha fatto di tutto per dimenticare, le torni in mente proprio ora che il figlio più diligente, quello dall'impeccabile profitto scolastico, gioisce perché gli è stata risparmiata la scuola. Mentre l'altro figlio, solo qualche minuto prima, avendo passato la notte sulle scale che conducono al seminterrato, le ha detto a brutto muso che lei sbaglia tutto.

Se Rachel è quasi dovuta scappare da quella maledetta scuola, non osa neppure immaginare ciò che Filippo e Semi possono aver subito. Il fatto che non le abbiano mai detto niente non significa un tubo. L'atmosfera di grottesca, insensata omertà in cui l'intera famigliola è precipitata sta assumendo dimensioni parossistiche. Ha detto bene Filippo: "Qui dentro è tutto strano". Nessuno parla di niente. Tutto è sospeso. Nessuno riesce a fare una mossa.

Lei dovrebbe andare giù a mettere le cose a posto. Il marito dovrebbe salire per lo stesso motivo. Ma nessuno fa niente. Vivono tutti vittime di un maleficio. Un incantesimo che ha lasciato immune il resto del mondo. Il quale, oltre quel cancello, va avanti imperterrito con il suo cinismo, con il suo amore smodato per il pettegolezzo, con le sue malvagità.

È in pasto a questo mondo che Rachel ha dato i suoi figli. Credendo che loro avrebbero potuto difendersi nel modo in cui lei stessa ha imparato a difendersi. Ma la differenza è che lei è adulta, lei può sopportare gli sguardi dei curiosi, gli inopportuni commenti della Signora, gli ammiccamenti che, al suo passaggio, si scambiano le commesse del supermercato. Anzi, con il trascorrere delle settimane, Rachel ha iniziato ad avvertire anche una sottile fierezza nell'affrontare la cattiveria degli altri a testa alta.

Ma i suoi figli? Può pretendere da loro un contegno analogo? Macché! Loro no, non sono attrezzati. Sono indifesi, sono completamente in balia. Ed è tutta sua la colpa. La colpa è di questa mamma che non ha saputo essere all'altezza delle proprie aspettative. La colpa è di questa donna orgogliosa, ottusa e cieca, che sa solo sbagliare.

Quella mattina di novembre Rachel capisce che deve stare ancora più dietro ai suoi figli. È terrorizzata dal pensiero che possano trovare nell'isolamento una forma di protezione, come ha fatto lei, come ha fatto (e con quale estremismo!) il marito. L'isolamento può diventare il vero nemico dei suoi figli. Lei deve difenderli dalla chimera della solitudine sociale.

E se, almeno in questo, la festa natalizia dai Ruben può aiutarla, allora ben venga la festa dai Ruben.

La fila di alberi di Natale schierati come variopinte guardie svizzere lungo il viale che conduceva alla porta della villa dei Ruben spiegava abbastanza bene perché Rachel ce l'avesse tanto con la padrona di casa. Non perché Rachel si riconoscesse in quella categoria di ebrei abitata da una radicata sfiducia per tutto ciò che ebraico non sia (lei, almeno ufficialmente, detestava i "chiusi" molto meno di quanto li aveva detestati suo padre). Ciò che non perdonava a quegli alberi di Natale era di essere stati addobbati in modo così pirotecnico da un'ebrea fatta e finita. E non essere ebrei, per Rachel Pontecorvo, era una cosa molto più dignitosa che vergognarsi di esserlo. La vergogna, soprattutto dopo ciò che era stato fatto agli ebrei, non era perdonabile. Tanto più nel caso della signora Ruben, a cui, per quanto ne sapeva Rachel, entrambi i genitori erano stati trucidati dai nazisti. Ebbene, che ogni anno la signora Ruben allestisse per il suo unico figlio – il nipote che quei poveri martiri non avevano mai conosciuto – quel po' po' di festa al solo scopo di celebrare pubblicamente il suo distacco dall'ebraismo le sembrava un atto così sconsideratamente sacrilego che preferiva non averci nulla a che fare.

Questa la ragione ufficiale che negli anni aveva sbattuto in faccia al marito ogni volta che questi le aveva chiesto conto di una simile antipatia per la madre di un ragazzo splendido come David. Cui si affiancava, con una certa discrezione, la ragione ufficiosa, che da brava ragione ufficiosa faceva molto più male ed era assai più vicina alla verità.

Tale ragione aveva il viso olimpico e il corpo aitante di David, il figlio dei signori Ruben. Sebbene fosse uno dei pochi veri amici di Filippo, e malgrado fosse oggetto di autentica venerazione da parte di Samuel e di tutti i suoi amichetti, c'era qualcosa in quel ragazzo che proprio non la convinceva.

Se volessi essere capzioso chiamerei in causa l'invidia: la sempreverde invidia. L'invidia che Rachel doveva provare per un adolescente più felice del suo Filippo. Tanto per quest'ultimo ogni cosa era stata dannatamente ardua, quanto per David tutto si era rivelato semplice. Non a caso, tra i nativi olgiatari, David era quello che aveva meglio interpretato l'opportunità di trascorrere l'infanzia e l'adolescenza in un posto pieno di parchi e di boschetti misteriosi. Aveva piegato subito quel posto alle sue esigenze, facendone una specie di Eden prêt-à-porter. Si era distinto, sin dalla prima infanzia, come promotore di epiche cacce al tesoro, interminabili sessioni a guardie e ladri e olimpiadi lunghe una settimana. Eventi che celebravano simultaneamente il suo desiderio di svagarsi e la smania di mettersi sempre in competizione. Non c'era sport che David non praticasse, non c'era divertimento che si risparmiasse.

E chi se ne importa se tutto ciò andava a discapito dei voti a scuola. Tanto poi c'era la madre sempre lì pronta a proteggerlo, a mostrargli tutta l'indulgenza di cui era capace. La verità era che la sola idea che la signora Ruben fosse stata capace di instillare nel figlio era quella, allora molto in voga, secondo cui la vita è un prelibato passatempo da gustare lentamente. Una concezione del tutto antitetica a quella inculcata da Rachel nei suoi ragazzi, secondo cui ciò che forma il carattere di un individuo sono la sua capacità di abnegazione, il senso di responsabilità e una genuina disponibilità d'animo nei confronti del prossimo.

Ed ecco, forse, cosa bruciava di più a Rachel. Lei considerava una vera ingiustizia che l'educazione lassista ricevuta da David avesse avuto su quest'ultimo effetti così tonificanti, e che invece quella da lei impartita ai suoi figli avesse reso Filippo tanto incerto e difficile. La storia di quei due amici sembrava dimostrare che il mondo non è un posto che ricompensa le persone meritevoli e punisce i debosciati, ma semmai un beffardo ecosistema dove le cose funzionano nel modo inverso.

Un esempio?

Il numero di materie che David e Filippo si erano beccati all'inizio dell'estate era esattamente lo stesso: quattro. Ma mentre per Filippo quella scorpacciata di insufficienze era stata un trauma, l'ennesima occasione per automortificarsi – tanto che la madre aveva fatto di tutto per rassicurarlo, per convincerlo che non c'era nulla di irreparabile –, a David la cosa non aveva fatto né caldo né freddo.

Qualche giorno dopo aver gettato un'occhiata distratta ai quadri appesi nell'androne della sua bella scuola cattolica, David era salito su un aereo per Los Angeles dove, in compagnia di alcuni amici più grandi, aveva preso in affitto una casetta sulla spiaggia di Santa Monica. Era lì che doveva essersi esercitato a tradurre Erodoto e a risolvere equazioni. E sì, doveva averlo fatto di certo, tra una surfata e un falò sulla spiaggia, altrimenti perché agli esami di riparazione a settembre lo avevano promosso?

Gli arredi di casa Ruben sembravano ispirati al famoso negozio Ralph Lauren in Madison Avenue. C'erano tanto legno profumato e tanto velluto; luci soffuse, divani in pelle, grandi poltrone foderate di stoffe quadrettate; eppoi tappeti persiani, coperte variopinte, quadri il cui protagonista indiscusso era il cavallo, cornici di radica e d'argento accatastate ovunque, orgogliose di celebrare nei modi più disparati il sorriso di David. C'era un rustico camino dentro cui ardeva un fuoco vigoroso e cordiale, il quale, a sua volta, mescolava armoniosamente il suo atavico profumo domestico all'aroma stuzzicante delle pizzette appena sfornate e degli aghi caduti dal grande albero di Natale che dominava incontrastato lo sfondo e che sembrava il fratello minore di quelli che adornavano il viale. A conferire un tocco di ulteriore unità alla scena c'era la coppia di camerieri (entrambi pelati e baffuti) che danzava da una parte all'altra del salotto – sulle note di euforici motivetti natalizi – distribuendo bibite analcoliche e microsandwich alla folla di adolescenti riunita per l'occasione.

Il fatto davvero increscioso è che tanto calore, che sembrava finalizzato a metterti a tuo agio, aveva come effetto di renderti ancora più impacciato. Era come se tutti quei ragazzi e quelle ragazze tra i quattordici e i diciotto anni, così insolitamente azzimati e in ghingheri, fossero, ciascuno in modo diverso, alla ricerca spasmodica dell'angolo giusto della casa in cui sentirsi meno ridicoli.

Samuel aveva sognato a lungo quel momento – il momento in cui sarebbe finalmente stato dai Ruben, in cui si sarebbe avventato sui gustosi antipasti, in cui si sarebbe mescolato a ragazzi e ragazze più grandi di lui –, ed era quasi arrabbiato con se stesso valutando quanto poco se la stesse godendo. È che non riusciva a togliersi dalla testa la scena a cui aveva assistito poco prima, mentre si preparavano a uscire.

Alla lunga il rapporto tra due fratelli quasi coetanei somiglia molto a quello che si instaura tra vecchi coniugi. Di solito uno dei due fa la parte della donna e l'altro interpreta quella dell'uomo. Ma può capitare che, in alcune particolari circostanze, i ruoli si invertano. Ed è ciò che capitava ai fratelli Pontecorvo quando dovevano uscire insieme per andare da qualche parte. Di solito (diciamo, nella quotidianità) toccava a Semi il ruolo della docile, adorante fidanzatina. Ed era sempre stato così.

Fin da quando, appena marmocchio, consumava le sue sbobbe sul seggiolone, Samuel non faceva che cercare Filippo con lo sguardo, voleva sempre stare con lui e carpirne l'attenzione. Non solo gli riconosceva un'assoluta superiorità in tutti i campi della loro vita in comune, ma aveva sofferto tutte le volte in cui tale superiorità era stata messa improvvisamente in discussione.

Quell'estate, per esempio, c'era mancato un pelo che Samuel si mettesse a piangere quando, durante un torneo di ping-pong nel loro giardino, aveva battuto in semifinale Filippo per la prima volta nella sua vita. Sebbene Filippo paresse ben lungi dal soffrire per la pubblica sconfitta, Semi aveva patito l'imprevista vittoria al punto tale che da allora si era impegnato a farsi stracciare a dovere tutte le volte che ce n'era stata l'occasione, ricavandone un sottile sollievo.

Il fatto, poi, che Filippo non esercitasse su tutti gli altri ragazzi della combriccola il carisma che Semi gli riconosceva; il fatto, per intendersi, che non fosse un tipo alla David Ruben, non faceva che rendere la venerazione di Samuel per il fratello ancora più esclusiva, e proprio per questo ancor più infrangibile.

L'indipendenza di Filippo, la solitaria gestione della propria stravaganza, la difficoltà ad amalgamarsi con gli altri e a sposarne gusti e punti di vista, persino il coraggio di sopportare stoicamente l'umiliazione per un profitto scolastico così scadente (lui che avrebbe potuto avere tutti 10, se solo ci si fosse messo)... Be', tutto questo, e molto altro, era ciò che aveva reso Filippo una specie di eroe agli occhi del suo fratellino, rendendone la devozione talmente servile da far pensare a quella di una geisha.

Ma non quando dovevano uscire insieme. In quei casi, infatti, era il maggiore ad attardarsi come una mogliettina qualsiasi. E in che modo snervante riusciva a farlo. Dimostrava un'indolenza esasperante persino per il suo più grande ammiratore. Ebbene, anche quella sera, al momento di uscire per andare dai Ruben, si era fatto aspettare. Semi e Rachel erano già in giardino. Semi allentava il nodo della cravatta a cui non era abituato, slacciava e riallacciava i bottoni delle maniche della camicia. Rachel armeggiava goffamente con la macchina fotografica con la quale si apprestava a immortalare quegli elegantoni dei suoi figli. La notte era stellata, faceva freddo e si stavano davvero spazientendo.

«Semi, vai a vedere che fine ha fatto tuo fratello. Intanto io provo a far funzionare questo arnese.»

Semi non si era fatto pregare. Era rientrato in casa. E aveva cercato il fratello ovunque. Niente. Dove si era ficcato? Alla fine aveva provato persino in cucina. Vuota. Un attimo dopo aver spento la luce, aveva sentito giungere dal buio alle sue spalle un rumore. Era tornato sui suoi passi. Guardandosi bene dal farsi sentire,

Samuel era rientrato in cucina, si era sporto verso la rampa di scale che conduceva al seminterrato, ed era rimasto esterrefatto.

C'era Filippo là sotto, a pochi passi dalla porta chiusa del seminterrato. A pochi passi dal grande, grottesco mistero dei Pontecorvo. Dal loro personale Conte di Montecristo.

Aveva già indossato la camicia bianca ma era ancora in mutande. In una mano aveva la lampadina portatile da cui non si separava mai. Nell'altra, invece, stringeva alcuni fogli. Lentamente Filippo si chinò e fece scivolare un foglio sotto la porta.

A dir poco sconvolto da ciò che aveva appena visto, e temendo di essere a sua volta notato dal fratello intento nel losco affare, Semi era corso di nuovo in giardino, trovando la madre sempre più intirizzita e ancora alle prese con la Nikon del marito.

«E allora, l'hai chiamato?»

«È quasi pronto.»

«Come "quasi"?»

«È praticamente pronto.»

E in effetti Filippo si era rivelato più pronto del previsto, giungendo qualche minuto dopo. Chi non era pronto era Semi, che quasi non riusciva a guardare in faccia il fratello.

Una quarantina di minuti dopo essere stato testimone di ciò che gli era parso più grave di qualsiasi sacrilegio, seduto su un divano di pelle nell'affollato soggiorno dei Ruben, dove gli ospiti finalmente stavano iniziando ad amalgamarsi, Semi non riusciva a togliersi dalla testa l'immagine del fratello che infilava qualcosa sotto la porta del padre. Dio solo sa quanto, durante il tragitto a piedi che avevano dovuto percorrere per raggiungere casa Ruben – i gelidi otto minuti rischiarati da stelle che, se non fossero state là sopra, al solito posto, avresti potuto scambiare per le ennesime luminarie che punteggiavano quasi ogni centimetro quadrato del quartiere –, Semi era stato tentato di chiedergli a brutto muso: "Che stavi facendo là sotto? Perché avevi quei fogli in mano? Cosa gli passi a papà? Soldi? O uno di quei maledetti scarabocchi che stai lì a disegnare tutto il giorno? È lui che ti ha chiesto di farlo? Mamma lo sa? Tutti lo sanno tranne me?".

Ma Semi non aveva trovato la forza di aprire bocca. Ma quegli interrogativi lo opprimevano ogni secondo di più. Al punto tale da rovinargli il piacere di essere lì: alla festa a cui gli era stato permesso di partecipare per la prima volta solo un paio d'anni prima, e che da allora lui – "il vero mondano della famiglia" (il copyright della definizione è di Leo) – attendeva sempre con trepidazione.

E ora, invece di godersi quell'atmosfera, se ne stava seduto sul divano con una pizzetta calda in mano e una Coca ghiacciata nell'altra. Lui, così socievole, non riusciva a socializzare, mentre il suo asociale fratello pochi passi più in là stava ridendo a crepapelle con David, che evidentemente gli aveva appena raccontato qualcosa di molto buffo. In circostanze normali Semi sarebbe stato fiero di quell'intimità tra Filippo e David Ruben; avrebbe trovato la complicità tra giganti naturale e giusta. Ma ora non ce la faceva proprio a essere fiero. Ora non ce la faceva a provare alcun sentimento benevolo nei confronti del fratello. E non solo per ciò che gli aveva visto fare di fronte alla porta del seminterrato, ma per tutto ciò che Filippo *non* aveva fatto da che il padre si era rifugiato là sotto.

Semi aveva capito che tra lui e il fratello qualcosa era cambiato una notte di luglio, pochi giorni dopo che Leo era andato a rintanarsi. Non riuscendo a dormire, si era arrampicato sulla parte superiore del letto a castello, quella dove dormiva il fratello maggiore. Una cosa niente affatto insolita. Una cosa che faceva da sempre. Ma che stavolta a Filippo non era piaciuta. Con uno strattone e un "no", sussurrato ma eloquente, gli aveva fatto capire che quella notte non era aria. E Semi, al contrario di ciò che avrebbe fatto in circostanze normali, non aveva insistito. Riparando mortificato nel suo letto, ce l'aveva messa tutta per non mettersi a piangere.

Cosa succedeva? Anche Fili lo abbandonava? Non bastava il resto? Ora ci si metteva anche lui? Possibile che tutto ciò che fino all'altroieri aveva dato per scontato – il cielo che sin dagli albori si era presentato ai suoi innocenti occhi sotto la costellazione della fiducia e della solidarietà – improvvisamente si dimenticasse delle sue promesse? Di più: arrivasse persino a tradirle, quelle benedette promesse! Possibile che le tre persone che gli avevano sempre fatto capire che, qualsiasi cosa fosse accaduta, lui avrebbe potuto contare su di loro ora si disimpegnassero, mostrandosi così distanti e inaffidabili? Che fine avevano fatto mamma, papà e Filippo? I mamma-papà-e-Filippo che la sua beneducata testolina aveva sempre immaginato come un'unica parola composta? I mamma-papà-e-Filippo cui lui aveva sempre pensato come a un indivisibile organismo vivente, secondo lo stesso principio che ti fa pensare alla casa in cui sei nato non come all'unione di una serie di vani di diversa grandezza, ma semplicemente come alla "tua casa"?

Era stato più o meno allora che Semi, preso dal panico per essere stato scacciato dal letto del fratello come Adamo dall'Eden, aveva iniziato a incolpare se stesso per come erano andate le cose. Incolpandosi nel modo in cui qualsiasi altro suo coetaneo avrebbe potuto farlo: con ineluttabile disperazione. D'un tratto, tutte le sue scelte dell'ultimo anno gli erano sembrate propedeutiche al disastro.

Chi era stato a mettersi con quella ragazza (no, non riusciva a pronunciare il suo nome neppure tra sé e sé)? Chi era stato a portarla in casa? Chi era stato a pretendere che il Natale scorso (era passato un anno ma sembrava un millennio) lei andasse in vacanza in montagna insieme a loro? Chi era stato a fare in modo che tra la sua ragazza e il padre s'instaurasse una pericolosa promiscuità? Chi era stato a non rendersi conto di niente? A non capire cosa stava succedendo? A non dare abbastanza peso alla pericolosità di quella ragazza?

Mica male per un tredicenne concepire tutte queste domande retoriche.

Ma ora, dopo tanti interrogativi, Semi aveva bisogno di una ben più sana assertività. E allora si era detto che nessuno più di lui sarebbe stato in grado di supporla, quella maledetta pericolosità: lei aveva dato più di una dimostrazione della sua perniciosa stranezza. Ma questo non aveva fatto che offrirgli un'altra ragione plausibile per sentirsi in colpa nei confronti di Leo. Semi era certo infatti di essere il solo in casa propria, il solo nell'intero universo, a poter sostenere l'innocenza del padre. Se non altro perché solo lui conosceva per esperienza le arti manipolatorie di Camilla (sì, questo era il nome che alla fine Semi non aveva potuto più fare finta di non ricordare).

Semi l'aveva sperimentata, la potenza delle arti di Camilla, il giorno in cui – grazie a lei – aveva scoperto una cosa di sé davvero importante (forse la più importante di tutte). Era sempre più convinto che fosse stata quella scoperta lì a cambiare le cose. E quindi quella scoperta lì la causa di tutto ciò che poi era successo.

Se avevi dodici anni nel 1985, se eri un ragazzo carino, educato e benestante, e sentivi nascere in te un interesse sempre più smodato nei confronti delle ragazze e del sesso, era probabile che, una volta messi gli occhi sulla tua preda, alla fine, dopo snervanti soliloqui, ti decidessi a chiederle di venire al cinema. Perché chiederle di venire al cinema non significava solo rompere il ghiaccio. Implicava qualcosa di molto più impegnativo, una specie di punto di non ritorno. Per questo Semi era così fiero di sé per essere riuscito a chiederlo a Camilla, anche se con un piccolo inganno.

Lei gli era apparsa, come una dea minore, ai bordi di un campo da calcio improvvisato e del tutto immaginario nel cuore di Villa Borghese. Era un venerdì di fine gennaio. Semi era andato alla festa di Fabio, un suo compagno di classe, e, dopo un pranzo in un ristorante di via Sicilia, la madre del festeggiato aveva scortato la tribù di ragazzini fino al parco. Avevano fatto le squadre, avevano iniziato a giocare, si erano sfidati all'ultimo sangue. Era uno di quegli anticipi di primavera che Roma si compiace di regalare ai suoi indolenti cittadini. A un certo punto si era formato intorno al campo una specie di cordone umano composto da giovani scatenate supporter.

Era stato allora che Semi aveva notato Camilla: lui aveva segnato un goal con un bel colpo di testa e lei sembrava la sola a non avere alcuna voglia di festeggiarlo. Anzi, se ne stava con un libro in mano, occupazione che, dato il contesto, era sembrata insolita persino a un secchione come Semi. Eccola lì, quindi, una piccola intellettuale. Ammesso che si trattasse di una bellezza, la si sarebbe potuta di certo definire una bellezza stramba. Circonfusa com'era da una specie di nube rosata: forse per via dei capelli rossi, delle efelidi sparse sulla fronte, dell'orologio Hip Hop color lampone.

Il sabato successivo, Samuel era andato a dormire a casa di Fabio: con quale emozionante sorpresa se l'era ritrovata lì! Abitava al piano di sopra, adorava andare a mangiare dagli zii.

Dopo cena si erano ritrovati a giocare a Scarabeo, e Semi, fine dicitore, aveva stracciato i suoi avversari. Allora, forse galvanizzato dal successo, aveva preso coraggio: le aveva chiesto, visto che il giorno dopo lui e Fabio avevano deciso di andare al cinema, se desiderava accompagnarli. E lei, come se niente fosse, aveva sussurrato: «Io vedo solo film di Renoir».

Semi naturalmente non aveva la minima idea di chi fosse Renoir, ma con un patetico calcolo opportunistico non ebbe esitazioni a rassicurarla. Poteva contarci: ammesso che ci fosse in giro un Renoir, loro lo avrebbero visto.

E la sua audacia si era spinta oltre, fino a chiedere a Fabio di togliersi dai piedi. E quest'ultimo si era fatto virilmente da parte.

«E Renoir?» chiese Camilla allarmata nel vedere Semi di fronte al cinema che si guardava le scarpe.

Lui esitò.

«E Fabio?»

«Ci ha dato buca.» Sbrigandosi ad aggiungere: «Spero non ti dispiaccia». Semi era già lì da una mezz'oretta. Si era fatto accompagnare in macchina da Rachel. E l'aveva pregata di andarsene prima dell'arrivo di Camilla. Si era ben guardato, naturalmente, dal confessare che aveva un appuntamento con una ragazza.

«Per niente. Mio cugino è un tale cretino.»

Semi rimase colpito dalla brutale sincerità di Camilla. Tanto più considerato che si accaniva contro un parente stretto e proveniva da una creatura così riservata.

Al posto di un film di Renoir, Samuel aveva scelto *Voglia di vincere*, in cui un Michael J. Fox alle prime armi ma già straordinariamente in forma interpreta la parte del teenager imbranato che, dopo aver scoperto di essere un licantropo, diventa un villosissimo asso del basket nonché un rubacuori dalla virilità a dir poco esuberante. Se non fosse stato per quel finale edificante in cui tutti si redimono riscoprendo il valore dell'amicizia e dell'amore, il film sarebbe potuto essere considerato a tutti gli effetti un capolavoro degno di Renoir.

In ogni caso, ben prima di giungere all'epilogo, *Voglia di vincere* aveva egregiamente svolto il suo ruolo galeotto. Più o meno nel momento in cui Marty, il protagonista, inizia a trasformarsi in lupo di fronte allo specchio del bagno, ecco che Camilla, senza che tale gesto sia stato preparato da alcuna appropriata strategia, infila il musetto di faina nel collo di Samuel. Ora, lo so che agli occhi di voialtri libertini non è tutta questa gran cosa che una ragazza vi baci sul collo. Ma si dà il caso che il povero Samuel non sia meno imbranato di quel Marty là, che, sul grande schermo, si guarda esterrefatto le mani coprirsi di peli. D'altronde, a proposito di analogie, la sorpresa di Semi nel sentire per la prima volta nella sua vita la bocca di una ragazza sul collo non è meno sconvolgente dell'effetto prodotto su Marty dall'inattesa trasformazione in bestia. Così come la reazione di Semi all'audace gesto di Camilla non è meno ferina e incontrollabile di quella del simpatico lupacchiotto. Anche Semi è eccitato e spaventato. E anche Semi ha qualcosa di cui vergognarsi: l'implacabile rigonfiamento all'altezza del bassoventre lo inchioda, per così dire, alle sue responsabilità di maschio in miniatura che scopre la vita selvaggiamente.

Malgrado, rispetto agli standard preadolescenziali, Semi e Camilla nelle due successive settimane avessero preso a frequentare sale cinematografiche con la frequenza di accaniti cinefili, entrambi avrebbero avuto qualche difficoltà a raccontare la trama dei film che avevano pagato per vedere. Il fatto è che, durante le proiezioni, erano intenti in ben altre avventure. Due o tre volte Semi aveva anche mentito a Rachel, dicendo che sarebbe andato a studiare da un amico. Tutto per infilarsi di nuovo in un cinema con la ragazza dei suoi sogni (era lei a pagare il biglietto, Semi non aveva abbastanza soldi in tasca). Finché Camilla, nella sua sempre più evidente volitività, non gli aveva fatto capire, attraverso una certa richiesta, che desiderava un salto di qualità: basta cinema. Voleva stare un po' sola con lui.

Così, un giovedì, dopo l'ennesima menzogna a Rachel, Semi sale su un autobus e dalla sua scuola raggiunge quella di Camilla, lo Chateaubriand di Villa Borghese. Da lì si lascia condurre a piedi fino alla non troppo distante casa di lei. Entrando nell'appartamento sconosciuto, Samuel si sente oppresso. Rimpiange il buio innocuo e accogliente della sala cinematografica. Avverte che c'è qualcosa che non funziona in tutto quello che potrebbe succedere. E tuttavia sente anche che quello che potrebbe succedere è la cosa più grandiosa che possa succedere a un ragazzo (che possa succedere a chiunque). Non gli resta che fare lo sciolto.

«I tuoi?»

«Non ci sono. Mio padre è al lavoro. Mamma è in vacanza.»

«In vacanza? E dove?»

«Caraibi, credo. Ci va tutti gli anni. È la persona più abbronzata che conosca.»

«E tuo padre non l'accompagna?»

«Che vuoi, che mi lascino qui da sola, tutta per te?»

«E ora siamo soli?»

«Sì. A quest'ora non c'è mai nessuno. Mio padre torna sempre verso le sette.»

Semi percepisce quest'ultima frase come una minaccia.

«Chi cucina?»

«Mi cucino da sola. Hai fame?»

«No, dicevo per dire.»

Ma nel frattempo lei ha già la testa dentro il frigorifero, dal quale estrae avanzi non proprio appetitosi. Al cospetto di quel cibo freddo incolore e incellofanato Semi ha una vaga intuizione di quanto la sua vita sia differente da quella di Camilla. È come se l'asettico gelo delle vettovaglie raccontasse meglio di qualsiasi altro indizio come vanno le cose lì dentro. È come se Semi improvvisamente comprendesse ciò che rende Camilla così speciale: la sua riservatezza, la sua laconicità, quello starsene sempre lì, malinconica, con un libro in mano.

Intanto lei, con i gesti meccanici indotti dalla consuetudine, afferra un piatto di zucchine bollite e uno pieno di pomodori anemici. Infine toglie il cellofan da una grande scodella ricolma di strani legumi che Semi non ha mai visto, ma che gli ricordano vagamente le lenticchie.

«È farro. Mia madre non mangia altro. È buono anche freddo.»

«Ti ho detto che non ho fame.»

Adesso Semi inizia a essere veramente nervoso. E a provare anche uno strano risentimento. Sì, il gioco a cui sta giocando è davvero troppo grande. Lui ha dodici anni. Dodici anni. Da che ha messo piede là dentro non fa che ripeterselo. Per poi aggiungere: in casa solo con una ragazza... in casa solo con una ragazza...

La stanza di Camilla descrive dettagliatamente il dissenso di una figlia dai genitori. La carta da parati a fiori, la moquette rosa, il letto laccato di bianco il cui lezioso baldacchino sembra ispirato al castello di una fiaba Disney... questa è la stanza originaria – il primo strato – scelta dai genitori. Ed è su questo primo strato che si è depositato, rabbiosamente, il secondo, a definire la personalità di Camilla. Sembra quasi che lei ce l'abbia messa tutta per violare il tempio virgineo e fiabesco che i genitori le hanno consacrato. A cominciare dal disordine. Per finire con i poster. Che, dato il contesto, risultano davvero incongrui. Su quelle pareti, infatti, non ci sono il Tony Hadley, il George Michael, il John Travolta, la Jennifer Beals o l'Heather Parisi che ti aspetteresti. Le pareti sono sature di visi di strani figuri che, a giudicare dalla cera e dall'acconciatura, sono morti da un pezzo. Ora, Semi non ne riconosce neanche uno. Per fortuna ci sono io, che di questa storia conosco quasi ogni particolare e, proprio per questo, posso fornirvi il pantheon iconografico della signorina. A vederli così vicini fa impressione constatare quanto gli occhi languidi di Arthur Rimbaud somiglino a quelli, altrettanto intossicati, di Jim Morrison. Devo inoltre notare come il caschetto da aviatore doni molto di più a John Belushi che a Saint-Exupéry...

Tutto è talmente strambo che Semi, al principio, non prova lo stupore necessario nel vedere la sua ragazza (sì, ora può chiamarla così) che inizia a svestirsi. E questa davvero è una cosa che non ha alcun senso. Semi è impietrito, non sa cosa fare. Non sa se avvicinarsi, se scappare. Non sa se anche lui deve spogliarsi o rimanere con gli abiti addosso.

In pochi secondi lei è in mutande e reggiseno.

Da come gli si avvicina, Semi capisce (un verbo penosamente inadeguato) che lei su certe cose non è più esperta di lui. Tutto quello che Semi sa sull'argomento è stipato dietro al termosifone del bagno che condivide con il fratello. Deve essere stato Filippo a nascondere lì la preziosa mercanzia: una manciata di riviste dai nomi affascinanti ("Supersex", "Le Ore", "Men"...) che hanno fatto la loro comparsa dietro al termosifone più o meno nello stesso periodo in cui Filippo, falcidiato da continui mal di pancia, ha iniziato a chiudersi in bagno con sinistra frequenza. È stato un amico di scuola a spiegargli perché Filippo se ne sta sempre in bagno: gli ha descritto puntigliosamente cosa può succedere al tuo pene se te lo lavori ben benino. Dopo aver avuto quella spiegazione, Semi se lo è lavorato eccome, il suo attrezzo, ottenendo in cambio solo un'irritazione al glande e una mortificazione interiore. Proprio allora Semi ha scoperto le riviste nascoste dal fratello. Per lui una vera palestra di vita. Non immaginava proprio che quei corpi aggrovigliati di uomini muscolosi e donne bellissime potessero dargli tanto piacere e tanto dolore insieme.

Un giorno, nello spogliatoio della palestra, dopo l'ora di ginnastica, ha annunciato trionfalmente all'amico di essere diventato un uomo. Finalmente è successo anche a lui. Che cosa incredibile. Avere un orgasmo. Esiste qualcosa di meglio?

Peccato che Semi abbia mentito. La verità è che ci prova ogni santo pomeriggio. Ma non succede un bel niente. E quel "niente" gli ha fatto pensare al peggio. La sensazione è quella beffarda e dolorosa di un piacere che, proprio perché non riesci a godertelo fino in fondo, ti lascia dentro una terribile sensazione di perpetua incompiutezza. Un supplizio che consiste in una smania senza fine.

Un altro suo amico più grande gli ha raccontato che gli basta baciare la sua ragazza per venire immediatamente nei pantaloni. E gli ha spiegato che in quella precocità non c'è davvero niente di buono. E tuttavia, nonostante le lagnanze dell'amico, Samuel lo ha invidiato. È certo che venire immediatamente sia molto meglio che non venire affatto.

È questo il mood in cui Semi è invischiato quando si trova a dover affrontare Camilla in slip e reggiseno. Da settimane non fa che masticare il sospetto rabbioso che lui non diventerà mai adulto. Che rimarrà per sempre questa amorfa cosa qui: un moccioso con un mucchio di nozioni teoriche in testa apprese dalle riviste del fratello e dalle confidenze di amici più navigati. E nessuna esperienza sul campo.

Semi prova conforto nel sentire che anche le dita di Camilla tremano. Lei gli ha afferrato il polso e ora lo trascina fino al letto. Lo fa sedere. Le lenzuola emanano una fragranza agrodolce: un profumo di infanzia acuito da un retrogusto peccaminoso. E a quel punto Camilla non fa niente di diverso da ciò che farebbe nel buio di qualsiasi cinema. Semi chiude gli occhi e, per qualche minuto, tra il cinema e la stanza di Camilla non c'è alcuna differenza. Il vero salto di qualità, ciò che cambia tutto, è quella mano. Che lo raggiunge là dove nessuno ha mai osato spingersi. Una manina che non sa ancora come ci si comporta, una manina che, proprio in virtù della sua inesperienza, agisce in modo talmente irresponsabile ed equivoco da risultare irresistibile. E guarda un po' te, è proprio quella manina lì a sfondare il muro del suono che la mano di Semi, in ore e ore di sfiancanti esperimenti intimi, non ha saputo neppure scalfire.

Eppoi, finalmente. La prima volta. Che dire? Quelle sincopate contrazioni dei lombi sono una cosa grandiosa! Davvero. Ma perché allora ha tutta questa voglia di piangere? Per quanto lui abbia provato a immaginarselo, scopre che l'orgasmo era inimmaginabile, non meno di quanto lo sia la musica di Mozart per un sordo. Il dono di Camilla. È grazie al dono di Camilla che inizia la sua carriera di maschio. Da quel momento in poi, Semi comincia a provvedere efficacemente a se stesso. E inizia a farlo con una frequenza e un'intensità non inferiori a quelle del fratello, che, anzi, vanno scemando. È lui ora il vero atleta della famiglia. Il grande performer solitario. Il guaio è che, a questo punto, Camilla fa un passo indietro.

«Quando riparte tua madre?» le chiede lui ogni giorno.

«Non lo so. Perché?»

«Perché così potevamo stare un po' da soli.»

«Ok, ma io non lo so quando riparte.»

Cos'è cambiato? Perché fa così? Perché iniziarlo a una cosa sensazionale eppoi togliergliela da sotto il naso? Che crudeltà è mai questa?

Qualunque sia la motivazione, Camilla non vuole più stare sola con lui. Al cinema sì, al parco pure, anche in casa, purché ci sia almeno uno dei suoi genitori. Soli, mai.

Perché? Forse a lei non è piaciuto come è piaciuto a lui? È stata forse disgustata da quell'epilogo impiastricciato? Certo è che lui si sente come un esploratore degli oceani a cui abbiano tolto la licenza di navigazione.

Passa un'intera estate. Entrambi vengono mandati in vacanza studio. Lei a Montpellier, a migliorare il suo francese peraltro perfetto. Lui a Newquay, piangente cittadina della Cornovaglia. Lei riesce a chiamarlo un paio di volte (niente telefonini allora, solo poetiche costosissime interurbane!). Intanto lui diventa un assiduo frequentatore di cessi britannici. Finge sempre che la propria mano, ogni giorno più esperta, non sia la sua ma quella di Camilla. A settembre, quando si rivedono, l'ostinazione con cui lei evita di rimanere sola con Semi si è fatta se possibile ancora più esasperante. Lui si contenta (si fa per dire) del trattamento-cinema.

Poi, verso dicembre, quella specie di ricatto. Non proprio un ricatto formalizzato. Ma una richiesta pressante che ha qualcosa di vagamente minaccioso. Lei non vuole passare il Natale con i suoi genitori. Vuole andare in Svizzera con lui, in montagna con i Pontecorvo. Non fa che parlargliene. Semi ha iniziato a temere che le prossime foto che Camilla attaccherà alla parete saranno quelle dell'intera famiglia Pontecorvo. Eppure, questa è una cosa che lo rende fiero. Il fatto che lei stia meglio a casa del suo ragazzo che a casa propria gli infonde un certo orgoglio.

«Sei matta? Cosa diranno i tuoi genitori?»

«Lascia stare i miei genitori. Ci penso io. Tu preoccupati dei tuoi.»

«Mia madre non dirà mai di sì.»

«Se ci riesci ti giuro che...»

«Ti giuro cosa?»

«Vedrai.»

Sì, così gli aveva detto: "Vedrai". Non aveva aggiunto altro. E Dio solo sa se glielo aveva fatto vedere. A lui e a tutta la sua famiglia. E la cosa che più di tutte ora lo faceva disperare era il pensiero che il solo individuo di sesso maschile che, durante le vacanze natalizie in Svizzera, fosse riuscito a rimanere solo per un po' di tempo con Camilla era il padre. Un pomeriggio in cui tutti erano usciti. E Semi sapeva bene come si comportava Camilla quando era sola con qualcuno. Sapeva quanto irresistibile sapesse rendersi.

Ecco a cosa Semi aveva ripensato un attimo dopo essere stato cacciato dal letto del fratello. E probabilmente era proprio ciò che Filippo, facendolo sloggiare, gli aveva voluto ricordare. Era come se, rifiutandosi di accoglierlo nel proprio letto, gli avesse voluto dire: "No, non ce la faccio a consolarti. Perché io so che la colpa è tua. Hai distrutto tutto. È a causa tua se ora ci troviamo in queste condizioni. C'è un solo responsabile se papà è scappato là sotto e se noi non siamo riusciti a inseguirlo. Se papà non viene su da noi e noi non andiamo giù da lui. Se mamma non ne parla mai e noi non ne parliamo mai con mamma. Il solo responsabile di tutto questo sei tu: la tua inettitudine, la tua bambinaggine, la tua inesperienza, il tuo egoismo".

E, nel buio, tornando a poggiare la testa sul cuscino umido e bollente, Semi aveva pensato: "Sì, hai ragione, hai ragione: è tutta colpa mia. Le cose non sono andate come tu pensi siano andate. E tuttavia sul punto più importante hai perfettamente ragione: è tutta colpa mia".

Dalla notte in cui Semi aveva immaginato questo scambio di battute, non aveva più provato a salire nel letto di Filippo. Da quella notte tra loro era cambiato qualcosa: quella storia, invece di unirli come ci si sarebbe potuti aspettare, aveva finito col dividerli. Dopo cinque mesi da incubo, Semi poteva constatare che tutte le bordate che era naturale aspettarsi da fuori, in realtà erano giunte da dentro. Proprio così, quel meccanismo antisismico così ben collaudato – il meccanismo Pontecorvo –, sottoposto alle scosse anomale di un terremoto imprevedibile non aveva retto.

A pensarci, tutti gli altri (amici, compagni, professori, istruttore di tennis...) si erano comportati in modo impeccabile. Nessuno aveva mai fatto un'allusione diretta al caso Pontecorvo di fronte a Semi. Non era successo in classe. Non era successo nella comitiva olgiatesca che dopo un po' aveva ripreso a frequentare. Non era successo al corso di tennis né in piscina...

Semi (pur senza averne piena coscienza, come avrebbe potuto? Aveva appena compiuto tredici anni) aveva imparato che il vizio della gente di sparlare di te alle tue spalle non è poi questo gran vizio. Anzi, che l'ipocrisia è una preziosa risorsa sociale. E che se c'è una cosa sopravvalutata, quella è la sincerità. Sì, questo Semi lo aveva capito. Era grato a tutte le persone che in quei mesi non gli avevano parlato del padre. Ma iniziava ad avercela con sua madre e suo fratello. Perché da loro, sì, da loro si sarebbe aspettato che gliene parlassero. E ce l'aveva con suo padre, che gli doveva delle spiegazioni quanto lui le doveva al padre. Tanto più che Semi aveva sempre amato parlare con suo padre. Suo padre era un parlatore fantastico. Uno a cui piaceva spiegare le cose. Una voce bellissima. E allora perché adesso questa cosa qui, questa cosa fondamentale, non voleva spiegargliela? Se pensava a quanto tempo aveva passato a darsi la colpa di tutto...

D'un tratto, sul divano di casa Ruben, Semi sentì che la matassa di cose inspiegabili degli ultimi mesi veniva risucchiata dall'immagine del fratello che infilava qualcosa sotto la porta del padre. Era come se adesso tutte le necessità di Semi si fossero assottigliate in quell'unica, oppressiva curiosità. Che Samuel non avrebbe mai potuto saziare: no, non avrebbe mai trovato il coraggio di interrogare Filippo sulla faccenda.

D'altro canto non era così incomprensibile che Filippo girasse attorno alla porta del padre. Sì, lui capiva perfettamente il fascino sinistro di quel luogo. Anche lui spesso veniva preso dalla smania di scendere là sotto. E, a dire il vero, anche lui aveva, rispetto a quella porta, il suo piccolo segreto.

Da qualche settimana, infatti, Semi ogni tanto, dopo che tutti erano andati a letto, si alzava. Si recava in cucina. Prendeva dalla dispensa qualche quadratino di cioccolato al latte e lo lasciava di fronte alla porta di Leo, avvolto in un tovagliolo di carta. Ogni volta che scendeva le scale sentiva una specie di vertigine. Un sentimento sconosciuto che teneva assieme paura ed eccitazione, il gusto del proibito e un affetto inestinguibile. Ogni volta aveva il terrore (e, allo stesso tempo, sperava) che il padre aprisse la porta proprio in quel momento. Ma fino ad allora non era mai capitato.

Talvolta la mattina Semi andava a vedere cosa ne fosse stato del piccolo dono lasciato lì davanti. E per lui era sempre un'emozione enorme vedere che il tovagliolo non c'era più. Semi sperava che il padre intuisse chi c'era dietro a quel gesto amorevole. Se lo figurava, pieno di gratitudine verso di lui, mentre si puliva la bocca con il tovagliolo e sorrideva.

Ma ora l'idea che Filippo potesse prendersi il merito di quel pensiero serale lo faceva infuriare.

«Che succede al Corvo junior? È inappetente?»

Era la voce di David Ruben, questa. La sua bella voce così sicura di sé. Era lui che aveva affettuosamente soprannominato Filippo e Samuel "i Corvi". Ed era lui che per distinguerli li chiamava "il Corvo senior" e "il Corvo junior".

E ora si era piazzato là davanti con il suo metro e ottantacinque di altezza, la sua bazza da eroe dei fumetti. Un bel ragazzone che, occorre dire, stava molto meglio in calzoncini corti e scarpe da ginnastica che in giacca e cravatta. Samuel sapeva che, se non fosse stato per le manie di grandezza della madre, David una festa così pacchiana se la sarebbe risparmiata. Ma sapeva anche che la gratitudine di quel figlio nei confronti di una madre così temperante era tale che non gli costava poi tanto compiacere le sue megalomanie. Inoltre era nel suo carattere di ragazzo fortunato cogliere ogni occasione per divertirsi e per stare bene. La sua gentilezza con tutti doveva proprio dipendere dal suo stato di benessere, dalla sua incapacità di nutrire invidie o risentimenti nei confronti di chicchessia. Aveva visto Samuel lì in disparte. Sapeva che, quella sera, aveva tutte le carte in regola per essere il più infelice di tutti: sia per quello che stava accadendo al padre, sia perché era l'invitato più piccolo e non conosceva quasi nessuno. Per questo voleva tirarlo su.

«Ecco, io questa me la toglierei» disse David sfilandosi la cravatta. E Semi lo imitò subito, sorridendogli con gratitudine.

«Credevo che fosse obbligatoria.»

«Mica è un'accademia militare. Qui niente è obbligatorio. Eppoi, lo sai: fare quello che mi pare è la cosa che so fare meglio.»

«Beato te.»

«Non devi mica credere che qui ci si rompa sempre i coglioni così. Adesso, appena riesco a mandare a letto quella nevrastenica di mia madre, iniziamo a cazzeggiare seriamente.»

«Tipo?»

«Non te l'ha detto tuo fratello?»

«No...»

«Non ti ha detto che qui si cazzeggia come in nessun altro luogo della terra?»

David si dimostrò di parola. Dopo la sfilata di panettoni e creme al mascarpone, e quando la signora Ruben, esausta e soddisfatta, finalmente si tolse dai piedi, David introdusse gli ospiti superstiti (per la maggior parte di sesso maschile) in una specie di stanza dei balocchi sita al piano interrato.

Là dentro c'era proprio tutto quello che un ragazzino del 1986 potesse desiderare. Ho il sospetto che, per arredare il loft di Tom Hanks nel film *Big*, gli sceneggiatori si siano ispirati a David e alla sua "stanza del cazzeggio" (così la chiamava). C'erano il biliardo, il tavolo da ping-pong, il calcio-balilla, due giochi elettronici da bar e, naturalmente, l'immancabile pista Polistil. Sul grande tavolo centrale coperto da un inequivocabile tappeto verde c'erano carte, *fiches* e alcuni giochi natalizi. David scomparve in un'altra stanza, dalla quale riemerse qualche attimo dopo portando con sé un vassoio pieno di lattine di Coca.

Nessuno era più viziato di David Ruben. Ma, al contrario del tipico ragazzino viziato, c'era in lui una tale voglia e un tale piacere di dividere con gli altri le sue fortune che invidiarlo ti sembrava un gesto davvero meschino. Era bello essergli amico. Invidiarlo non aveva alcun senso. Era come se la sua pulizia interiore avesse qualcosa di contagioso. Tutti, in quel contesto, avrebbero avuto il diritto di scatenarsi. Ma nessuno sembrava avere interesse a farlo. Come se non volessero violare tutta quella rispettabilità borghese. E dire che avevano l'età giusta. Sarebbe bastato che qualcuno tirasse fuori il fumo. Che David distribuisse bibite più dirompenti della Coca-Cola. Sarebbe bastato che qualcuno mettesse su della musica come si deve. Che i ragazzi, così impacciati e repressi, si sbarazzassero definitivamente della giacca e della cravatta e le ragazze intimidite facessero altrettanto con le scarpe...

Ma David Ruben non era solito favorire certe promiscuità in casa propria. E, dopotutto, andava bene così. C'era qualcosa di romantico nell'imperante inibizione. C'era qualcosa di così dolce e toccante in quell'atmosfera puritana.

Insomma: dal momento che nessuno pomiciava, non restò molto altro da fare che mettersi a giocare. Mangiare torrone e giocare. Bere Coca-Cola e giocare. Era tutto ciò che era possibile fare là dentro. E fu ciò che tutti cominciarono a fare, senza troppi rimpianti.

Dopo un po', eccoli intorno a un tavolo a giocare a Mercante in Fiera. Il banco lo teneva un tizio che Semi e Filippo conoscevano di vista, perché frequentava la loro stessa scuola. Aveva due anni più di Filippo, ma non l'avresti detto. Nonostante si chiamasse Pietropaolo (niente male: due apostoli in un solo nome), il suo comportamento abituale non aveva davvero niente di cristianamente irreprensibile. Aveva un bel viso da modello, che ricordava – anche perché lui ce la metteva tutta affinché lo ricordasse – Nick Kamen, un cantante assai in voga tra le teenager dell'epoca.

A giudicare dal numero di piumini e di orologi di marca di cui poteva disporre, si sarebbe detto che il suo budget per lo shopping fosse illimitato come quello di un emiro. Inoltre, a proposito della cura maniacale della sua persona, si diceva che Pietropaolo, terrorizzato dall'idea di perdere la sua romantica capigliatura corvina, tutte le sere si irrorasse la testa di un costoso farmaco per irrobustire il cuoio capelluto. Ma non era certo questa la diceria più piccante che girava sul suo conto. C'era chi avrebbe giurato che, qualche anno prima, lui avesse beccato la madre che si faceva scopare dal fratello del marito. E che, sconvolto da quest'esperienza amletica, si fosse lanciato sul letto e avesse iniziato a percuotere il Claudio di turno. E infine, non contento, lo avesse immediatamente detto al padre, il quale aveva chiesto il divorzio.

Si diceva che la sua famigerata misoginia, condita da un sarcasmo intollerabile, dipendesse da quella botta subita in piena pubertà. Malgrado fosse uno dei tipi più ambiti della scuola, nessuna ragazza gli era mai stata attribuita. Per questo c'era un partito che lo riteneva un finocchio malvagio e un altro persuaso che Pietropaolo (con tutti i soldi che aveva) si servisse da meretrici esperte.

L'unico dato certo era che appartenesse alla categoria di individui che hanno un bisogno costante di qualcuno da umiliare. Un vero specialista della presa per il culo. Uno che, se avevi un difetto di cui ti vergognavi e che facevi l'impossibile per nascondere, lo scovava con ferocia per sbattertelo in faccia di fronte a tutti. Quindi un autentico tormento per le ragazze obese, per i balbuzienti, per i portatori sani di orecchie a sventola e nasi camusi, per gli atleti goffi e le racchie conclamate. Insomma, era la carogna più temibile della scuola. Per capirsi, un vero bastardo. E come tutti i veri bastardi era intelligente, brillante e – ammesso che non ti scegliesse come vittima – irresistibilmente simpatico.

La cosa strana è trovarlo a questa festa visto che, in ogni senso, è il contrario esatto del padrone di casa. Eppure, l'abilità con cui si destreggia nel ruolo di croupier al Mercante in Fiera fa sorgere il sospetto che già questa sia un'ottima ragione per averlo invitato. Cristo santo, se ci sa fare. È spigliato, istrionico. Bluffa da Dio. Venderebbe una partita di prosciutto avariato a un rabbino.

Grazie al suo talento, si è giunti alla fine della terza partita con grande disinvoltura. Pietropaolo sta per voltare l'ultima carta, quella del primo premio. In palio c'è una sommetta niente male per dei ragazzini. La notizia, stavolta, è che la dea Fortuna ha messo l'uno contro l'altro Fili e Semi: Corvo senior contro Corvo junior, Caino contro Abele. Sono loro ad avere le ultime due carte. Il che significa che il vincente avrà tutto, e per l'altro nessun premio di consolazione. Questo ha scatenato una piccola bagarre tra gli altri giocatori-spettatori:

«Dài, dividete!»

«Tanto rimane tutto in famiglia.»

«Ma no, così che gusto c'è? È divertente se uno vince e l'altro perde.»

«Sì, niente pagliacciate!»

«Un po' di palle, ragazzi.»

Filippo ha la solita aria di chi sta lì per caso. Di uno a cui non gliene può importare di meno. Semi è un groviglio di sentimenti contrastanti. E non tanto perché, essendo l'ospite più piccolo della festa, si vergogna di essere al centro dell'attenzione. Dopotutto è disinvolto. Tanto più che, quando si tratta del fratello, Semi abolisce ogni spirito competitivo. Sa che in circostanze normali consegnerebbe la sua carta a Filippo, gliela regalerebbe per il solo piacere di vederlo stravincere.

Ma oggi Semi ce l'ha con Filippo. Non tanto perché cinque mesi prima lo ha scacciato dal letto e da allora gli ha fatto capire che, almeno sul suo materasso, lui è ospite indesiderato. Non tanto perché probabilmente Filippo lo incolpa per tutto quello che sta succedendo. E neppure perché Semi lo ha colto in flagrante mentre infilava qualcosa sotto la porta del rifugio dove vive il padre. La sola ragione per cui Semi questa sera ce l'ha con il fratello è perché sente di essere stato abbandonato. Sì, il suo eroe lo ha abbandonato nel momento più difficile. E questa è una cosa che proprio non può perdonargli. Ecco perché Samuel tergiversa.

Filippo gli sussurra: «Dài, frocetto, dividiamo». Ma Semi non si lascia ingannare neppure dal tono carezzevole di quella voce. L'apparente dolcezza non lo incanta. Conosce Filippo. Sa che non gli piace stare al centro dell'attenzione. Vuole chiudere questa storia il prima possibile.

Ecco perché, inspirando un bel goccio d'aria resa densa dalle sigarette accese, ma anche da quelle spente, Samuel, senza il coraggio di guardare in faccia il fratello, dice:

«Io mi tengo la mia carta. Tu tieniti la tua.»

«Hai capito il corvetto!» commenta qualcuno.

«Che carattere!»

«È così che si gioca, ragazzi.»

Ma il commento più inappropriato e terrificante naturalmente se lo concede Pietropaolo. Risucchiando tutti gli altri come un buco nero:

«Certo che voialtri non vi smentite mai» dice scandendo bene ogni sillaba. «Vi spartite tutto in famiglia, persino la stessa ragazza. Ma i soldi no. Quelli non si dividono mai.»

Qualcuno aveva riso. Qualcun altro, invece, aveva capito in tempo quanto disdicevole fosse ridere di una battuta del genere, tanto più in quella casa. Si trattava di una battuta orribile, che mescolava sapientemente un generico antisemitismo a una specifica insensibilità nei confronti della tragedia che aveva colpito i Pontecorvo. Un'autentica puttanata, insomma.

Per un attimo si sentì soltanto il crepitio del fuoco e il sottofondo delle solite insopportabili melodie natalizie. Tutti volsero lo sguardo verso David. Quasi fossero convinti che – nella triplice veste di padrone di casa, leader indiscusso della combriccola, nonché di ebreo proverbialmente generoso – toccasse a lui sanzionare duramente il comportamento di quel bastardo. Ma David non fiatava. Era esterrefatto. Imbarazzato. Come se per una volta la sua migliore qualità, ovvero la bontà d'animo, lo stesse mal consigliando, intimandogli di scegliere l'opzione più vile: un silenzio doroteo e irresponsabile.

D'altronde bastava guardare Pietropaolo per capire che, sebbene facesse di tutto per mostrarsi fiero della brillantezza della propria battuta, era turbato dalle parole che aveva appena pronunciato. E decisamente spaventato dalle immediate conseguenze che avrebbero potuto avere.

Ma chi stava peggio era Semi. A testa bassa, fissava la carta che avrebbe potuto fruttargli un gruzzoletto di cui a questo punto non gli importava più niente. In un solo attimo l'irragionevole speranza (cui con il tempo era riuscito ad affezionarsi) di non essere percepito dal mondo come "quello il cui padre gli si è scopato la ragazza" era caduta miseramente. E ora non si capiva se il sovrumano sforzo per non scoppiare in singhiozzi di fronte a tutti derivasse dal desiderio di salvaguardare un residuo barlume di dignità, o se fosse l'ultimo disperato tentativo di tenere in piedi una speranza che non aveva più alcun senso.

Ci pensò Filippo a rompere il ghiaccio (e non solo il ghiaccio). Fu lui a capire che la sola cosa da fare in quel momento – per se stesso, per il fratello, per la madre, per il padre, per tutte le persone perbene – era passare fragorosamente dalla parte del torto.

E fu quello che fece.

Si alzò. Afferrò il bastardo per il bavero della giacca. Lo strappò dalla sedia. Lo gettò in terra, gli si sedette sopra. Tutto questo quasi in un unico gesto. Mentre Pietropaolo, terreo, provava a divincolarsi, iniziò a picchiarlo con una violenza selvaggia e inaudita. Roba da film, roba da rifargli i connotati, roba da matti. Filippo continuava a strillare: «Hai capito ora? Hai capito ora?». Sì, continuava a dirgli così, come se gli avesse appena spiegato qualcosa e volesse essere certo che l'altro avesse afferrato il concetto. E, in effetti, quella che gli stava impartendo era una vera e propria lezione. Di quelle che non si dimenticano più.

Nel breve interludio trascorso dall'istante in cui il fratello aveva preso a pestare quel tizio fino al momento in cui quattro ragazzi, assai spaventati dalla furia di Filippo, lo avevano strappato a forza da Pietropaolo, Semi aveva provato un piacere quasi sconosciuto. Era un sacco che non si sentiva così. Qualcosa si stava sciogliendo. Il senso di ingiustizia e di solitudine che lo aveva attanagliato dalla sera di luglio in cui tutto era incominciato, trovava oggi uno splendido riscatto. Una vera e propria catarsi. Il luminoso happy end che non ti aspetti.

Durò poco. Quando Pietropaolo, i suoi adorati capelli stravolti, gli occhi pieni di incredulità, la bocca impastata di sangue, iniziò a inveire contro il suo aggressore – «Ma tu sei schizzato! Tu stai male. Tu sei uno psicopatico, una testa di cazzo. Ma io questa non te la faccio passare. Io ti rovino... Io ti rovino...» –, in quel momento preciso, Semi avvertì di nuovo una certa preoccupazione. Ma neanche la paura riuscì a cancellare la soddisfazione che continuava a salirgli da dentro. La violenza, la tanto vituperata violenza, si stava rivelando, almeno per una volta, così sensata e insostituibile.

«È meglio se andate!» disse David rivolto a Filippo. E Filippo non si fece certo pregare.

Le stelle sembravano ancora più vicine alla terra quando i due fratelli si ritrovarono di nuovo in strada. Era come se la luccicante immensità della volta celeste aumentasse il senso di solitudine che li attanagliava. Non solo non c'era bisogno di parole né di gesti per capire che ciò che li aveva radicalmente divisi negli ultimi tempi si stava rimarginando, ma sembrava del tutto appropriato che una notte così gelida e bella fosse testimone della più importante riconciliazione della loro vita.

Filippo era tranquillo. Si massaggiava un polso indolenzito. Raramente in seguito si sarebbe sentito adulto e invincibile come si sentiva ora. Aveva fatto ciò che c'era da fare. Spaccare il muso a quell'arrogante aveva scaricato la tensione nervosa e placato il biblico senso di giustizia che la madre gli aveva instillato.

Semi, invece, aveva quasi difficoltà a respirare per quanto era emozionato. Ogni tanto gettava un'occhiata guardinga a Filippo e gli veniva da ridere. Quello era suo fratello. Il suo eroe era tornato. La sola persona con cui voleva stare era lì. Era certo che, d'ora in poi, Filippo non lo avrebbe più scacciato dal letto.

La sola cosa che Semi avrebbe voluto fare in quel momento era mettersi a urlare: "Ed ecco a voi gli *Inseparabili*!". Si trattava della battuta che Filippo aveva messo in bocca agli eroi del primo fumetto che aveva disegnato. O almeno il primo che Filippo, nella sua pudicizia, aveva avuto il coraggio di mostrargli più o meno due anni prima.

All'inizio, di fronte a quei disegni, Semi aveva capito poco. Li aveva trovati parecchio ridicoli. Anche se, per non umiliare l'autore, si era ben guardato dal ridere. I protagonisti della striscia ideata dal fratello erano due pennuti vestiti da supereroi. Una versione ornitologica di Batman e Robin. A furia di guardarli, si era convinto che uno dei due goffi uccelli dal becco uncinato somigliasse a Filippo. E che l'altro, invece, somigliasse a lui, a Semi. Infine si era soffermato sui costumi. Più o meno in mezzo al petto, al centro della blusa indossata da entrambi, c'era una I maiuscola.

«Perché questa?» aveva chiesto Samuel indicandola dubbioso.

«Sta per *Inseparabili*.»

«*Inseparabili?*»

«Gli "inseparabili" sono una specie di pappagalli molto particolari.»

«Perché particolari?»

«Vivono tutta la vita assieme. Uno appiccicato all'altro. Poi, quando uno dei due muore, muore anche l'altro.»

«Come mai?»

«Non lo so, so che è così!»

«Che stanno facendo qui?»

«Stanno per catturare Mister Black.»

«Chi è Mister Black?»

«È il nemico degli *Inseparabili*.»

«E qui che stanno dicendo?»

«Quello che dicono sempre, o almeno tutte le volte che raggiungono il luogo del crimine: "Ed ecco a voi gli *Inseparabili*!".»

E Semi non aveva avuto bisogno di alcuna ulteriore spiegazione. Dunque era così che Filippo concepiva il loro rapporto? Erano loro gli *Inseparabili*? I supereroi mascherati? Loro erano due pappagalli che non possono stare l'uno senza l'altro, se possibile ancor più dei *Fantastici Quattro*. Che devono stare sempre insieme, al punto tale che se uno muore l'altro lo segue a ruota.

Tutto ciò a Samuel era parso talmente nobile, talmente eroico, talmente intimo. Con la retorica dei bambini, aveva recepito il dono di quei disegni come una specie di giuramento. Un giuramento sacro e segreto tra lui e Filippo. Un giuramento che, proprio quella sera di dicembre del 1986, il pappagallo più grande aveva onorato.

Scherzi del ricordo, è proprio alle eroicomiche avventure di *Inseparabili* che Semi stava pensando, venticinque anni dopo la turbolenta serata dai Ruben, che almeno per un po' gli aveva dato l'illusione di aver aggiustato qualcosa che sembrava essersi irreparabilmente guastato. Stava pensando a quanto il fratello si fosse rivelato insostituibile. Pensava a quanto fosse fantastico in quegli anni il rapporto tra loro. Quello squilibrio prestabilito e confortante. Il cavaliere e il suo scudiero. Una cosa bellissima.

Ne era passato di tempo. E ora era là, in groppa alla sua Speed Triple nera, appeso a tutti quei ricordi inutili.

Malgrado fossero ancora parecchie le rate del leasing da pagare, era la prima volta, da che l'aveva ritirata, che Semi, stringendo quella moto tra le gambe e cambiando nervosamente le marce con la punta del piede, se la sentiva così sua. Non che fosse docile: non lo era affatto. Era semplicemente ciò di cui lui aveva bisogno in quel momento per prepararsi a una giornata che non prometteva davvero niente di buono. Già, nonostante il cielo livido e l'asfalto reso viscido da quattro giorni di pioggia, Semi non desiderava altro che cavalcare la sua Triumph: correre per le vie di Milano, districarsi con disinvoltura tra auto, marciapiedi, rotaie, spartitraffico, pedoni... Fuggire. Da che cosa? Non avrebbe saputo dirlo. Dove? Verso un formidabile passato!

Erano quasi le otto e mezzo del mattino, ma la città era ancora inspiegabilmente cupa. Le luci dei fari delle auto – attraverso i diaframmi smerigliati delle goccioline abbarbicate alla visiera del casco – risultavano particolarmente moleste.

La ragione per cui Semi pensava a *Inseparabili* e a quella notte di tanti anni prima era che aveva bisogno di isolare, nella selva di spiacevoli reminiscenze che si davano il cambio per tormentarlo, un ricordo confortante – uno solo – a cui aggrapparsi mentre sfidava l'aria fredda del mattino.

La telefonata del fratello, che lo aveva beccato per un pelo un istante prima che uscisse dal residence con il casco già in mano, gli aveva lasciato un grumo di sentimenti contrastanti in mezzo al petto.

Inizialmente era sembrata una telefonata di servizio, ma poi si era rivelata per ciò che era: una richiesta di aiuto. E in questo non ci sarebbe stato davvero niente di male se Semi non stesse riflettendo da più giorni sull'eventualità di chiedere una mano al fratello per tirarsi fuori da tutti i casini in cui si era infilato. E, sapete com'è, non c'è niente di più spiacevole che ricevere una richiesta di aiuto da chi ai tuoi occhi rappresenta l'ultima risorsa per uscire dai guai. Non c'è niente di più imbarazzante che scorgere un punto debole nell'armatura del cavaliere che ritenevi invincibile.

Ed era più o meno questo ciò che Samuel aveva provato parlando al telefono con il fratello. Apparentemente Filippo lo aveva chiamato per ricordargli che quel pomeriggio si sarebbe "esibito" (così gli piaceva dire) nell'aula magna della Bocconi, l'università in cui Semi aveva studiato.

«Non vorrai mica perderti la scena del tuo ex rettore che mi spompina davanti a tutti?»

Questa era stata la prima battuta che Filippo si era lasciato scappare. Quanto bastava per mettere in allarme Semi, il quale sapeva che, se c'era un momento in cui era necessario diffidare del fratello, era quando questi era in vena di battute o di citazioni.

«Te l'avevo già detto che sarei venuto» lo aveva rassicurato Semi. Senza preoccuparsi di aggiungere che non vedeva l'ora d'incontrarlo. Era felice di potersi godere la scena decisamente singolare di Filippo (l'essere meno accademico dell'universo) che veniva glorificato dai suoi vecchi docenti e dalla nuova generazione di studenti bocconiani. E inoltre già da qualche giorno Samuel pregustava il momento in cui, dopo l'evento bocconiano, in un bel ristorante, di fronte a una di quelle bottiglie di rosso dai tannini aggressivi amate da Filippo, avrebbero potuto dedicarsi a uno dei loro famigerati tête-à-tête. Un'occasione propizia per formulare la sua articolata richiesta di aiuto al fratello, il cui punto numero uno consisteva in un assai ingente prestito di denaro per tappare le falle.

«Quindi ci vediamo dopo?» aveva chiesto di nuovo e inutilmente Filippo, come se stesse prendendo tempo per trovare il coraggio di confessare il motivo di una telefonata fatta all'alba.

«Certo, ci si vede lì. Alle sei, no? Dài, se ce la faccio arrivo anche un po' prima.»

«*Eccellente!*» aveva detto Filippo. «Tanto più che potrebbe essere l'ultima volta che ci vediamo.»

E, per quanto possa sembrare strano, Semi era rimasto più turbato dalla prima parte della frase che dalla seconda. "Eccellente!", infatti, era l'esclamazione prediletta da Mister Burns, il personaggio dei "Simpson" preferito da Filippo. E, come ho già detto, l'abuso di citazioni non prometteva mai niente di buono. Semi si chiese se quella mattina Filippo avesse già ingerito la sua pastiglia di Prozac. Niente descriveva meglio la difformità emotiva dei fratelli Pontecorvo del fatto che il primogenito avesse bisogno di tirarsi su con gli antidepressivi e il minore di calmarsi con gli ansiolitici.

«Che succede?» gli aveva chiesto un po' stizzito.

«È tutto finito! Domani non ci sarò più.»

«Possiamo evitare di dire stronzate, almeno oggi?»

«Che cos'ha oggi di speciale?»

«Sono nei casini. Anzi, è un bene che stasera poi andiamo a cena insieme. Perché te ne voglio parlare.»

«Chissà se esisterò ancora per cena!»

«O la pianti e mi dici che cosa sta succedendo, oppure attacco!»

«*Io fatto fiasco. Io fatto Kaput. Io fatto buco, io fatto cacca...*»

Eccone un'altra. Quest'ultima era una battuta tratta da *Mezzogiorno e mezzo di fuoco* di Mel Brooks. Per Semi una specie di tassello definitivo in quel puzzle misterioso e inquietante. Perché di solito Filippo la tirava fuori quando era in piena paranoia ipocondriaca: che so, dopo una notte passata a tastare un'escrescenza sul collo o spesa in ossessivi esercizi di deglutizione per scongiurare l'ipotesi di un tetano aggressivo.

Quando si hanno grane serie come quelle di Samuel, non c'è niente di peggio che avere a che fare con le estemporanee ubbie di un nevrotico. Di tutto Semi aveva voglia tranne che di sorbirsi le farneticazioni del fratello su letali malattie autodiagnosticate. Per questo, con una certa riluttanza, gli aveva chiesto:

«Che cosa c'è stavolta? L'Aids? La peste?»

«Sono in ottima salute.»

«E allora che cosa?»

«Non li leggi i giornali?»

«Ho smesso di leggerli più di vent'anni fa» aveva tagliato corto Semi, con una di quelle battute che alludevano alla tragedia di Leo senza mai nominarla.

«Temo che dovrai ricominciare a comprarli.»

«Senti, ho una caterva di cose da fare. Jacob mi aspetta in ufficio per farmi il culo. Anzi, probabilmente mi caccerà via. C'è il rischio che io domani mattina sia un disoccupato assediato dai creditori... Quindi o la finisci con questi giochetti e mi dici cosa succede o te ne vai affanculo.»

«Ti ricordi di quelle minacce vaghe che avevo ricevuto qualche mese fa?»

«Certo. Ma mi ricordo anche che mi avevi detto che erano tutte stronzate!»

«Secondo i nostri servizi segreti non lo sono affatto... Pare che un sacco di siti islamici siano sul piede di guerra. Sai com'è: addosso al giudio! Tra l'altro la vecchia mi sta dando il tormento.»

«Nel senso?»

«Che mi chiama cento volte al giorno. In realtà mi parla d'altro, la conosci: fa la parte di quella che non si preoccupa. Ma secondo me è terrorizzata. Magari quando la senti prova un po' a rassicurarla.»

In quell'istante Semi avvertì tutta la disgustosa insensatezza della faccenda di cui il fratello lo stava mettendo al corrente: come poteva esistere qualcuno nel mondo che desiderasse fare del male a un tipo mite, innocuo e solitario come Filippo? Proprio in quel momento Semi se lo ricordò bambino...

«Sì, va bene. Ma quindi che c'è di nuovo?»

«Di nuovo c'è che il Viminale mi ha messo in preallarme. C'è il rischio che mi diano la scorta. O, ancora peggio, che io debba sparire per un po'... o forse per sempre. Ho passato una notte di merda. Anna è completamente fuori. Stamattina all'alba è uscita travestita...»

«Sparire? Per andare dove?»

«E che ne so. Hai presente quei programmi che forniscono ai pentiti o ai testimoni di qualche processo per mafia una nuova nazionalità, una nuova identità e, se è proprio necessario, nuovi connotati? Ecco, una cosa del genere.»

«Ma dài, non ha alcun senso. Da dove arrivano le minacce?»

«Te l'ho detto, non lo so con certezza. Un gruppo islamico. Alcuni gruppi islamici. Una joint venture di sigle islamiche. Pare che ormai per farli incazzare basti davvero poco.»

Semi aveva avuto l'impressione che, sebbene il tono fosse scherzoso, la voce sempre più lamentosa stesse lì lì per rompersi in qualcosa di molto simile al pianto. Il che lo avrebbe tremendamente avvilito. Era stata questa la ragione per cui aveva provato a buttare lì un consiglio:

«Non puoi fare una pubblica abiura? Rimontare qualche scena? Toglierla?»

«È quello che mi stanno consigliando tutti. Ma dicono anche che il rischio è che io faccia la figura del vigliacco e quelli mi accoppino lo stesso.»

Semi sapeva che, fino a qualche mese addietro, il fratello neppure si sarebbe fatto certi scrupoli morali. Non avrebbe avuto alcuna difficoltà a umiliarsi, né alcun problema a fare la parte del pagliaccio, tantomeno a passare per vile. Se c'era una qualità che aveva sempre ammirato nel fratello (strano rendersene conto solo ora che tale qualità veniva meno) era che lui, a differenza di tutte le persone che Semi conosceva, non aveva mai tenuto in gran conto termini pomposi come "dignità", "decoro", "decenza"... Tutt'altro: la ragione per cui Filippo nel suo lungometraggio animato aveva saputo così ben raccontare la meschinità e la sopraffazione era che aveva avuto sempre un debole per esse. Filippo aveva sempre flirtato con l'oscenità. Ma era come se, da qualche tempo a quella parte, la sua personalità si stesse riplasmando sul successo che aveva avuto, e sul grande malinteso che tale successo aveva generato. Negli altri, innanzitutto, e di riflesso in lui.

E dunque proprio ora che bisognava saldare il conto di quella bella impostura, ora che Filippo avrebbe dovuto affermare irrefutabilmente che nessun ideale vale più della vita, qualcosa in lui vacillava. E Semi sapeva bene che tali scrupoli avevano molto più a che fare con la vanità e con l'orgoglio che con una reale passione civile. Come tutti gli uomini di enorme successo, improvvisamente Filippo aveva molto da perdere. E come tutti quelli che hanno molto da perdere, aveva il terrore di lasciarsi scappare anche una sola briciola della sua bella torta.

«Comincio a chiedermi...» aveva continuato Filippo incerto.

«Che cosa?»

«Se ne è valsa la pena.»

«Di cosa?»

«Di imbarcarmi in tutta questa storia. Il film, e tutto quello che ha significato.»

«Be', certo che ne è valsa la pena!»

«Fin qui ha portato solo disgrazie.»

«Non direi proprio. Fin qui ha portato solo cose belle. Questa, che mi risulti, è la prima disgrazia.»

«Semmai la seconda» aveva rettificato Filippo quasi sovrappensiero, pentendosi subito dopo di averlo fatto.

L'allusione, che Samuel aveva colto ma non aveva saputo come commentare, si riferiva a una cosa successa qualche settimana prima. Un fatto utile, qualora ce ne fosse stato il bisogno, a donare nuova linfa alla celebrità di Filippo, ma che aveva avuto anche l'effetto di gettare i Pontecorvo nella più cupa costernazione.

Tutto a causa di un articolo postato su www.scoop.it, un sito di gossip assai cliccato, molto beninformato e spietatamente capzioso. L'articolo, peraltro anonimo, aveva riportato a galla dal solaio della memoria la brutta storia del padre di Filippo: la presunta e mai pienamente dimostrata relazione di Leo Pontecorvo con la ragazzina dodicenne del figlio. Come se ciò non fosse bastato, l'articolo era corredato da una foto di Leo.

Sotto cui campeggiava l'inequivocabile didascalia: "È questo il vero volto dell'Erode di Filippo Pontecorvo".

L'intero pezzo si basava su un pedestre collegamento, ipotizzando un rapporto fortissimo e perturbante tra ciò che Leo aveva fatto venticinque anni prima e il film animato che il figlio di un uomo tanto cattivo aveva sentito l'esigenza di realizzare. Il bieco teorema giornalistico – da bravo teorema giornalistico – era di una inqualificabile rozzezza. E tuttavia anche straordinariamente evocativo. Filippo aveva fatto quel film contro suo padre. Contro il padre abusatore di pubescenti.

Malgrado Semi avesse apprezzato non poco il rifiuto categorico del fratello di commentare quell'infamia, cionondimeno aveva provato un certo disagio all'idea che Filippo non si fosse preoccupato di confutare un'imperdonabile imprecisione.

Quale imprecisione?

Be', il postatore di quell'infamia aveva lasciato intendere che la bambina sedotta da Leo fosse la fidanzatina di Filippo. Il che, come sappiamo, era un'atroce falsità. Una mistificazione micidiale. Ok, a Semi non sfuggiva che dal punto di vista giornalistico si trattasse di una bomba. Una di quelle grandi storie di palingenesi che piacciono alla stampa e alla gente: ecco a voi l'autore del cartoon-denuncia *Erode* – ovvero la più feroce requisitoria contro la violenza degli adulti a danno dei bambini dai tempi di *Oliver Twist* – che, funestato da un gigantesco trauma infantile, si riscatta e si vendica con l'aiuto dell'arte! Sì, davvero una grande storia. Peccato che fosse falsa! Peccato che Camilla, la ragazzina che nel 1986, con una determinazione implacabile, aveva accusato Leo prima di averla sedotta e circuita con una serie di lettere, e poi di averla violentata, fosse la ragazza di Samuel. E peccato che in certe faccende molto serie, nel precarissimo equilibrio delle famiglie traumatizzate, la verità sia di un'importanza capitale.

Tenuto conto che Filippo aveva appena definito tale increscioso episodio di scelleratezza giornalistica come "la prima disgrazia" arrecatagli dal suo film, era evidente che stesse implicitamente ammettendo di fronte a Samuel che l'intera faccenda lo aveva parecchio infastidito. E che il motivo per cui non ne aveva parlato né con Samuel né con Rachel era lo stesso che aveva impedito a quei due di parlarne tra loro: di quella cosa lì, cascasse il mondo, non se ne parlava.

Il guaio è che il rancore, nel momento in cui si manifesta, se ne infischia di certe ponderatissime argomentazioni. Il rancore è solito navigare in acque assai più torbide di quelle frequentate dal cosiddetto pensiero razionale. Con questo voglio dire che, malgrado non desse alcuna colpa al fratello per ciò che era successo, e malgrado pensasse che, date le circostanze, Filippo non avrebbe potuto comportarsi con maggior delicatezza, tuttavia, quando quella notizia tendenziosa aveva iniziato a circolare, Semi non aveva potuto impedirsi di avercela con lui. Ecco perché era bastato che

Filippo alludesse, nel mezzo della telefonata, al brutto incidente, affinché Semi sentisse di nuovo riaccendersi in sé – in un autentico fenomeno di autocombustione – il fuoco del risentimento. Un rogo su cui da qualche tempo Semi non faceva che gettare disperatamente (invano) secchiate di acqua fredda.

Occorre dire che l'effetto prodotto dal successo sul carattere di Filippo era stato assai meno virtuoso di quanto chiunque lo conoscesse da sempre avrebbe potuto ipotizzare. Era come se lo avesse improvvisamente rammollito. Distruggendo il suo straordinario spirito di indipendenza, immeschinendolo, riducendo il suo affascinante individualismo a una marca assai banale di egocentrismo. Era incredibile come un uomo che nel corso di una vita aveva forgiato il proprio carattere sul disinteresse, sulla mancanza di ambizione e sull'esercizio di un assai spiritoso nichilismo, ora, dopo essere stato investito dal tir della notorietà, desse prova di un tale narcisismo.

Capitava sempre più spesso che, quando ci parlavi, lui non ti ascoltasse neppure. Come se non esistesse niente di più importante di ciò a cui lui pensava in continuazione. A un dato momento faceva goffamente scivolare la conversazione verso il punto nevralgico dei suoi pensieri. Allora i suoi discorsi, un tempo appassionati e interessanti, prendevano una china autocelebrativa e autopromozionale; ed erano percorsi dall'imbarazzo di chi non vede l'ora di vantarsi di qualche cosa ma sa che farlo è sconveniente e anche un po' patetico. E forse proprio per questo prediligeva la forma interrogativa.

«A proposito, te l'ho detto che in Germania *Erode* è terzo in classifica, dietro all'ultimo film di Spielberg?», «Sai che in un'intervista uscita su "El País" l'altro giorno Pedro Almodóvar citava diffusamente *Erode*?», «Sai per caso a quanto i bookmaker londinesi danno *Erode* vincitore?». Non c'era alcuna di queste domande, più o meno retoriche, che non meritasse la più classica delle rispostacce: "Ah sì? E chi se ne frega!". Ed era evidente che Filippo, dentro al quale doveva ancora esistere l'autoironia che lo aveva sempre ispirato, era il primo a rendersene conto. Eppure non poteva evitare di lustrarsi le medaglie, rendendosi in tal modo ridicolo e insopportabile.

C'è da dire che il cammino compiuto da *Erode e i suoi pargoli* – da che per la prima volta era stato proiettato di fronte al pubblico in una gremita sala della Croisette – appariva a dir poco esemplare. I primi vagiti del film erano stati quelli di una creatura nuova, eccentrica, fresca. Una stravaganza che commuoveva e faceva ridere allo stesso tempo, di certo accessibile solo ai palati fini o ai maniaci del genere. Poi *Erode* si era fatto un po' più grandicello. Lo avevano scoperto gli intellettuali con la puzza al naso, che lo avevano elogiato per la forza delle sue denunce e per il fatto che tali denunce fossero state affidate a una forma pop come il cartone animato. Infine era arrivato il pubblico – soprattutto quello femminile.

Ed ecco che, proprio quando la luna di miele tra *Erode* e il pubblico aveva raggiunto il più appassionato acme, i primi scettici solitari avevano fatto sentire la loro voce chioccia, esprimendo qualche distinguo e qualche perplessità. A quel punto era stato tutto un voltafaccia. Gli stessi palati fini che, a suo tempo, avevano consacrato il film, ora amavano dare mostra della propria indipendenza di giudizio criticando ciò che al principio avevano così tanto elogiato. Per non dire degli intellettuali, i quali, sempre orripilati dall'idea di condividere i gusti di platee troppo vaste, avevano cominciato a considerare Filippo Pontecorvo una specie di traditore della causa.

Questo aveva consentito ai colleghi meno noti di Filippo di prendersi la loro rivincita. Sto parlando degli autori di comics sempre vissuti nell'illusione che essere artisti di nicchia fosse il destino inevitabile di chi aveva scelto di cimentarsi in una disciplina di nicchia. Una malafede conquistata con fatica e duramente messa in crisi dal successo planetario di *Erode*. Finalmente si prendevano la loro rivincita, trattando Filippo con arie di sussiegosa sufficienza. Lo ritenevano un rinnegato che aveva venduto l'anima al diavolo e non vedevano l'ora di essere intervistati da qualche giornale di provincia o da qualche sito specializzato per poter dichiarare quanto fossero fieri di essere diversi da Filippo Pontecorvo.

La cosa davvero buffa è che tali giudizi così contrastanti, formulati molto spesso dalle stesse persone in epoche diverse della loro vita, erano stati espressi su un film che in quel lasso di tempo non aveva potuto fare a meno di rimanere uguale a se stesso. Sì, *Erode* era sempre lui, ma tutto ciò che lo circondava non la smetteva di cambiare.

Era evidente che un simile ambaradan avesse avuto effetti devastanti sulla vita psichica di Filippo. Questo Samuel lo comprendeva. E tuttavia, pur comprendendolo, c'era qualcosa nel nuovo modo di agire del fratello che gli dava davvero sui nervi.

Che Filippo fosse soggetto a continue pulsioni sessuali era una cosa che Semi aveva sempre saputo. Anzi, si poteva dire che la violenza dei suoi appetiti costituisse una delle tante qualità da Semi venerate nel fratello: cosa più del misto di vitalità, esuberanza e canagliesca spregiudicatezza poteva sancire la superiorità di Filippo su di lui? E tuttavia tra loro c'era sempre stato un patto – uno di quei sacri accordi, mai ufficialmente siglati dalle controparti, i quali, forse proprio per la loro natura ufficiosa, sembrano ancora più inviolabili –: era severamente vietato scambiarsi confidenze sessuali. Questa la ragione per cui Semi si era sempre guardato bene dal mettere a giorno il fratello delle sue ataviche difficoltà erettili, e Filippo aveva sempre evitato di informare Semi dei problemi socio-coniugali causati dalla sovrapproduzione di testosterone da parte del suo organismo.

Il successo aveva disinnescato (almeno in uno dei due sensi di marcia) anche questa pudica accortezza fraterna. Per Filippo ora sembrava impossibile non mettere a parte il fratello delle sue conquiste. Il che, essendo Filippo sposato, sembrava a Semi una volgarità al quadrato. Non che fosse un puritano. Forse il suo problema era che conferiva un valore esagerato ad alcuni principi formali. L'ipocrisia, per Samuel Pontecorvo, era il miglior antidoto contro il caos.

Insomma, che il fratello scopasse quando e con chi voleva! Che ingannasse pure la moglie a tutto spiano! Bastava solo che non informasse il mondo intero delle sue scappatelle. Bastava che non rendesse il suo predatorio istinto alla concupiscenza un'ulteriore cosa di cui vantarsi. Ed ecco il punto. Lo sfoggio delle sue conquiste non era che l'ennesimo modo per celebrare il suo trionfo sulla vita e sugli altri. Non era mica un caso, pensava Semi, che la maggior parte delle sue prede, o almeno di quelle di cui lui aveva preso a vantarsi, avesse un nome illustre.

Filippo aveva sempre fatto presa sulle donne. E non certo in virtù di una peculiare avvenenza. Erano trascorsi un sacco di anni da quando lui interpretava goffamente la parte del bambino irresistibilmente bello. Crescendo, qualcosa nel suo aspetto si era guastato: il corpo si era eccessivamente irrobustito e i tratti del viso si erano induriti. La folta capigliatura color camomilla si era diradata abbastanza precocemente, perdendo anche in lucentezza. Un'ispida barba incolta gli copriva le guance in modo truce dall'età di diciotto anni, e persino l'azzurro degli occhi sembrava essersi velato. Ciononostante, Filippo non aveva mai avuto problemi con le ragazze. Per una ragione molto semplice: l'incondizionata dedizione che riservava loro. Perché non c'era niente che non fosse disposto a fare per averle. Perché non provava imbarazzo nel corteggiarle. Perché accettava con eleganza ogni rifiuto. E perché a letto era una furia, capace di assecondare le regole imposte dalla natura con la grazia di Apollo e la brutalità di un camionista.

Come tutti i veri dongiovanni, Filippo non ne aveva mai fatto una questione estetica. Né di prestigio sociale. Anzi, aveva sempre trovato che ci fosse qualcosa di indicibilmente commovente nel modo di abbandonarsi delle cosiddette "bruttine". Una montatura di occhiali ridicola, il sovrappeso, la cellulite, un naso troppo pronunciato, le orecchie sporgenti o i fianchi sgraziati. Insomma, i dettagli che per alcuni uomini schifiltosi risultano un ostacolo all'eccitazione, su Filippo esercitavano un'irresistibile attrattiva. Era intenerito e commosso da tanta insipienza e fragilità. E non ci poteva fare niente se tutta quella tenerezza glielo faceva venire duro.

Il punto è che l'impressionante numero di donne attratte dalla celebrità aveva modificato la natura stessa del suo dongiovannismo. Filippo aveva scoperto la passione tutta maschile del collezionismo di lusso. Questo lo aveva reso un adultero quasi deliberatamente imprudente. Mai, prima di diventare famoso, aveva sentito l'esigenza di rivelare agli amici la vastità del suo territorio di caccia, tantomeno la percussiva efficienza del suo apparato riproduttivo. Ora sì. Come se il successo lo avesse reso un libertino assai più inelegante di quanto non fosse mai stato. Un cambio di rotta che Semi era stato il primo a notare.

E non sapete la voglia che avrei, giunto fino a qui, di spifferare il nome di almeno una di queste insospettabili signorine. Di più: quanto mi piacerebbe mettermi a stilare la lista di attrici, starlettine, modelle, scrittrici, cantanti, giornaliste che nel corso di quei mesi erano transitate per il suo letto! Sì, dipendesse da me chiamerei il sito "Scoop.it" e fornirei l'elenco completo... Ma temo di non avere il coraggio sufficiente a compiere una simile scorrettezza.

Quello che posso dirvi è che, da un certo momento in poi, il telefonino di Semi iniziò a ricevere, a intervalli regolari, sms da parte del fratello in cui compariva il nome della fortunata con a fianco una farcitura di punti esclamativi.

Tre punti esclamativi se la prestazione era stata eccelsa.

Due se era stata buona.

Uno se era stata deludente.

Il ricorso a questo segno di interpunzione ricordava le palline che i critici cinematografici sono soliti assegnare ai film. Per Filippo era una specie di legge del contrappasso. I critici davano le palline a lui. E lui distribuiva punti esclamativi alle sue prede prestigiose.

Certo è che a Semi quel modo di fare risultava alquanto spiacevole. Al punto tale che ogni volta si rifiutava di rispondere a quegli sms o di commentarli. Si può forse dire che per Semi – per cui il sesso era sempre stato una conquista complicata, intermittente, umiliante – la stagione di vacche grasse del fratello fosse un affronto personale? Chissà, dubito che lo avrebbe mai ammesso. Resiste il sospetto che, sebbene Samuel si fosse convinto di essere preoccupato dalla piega dissipatoria presa dalla vita sessuale del fratello, per descrivere ciò che provava nel ricevere quegli sms sia sufficiente una parola molto banale e tremendamente in voga: invidia.

Sì, forse l'invidia spiegava ogni cosa. Il resto era il solito castello di chiacchiere perbeniste che da migliaia di anni gli invidiosi mettono in piedi per non confessare ciò che più li ferisce.

Talvolta l'inconfessabile invidia di Semi prendeva la forma subdola della diffidenza. E allora si convinceva che il fratello fosse diventato un mitomane. Un millantatore. Ma dài, com'era possibile che nessuna gli resistesse? Com'era possibile che il suo charme fosse diventato così ecumenico? Ma su, neppure il centravanti più prolifico e pagato della serie A avrebbe potuto aspirare a tanto. Sì, il fratello millantava. Niente di nuovo sotto il sole. Tutte quelle conquiste erano il frutto della sua fantasia. Perché stupirsene? Alla fine anche il suo film era pieno di balle. Tutti quei Paesi lontani descritti con la perizia di chi ci è stato decine di volte, proprio lui, che tremava ogni volta che saliva su un aereo.

Già, Filippo aveva costruito la sua fortuna sulle balle. E doveva aver compreso quanto le balle fossero utili alla causa. Ecco perché aveva perso il controllo. Ecco perché aveva preso a sparare puttanate, e a rovinare gratuitamente tante reputazioni. (Semi era certo di non essere il solo destinatario degli indecenti sms del fratello.)

E allora chi poteva garantire – si era chiesto Samuel subito dopo aver interrotto la comunicazione telefonica, afferrando il casco e preparandosi a uscire – che anche tutta la storia delle minacce islamiche, della scorta, del programma testimoni non fosse l'ennesima menzogna (o verità parziale) da lui ideata per fare in modo che il suo strabiliante successo non passasse mai di moda?

E forse il motivo per cui Semi, correndo in moto verso l'ufficio della Noterman&Fils in una mattina di marzo plumbea e minacciosa, ripensava con tanto divertito struggimento ai goffi disegni di *Inseparabili* non era così difficile da capire: il disperato bisogno di ricordare un momento della vita in cui Filippo aveva goduto della sua incondizionata stima. Così da poter pensare a lui come a qualcuno ancora in grado di sostenerlo e di aiutarlo.

E Dio solo sa se Semi aveva bisogno di sostegno e di aiuto.

Parcheggiò la moto nel cortile di uno di quei ruvidi palazzoni anni Cinquanta di viale Montello. Semi non era certo stupito che Jacob Noterman – quando si era trattato di scegliere una sede per la sua impresa – non avesse resistito all'impulso di riadattare a ufficio il pianterreno di una fabbrica di legname e vernici, dismessa da qualche anno, in zona Paolo Sarpi: ovvero nel ventre del quartiere cinese di Milano. La passione di Jacob per i cinesi doveva pur sfogarsi in qualche modo.

Sia Samuel che Eric sapevano che la scelta di quella location era da attribuire a una sorta di poetica scaramanzia, e non certo all'esigenza logistica che Jacob stesso ogni volta rivendicava traversando tutto tronfio la soglia dell'ufficio. Allo stesso semplicistico esotismo si doveva la scelta di una segretaria che poteva esibire un paio di affusolati occhi a mandorla. Era di origini coreane, non cinesi. Ma per Jacob un occhio a mandorla valeva l'altro.

Fu proprio lei, Youn-Ok Kim, che tutti chiamavano You perché era più semplice, ad aprire la porta. Semi non aveva avuto bisogno di suonare. You, attraverso le grandi vetrate, lo aveva visto armeggiare con la moto e gli era andata incontro.

«Ciao, You.»

«Buongiorno, Semi.»

Di solito era buffo sentire l'accento di You, così inequivocabilmente milanese, ma Samuel quella mattina non era nella disposizione per ridere di niente. Anche l'ufficio, così lindo e moderno, tutto legno chiaro, acciaio e luci alogene, con i grandi immacolati schermi Apple in bella mostra su tavoli di formica ingombri di stoffe variopinte, gli sembrò mesto e deprimente. Se Jacob aveva preteso che quel posto sapesse un po' di Cina, il figlio aveva fatto in modo che gli ricordasse i suoi gloriosamente tossici anni newyorkesi.

«Ti faccio un caffè? Hanno portato la macchina nuova del Nespresso» gli chiese You.

Semi ci pensò un attimo. Non aveva voglia di caffè. Ma avrebbe accettato persino una bella tazzina di cicuta pur di procrastinare il momento in cui sarebbe dovuto entrare nell'ufficio di Jacob e affrontare quella che si annunciava come la resa dei conti. Ben presto il reprobo avrebbe avuto dal suo vecchio mentore deluso la lezione che meritava. E questo perché la gente non vede l'ora di farti la lezione. Non vede l'ora di sentirsi superiore a te...

«Ti ringrazio, You... Con un goccio di latte, però, che stamattina ne ho già presi tre.»

E si sedette alla sua scrivania di fronte al computer acceso. In quell'istante la nausea che lo opprimeva da settimane raggiunse una specie di apice. Il senso di eroico benessere che lo aveva assistito in moto si era liquefatto insieme alla foschia del mattino. Il suo cervello non sapeva da che parte girarsi a guardare. Non c'era niente di tutto quello che sarebbe potuto andare storto che non si fosse impegnato a farlo. Persino il biglietto della lotteria vinto dal fratello – fama, soldi, fica, infinite opportunità – si stava rivelando una iattura.

A dire il vero, l'idea che in giro ci fossero cellule di Al-Qaeda pronte a far fuori Filippo gli sembrava probabile non più del fatto che la rivista "Forbes" avesse in conto di mettere lui, Semi, nella lista dei cento uomini più ricchi del mondo.

Eppure, a dar retta al suo paranoico fratello, si trattava di un'ipotesi ragionevolmente verosimile. Per un attimo Semi flirtò con il pensiero che per sbaglio una di quelle squadre della morte ammazzasse lui al posto di Filippo. Be', perlomeno il letale scambio di persona avrebbe avuto il merito di sistemare le cose: per sempre. Continuare a vivere, pensò Semi con un goccio di lugubre soddisfazione, significava dover affrontare un discreto numero di questioni irreparabili. A cominciare dall'insidia che lo aspettava dietro a quella porta nelle forme massicce di Jacob Noterman. Un collerico uomo di settant'anni uso a non fidarsi di nessuno ma che aveva commesso l'errore di fidarsi di Semi, il quale, per tutta risposta, lo aveva deluso al di là di ogni aspettativa.

You gli mise davanti un vassoio: un servizio da caffè leopardato, con tanto di bricco per il latte e zuccheriera. C'era anche una bottiglietta di acqua Fiji e un pasticcino alle mandorle. Per essere un caffè si presentava in modo pretenzioso, ma forse, pensò malevolmente Semi, questo servizio un po' frocesco non era altro che il più geniale contributo portato da Eric all'azienda. Il padre, per sbolognarlo, gli aveva chiesto di occuparsi di un nuovo ramo dell'impresa: articoli per la casa. Da allora a Eric piaceva fare la parte di quello che si intendeva di tazzine e di piatti.

Mentre sorseggiava controvoglia il suo caffè, il telefono squillò sulla scrivania di You.

«Sì, è qui. Ok, lo faccio passare.»

"Lo faccio passare?" Lo trattavano già come un estraneo.

Semi bussò alla porta. Entrò. E rimase sbalordito nel constatare che dietro alla grande scrivania di Jacob c'era Eric. Questo gli infuse speranza. Eric era un avversario decisamente meno temibile. E oltretutto era un amico. Eccolo lì, il suo vecchio e sempre strafatto room-mate. Il ragazzino estremamente delicato che lui aveva aiutato e coperto un milione di volte. Per esempio quando era andato in Connecticut a pagargli la cauzione perché quel demente si era fatto beccare mezzo sbronzo alla guida. Eccolo lì, il caro Eric, i capelli corti che lasciavano intravedere il tatuaggio sul collo: una inequivocabile pipetta per fumare il crack.

«Tuo padre?» chiese.

«Mio padre ha preferito non esserci» rispose Eric con una secchezza che non gli era propria.

Cosa stava succedendo? Il vecchio leone batteva in ritirata? Una questione di orgoglio? Si vergognava all'idea di aver puntato su un cavallo zoppo? Era questo? Non ce la faceva a guardare negli occhi il suo investimento sbagliato mentre gli dava il benservito? Era tutto lì il problema?

«Siediti» disse Eric con la solennità di un cancelliere in un tribunale anglosassone.

Semi non aveva voglia di sedersi. Ma non trovò di meglio da fare.

«Vuoi un caffè?»

Ancora quella strana impressione di essere trattato come un ospite.

«Ne ho già preso uno, grazie. A proposito: mica male quel nuovo servizio da caffè...»

«Come cazzo ti permetti?» gli disse Eric con una voce che si sforzava di essere sarcastica e autoritaria. E per un secondo Semi pensò che fosse indignato del fatto che lui avesse sbeffeggiato il servizio da caffè. Ma comprese subito che Eric gli stava chiedendo conto di ben altro, e del servizio se ne sbatteva.

Solo allora notò che la sigaretta che Eric teneva tra le labbra era finta: di quelle che quando aspiri si accendono grazie a una lampadina e quando espiri buttano fuori un innocuo vapore acqueo. Semi notò anche con quale depravata disperazione Eric non facesse che aspirare ed espirare, tradendo ogni istante di più la sua insoddisfazione per uno strumento ridicolo e inefficace. "Ammettilo, dài" pensò Semi con cattiveria, "la pipetta che hai stampata sul collo ti darebbe ben altre soddisfazioni."

Faceva davvero tristezza vedere come si era ripulito quel tossico impenitente. Niente più Special K. Niente più cocaina o anfetamine. E probabilmente neppure qualche canna ogni tanto. Addio colazione a base di Budweiser, e Martini per merenda. Solo acqua Fiji, decaffeinati à gogo e quella ridicola sigaretta finta a cui sembrava essere appesa tutta la sua esistenza. Semi non riusciva quasi a credere che il tizio dietro alla scrivania fosse ciò che restava del grande Signore delle Dipendenze! Guardò la foto che gigantteggiava sopra la testa di Eric. Ritraeva Jacob sorridente e in smoking accanto a due altrettanto scherzosi Tony Blair e Silvio Berlusconi. Da dove usciva quella foto? Forse era un fotomontaggio.

«Ti ho chiesto come cazzo ti permetti.»

«Non so di cosa stai parlando. E non mi piace quel tono.»

«Come ti permetti di infangare il nome di un'azienda come questa?»

«No, Eric, non posso credere che sia proprio tu a parlarmi di fango...»

«Non mi pare che tu sia nelle condizioni di fare del sarcasmo.»

«Senti, bello, tuo padre mi ha chiesto di venire. Eccomi. Quindi dimmi dov'è Jacob e facciamola finita.»

«Non ti permettere di usare il nome di battesimo di mio padre!»

«Hai paura che lo rovini? Non ti ricordi? Guarda che è stato lui a dirmi che potevo chiamarlo con il nome di battesimo. Te lo ricordi il nostro primo appuntamento? Quando ti cacavi sotto perché il mostro era di nuovo in città? Ti ricordi che mi hai pregato in ginocchio di accompagnarti? Io me lo ricordo benissimo. Ma forse tu eri troppo fatto per ricordartelo. Lascia che ti rinfreschi la memoria. Arriviamo da Chris, lui ordina la sua bella bistecca, a te vengono i conati di vomito, e lui mi fa: "Chiamami Jacob". Da allora non ho smesso di chiamarlo così.»

«Non crederai che io ti spalleggi solo perché quella volta hai accettato di accompagnarmi?»

«Io non credo un bel niente. Voglio solo sapere perché tuo padre prima mi chiede di venire qui, poi mi fa trovare il suo pallido tirapiedi.»

«È a Ginevra per un affare. Ha incaricato me di...» disse Eric finalmente imbarazzato.

«Ha incaricato te? Ah, dunque è una specie di iniziazione! Se mi farai il culo a dovere passerai la prova. Sarai un Noterman tutto d'un pezzo. È così che funziona? Mi fa piacere constatare che per l'ennesima volta io sono lo strumento della tua emancipazione.»

«Pensa quello che ti pare.»

«Insomma, Eric, dimmi quello che mi devi dire, fai il tuo cazzo di compitino, senza tanti preamboli, e per cortesia risparmiami la parte dell'indignato, che non ti si addice. Io ti conosco. Nessuno ti conosce meglio di me. Ti ho visto vomitare, ti ho visto vaneggiare, ti ho visto piangere come una ragazzina... Puoi pure fare quello che ama e rispetta tanto suo padre, ma io so quanto lo temi e quanto lo odi, quanto temi e quanto odi tutto questo...»

Chissà perché Semi nel pronunciare le parole "tutto questo" aveva indicato la foto con Blair e Berlusconi. La verità è che Semi era contento di poter finalmente maltrattare qualcuno. Così com'era contento di aver trasgredito l'ordine di Eric e di essersi alzato in piedi. Gli sembrava che le sue parole, pronunciate in posizione eretta, risultassero offensive al punto giusto.

Nelle ultime settimane aveva l'impressione di non aver fatto altro che starsene seduto, tenere la testa bassa come un bambino che è stato messo in punizione. Di non aver fatto altro che starsene di fronte a gente che aveva un rimprovero o una minaccia da sbattergli in faccia.

A cominciare dallo scagnozzo che gli aveva puntato una pistoletta sui testicoli nella hall di un albergo di Tashkent, continuando con il responsabile acquisti della multinazionale a cui tempo prima aveva promesso una grossa partita di cotone che ora non era in grado di fornire, per finire con il direttore di banca, la cui suprema indelicatezza era consistita nel dirgli che se lui al più presto non avesse trovato il modo di rientrare del faraonico scoperto, be', loro avrebbero dovuto avviare le pratiche per accaparrarsi il bell'appartamento da lui ipotecato per pagare le prime tre fideiussioni in quello che sarebbe dovuto essere il primo grande affare della sua vita e si stava rivelando il fautore della definitiva rovina.

Peccato che il suddetto appartamento fosse lo stesso che la sua futura moglie e sua madre proprio in quei giorni, in una gaia joint venture, stavano ristrutturando e arredando per renderlo adatto ad accogliere due sposi tanto graziosi. E peccato che Semi non avesse detto né alla prima né alla seconda di quell'ipoteca, tantomeno di quell'affare.

Con il senno di poi, Semi aveva rivalutato la taciturna franchezza dello scagnozzo uzbeco. Poche chiacchiere: tutto ciò che quel tizio pachidermico aveva da dire poteva essere espresso con inimitabile eloquenza dal suo fiero aspetto di malavitoso e dalla sua pistoletta. Il messaggio, come si suol dire, era forte e chiaro: il cotone che ti abbiamo promesso non c'è più. Pensa, forse non è mai esistito. E comunque non sei il solo a cui l'abbiamo promesso. Fattene una ragione. Non sei il primo figlio di papà, il primo occidentale intraprendente che fottiamo e, stanne certo, non sarai l'ultimo. Ora sparisci, cancella dal telefonino i numeri che ti abbiamo dato, cancella dal computer le nostre mail posticce, non provare mai più a cercarci. Anzi, ancora meglio, non provare mai più a ripresentarti in questo Paese. Dimentica che questo posto esiste. Torna nella tua bella città dal clima temperato e fai una grossa X sul tuo cazzo di mappamondo. Stavolta ti lascio andare. Un avvertimento te lo sei meritato. Ma sappi anche che è l'ultimo. La prossima volta che ti si vedrà nei paraggi la mia pistola vorrà dire la sua, e i tuoi familiari – che immagino beneducati, civili, eleganti come te – non avranno neppure un cadavere da seppellire. Sparisci, ragazzo, questo posto non fa per te. Questo mondo non fa per te.

Nessuna delle suddette frasi era stata pronunciata, naturalmente. Ma solo perché erano allo stesso tempo talmente esplicite e talmente implicite che pronunciarle sarebbe parso pleonastico, e quel malavitoso aveva guarda caso l'aspetto dell'uomo d'azione che non ha tempo da perdere. Ed ecco ciò che Semi aveva più di tutto apprezzato. La stringatezza. La capacità di andare subito al punto, senza troppi preamboli.

Niente a che vedere con i frasari ipocriti del direttore di banca e del responsabile acquisti. La cosa insopportabile in costoro era il tono didascalico, il modo in cui ciascuno fingeva con se stesso di essere dalla parte di Semi e di essere davvero preoccupato per lui, laddove era chiaro che adoravano rimproverarlo e metterlo in difficoltà. Il responsabile acquisti si era avventurato in un sermone che si sarebbe potuto intitolare *La parola data*.

Già, la parola data. Quel fesso aveva osato spiegargli quanto fosse sacra nel loro ambiente. Quanto la parola data, nel loro ambiente, rappresentasse la vera, autentica ricchezza. A sentirlo, quell'imbecille, si sarebbe detto che l'industria tessile internazionale fosse una specie di confraternita piena di buone intenzioni. Non una savana popolata di sciacalli, non un oceano infestato di squali alla Jacob Noterman, ma una specie di ordine cavalleresco.

Ora però Semi aveva la possibilità di rifarsi di tutte le umiliazioni subite maltrattando il suo vecchio amico, cui era stato affidato un compito troppo gravoso per le sue spalle.

«Vogliamo che rinunci alle quote della società che mio padre ti ha intestato e vogliamo che firmi questo documento da far leggere ai nostri clienti.»

«Di che si tratta?»

«È un documento che attesta che ci hai fregati e che sei un imbroglione. Vogliamo che lo firmi.»

«Perché dici "vogliamo"?»

«Perché è esattamente quello che vogliamo, mio padre e io. Ti sei fatto i cazzi tuoi, Semi, usando il nostro nome anche per troppo tempo. Hai trasgredito agli impegni sottoscritti. Hai ingannato gente in buona fede. Per colpa tua salteranno le teste di persone molto più oneste di te. Ti è andata male. È giusto che paghi.»

Era evidente, non solo dal modo meccanico in cui lo pronunciava ma anche dal tremore delle labbra, che quel discorso non gli apparteneva. Che stava ripetendo a pappagallo le parole di Jacob.

«E se io mi rifiutassi?»

«Allora saremmo costretti a denunciarti.»

«E per che cosa?»

«Ti assicuro che il nostro avvocato ha in mano un'ampia documentazione. Una bella collezione di millanterie. Insomma, ciò che basta per rovinarti.»

«Più di così?»

«Allora diciamo: per rendere la tua rovina ancor più spettacolare. Ti va bene adesso?»

Fu quello il momento in cui Semi ebbe l'impressione sgradevole che Eric stesse iniziando a divertirsi. Già, che Eric si fosse piaciuto al punto tale da prendere ulteriore coraggio e aggiungere:

«Semi, non so se te ne rendi conto, ma stavolta l'hai fatta davvero grossa. Prendere contatto con quella gente orribile, dopo che mio padre più di una volta ti aveva detto di non farlo. Contattare i nostri clienti a nostro nome e vendergli sotto prezzo tutta quella roba che nemmeno avevi in mano! Come potevi credere che non ce ne saremmo accorti? Come potevi pensare che il gioco di prestigio ti riuscisse? Sai, mio padre è infuriato. E lo sono anch'io. Se ci tieni a saperlo, non ho mai condiviso il credito illimitato nei confronti delle tue capacità. Posso dire con un certo orgoglio di non essermi mai fidato totalmente di te. E di averlo messo in guardia. Ma che potevo farci? Lo sai che quando papà si mette in testa qualcosa... L'hai fregato, e ti sei fregato. Non c'è molto altro da dire. Quindi facciamola finita: firma e amici come prima!»

Sì, era evidente che si stava scaldando. E Semi per la prima volta da che era là dentro si chiese se era davvero una fortuna che ci fosse Eric al posto del padre. Anzi, si preoccupò di essere incorso in un doppio errore di valutazione: il primo, credere che la cosa peggiore che gli potesse capitare fosse avere a che fare con il padre; e, il secondo, ritenere che la cosa migliore fosse trovarsi di fronte il figlio. Forse le cose stavano nel modo esattamente opposto. Forse la ragione per cui Jacob aveva chiesto al figlio di occuparsi della faccenda era il timore di non riuscire a essere abbastanza duro.

Strano, ma solo ora Semi comprese di aver sperato, almeno fino a qualche istante prima, che la situazione potesse aggiustarsi. E che tale speranza era stata alimentata proprio dal fatto di conoscere Jacob abbastanza bene da aspettarsi che, in un attacco di sentimentalismo, gli scappasse un gesto di misericordia nei confronti del suo vecchio pupillo. Preso dal panico, Samuel si chiese se anche la sua impressione che Jacob avesse insistito affinché fosse Eric a parlare con lui non fosse in fin dei conti un'ipotesi sbagliata. E se invece fosse stato proprio Eric a estromettere il padre, temendo che questi non portasse a termine la missione?

Eric aveva concluso la sua piccola concione con le parole "amici come prima". Una bella frase fatta. E Semi iniziò a domandarsi se lui ed Eric fossero mai stati davvero amici. Basta che due individui condividano la stessa casa in una città straniera per definirsi amici? Se ci pensava così, macchinalmente, non aveva alcuna difficoltà a ritenere Eric un amico. Ma bastava andare un po' più a fondo, soffiare via lo strato di polvere che divide i nostri pensieri dalla verità, per sentire come i suoi sentimenti nei confronti di Eric avessero poco a che fare con l'amicizia.

Lo aveva sempre compatito e disprezzato. Lo aveva sempre trattato come un figlio scemo a cui bisognava stare dietro. Non ricordava di aver mai fatto niente di interessante con lui. Né di aver mai parlato di qualcosa che sembrasse profondo. Non si era mai confidato né lo aveva mai spinto a confidarsi. Non si era mai aspettato che Eric gli dicesse qualcosa di sorprendente, mentre ricordava tutte le volte in cui aveva dovuto lottare con se stesso per non far trapelare l'irritazione suscitata dall'ennesimo incidente occorso al coinquilino. Non c'era stato giorno in cui Eric non avesse dato prova di quanto potesse essere sbadato e maldestro. Era capitato parecchie volte che Semi, rientrando dal lavoro, lo avesse trovato appoggiato alla porta di casa, talmente fatto da non riuscire quasi ad alzare la testa: «Siamo rimasti fuori». Non era una novità: uscire lasciando le chiavi infilate nella toppa interna della porta era talmente un classico che Semi aveva finito con l'imparare il numero del fabbro a memoria.

Voi questa la chiamate amicizia?

E, d'altro canto, se provava a mettersi nei panni di Eric, be', il cielo che gli si prospettava all'orizzonte era ancora più plumbeo. Era impossibile che Eric non avesse notato la stizzita sufficienza con cui lui lo trattava. Così come non potevano essergli sfuggiti gli sguardi di pietà e di riprovazione che Semi gli lanciava dopo che lui ne aveva combinata una delle sue. Senza contare che il fatto di essere sistematicamente soccorso da Semi doveva aver sviluppato in Eric il risentimento che proviamo verso i nostri benefattori. E quel vago rancore doveva aver tratto malefico nutrimento dall'affetto nato tra Semi e Jacob, tanto più perché quest'ultimo gli aveva fatto capire, senza mezzi termini, che Samuel corrispondeva in tutto e per tutto al figlio che lui avrebbe voluto avere. No, non doveva essere stato un bel momento. Ma ancora più brutto doveva essere stato quello in cui Jacob aveva offerto a Samuel l'opportunità di entrare nella Noterman&Fils dalla porta principale, a scapito, se così si può dire, del proprio unico, deludente figlio.

Eric lo odiava. Samuel ne ebbe la certezza. E sentì quanto quell'odio fosse ragionevole, e quanto, soprattutto, fosse stato alimentato dalle scelte sconsiderate del solito padre insipiente. Ma ora il suo odio aveva una chance per placarsi. Ed era stato proprio il rivale a fornirgliela. Che grande giorno doveva essere stato per Eric quello in cui Semi aveva rivelato la sua natura di goffo malfattore, di gaglioffo di terza categoria.

Ora era chiaro perché Eric stesse lì, al posto del padre (biglietti in prima fila, cazzo!). Voleva godersi ogni istante del proprio trionfo. Voleva assistere all'improvviso capovolgimento della sorte. Voleva vedere il rivale sbriciolarsi. Chi è ora il ragazzo pulito e sbarbato? Chi è ora che fa la lezione? Chi sta dalla parte giusta della scrivania? Chi detta le condizioni stavolta?

La sola differenza era che Eric, al contrario di Semi ai tempi di New York, non riusciva a sottovalutare il suo avversario al punto tale da provarne pietà. Anzi, l'odio che gli riversava addosso tradiva una schiettezza di cui Semi avrebbe dovuto essergli grato.

Ma evidentemente non era abbastanza lucido per apprezzare la mancanza di ipocrisia di Eric. La sola cosa che riuscì a fare fu lasciarsi invadere da un impulso violento, teso forse a colmare il vuoto dell'odio arretrato che – solo ora se ne rendeva conto – avrebbe dovuto a sua volta coltivare da molto tempo nei confronti di quella serpe di Eric.

Che strano, Semi era andato lì pieno di buone intenzioni: era deciso ad ammettere le proprie colpe e a pagarne il fio fino alle estreme conseguenze. Era pronto a dire a Jacob che gli dispiaceva moltissimo di averli messi tutti in una situazione spiacevole... Ma gli era bastato vedere quel tossico ripulito, quella specie di contraddizione ambulante – che c'entrava il gessato di sartoria con la pipa da crack tatuata sul collo? Che c'entrava la sigaretta finta con tutta la merda vera che aveva ingerito nell'ultimo decennio? – che lo minacciava e gli chiedeva impunemente di firmare un documento così mortificante e così compromettente, per riaversi, per sentire con ogni fibra del suo corpo che questo no, questo era davvero troppo.

E soprattutto per spingerlo ad afferrare il foglio, stracciarlo in una dozzina di pezzi e andarsene dall'ufficio con calma.

Semi uscì dal bagno frizionandosi i capelli fradici con l'asciugamano, dopo una lunga doccia bollente. Sebbene avesse cose gravi a cui pensare (era rovinato, un commando di Al-Qaeda stava per fare fuori il fratello), Samuel non riusciva a togliersi dalla testa la sgarbataggine con cui aveva liquidato Silvia al telefono una mezz'oretta prima. C'è da dire che lei, con un tempismo degno di Rachel (le due signore iniziavano a frequentarsi un po' troppo), lo aveva chiamato nel momento fatidico in cui lui, dopo aver sbattuto la porta dell'ufficio nel quale aveva lavorato gli ultimi tre anni della sua vita e nel quale era intenzionato a non mettere mai più piede, stava avviando il motore della moto. Insomma, gli aveva rovinato un'uscita di scena importante.

«Dimmi!»

«Niente, volevo solo sapere se ti eri ricordato di passare al negozio di ceramiche in corso Sempione per ritirare quei due campionari di piastrelle.»

«Ancora no.»

«Lo immaginavo. Be', tieni conto che il piastrellista si è raccomandato. Dice che ci vogliono almeno novanta giorni dall'ordinazione prima che ti consegnino la merce. Se vogliamo che i bagni siano pronti per quando torniamo dal Messico, è necessario che fai una capatina prima di venire a Roma. Così scegliamo il colore nel weekend e io lunedì ordino tutto. Tu l'aereo per Roma ce l'hai domani pomeriggio alla solita ora, no? Dimmelo, perché mi sto mettendo d'accordo con tua madre su chi ti viene a prendere.»

Silvia: la solita entusiasta e iperorganizzata mitragliatrice che ti sommerge di chiacchiere senza mai prendere fiato. Era come se negli ultimi tempi il suo giovane organismo, per sostenere le simultanee incombenze rappresentate dalla preparazione del matrimonio e dalla ristrutturazione della casa, avesse trovato nuove energie attraverso una perniciosa sovrapproduzione di adrenalina.

Semi, là per là, sopraffatto da tutte quelle parole, non era riuscito a stabilire cosa fosse più ridicolo. Il fatto che Silvia, nel momento in cui la vita professionale del futuro marito stava andando a rotoli, parlasse di piastrelle e piastrellisti? O che il bagno dove quelle piastrelle dovevano essere messe ben presto sarebbe appartenuto a una banca? O l'interessante particolare che, di questo passo, il Messico più che un posto dove trascorrere la luna di miele si sarebbe potuto rivelare il luogo ideale per un latitante pieno di debiti?

Come ho già detto, Semi quel giorno non aveva voglia di divertirsi delle ridicolaggini dell'esistenza. Se non altro perché erano proprio quelle ridicolaggini a sancire perfidamente il suo fallimento umano. Così, ben contento di avere qualcuno sottomano da maltrattare, aveva liquidato Silvia con una rispostaccia ed era corso in moto verso il residence.

Ma adesso, una mezz'ora più tardi, rifocillato dalla doccia, si sente in colpa e vuole in qualche modo riparare. Ma poiché gli uomini sono strani, invece di chiamare Silvia per chiederle scusa decide di chiamare Ludovica.

«Ho fatto una ricerchetta su internet» esordisce lei senza neanche salutarlo.

L'effetto suscitato in lui dalla voce compita di Ludovica somiglia a quello prodotto su un padre pronto al suicidio improvvisamente contagiato dalla spumeggiante vitalità di una figlia piccola ed entusiasta.

«Una ricerchetta su cosa?»

«Su di te.»

«Su di me?»

«Non proprio su di te. Su qualcosa che ti riguarda.»

«Hai trovato qualcosa che mi riguarda su internet?»

«No, non una cosa specifica su di te. Diciamo una cosa su di voi!»

Panico. Cosa intende dire con "voi"? Noi uomini? Noi Pontecorvo? Noi chi? Per un secondo Semi teme che Ludovica, nella sua pedanteria da accademica in nuce, sia andata a ficcare il naso – immergendolo nel mare profondo e demoniaco chiamato web – nell'affaire Pontecorvo. Non ci sarebbe nulla di strano. È da che Filippo ha incassato questo gigantesco successo che la gente, dopo più di vent'anni che non lo faceva più, ha ripreso febbrilmente a parlarne.

No, non può essere questa la cosa su cui Ludovica è andata a fare ricerche. Non può essere questa la cosa di cui gli sta per parlare. Non al telefono, non con quella voce impunita e faceta che appartiene alla Discrezione fatta persona.

E, infatti, ciò che Ludovica intende con "voi" è cento volte più banale e mille volte più innocuo dell'affaire Pontecorvo. "Voi" sta per "voi circoncisi", per "voi ebrei circoncisi". Ecco di cosa parla Ludovica.

«Sai che in Italia ce ne sono circa centomila?»

«Di ebrei o di circoncisi?»

«Di circoncisi. Di ebrei molti meno.»

Ludovica, come molte ragazze ingenue e iperistruite, ha un debole per gli ebrei. Semi ha potuto constatare come lei ne abbia un'idea mitica, sempliciotta forse, di certo subdolamente razzista (e almeno in questo il suo pregiudizio non differisce troppo da quello che molti ebrei che Semi conosce coltivano su se stessi). Ed è proprio in virtù di questi suoi pregiudizi che Ludovica venera gli ebrei. Una volta gli ha confessato di aver letto almeno cinque volte la biografia di Aby Warburg: forse perché quello squisito critico d'arte figlio di banchieri è per lei l'epitome di tutto ciò che è ebraico. Normalità ed esotismo. Perseguitati e persecutori. Raffinatezza e volgarità.

Antichità e modernità. Pacifisti e guerrafondai... In questi contrasti violenti si gioca tutta la sua passione per gli ebrei, di cui certo Semi si è avvalso per conquistarla, essendo peraltro il fratello minore di un ebreo controverso come Filippo Pontecorvo. Dio, i secondogeniti ebrei di certi primogeniti! Ludovica potrebbe parlare per ore intere di certi secondogeniti ebrei...

Ma stavolta non è di ebrei né di secondogeniti che vuole parlare. Bensì di circoncisi. Ecco l'oggetto del suo ultimo studio approfondito.

«E cosa hai scoperto?»

«Non hai idea, amore mio, di quanto mi sono eccitata a guardare tutte quelle immagini e a leggere tutti quei commenti. Era come vederti replicato un milione di volte. Stavo per svenire dall'eccitazione. E, sai come succede, non sono riuscita a tenere le mani a posto.»

«Lo immagino... Dunque per te sono solo questo. Un cazzetto sprepuziato.»

«Purtroppo sei molto, ma molto meno. Magari avessi quell'essenzialità, quella dignità nel portamento, quel profilo imperturbabile... Non meriti l'arnese che hai.»

«Non sei la prima a dirmelo. Ma non mi hai ancora parlato delle tue sorprendenti scoperte...»

«Pare che voi circoncisi abbiate meno sensibilità. E per questo durate di più. Lilly89, sul forum "Giovani e basta", sostiene che se vai con un circonciso poi non puoi più farne a meno.»

«Ti prego, non mi dire che il meglio della tua ricerca si basa sulle farneticazioni di Lilly89 sull'insostituibilità del maschio circonciso. Dimmi che non è tutto quello che hai. Era dall'ultima campagna elettorale che non sentivo tanta robaccia rifritta...»

«Si parlava molto anche di fellatio.»

«Oh, ecco l'argomento spinoso, che cade a fagiolo. Cosa abbiamo scoperto in proposito? E soprattutto: quello che abbiamo scoperto ci farà fare un salto di qualità? Ci farà uscire dall'impasse?»

«Credo proprio di no.»

«Cacchio...»

«Per l'appunto. Vanessa-la-pigra, acerrima nemica di Lilly89, sostiene che farvi venire con la bocca è un'impresa da medaglia d'oro alle olimpiadi.»

«Poi rimproverate noi uomini di essere competitivi. Di stare sempre lì a giocare a chi ce l'ha più lungo e a chi ne scopa di più. Ma almeno ci mettiamo un po' di passione! Mi pare che Vanessa-la-pigra, e il nome la dice lunga sulla sua mancanza di entusiasmo, non abbia alcun gusto della sfida!»

«Sei ingiusto con Vanessa-la-pigra! È una fucina di buoni consigli.»

«Davvero? Per esempio?»

«È un segreto da iniziate.»

«Di' un po', tu non puoi proprio vivere senza segreti.»

«Se mi prometti che ci vediamo domani, giuro che mi troverai molto meno introversa del solito.»

«È un ricatto?»

«Considerala una minaccia piena di benevolenza.»

«Non credevo esistessero minacce del genere.»

«Le ho appena inventate io... Dài, promettimi che ci proverai.»

«Ti posso promettere quello che ti pare, ma te l'ho detto che domani devo andare a Roma.»

«Ma ci devi proprio andare?»

Questa domanda spiazza Samuel, e lo irrita anche un po'. A pensarci, è la prima volta che Ludovica si comporta da amante gelosa. È la prima volta che mette da parte la sua bizzarria e si attiene al copione. È la prima volta che lo coinvolge in un affare così meschino come una crisi di gelosia. No, non è proprio da Ludovica rivendicare, tantomeno fare le bizze. Non è la sua politica. Glielo proibiscono dignità e educazione. Così come non è da lei mettersi in competizione con l'antagonista romana. Anzi, più di una volta Semi ha avuto l'assai spiacevole impressione che Ludovica trattasse Silvia con evangelica (e proprio per questo offensiva) condiscendenza. Atteggiamento che lo ha mandato su tutte le furie, ma che non lo ha stupito come questa improvvisa crisi di insicurezza. Cosa è cambiato adesso? Perché non vuole che lui passi il weekend a Roma con la sua donna ufficiale? Che differenza può fare un weekend in più? Questa insistenza si spiega con il fatto che Silvia rimarrà Silvia ancora per poco, perché ben presto sarà la nuova signora Pontecorvo? E ciò la rende meritevole del rispetto che fin lì Ludovica, nel suo snobismo di giovane ereditiera, non ha mai voluto concederle?

«Devo andare» taglia corto Semi. «Ti chiamo più tardi.»

Dopo essersi goduto la voce della sua amante, Semi richiamò Silvia e senza farla parlare le chiese scusa. Proprio così: avrebbe dovuto chiedere scusa a Ludovica e lo stava chiedendo a Silvia.

«Di che ti devo scusare?»

«Che ti ho liquidato!»

«La verità è che non puoi stare più di due secondi senza sentirmi e pur di farlo arrivi a inventarti questa sciocchezza delle scuse... Ma se ci tieni, allora scuse accettate.»

Dava proprio soddisfazione scusarti con una donna così poco suscettibile. Scusarti con una donna così bendisposta ti faceva sentire buono.

«È proprio così» disse lui con tono ciarliero, sforzandosi di dimenticare tutto quello che stava passando. «Non posso fare a meno di chiamarti almeno quindici volte al giorno. Sai qual era una delle cose che mi dispiacevano di più quando vivevo in America ed eravamo così lontani?»

«Cosa?»

«Che vivevamo a sei ore di fuso orario l'uno dall'altra.»

«Non mi pare questo gran problema.»

«Era terribile sapere che quando mi svegliavo la mattina presto da te era già ora di pranzo. Così come era terribile che quando io andavo a cena tu dormissi già da un bel pezzo. O almeno, speravo che tu dormissi. È per questo che ora ti chiamo così tanto. Voglio accertarmi che il tuo orologio indichi la stessa ora del mio.»

«Be', è meglio che impari a non soffocarmi. Stai per sposare una donna in carriera, che non avrà tempo di stare dietro ai tuoi sentimentalismi e alle tue nevrosi...»

«Proprio perciò voglio godermi questi ultimi mesi di scapolaggio e riversarti addosso tutte le mie paranoie. A proposito, che fai oggi? Mi sono ricordato di non avertelo chiesto.»

«Che t'importa?»

«Te l'ho detto: non dovrebbe importarmene niente, eppure me ne importa. Voglio coordinare i nostri orologi.»

«E che siamo, due agenti segreti?»

«No, dài, a parte gli scherzi, che fai oggi?»

«Cosa vuoi che faccia? Sono in studio, poi vado in tribunale. Nel pomeriggio ho un appuntamento con la Thorà. Più tardi ci raggiunge il Talmud per un aperitivo.»

La battuta di Silvia alludeva al "grande passo" (così lo chiamava) da lei compiuto più o meno due anni prima: convertirsi all'ebraismo. Una scelta gravosa e dissennata cui Silvia aveva consacrato, tra un impegno e l'altro, se stessa. Uno sforzo di volontà che il mese a venire sarebbe stato premiato dal bagno rituale con cui Silvia avrebbe finalmente indossato la casacca della nazionale di Mosè e di Abramo.

Sì, stava per farcela, malgrado Semi, sin da quando lei gli aveva manifestato quella bizzarra idea, ce l'avesse messa tutta per dissuaderla. Quando le aveva chiesto perché ci tenesse tanto a diventare ebrea, Silvia gli aveva evasivamente risposto che era una cosa che si sentiva di fare. Che era sempre stata attratta dall'idea di essere ebrea. Che forse in un'altra vita lo era stata...

«Queste stronzate tienitele per l'interrogatorio cui ti sottoporrà qualche rabbino diffidente. Tranne la parte sulla reincarnazione, quella è meglio se te la risparmi... A me puoi dire la verità.»

«Non sto mentendo. Ti sto dicendo quello che provo. Ti sto mettendo al corrente di una mia esigenza. Non cerco il tuo avallo. Lo farò comunque. Sai che quando mi metto in testa qualcosa... Anche se mi rendo conto che il tuo sostegno faciliterebbe le cose...»

«Ma se non ti è mai importato niente neppure della tua religione, perché ora dovresti sentire l'esigenza di convertirti alla mia?»

Non occorreva certo che Silvia gli rispondesse. Lui sapeva come stavano le cose. La ragione per cui lei si era imbarcata in quell'avventura a dir poco complicata, la ragione per cui voleva a ogni costo fare parte di una confraternita (che avrebbe fatto di tutto per non accoglierla e per metterle i bastoni tra le ruote) era ovvia: Rachel. Proprio così, lo stava facendo per quella donna che nella vita aveva tanto sofferto e aveva saputo sempre rialzare la testa. Ora si meritava che almeno uno dei suoi figli sposasse una brava ragazza ebrea.

«Ti assicuro che non sarai mai un'ebrea al cento per cento.»

«Lo so, ma non mi importa. Mi basterebbe esserlo al settantacinque.»

«Ti assicuro, amore, che non ne vale la pena» le aveva detto allora Semi con il paternalismo di chi, essendo ebreo da una vita, sa che esserlo o non esserlo non ha tutta questa importanza.

«Ne vale la pena eccome.»

«Perché non sai a cosa stai andando incontro. È una faccenda complicatissima. Non hai idea di quanto possano essere rompipalle i giudii. Ci sono un mucchio di cose da imparare a memoria. È tutto un divieto o un precetto. E non è mica detto che le cose vadano a buon fine. Ti ho avvertita, faranno di tutto per dissuaderti. E non puoi certo confessargli che lo fai per me o per mia madre. Che lo fai per essere *degna* di noi. Allora sì che si incazzano davvero. Lo devi fare perché lo senti.»

«E io ti ho detto che non è per voi che lo faccio. Ma per me stessa. Eppoi lo sai, studiare per me non è mai stato un problema.»

«Ci vogliono anni.»

«Posso aspettare.»

«È uno strazio.»

«Non più di aver vissuto i primi venticinque anni della mia vita con un orso come mio padre.»

«La tua vita diventerà una cosa orrendamente complicata.»

«Se amassi le cose semplici non starei con te.»

"Touché!" pensò Semi, ma non commentò. Fu Silvia a dirgli, tutta infervorata:

«Sai qual è la cosa che mi piace di più?»

«Quale?»

«Le feste!»

«Cioè?»

«Pasqua, Kippur[4], Rosh ha-Shanà[5], i matrimoni... e pensa: persino i funerali! Non credevo che certe ricorrenze potessero piacermi tanto. Per non parlare dei dolci: la pizza ebraica, le pizzarelle al miele, le ciambelle pasquali...»

«Non credi che basterebbe un corso di cucina?»

«Adoro quando tua madre invita tutta quella gente per Pesach[6], i riti, le abitudini, la solennità...»

«Anche quel mostro di zia Vera?»

«Soprattutto quel mostro di zia Vera.»

«Cristo santo, mi sveno per portarti al Metropole di Hanoi, mi faccio in quattro per riscattarti dalla tua miserabile esistenza di seconda classe... e tu non vedi l'ora di cenare con quella vecchia rincoglionita che puzza come un cane bagnato?»

«Che scemo che sei!»

Malgrado Semi facesse lo spiritoso, sapeva perfettamente cosa intendeva Silvia quando gli diceva che adorava fare il Seder[7] di Pesach in casa Pontecorvo. Bastava guardarla per capire che Silvia era programmata per quelle liete condivisioni. Che una famiglia numerosa e felice era la sua grande aspirazione, un'aspirazione che superava per intensità persino le sue ambizioni di diventare un giorno la Principessa del Foro.

Era piccolina, aggraziata, capelli biondi alla maschietta e occhi d'un verde che neppure il mare dei Caraibi... Era simpatica alle donne, adorata dai bambini e ispirava pensieri lascivi in tutti gli uomini, fatta eccezione per quello con cui stava da quindici anni. La vita l'aveva di certo sfavorita. Aveva perso la madre a tre anni: abbastanza piccola da non poter stabilire, in seguito, se il padre fos-

---

[4] "Espiazione", cerimonia autunnale di espiazione.
[5] Capodanno ebraico.
[6] Pasqua ebraica.
[7] Pasto rituale della festa di Pesach.

se sempre stato il pezzo di ghiaccio che era o se fosse stato ridotto così proprio dal decesso improvviso della moglie. (Non era stato mica uno scherzo: vai a letto una sera a fianco della tua moglietti-na e ti svegli vicino a un cadavere.)

Qualsiasi cosa il padre fosse sempre stato, o qualsiasi cosa gli fos-se successa dopo la morte della moglie, Silvia sapeva che si trat-tava del peggior genitore che sarebbe potuto capitare a una figlia espansiva ed estroversa come lei: un esangue depresso cronico, un anaffettivo ingegnere edile con la passione delle passeggiate nei bo-schi e del bird-watching. Un uomo spiritualmente anemico, pato-logicamente privo di slanci.

Silvia non ricordava di essere mai stata rimproverata da lui, ma non ricordava neppure un suo incitamento né un complimento. Ri-cordava di aver condiviso con suo padre solo grandi passeggiate e pasti interminabilmente silenziosi. Di essergli stata al fianco per ore intere durante uno dei suoi appostamenti, mentre con il bino-colo in mano cercava di capire a quale specie appartenesse quel picchio con una macchia azzurra sul dorso. Il padre non si preoc-cupava quando lei rientrava la sera tardi, e non si mostrava nep-pure entusiasta quando decideva di rimanere a casa. La sola cosa che aveva saputo fare quando una Silvia dodicenne si era presen-tata al suo cospetto con le ginocchia inzaccherate dal primo me-struo della sua vita era stata metterle in mano il biglietto da visi-ta di un ginecologo che si era preparato (chissà da quanto tempo!) nel portafoglio.

E dire che lei ce l'aveva messa tutta per conquistarlo. A comin-ciare dal cibo. Che era stato il primo fallimentare allettamento con cui quella figlia aveva provato a sedurre il padre imperturbabile. Aveva tredici anni quando, con la paghetta settimanale, si era com-prata *Il Cucchiaio d'Argento* e aveva sottoscritto un abbonamento a "La Cucina Italiana". Disponendo di un'invidiabile manualità e di una certa intraprendenza, non c'era sfida culinaria che non fosse in grado di portare a termine con successo. Così, quando si senti-va un po' giù, si metteva ai fornelli. E non c'era volta in cui non si illudesse che il padre le sarebbe stato grato. Non c'era volta in cui lei non alimentasse la speranza assurda che, di fronte alla nuova ricetta di melanzane ripiene o di schiaffoni alle zucchine, il padre si sarebbe sciolto in un sorriso di gaudiosa soddisfazione. Macché. Lui mangiava tutto, certo. Ma lo divorava con lo stesso entusiasmo con cui avrebbe mangiato un piatto di pasta in bianco. Stesso effetto producevano su di lui le buone pagelle della figlia, e le cinture di colori sempre più cupi e virili da lei ottenute al corso di karate. O qualsiasi altro successo atletico e accademico da lei incamerato nel corso di un'adolescenza iperattiva.

La prima volta che Samuel l'aveva incontrato, era rimasto turbato dalla dissomiglianza di quell'uomo dalla figlia: formale come un maggiordomo, rigido come uno stoccafisso; persino l'arredo della sua casa sembrava rispecchiare un senso di opprimente grigiore. Silvia aveva invitato Semi a cena, da tempo gli diceva che voleva cucinare per lui. Malgrado avesse apparecchiato con grande cura e sebbene dalla cucina arrivassero effluvi promettenti, era evidente che lei stava guardando il padre, nella cui casa ancora abitava, con l'inevitabile nervosismo con cui guardiamo i guastafeste cronici. Lui se ne stava lì, sulla poltrona. In mano una copia del "National Geographic" sfogliata con cautela, nell'altra un bicchiere d'acqua di rubinetto.

Quando Silvia gli aveva detto: «Papà, questo è il mio amico Samuel. Te ne ho parlato», questi, senza scomporsi, si era alzato dalla poltrona, aveva poggiato la rivista su un tavolino e gli aveva stretto la mano in modo assai meno vigoroso di quanto avrebbe dovuto.

Silvia era rimasta così irritata dal contegno del padre che non se l'era sentita di lasciare Semi da solo con lui e gli aveva chiesto di accompagnarla in cucina. E dalla concitazione con cui ora alzava e riabbassava i coperchi delle pentole, con cui apriva e richiudeva l'anta del frigorifero, si capiva che la ragazza più mite che Semi conosceva aveva appena vissuto l'esperienza per lei più imbarazzante: vedere un ragazzo che le piaceva vicino al padre di cui si vergognava. Era davvero troppo. Ecco perché, senza alcun preavviso, aveva spento il fuoco dei fornelli, aveva girato la manopola del forno riportandola in posizione off e, piena di ansia, aveva detto a Semi: «Dài, meglio che ce ne andiamo».

Samuel non aveva avuto la forza di protestare abbastanza per quella che gli sembrava un'intollerabile maleducazione e si era ritrovato con lei in ascensore. Silvia lo aveva rassicurato: «Tranquillo, non se ne accorgerà nemmeno».

Proprio quando stava guadagnando l'uscita dell'ascensore, Semi si era ritrovato le labbra di Silvia sulle sue. Era la prima volta che si baciavano. Lui aveva ventitré anni, lei ne aveva ventidue, si erano conosciuti qualche mese prima a un matrimonio sulla spiaggia di Sabaudia. Semi era amico della sposa, Silvia dello sposo. Entrambi non conoscevano nessuno e avevano finito per solidarizzare. Ed ecco che ora, qualche mese dopo quel primo incontro, arrivava il primo bacio.

Ogni volta che Semi ci ripensava (non senza disagio), si ripeteva che quel bacio lei glielo aveva dato per risarcirlo dello spettacolo offerto dal padre, e per il gesto riprovevole che tale spettacolo l'aveva indotta a compiere. Non solo: ogni volta che Semi ci ripensava si diceva che quel bacio precario, dato a tradimento, senza piacere e quasi con disperazione, era forse all'origine dei problemi sessuali che lui e Silvia pativano da tutti quegli anni e che il matrimonio alle porte di certo non avrebbe fatto che aggravare.

Insomma, tenendo conto della vita che aveva avuto, della convivenza con il padre, della scarsità di diversivi rispetto alla spettrale presenza paterna, non era così sorprendente che Silvia amasse le cene di Pasqua con zia Vera. Amare quelle cene significava amare la convivialità e la condivisione nella loro massima espressione. E allo stesso tempo lasciarsi fatalmente sedurre dal modello ecumenico che Rachel incarnava con tanta spavalda energia. Ecco il punto: scegliere l'ebraismo significa scegliere Rachel. Essere completamente dalla sua parte. Diventare ebrea vuol dire diventare una Pontecorvo a tutti gli effetti.

La lezione di Talmud di quel pomeriggio sarebbe stata una delle ultime. Solo Semi sapeva quanto si fosse sacrificata, quanta dedizione ci avesse messo e quanto fosse fiera di trovarsi ormai a pochi passi dalla meta.

«A proposito di Talmud, come vanno le pulizie pasquali?»

«Te lo stavo per dire. Dopo la lezione vado da tua madre. Abbiamo diverse cosette da sistemare. Vuole che la casa luccichi per il ritorno dei suoi rampolli. Sai, è contentissima che quest'anno finalmente stiamo tutti insieme per Pasqua. Pare che tua cognata si sia degnata di accettare l'invito. Spero solo che venga e non faccia casini.»

«Certo che Anna ti fa proprio arrabbiare.»

«Sì, mi fa proprio arrabbiare. Ogni volta che restiamo sole non fa che parlarmi male di tua madre. Vuole a tutti i costi portarmi dalla sua parte. Mi chiedo come tuo fratello possa sopportare il suo narcisismo, la nevrosi esibita, la malignità. Mi chiedo come si possa vivere costantemente immersi nel fango fino al collo!»

«Non vorrei che per risarcire mia madre dai suoi dolori di suocera ti volessi candidare a nuora dell'anno.»

«E se anche fosse?»

«Niente di male. Temo solo che tu ti faccia risucchiare.»

«Non capisci che, venendo da una famiglia come la mia, non ci si sente mai risucchiati abbastanza? Eppoi quello che io faccio per lei è un centesimo di quello che lei fa per me. Anche se devo confessare che in quest'ultimo periodo tua madre mi sta facendo davvero a pezzi. Tra le partecipazioni, la prova abito, il piastrellista, le pulizie di Pasqua... Ce n'è sempre una.»

Che piacere per Semi sentire Silvia parlare in quel modo della madre. Era una cosa che lo riconciliava con l'esistenza, persino nel momento difficilissimo che stava vivendo. C'era qualcosa di confortante nell'idea che tra quelle due si fosse instaurata una simile solidarietà, che non ci fosse alcun conflitto ma invece un sorprendente affiatamento (cominciavano a somigliarsi persino fisicamente!). Se esisteva una coppia del genere, il mondo non poteva essere poi così brutto.

Semi negli ultimi tempi chiamava Silvia tanto spesso proprio per farsi ragguagliare sulle sue pomeridiane scorribande per la città insieme a Rachel. Gli piaceva figurarsele nel reparto notte di Habitat che litigavano su dei comodini di bambù che per i gusti di Rachel erano troppo etnici, troppo poco pratici e davvero troppo costosi. Samuel si godeva la scena ed esultava, soddisfatto di aver restituito a Silvia la madre che aveva perso, e di aver regalato alla madre la figlia che non aveva mai avuto ma avrebbe tanto desiderato. Davvero un bel gioco di prestigio: Semi era fiero di aver offerto a Rachel su un piatto d'argento qualcuno che prendesse seriamente l'ebraismo e le pulizie di Pasqua, qualcuno da portare in giro per le sue commissioni senza doverne affrontare le rimostranze. Qualcuno che, per una ragione di rispetto, non poteva né lamentarsi né ribellarsi. E che comunque considerava un onore stare con lei. E, soprattutto, qualcuno a cui poter confidare le cose che non le piacevano dei suoi figli, cose che non avrebbe mai avuto il coraggio di sbattere in faccia ai diretti interessati.

Mentre Silvia continuava a parlare, mentre gli raccontava tutto ciò che lei e Rachel avrebbero fatto nei giorni seguenti, Semi si trovò a considerare con terribile sconforto quanto tutto sarebbe potuto essere perfetto se solo lui non avesse amato un'altra donna, e se, in preda a un impulso suicida, non si fosse messo d'impegno per mandare a puttane la sua vita professionale.

ANNUNCIO FONDAMENTALE:
OGGI, 22 MARZO 2011, VEDRÒ FINALMENTE DAL VIVO IL MIO EROE!

Amiche e amici di Pennylane,
finalmente il GRAN *giorno è arrivato. Tra poche ore vedrò Filippo. Si dà il caso, infatti, che il mio eroe abbia deciso di rivelarsi, come il santo che è, a un branco di stronzetti bocconiani. Vuole insegnare loro gratuitamente ciò che altrimenti non imparerebbero in cento vite: cosa significa essere uomini. Non temete, sarà un gioco da ragazzi per la vostra Pennylane intrufolarsi in quell'aula piena di fighetti. Ho un amico in Bocconi, peraltro mol-*

to simpatico, che mi ha promesso un posto in prima fila. Spero solo che non mi chieda di saldare il debito in natura. Anche se vi giuro, amici miei, che nel caso me lo dovesse chiedere... be', non saprei come tirarmi indietro. Il mio Fili merita questo e altri sacrifici... Tanto più in questi giorni terribili. Sono certa che siate tutti informati. Non si parla d'altro. Il mio Fili è in pericolo. Pare che le minacce da parte di alcuni integralisti islamici siano da prendere seriamente. Lasciatemi dire che sono arrabbiata. Non riesco davvero a capire perché qualcuno dovrebbe avercela con Filippo Pontecorvo. E mi pare pazzesco che a prendersela con lui siano proprio quelli che dovrebbero idolatrarlo. Se c'è uno che più di chiunque altro ha scelto di raccontare i diseredati, che si è messo dalla parte degli innocenti e degli sfruttati, quello è Filippo. E allora? Amici islamici, perché proprio lui? Cosa ha fatto di così grave per offendervi? Siete sicuri di non averlo malgiudicato? Vi assicuro che Filippo non è uno di quegli ebrei dogmatici, non appartiene alla confraternita degli ebrei guerrafondai. No, lui è dalla parte della pace. Lui è un grande spirito. È uno come Oz e Grossman. Uno che tifa per la pace. E allora perché prendersela con lui? Non capirò mai questo mondo, ma sono convinta che questo sia il momento di stare vicino a Filippo. Sono proprio commossa all'idea che tra poco mi troverò a pochi metri da lui. Mi sembra assurdo e incredibile.

Ora scusate, devo andarmi a preparare. Sì, lo so, l'incontro è tra otto ore, ma non so se mi basteranno per farmi bella come vorrei essere bella.

Vi farò sapere...

Nell'androne dell'università Bocconi, da cui era uscito per l'ultima volta con il massimo dei voti una quindicina d'anni prima deciso a non tornarci mai più, Semi, stretto da una folla impressionante, si chiedeva se Pennylane fosse già arrivata e, qualora fosse già lì, se lui l'avrebbe riconosciuta.

Erano già diversi mesi che Semi seguiva con una certa regolarità i post di Pennylane sul blog "Nel nome di Erode", da lei stessa aperto e curato pazientemente, intorno al quale aveva costruito una vera e propria setta di adepti della religione pontecorviana.

Gli piaceva fantasticare sull'identità della misteriosa Pennylane.

Ovvero di colei che si considerava la groupie più appassionata che Filippo avesse sul pianeta. E gli capitava spesso di andare sul suo blog per vedere quale nuova, delirante iniziativa lei avesse intrapreso per celebrare il suo amore per Filippo. Leggere quelle vibranti elucubrazioni lo metteva di un tale buonumore! Ed ecco perché, prima di uscire dal residence per recarsi all'esibizione del fratello nella sua vecchia università, Semi aveva avuto l'idea di dare un'occhiata a ciò che Pennylane aveva da dire a proposito delle minacce rivolte a Filippo. Con grande sorpresa, e non senza emozione, aveva appreso che Pennylane proprio in quel momento, e proprio come lui, stava per uscire di casa per andare a omaggiare Filippo alla Bocconi.

Lei era lì, da qualche parte, confusa nella folla. Magari fossero stati solo studenti, professori e curiosi: c'erano fotografi e cameramen, cronisti trafelati che parlavano concitatamente. Prima di entrare, Semi aveva visto parecchie volanti della polizia e persino una camionetta dell'esercito. E in effetti c'era un mucchio di gente in divisa. Decisamente non era a proprio agio. Anzi, si sentiva oppresso da tutto quel trambusto e si chiedeva se l'aula magna dell'università fosse abbastanza capiente per ospitare tanti scalmanati.

L'energia sprigionata dalla folla era talmente potente e brutale che Samuel, sebbene non volesse, era stato sospinto dentro l'androne attraverso la porta principale, violando in tal modo una consolidata scaramanzia bocconiana che consigliava agli studenti (soprattutto nei giorni di esame) di non passare mai in mezzo alle due grandi statue di leoni accucciati che fungevano da sentinelle alla porta principale. Semi aveva provato a gettarsi sull'ingresso di destra, in modo da lasciarsi a sinistra i due micioni, ma una specie di invincibile corrente marina lo aveva trascinato inesorabilmente verso la porta principale. Il che gli aveva lasciato addosso un senso di impotenza e di malumore.

Dunque è così che vive Filippo? In mezzo a tutta questa gente? È la presenza costante e opprimente della folla ad averlo cambiato?

È questa la ragione per cui Filippo non è più Filippo. Ecco perché non fa che parlare di sé. È ovvio che se vivi sempre in mezzo a gente che viene ad ascoltare quello che hai da dire, ti venga il sospetto che ciò che tu hai in serbo per gli altri sia davvero interessante.

Semi, facendosi spazio in mezzo all'impetuoso torrente umano, riuscì a infilarsi nel corridoio sotterraneo che conduceva alla biblioteca e all'aula magna. E si era fermato al bar ristorante – quello sì completamente ristrutturato.

Anche il bar era affollato, ma non come l'androne. Qui la maggior parte della gente apparteneva alla popolazione studentesca. Semi, dopo aver fatto lo scontrino alla cassa, si avvicinò al bancone per ordinare un caffè. Proprio allora la sua attenzione fu rapita da un piccolo crocchio composto da tre studenti: un ragazzo e due ragazze. Semi aveva l'occhio ancora abbastanza allenato per capire che quei tre non potevano essere matricole. Probabilmente erano a un passo dalla laurea. Lo si intuiva dall'autorevolezza con cui occupavano quegli spazi ingolfati e dal fatto che non provassero alcuna vergogna ad alzare la voce né ad attardarsi nel consumare il caffè.

L'attenzione di Semi si concentrò sulla minuta infervoratissima ragazza: appena sovrappeso, pallidina, i lineamenti docilmente regolari resi drammatici da una ricciuta capigliatura castana con sfumature rossicce. La sola luce in tanta esibita ordinarietà era quella riflessa dal piccolo brillantino sul naso e dall'arcobaleno tatuato sul polso. Aveva un accento decisamente meridionale, forse calabrese, e vestiva con un tailleur gessato da grande magazzino, come una qualsiasi segretaria. Doveva trattarsi di una ragazza tosta che aveva vinto una borsa di studio. E infatti tosto era il modo in cui stava audacemente prendendo le difese di qualcuno:

«Ha fatto una cosa unica e meravigliosa» continuava a dire. «Una cosa che ti ipnotizza e ti commuove... Tu forse non puoi capirlo perché sei un uomo, ma ti posso dire che la prima volta che sono stata dai miei nipotini, subito dopo aver visto il film, ho sentito per loro un affetto, un amore... Mi ha spezzato il cuore. È pazzesco che un maschio sia riuscito a cogliere l'innocenza di quelle creature. Non so come abbia fatto ma so che lo ha fatto...»

Era evidente che il tono alto della voce fosse funzionale non solo a vincere il baccano di un bar studentesco, ma anche ad avere la meglio sui suoi interlocutori, il cui dissenso si manifestava in sarcastiche espressioni del viso. Gli avversari non facevano che assentire e ridacchiare. Il portavoce era il ragazzo, mentre la silenziosa biondina al suo fianco, oltre a essere probabilmente un'arrendevole concubina, interpretava il ruolo di quella che annuisce convinta senza però capirci un tubo.

Se la laconica ragazza, algida e slavata come il colore dei suoi capelli, aveva qualcosa di sobriamente nordico, il tizio doveva essere romano. E di una certa Roma che Semi conosceva fin troppo bene. Ne aveva l'aspetto, l'accento, il cinismo. Era slanciato, aveva lineamenti puliti, quasi disinfettati; l'acconciatura era talmente stilizzata da sembrare disegnata dalla mano di un fumettista anni Trenta. Gli occhiali dalle lenti sottili e lustre e la montatura nera gli conferivano un'aria da accademico avvenente, un po' Clark Kent. Se il Rolex Explorer al polso indicava un solido, se non addirittura cospicuo, patrimonio alle spalle, da come si esprimeva si intuiva che era il classico figlio che ha ripagato la generosità dei genitori con ottimi voti a scuola, lo sviluppo di una personalità forte ed eccellenti risorse sociali. Un sapientone, insomma, che per di più ci sa fare con la gente: uno di quelli che, se interrogati, conoscono tutte le capitali, anche quelle delle nazioni più remote e trascurabili. Che avrebbero tutte le carte in regola per vincere un milione di euro a un quiz televisivo, se non fossero così snob da non pensare nemmeno di poterci partecipare.

«Di bambini non me ne intendo» stava dicendo. «Ma mi intendo di stile. Non a caso sto scrivendo una tesi sulla percezione delle griffe italiane nel mondo anglosassone. Quindi so di cosa parlo: insomma, ma hai visto come si veste? Hai visto come va in giro? No, dico, i pantaloni mimetici, quella barbetta da Che Guevara, il sigaro sempre in bocca. Ma chi si crede di essere, Fidel Castro?

Clint Eastwood? Winston Churchill? Ma dài! Ci crede talmente tanto che ha il coraggio di andare in giro conciato come il personaggio del suo cartone animato. Il solo fatto di autorappresentarsi così – il cavaliere senza macchia – la dice lunga sulla totale mancanza di autoironia di questo signore, sulla sua pretenziosità. Sarei pronto a scommettere che ha il guardaroba pieno di quei vestiti di merda. E la decenza? Un briciolo di orrore di sé?... Macché, si dà arie da vate, cazzo. Quel modo oracolare di parlare. Una parola ogni dieci minuti. E tutti a prenderlo sul serio. E tutte le interviste, le conferenze, tutto quel parlare di diritti umani, di diritti dei bambini. Cazzo, ma quanto è facile così? Ma quanto poco ci vuole a catturare l'applauso dicendo che non bisogna più mettere un mitra in mano a un tredicenne? Che bisogna boicottare i Paesi che producono mine antiuomo? O che bisogna liberare i piccoli schiavi che cuciono di notte i palloni di cuoio che poi verranno usati da calciatori milionari? Sembra un opuscolo di Save The Children. No, non è poi così originale il tuo Filippo Pontecorvo. È un impostore, l'ennesimo saltimbanco prodotto da questo Paese di cialtroni.»

Perché mai Semi era così stupito dal fatto che qualcuno stesse parlando animatamente del fratello, se da qualche mese aveva l'impressione che l'umanità intera non parlasse d'altro? Perché si sentiva così imbarazzato se, negli ultimi tempi, non c'era nessuno a cui lui venisse presentato che, sentendo che si chiamava Pontecorvo, non gli chiedesse: "Per caso parente di...?".

Forse perché era la prima volta che qualcuno pontificava liberamente su Filippo senza sapere che a portata di orecchie c'era lui, il fratello minore. Che esperienza straniante. Certo è che a Samuel era bastato ascoltare un piccolo pezzo della forbita prolusione di quel tale per provare nei suoi confronti la stessa antipatia omicida suscitata in lui da quei tipi anonimi che sul web secernevano fiele contro il suo fratellone.

"Nel nome di Erode", il blog eroicamente curato dalla misteriosa Pennylane, infatti, non era certo il solo a parlare di Filippo. Ce n'erano davvero tanti e non tutti così bendisposti. La grande tribù dei detrattori era sì meno cospicua di quella degli idolatri, ma non meno pugnace. Il web pullulava di luoghi nei quali lo sport preferito consisteva nello sparare su Filippo Pontecorvo. E Semi lo sapeva bene. Visto che, da qualche tempo – più o meno da quando le cose avevano iniziato ad andargli male –, era spesso preda dell'impulso di aggiornarsi sulle ultime dalla blogosfera sul conto di Filippo.

Era come se Semi, in cerca di un risarcimento, si lasciasse investire da un po' della gloria del fratello. È difficile da spiegare ma, nel visionare puntigliosamente quei siti, Semi provava l'euforia del caratterista fiero di aver contribuito in qualche modo al successo del film magistralmente interpretato da una grande star. L'eccitazione prodotta in lui da tutte quelle fichette che bramavano il fratello sul web era tale che qualche volta, scorrendo i loro album privati impudicamente messi a disposizione dell'umanità intera, aveva avuto la tentazione di farsi una sega. E, a essere proprio sinceri, un paio di volte aveva ceduto al patetico impulso, ben consapevole che non era né sano né dignitoso smaniare tanto sull'harem virtuale del fratello.

Ma in quelle ricerche bramose poteva anche capitargli di imbattersi in qualche sarcastico nemico del fratello. Qualche venticinquenne frustrato deciso a snobbare e disprezzare tutto ciò che aveva successo. E che, proprio per questo, si sentiva in diritto di scrivere cose di una violenza inaudita. Producendo in Semi un turbamento a dir poco vertiginoso.

Già, era vero: il fratello andava in giro vestito in modo davvero ridicolo. Le sue mise – sciatte e leziose a un tempo – erano una pacchianata bell'e buona. Semi e Rachel non facevano che riderne. E talvolta anche Silvia e Anna si univano ai loro sberleffi. Sì, tutti ne ridevano, e da molto prima che Filippo diventasse ciò che era diventato. Ma nelle loro ironie c'era un fondo affettuoso e benevolo. Un retrogusto tenero e privato. Roba di famiglia. Ma come si permetteva questo sconosciuto di guarnire le sue ironie dell'acida glassa dell'ostilità?

Mentre sorseggiava il suo espresso, Semi si era dovuto trattenere per non afferrare quel tizio da dietro e sbatterlo al muro. Si era dovuto trattenere per non dirgli: "Senti, bello, ti annuncio che stai facendo una grandiosa figura di merda. Si dà il caso, infatti, che io sia il fratello della persona il cui abbigliamento ti stai permettendo di giudicare in modo così sommario. Vogliamo parlare di abbigliamento? Avanti! La verità è che tu, con le tue stupide scarpe da ginnastica di marca, i tuoi pantaloni firmati, il tuo aspetto grazioso, la tua prosopopea e l'inutile ragazza altoborghese che ora ti guarda come se fossi Maometto, non potrai mai eguagliare ciò che ha fatto Filippo Pontecorvo... Aaah, allora è questo che ti rode? È questo? È da quando sei nato che la gente ti vezzeggia. È da quando hai messo piede su questa terra che la gente non fa che dirti quanto sei intelligente, quanto ci sai fare, quanto sai essere accattivante con il tuo cinismo, la tua causticità. Hai sempre creduto che questo fosse il viatico per la grandezza. Hai sempre pensato che queste fossero le fondamenta intellettuali sulle quali avresti edificato la tua fortuna. E ora, eccoti qui. All'ultimo anno di università. E tutto quello che sei riuscito a essere è uno dei tanti, uno dei troppi studenti brillanti dell'ultimo anno. Un centodieci e lode sicuro. Un bel master che ti aspetta in qualche metropoli. La corsa all'oro è cominciata.

Sei lanciatissimo, è vero, ma non più di tanti altri... Lo so, hai faticato per arrivare fin qui. Peccato che tanta fatica potrebbe non esserti servita a niente. Che non dipenda da questo la tua antipatia per Filippo? Ovvero per un tizio senza arte né parte, che è riuscito a stento a laurearsi in Medicina, ma che, facendo fruttare il suo originalissimo talento, ha stregato l'universo. Deve essere davvero un bel dramma per un tipetto orgoglioso come te – una bella gatta da pelare per il tuo smisurato amor proprio – che tutta questa gente sia qui per lui e non per te. Che persino tu, che lo critichi tanto, sia qui ai suoi piedi. Dillo, che nonostante tutto il disprezzo che ti ispira non puoi fare a meno di lui. Dillo, che non c'è articolo sul giornale che lo riguardi che tu non senta l'esigenza di leggere fino all'ultima riga. Ammettilo: il tuo dramma è che lui può fare a meno di te, ma tu non puoi fare a meno di lui. Ammetti che, mentre lui non sa nemmeno chi sei, sono mesi che tu ragioni su di lui e sui motivi per cui ti sta tanto antipatico. Ammetti che questa è la tua debolezza. Ammetti che, se c'è qualcuno di patetico in questa università, oggi, quello non è Filippo Pontecorvo".

Non fu necessario intervenire. Per fortuna c'era la piccola battagliera calabrese a prendere le parti di Filippo e della verità, e a rispondergli per le rime:

«Sai qual è il problema di voi figli di papà?»

«Figlio di papà? Io sarei un figlio di papà?»

«Guarda che non sto scherzando. È una cosa che ho capito in questi anni, frequentandovi giorno e notte.»

«Ne parli come se tu fossi Jane Goodall alle prese con i suoi scimpanzé.»

«In effetti per come mi sento in mezzo a voi, per come mi avete fatto sentire qua dentro, direi che l'esempio è particolarmente appropriato.»

«Insomma, qual è il problema di noi figli di papà, che in tutti questi anni non abbiamo fatto che esasperarti?»

«Il vostro problema è che ne fate sempre un fatto estetico. Che guardate sempre alla superficie delle cose.»

«Ma che pensiero originale! Complimenti.»

«Sì, sì, continua pure a fare lo spiritoso. Sfogati. Fai quello che sai fare meglio. Mettiti sul piedistallo. Ma sappi che sono proprio il tuo sarcasmo e la tua puzza sotto al naso che non ti consentono di capire ciò che Pontecorvo significa per la gente.»

«E dài, su, cosa significa?»

«Significa coraggio, ostinazione, creatività. Un bel po' di cose che non sempre vanno a braccetto. A me personalmente non frega niente come va vestito. Non mi frega niente se fuma il sigaro, le Marlboro o se è strafatto di canne. Ammesso che lui abbia dei vezzi, non me ne frega niente dei suoi vezzi. Non sono cose che noto. Non sono cose che mi interessano. Quello che so è che sto per vederlo salire su quel palco, sul quale in questi anni ho visto ministri delle Finanze, premi Nobel per l'economia, giornalisti di grido, industriali pieni di soldi, di buone maniere e di idee geniali... ma senza uno straccio di umanità. Per anni ho assistito alla processione di tutta questa gente potente venuta qui a raccontarmi cazzate e a trattarmi con condiscendenza. E ora arriva l'autore di un cartone animato. Un fumettista, un saltimbanco. E guarda caso lui è l'unico che sa di cosa parla: si è sporcato le mani, è andato al cuore dell'ingiustizia. Non è come gli altri, che vengono qui a spiegarti com'è il mondo, lui è uno che il mondo lo vuole cambiare. Lui è uno che sa darti la speranza che il mondo si possa cambiare. Non è mica un caso che vogliano ammazzarlo!»

«Se volevano ammazzarlo, lo avevano già fatto.»

Era stata la biondina a pronunciare quella battuta. Il tono con cui l'aveva scandita indicava che, per impararla a memoria così bene, l'aveva già sentita formulare una dozzina di volte.

«I giornali dicono...» provò a ribattere la pasionaria in tailleur. Ma fu interrotta dal suo oppositore:

«I giornali? Io dovrei credere a quello che dicono i giornali? Tutta questa faccenda puzza di marketing lontano un chilometro. Figurati che cosa gli importa a quelli di ammazzare un pagliaccio del genere. Questa è l'altra cosa che trovo indecente: tutto ciò che riguarda questo tizio è mistificazione. Ma guardalo: si dà arie da rivoluzionario, da profeta del popolo, ed è uno impaccato di soldi, figlio di gente ancora più impaccata di lui. Ma lo sai che mi ha raccontato un amico di mio zio, che stava in classe con lui? Che lo andavano a prendere a scuola con l'autista.»

«Che me ne frega dell'autista, dei soldi, di tuo zio? Allora non hai capito quello che ho detto: per la prima volta da quando sono qui ho i brividi. Sto per vederlo e solo per questo ho i brividi. Lui non ha niente da insegnarmi, perché mi ha già insegnato tutto.»

Semi avvertì anche lui i brividi sulla pelle. Ascoltando quella ragazza parlare di Filippo, sentì anche lui i brividi. Una specie di fratellanza, una solidarietà superiore, qualcosa che non aveva mai percepito così bene come in quel momento. Ecco chi era la Pennylane su cui aveva tanto fantasticato. Doveva essere una ragazza come lei. Doveva somigliarle sia fisicamente che moralmente. Una ragazzina di questi tempi, semplice e piena di entusiasmo, piena di voglia di commuoversi, piena di amore da dare e da ricevere. Una ragazza colma di indignazione per l'ingiustizia e di ardore per l'equità. O forse era proprio lei Pennylane. La Pennylane che cercava. Il destino gliel'aveva offerta su un piatto d'argento, e per di più nella sua forma migliore.

Era lei Pennylane? Sei tu Pennylane? Per poco Semi non glielo chiese davvero. Per poco non andò ad abbracciarla.

E ora eccolo lì, sul palco.

Il rettore – un uomo di mezza età dentro a uno stropicciato completo blu – lo aveva annunciato affidandosi alla più corriva delle frasi fatte: «Non ha certo bisogno di presentazioni...».

E mai parole erano state più appropriate. Era bastato il suono cadenzato dei passi dell'ospite, appena entrato da uno degli ingressi secondari, per provocare un boato barbarico. Semi aveva avuto l'impressione che quel rombo provenisse dalle viscere della terra. Un terremoto. Si era quasi spaventato. Era normale che tanto amore producesse tanta aggressività?

Per raggiungere il palco, Filippo aveva dovuto percorrere una trentina di metri lungo il corridoio laterale. E la cosa strana, considerando la notoria seraficità di un pubblico del genere, è che un sacco di persone (soprattutto le ragazze) si fossero letteralmente lanciate verso di lui. Semi, dalla sua postazione – l'estrema sinistra della sala –, disponeva di una visuale privilegiata e aveva potuto godersi con agio l'esplosione di erotica idolatria. Come altro chiamare l'impulso che aveva spinto così tante ragazze ad avventarsi sull'ospite, come un branco di bambini affamati su un camion carico di vettovaglie? Il corridoio era talmente congestionato che Filippo, nella sua proverbiale robustezza, aveva avuto più di una difficoltà ad avanzare. Da non credere, gli chiedevano di farsi autografare la pelle.

Una ragazza aveva pregato Filippo di firmarle con un pennarello rosso il dorso della mano, un'altra l'avambraccio, un'altra ancora, dopo aver strappato il pennarello dalle mani della collega, aveva preteso con inusitata energia che Filippo le autografasse il collo. Altre gli infilavano nelle tasche dei jeans bigliettini, presumibilmente con il loro numero di cellulare o con chissà quali allettanti profferte amorose. Queste scene di pubblico delirio erano trasfigurate dalla gelida luce dei flash. I cronisti, con analoga disperata bellicosità, lo riempivano di domande. C'era chi gli dava del tu e chi gli dava del lei:

«Filippo, che ne pensi delle minacce? Hanno un qualche fondamento?»

«Si è fatto un'idea di quello che sta succedendo?»

«Cosa farà a questo punto?»

«Hai paura?»

Ma ben presto gli stessi cronisti erano stati, per così dire, soppiantati dalle ragazze. Erano così desiderose di comunicargli tutta la loro solidarietà, di stargli vicino in un momento per lui così difficile.

Semi era sbigottito. Ne aveva visti di eventi simili negli anni dell'università. Era presente quando erano andati a parlare Gorbaciov, Roberto Baggio, il papa... tanti altri ancora. Ma non aveva mai visto una reazione simile. Tutto quell'amore, tutta quell'eccitazione, tutta quella violenza. Tutta quella voglia di toccare. E mica da parte di teenager scalmanate. Macché, lì si trattava di giovani donne iscritte a una prestigiosa università. Giovani donne che dovevano aver imparato ormai da tempo a contenersi.

La reazione di Filippo, d'altronde, era ugualmente incomprensibile. Evidentemente avvezzo a simili molestie, sapeva che era inutile resistere. Procedeva lento, in faccia un sorriso che Semi non era stato in grado di decrittare: soddisfazione? Nervosismo? Irritazione? Terrore? Tenendo conto della sua misantropia, non doveva essere un bel momento per lui. Ma forse la misantropia aveva perso ogni senso. Ma dài, come si può odiare chi ti ama così tanto?

Alla fine Filippo era riuscito a raggiungere le scalette che conducevano al palco. Durante la trionfale via crucis aveva sfiorato il fratello, ma era talmente pressato e talmente desideroso di sottrarsi all'abbraccio opprimente della gente che di certo non lo aveva visto.

E ora eccolo lì, sul palco.

Quando il fragore degli applausi iniziò a scemare, si verificò un evento miracoloso almeno quanto il pandemonio suscitato dal rumore dei passi di Filippo, anche se di segno diametralmente opposto. Era bastato che le sue dita dessero qualche colpetto al microfono affinché l'aula piombasse in un silenzio sacrale. Per un attimo, Semi aveva avuto paura: paura che il fratello non trovasse le parole. Si sentiva come una giovane madre che sta per assistere al primo saggio di danza della figlia seienne: la frustrazione di non poterla proteggere, il senso di colpa per averla abbandonata a se stessa si mescolano alla fierezza e a una specie di curiosità nel vederla finalmente impegnata in qualcosa in cui ce la dovrà fare da sola.

Il tono di voce con cui Filippo disse: «Vi sono grato di...» trasudava una tale timidezza, un tale disagio, una tale bontà da far temere a Semi che Filippo non sarebbe stato in grado di finire la frase. Immaginava tutte le volte che il fratello, chiamato alla cattedra durante gli anni del liceo, doveva aver fatto scena muta. No, la scuola non era mai stata il suo forte. Per via dell'indolenza, forse, o dell'incapacità di concentrarsi, la dislessia, la discalculia... Tutte quelle cose assieme avevano fatto di lui un pessimo studente. Un vero caso disperato. Per di più con la sfiga di essere figlio di una donna per cui il rendimento scolastico era sempre stato una cosa fondamentale; e fratello di un ragazzino che, in quanto a brillantezza intellettuale, non era secondo a nessuno. Semi era sempre stato un autentico funambolo: a suo agio alla cattedra, interrogato in qualche astrusa materia, non meno di quanto lo fosse in un campo da tennis o sulla pista di una discoteca. Un vero eclettico, il suo fratellino. Samuel ricordava il tormento di certi lunghi inconcludenti pomeriggi di Filippo. Se ne stava lì, con la matita in bocca, le spalle recline, di fronte ai libri, seguito da qualche esasperata signorina che si sforzava di farlo studiare. Il problema di Filippo era che non c'erano attività umane capaci di non annoiarlo dopo tre secondi. La sua resistenza alla fatica e alla noia era pressoché nulla. E la sua capacità di concentrazione inesistente.

E ora eccolo lì, sul palco.

Sembrava intimidito, dopotutto. Intimidito proprio come allora. Non guardava in platea. Guardava per terra. Poi di nuovo deviava lo sguardo altrove. In alto, stavolta. Stentava a cominciare. Il pubblico era con lui, ma lui non era ancora con il pubblico. Si alzò uno spontaneo applauso di incoraggiamento. Ma anche questo sembrava produrre in lui solo una razione di spavento in più. Semi conosceva bene la sua timidezza. Filippo era così timido di fronte a tanta gente e così decisamente a suo agio nel vis-à-vis. D'un tratto gli venne in mente sua madre. Cosa avrebbe provato Rachel davanti all'imbarazzo del suo primogenito? Non avrebbe quasi sopportato quella scena. Si sarebbe sentita sopraffare da quella scena. E probabilmente si sarebbe alzata e si sarebbe allontanata. Era assurdo, si disse Semi in preda all'agitazione, che mettessero una persona sul palco di fronte a un pubblico affamato. Era una cosa crudele e innaturale. Qualcosa cui uno come Filippo probabilmente non si sarebbe mai abituato.

Ma ora, lì sul palco, Filippo sembrava concentrato eccome. Concentrato come Semi non l'aveva mai visto prima. Dopo pochi convenevoli e nessun preambolo, attaccò con uno dei suoi racconti ("Una delle sue parabole", li aveva di recente ironicamente definiti il giornalista di una testata snob e reazionaria).

C'era un meraviglioso contrasto tra la voce suadente e gli episodi raccapriccianti che Filippo aveva preso a raccontare. A dire il vero, non era ben chiaro perché si fosse messo a parlare di certe cose, né a quale titolo lo facesse. Ma era altrettanto evidente che stava dicendo esattamente ciò che tutti si aspettavano da lui. Tanto che aveva raggiunto istantaneamente il suo scopo: li aveva ipnotizzati. Dando loro, in una manciata di secondi, l'illusione che non esistesse al mondo niente di più necessario e interessante di ciò che lui stava dicendo. E che proprio per questo non esistesse un luogo in cui valesse di più la pena stare. E che, se era importante che Filippo quelle cose le dicesse, era ancora più importante che loro le ascoltassero.

Nulla, nelle parole di Filippo, risultava ridondante. Era come se tutto fosse tenuto assieme da una specie di accorato calore. E, chissà perché, per un attimo Semi ripensò al padre. Alle magnifiche dissertazioni con cui il professor Pontecorvo era solito aprire prestigiosi convegni di oncologia all'inizio degli anni Ottanta. Semi si chiese se anche una cosa apparentemente personale come l'eloquenza fosse ereditaria. Sì, doveva esserlo per forza. Altrimenti in Filippo non sarebbe così naturalmente sbocciata senza che lui avesse fatto niente per coltivarla. L'efficacia con cui un tempo Leo riusciva a coniugare la gelida precisione dei dati al fervore delle argomentazioni somigliava, in un modo di cui solo Semi poteva rendersi conto, allo stile oratorio con cui ora il figlio di quel medico morto da oltre due decenni teneva in scacco una numerosissima platea.

E la cosa folle era proprio questa. Che Filippo stava intrattenendo un pubblico esigente e disincantato snocciolando cifre che niente avevano a che fare con quelle a cui questa gente era abituata: no, Filippo non parlava del PIL o dell'andamento delle Borse internazionali; non commentava proiezioni e diagrammi sulla crescita o su una nuova recessione, non parlava di fondi di investimento né di *futures*... Le cifre che Filippo Pontecorvo andava ammonticchiando grondavano sangue innocente e anche in questo somigliavano, in maniera quasi beffarda, a quelle del padre, e forse anche per questo, almeno dal punto di vista di Semi, facevano rabbrividire:

«Sapete che la sola Royal Air Force» stava dicendo, «nella primavera del 1944, sganciò in territorio nemico un milione di tonnellate di bombe in più di 400.000 incursioni? E che delle 131 città attaccate, parecchie vennero quasi interamente rase al suolo, che fra i civili le vittime della guerra aerea in Germania ammontarono a 600.000 persone, che tre milioni e mezzo di alloggi andarono distrutti, che alla fine del conflitto i senzatetto erano sette milioni e mezzo, che a ogni abitante di Colonia e a ogni abitante di Dresda toccarono rispettivamente 31,4 e 42,8 metri cubi di macerie? Ma soprattutto, sapete che almeno il 35 per cento delle vittime provocate da quell'assurdo, crudele, punitivo bombardamento risultarono essere, secondo una stima successiva, individui di meno di sedici anni? Proprio così. Bambini. Sì, nient'altro che bambini. Questo mi fa concludere che ciò che più distingue la Seconda guerra mondiale da qualsiasi altra guerra che l'abbia preceduta è il numero spaventoso di innocenti assassinati. La mattanza di ragazzini commessa dall'umanità in quei cinque anni di guerra non ha precedenti nella storia. E, come capirete, questo spiega parecchie cose...»

Incredibile: l'appassionato declamatore di cifre così precise era lo stesso individuo che da ragazzo incontrava tante difficoltà a imparare la tabellina del tre. E non era la sola metamorfosi impressionante. Come aveva fatto il talentuoso disegnatore, autore di un lungometraggio animato di successo, a trasformarsi in una specie di paladino della causa dei bambini? Cos'era diventato Filippo nel frattempo? Un predicatore? Un sacerdote? Un rabbino? Un ciarlatano? Probabilmente tutte queste cose assieme.

E per capirlo bastava valutare il trepidante silenzio in cui l'aula era piombata. A un certo punto un ragazzo era stato preso da un attacco convulso di tosse. Ebbene, era stato rimbrottato.

Filippo li aveva incantati con l'empatia. Li aveva fregati con l'empatia. Chi non capisce il dramma dei bambini? Chi non si identifica con un bambino? Quante mamme, quanti papà ci sono al mondo pronti a commuoversi sulla tragedia di creature così simili ai loro innocenti pargoletti?

«Se solo si capisse che la misura della civiltà è la qualità di vita garantita ai bambini» continuava Filippo dopo aver abbandonato la sua carrellata storica. «Se solo si capisse che garantire un tenore di vita fiabesco ai nostri bambini dovrebbe essere il primo comandamento per una società che voglia dirsi civile. E lo dico io, che non sono religioso. Lo dico io, un ebreo non religioso. Un agnostico.»

Era tutto perfetto. Ecco ciò che Semi si trovò a pensare. Non c'era nulla da cambiare in quello che stava succedendo là dentro. Il luogo più asettico e cinico della galassia trasformato in un luna park del civismo universale. Le persone erano emozionate e commosse. E, in una specie di strana liturgia, facevano di tutto affinché il silenzio conservasse la sua sovrannaturale iridescenza.

Era stupefacente vedere come Filippo manipolasse le loro coscienze. Il gioco di prestigio era questo: farli sentire tutti buoni. Farli sentire tutti partecipi di qualcosa di dannatamente buono e di dannatamente importante. Farli sentire tutti dalla parte giusta contro la parte sbagliata.

Filippo non aveva lasciato niente al caso. Era geniale l'allusione, peraltro inutile, al proprio ebraismo. Che fosse proprio un ebreo a parlare con tanto sdegno della morte dei bambini tedeschi era un atto di profonda magnanimità. Un gesto di toccante misericordia. Non meno scaltro (e in un certo senso non meno volgare) di quello con cui Filippo aveva assimilato, in una scena di *Erode*, le brutalità subite dai bambini di Auschwitz a quelle subite dai bambini di Gaza. Una trovata perfetta per fare incazzare alcune associazioni ebraiche in Italia, in Francia e in Israele (nonché Rachel naturalmente), ma capace di entusiasmare il resto del pubblico per la grandezza di Filippo. Se c'è una cosa che la gente rispetta è l'ebreo progressista pronto a denunciare le violenze degli ebrei in Israele.

Insomma, parlare delle vittime innocenti dei bombardamenti di Dresda, dei bambini di Dresda, farlo in un contesto così poco consono, farlo dalla propria prospettiva ebraica, farlo nella veste di condannato a morte da una "spectre" islamista aveva tutto dell'atto religioso. Al quale non poteva non corrispondere una ricezione altrettanto ieratica. A Semi sembrò che la signora al suo fianco (una professoressa, quasi di sicuro) stesse singhiozzando piano. Guardandosi attorno, notò che le due ragazze dietro di lui avevano gli occhi lucidi. E che una coppia di matricole innamorate si stringeva la mano, come se stesse assistendo al caramelloso happy end di certe commedie sentimentali. Era una cosa da non credere. Come poteva una retorica così elementare toccarli fino alle lacrime? Era possibile che ciò che sembrava così superficiale fosse così profondo e ciò che sembrava così profondo così superficiale?

Semi sentì una specie di spavento per quella gente. Sentì di essere spaventato dall'amore che quella gente provava per il fratello. Ancora una volta, gli tornò in mente il padre. Pensò all'odio che il padre aveva suscitato e da cui era stato travolto alla fine della sua vita. All'odio che Leo aveva dovuto sopportare. Poi tornò a guardarsi intorno, sempre più confuso. Un senso di malessere lo attanagliava. Probabilmente i genitori di questi ragazzi, a suo tempo, avevano provato nei confronti di Leo Pontecorvo un odio irragionevole e terrificante quanto l'amore che ora i loro figli provavano per Filippo Pontecorvo.

Semi sentì che esisteva una relazione morbosa e inestricabile tra quell'odio malato e quell'amore malato. Tra quell'odio drogato e quell'amore drogato. E ne fu indignato.

Per questo, un secondo dopo la fine dell'evento, mentre tutti i ferventi idolatri non la finivano di applaudire, di urlare, di sbracciarsi e di stracciarsi le vesti, Semi aveva preso la decisione di andarsene. Venendo meno all'impegno di cenare con quella specie di Lenny Bruce, se n'era andato. Malgrado ciò significasse giocarsi l'opportunità di chiedere un cospicuo aiuto economico e un altrettanto cospicuo sostegno morale, malgrado ciò sancisse la sua rovina finanziaria e quindi la perdita di ogni cosa, ciononostante Semi, improvvisamente attratto dal macabro futuro che lo aspettava, se n'era andato.

Ormai già in moto, sentì il telefonino vibrare nella tasca. Accostò. Tirò fuori il cellulare. Sullo schermo, per la seconda volta in quella giornata, lesse FILI CELL. Semi ripensò con nostalgia al senso di gioia che aveva provato la mattina nel vedere il nome del fratello sul display. Ora i suoi sentimenti nei confronti di quella scritta erano completamente cambiati. Semi non voleva più rispondere. Filippo, probabilmente affamato e imbufalito, non voleva attaccare e insisteva.

Semi rimise il cellulare impazzito nella tasca dei jeans e, avviandosi verso il residence, continuò a sentire lungo tutto il tragitto quelle scosse elettriche all'altezza dell'inguine.

Quarta parte

ULTIMO ATTO

Il terrore di morire da un momento all'altro. Quello era sempre stato la bestia nera.

Durante il primo biennio all'università, Filippo tormentava chiunque gli capitasse a tiro, sua madre in primis, con continue richieste di rassicurazioni sullo stato della propria salute. Ma, a ben vedere, quei due anni d'inferno non erano stati altro che l'angoscioso culmine di un tirocinio dell'orrore iniziato all'epoca della sua personale preistoria. Il che ci serve a capire perché Filippo non sarebbe stato in grado di collocare con esattezza il momento in cui aveva iniziato ad avere paura. Impossibile tirare fuori dall'incasinato magazzino della memoria il faldone che conteneva l'evento scatenante.

Forse era stata l'aria viziata delle sale d'aspetto dei terapeuti che Leo e Rachel avevano cominciato a fargli frequentare troppo presto ad aver favorito la discesa negli inferi dell'ipocondria. O forse no. In realtà i lunghi pomeriggi con psicologi e logopedisti non erano un ricordo così spiacevole. Anzi, ripensandoci, quei giorni gli sembravano immersi in un radioso embrione di tenerezza. Una tenerezza che, dopo la morte di Leo, la loro famiglia non si era più potuta permettere.

Francesca, la logopedista, era una ragazza graziosa, giovane, i cui capelli emanavano un vanigliato odore di pasticceria. Lo faceva disegnare, gli faceva imparare a memoria vertiginosi giochi di parole, si complimentava per la sua angelica bellezza e gli riempiva clandestinamente le tasche di caramelle mou.

E Francesca non era la sola tentatrice. A un trattamento ancor più generoso lo sottoponeva Leo quando, tornando la sera dall'ospeda-

249

le, il più delle volte di buon umore, gli passava, quasi sottobanco, uno dei super regali che lasciavano di stucco Filippo: un nuovo accessorio dei Playmobil, l'ultimo modello di Big Jim, un fucile giocattolo Winchester... E gli sussurrava: «Ehi, Demostene, questo è il nostro segreto». E sebbene Filippo non sapesse chi fosse Demostene, faceva di tutto per nascondere il regalo alla madre e al fratellino.

No, Filippo allora non aveva proprio niente di cui lamentarsi. Tutte quelle attenzioni erano state una vera pacchia. Ma come essere certi che non fossero stati proprio i tanti riguardi a suggerirgli l'idea che in lui ci fosse qualcosa di fragile, che, per Dio, andava aggiustato? E chissà che tale coscienza della propria imperfezione non fosse degenerata nell'idea – assai corriva per un adulto ma piuttosto inquietante per un bambino – che la vita di ciascuno di noi sia come un passante distratto perennemente minacciato da una specie di cecchino capriccioso e invisibile?

Un cecchino che, nel caso Filippo non avesse assimilato abbastanza bene un concetto ostico come la morte, aveva tenuto a dargli una dimostrazione pratica: eliminando con sorprendente rapidità una sua compagna di giochi.

Si chiamava Federica. Era figlia di un gentile farmacista della zona. Leucemia fulminante. Era stato Leo a diagnosticarla. Peccato che il grande luminare non avesse avuto il tempo né la possibilità di intervenire: limitandosi, dopo qualche giorno di agonia straziante, a firmare il certificato di decesso.

È così che l'inoppugnabilità dell'assenza di Federica invade la vita di Filippo novenne. E il fatto davvero strano è che da allora lui prende a pensare a Federica in continuazione, una cosa che fino a qualche giorno prima non avrebbe ritenuto possibile. Se non altro perché Federica non gli è mai stata simpatica. E allora perché la sua assenza pesa cento volte più della sua presenza? Forse perché c'è qualcosa di mostruoso nel fatto che i genitori non abbiano trovato di meglio che sbarazzarsene: seppellendola, se Filippo non ha capito male, da qualche parte.

Questa storia del seppellimento non gli è andata proprio giù: le notti di totale solitudine, il buio, il gelo, la mancanza d'aria. E tuttavia preferisce tenerseli dentro, questi pensieri. Non fa domande, neppure mentre Rachel gli annoda la cravatta per andare al funerale dell'amichetta. Se ne sta quieto e zitto anche mentre in chiesa tutti piangono e il prete li invita a essere contenti perché Federica è in un posto migliore. E persino quando, passando in macchina davanti alla farmacia del padre di Federica, subito dopo il funerale, Filippo vede Rachel piangere come una bambina e la mano di Leo staccarsi dal volante e poggiarsi teneramente sul grembo della moglie. Anche allora, Filippo è più perplesso che spaventato.

Per anni aveva morbosamente pensato al corpo sepolto di Federica, finché questo non era stato soppiantato da un cadavere decisamente più influente.

Quello di Leo.

E dire che il giorno di agosto in cui Leo era stato ritrovato morto da Telma, la colf filippina, nel seminterrato, immerso in dieci centimetri di acqua piovana, Rachel si era subito sbrigata a parcheggiare i figli da alcuni amici olgiatari. Ma dopo un po' Filippo era stato preso dalla fregola di tornare a casa. Perché? Non lo sapeva neanche lui. Sentiva che era giusto farlo. Che lo doveva a se stesso e in un certo senso anche all'individuo che, dopo aver soggiornato per tredici mesi nel seminterrato, ora aveva semplicemente smesso di esistere.

Filippo aveva annunciato la sua decisione a Semi – «Io vado a casa» –, e non si era lasciato scoraggiare dalla reazione del fratellino, che aveva iniziato a piagnucolare, scongiurandolo:

«No, no, ti prego, non andare. Ti prego, resta qui. Mamma ha detto di restare qui!»

«Tu se vuoi resta, io vado» aveva tagliato corto Filippo, sempre più in preda a quella fregola. E senza indugio aveva rubato la bicicletta del suo amico ed era corso a casa volando sui prati incolti dell'Olgiata come i ragazzini di *E.T.* nel cielo stellato. Giungendo a destinazione proprio quando un gruppetto di uomini, con indosso camicie bianche a maniche corte e opalescenti guanti plastificati, portavano fuori di casa un sacco nero, pronti a caricarlo su un camioncino grigio metallizzato. Filippo era arrivato in tempo per vedere uno di quei tizi che, inciampando su un tappeto di foglie fradicie, aveva lasciato la presa: il sacco, nell'afflosciarsi di sbieco, aveva emesso un rumore sordo. Un rumore che diceva tutto quello che c'era da sapere sul padre.

Mai prima di allora, e mai più dopo, Filippo avrebbe sentito con tale intensità che ciò che lui, la madre e il fratello avevano fatto all'uomo nel sacco superava di almeno un milione di volte qualsiasi depravata azione quel poveretto avesse mai potuto compiere. Mai prima di allora aveva sentito con una tale mostruosa intensità che cosa significa essere colpevole. Né avvertito una così struggente tenerezza nei confronti di due oggetti inanimati come un sacco nero e la penosa materia organica in esso contenuta.

Il rumore sordo del sacco che cadeva aveva continuato a tormentarlo per qualche tempo. Poi si era fatto più flebile, fino a diventare impercettibile. Per anni doveva aver sonnecchiato in un appartato angolino della coscienza, destandosi ogni tanto, in occasioni speciali, evocato da eventi specifici, ma grazie al cielo sempre pronto a riappisolarsi quasi immediatamente.

Salvo tornare in auge quando Filippo aveva diciannove anni.

Se è vero che, per un essere svogliato e senza particolari inclinazioni come lui, la fine del liceo era stata un sollievo, è vero altrettanto che l'obbligo borghese di scegliere una facoltà a cui iscriversi si era rivelato una roulette russa. Se fosse dipeso da lui, avrebbe fatto qualcosa di liberatorio. Che so, si sarebbe imbarcato come mozzo su una nave mercantile. (Ammesso che esistessero ancora i mozzi e le navi mercantili.) Oppure si sarebbe preso un paio di anni sabbatici in una città europea o americana, facendo il lavapiatti, servendo Big Mac, pulendo i cessi di qualche bettola... Oziose fantasie di libertà, del tutto impraticabili per un ragazzo tanto viziato.

Alla fine aveva optato per Medicina. Aveva superato il test d'ingresso per il rotto della cuffia, non senza coltivare il dubbio che ci fosse di mezzo lo zampino di Rachel, che nel mondo accademico, di cui il marito era stato un maggiorente, poteva contare ancora diversi contatti. Sicché Filippo, con la solita negligenza, aveva iniziato a frequentare i corsi nelle tetre aule ad anfiteatro in cui un tempo il padre si era esibito con successo.

L'obbligo di frequenza non lo disturbava: anzi, dopotutto era contento che qualcuno lo costringesse a fare qualcosa. Tanto non era più come al liceo, in cui eri sempre esposto agli atti terroristici di qualche professore intemperante. Niente affatto. Lì potevi fare come ti pareva. Nessuno ti controllava. Nessuno provava neppure a interrogarti. Ti sedevi al tuo posto e ti facevi tranquillamente gli affari tuoi. Filippo disegnava, naturalmente; oppure studiava, se mi passate il termine, con la pazienza e la dedizione di un grammatico, due comics destinati a entrare nella leggenda: *Il ritorno del cavaliere oscuro* di Frank Miller e *X-Men* di Chris Claremont.

E poi che sballo essere circondato da quello stuolo di aspiranti cardiologhe, pediatre, interniste... Filippo adorava sia le matricole intimidite – occhiali dalle lenti sporche, biro smangiucchiate, quadernoni fitti di appunti –, sia le ragazze più scafate che, ancora all'inizio di novembre, si presentavano in facoltà in salopette e sandali. La verità è che gli piacevano tutte: prese singolarmente ma anche in piccoli gruppi, mentre, tra una lezione e l'altra, si raccoglievano attorno ai distributori di caffè a fumare una sigaretta e a parlare di uomini. Era fiero di loro. Ne era eccitato e in certa misura commosso. E sapeva che doveva a loro la forza che lo spingeva ad alzarsi presto ogni mattina, ad affrontare la trafficatissima trentina di chilometri che divideva l'Olgiata dall'università...

Insomma, fin lì tutto bene.

Il guaio è che, per quanto tu ce la metta tutta a essere distratto, è difficile non lasciarti contagiare da ciò di cui le persone intorno a te si occupano. Il primo anno Filippo seguiva i corsi obbligatori di Statistica, Chimica, Anatomia 1 ed Embriologia. E visto che, malgrado quel che si dice in giro, la cultura fa male alla salute, ecco che la sbornia di nozioni sul funzionamento del corpo umano aveva finito con l'agire in maniera devastante sulla sua impressionabile mente.

E, sorprendentemente, non erano state le lezioni di Anatomia

– affidate a un abbronzato velista cinquantenne che, alla prima lezione, aveva confessato quanto l'incontro con il fegato gli avesse cambiato la vita – a mettere Filippo di fronte ai suoi fantasmi. Tale risultato si doveva all'assai meno affascinante professore di Chimica. Il quale, affastellando formule alla lavagna, incespicando in continuazione con il gessetto e con le parole, doveva aver risvegliato in lui il sospetto che il corpo, al di là della sua presunta integrità, fosse un congegno troppo complicato per meritarsi la fiducia che gli accordiamo ogni giorno. Per esempio, che una cosa banale come la digestione mettesse in campo armate ben più agguerrite di quelle impiegate dagli Alleati nella Seconda guerra mondiale, be', questa era un'idea che faceva passare l'appetito anche a un buongustaio come Filippo Pontecorvo.

Fu per via delle lezioni di Chimica (o almeno, di questo Filippo si convinse al punto di abbandonarle) che il terrore di morire tornò a occupare militarmente il suo orizzonte emotivo.

Quante ore, quanti giorni, quante settimane perse in compagnia del pensiero della propria incombente estinzione. Il fatto ridicolo è che un pensiero così gigantesco fosse suscitato e, in certo modo, contenuto, da una minuscola macchiolina violacea emersa improvvisamente sull'avambraccio, che per Filippo, d'un tratto, era diventata il centro dell'universo. Una macchiolina che soprattutto di notte, a letto, al buio, si dilatava in modo talmente abnorme da diventare grande come il sacco nero in cui avevano stipato il cadavere di Leo.

Negli ultimi tempi gli accadeva sempre più spesso che quel sacco assumesse una rivoltante concretezza. Tanto che Filippo non aveva alcuna difficoltà a immaginarcisi infilato dentro come una chitarra in una custodia floscia. E più ci pensava, più gli mancava il respiro.

Una notte l'angoscia si fece talmente incontrollabile che Filippo fu costretto ad alzarsi, accendere la luce, aprire le finestre, cercare rifugio nell'aria gelida. Gesti meccanici che avevano il torto di non servire a niente. Date le circostanze, non poteva nemmeno ricorrere al pensiero che allieta la vita di tutti i disperati della terra: il suicidio. Che senso aveva ammazzarsi se la cosa di cui aveva più paura era morire?

Non restava che Rachel. Come un bimbo risorto da un incubo, Filippo l'andò a svegliare. Prima di toccarle la spalla la guardò dormire per qualche secondo. Povera donna, se ne stava lì tutta beata e non sapeva che suo figlio era come uno di quei tizi condannati alla sedia elettrica. Il pensiero di quanto Rachel avrebbe sofferto quando le spoglie del figlio maggiore sarebbero state infilate in un sacco lo commuoveva. Solo quando fu commosso a puntino si decise a svegliarla.

«Che c'è, tesoro, ancora brutti pensieri?»

«Non hai idea.»

«Vuoi una camomilla?» biascicò Rachel.

«Credi che la camomilla curi i melanomi?»

«Non hai alcun melanoma.»

«Invece sì. Guarda!» E accese l'abat-jour sul comodino, costringendo le palpebre di Rachel a lottare con se stesse per non serrarsi. «Guarda, è tutto frastagliato.»

«Tesoro mio, ti dico che non è un melanoma. Perché non ti fidi? Anche se tendi a dimenticartelo, sono sempre un medico.»

«Proprio perché frequento i medici da sempre so che si tratta di una categoria di presuntuosi incoscienti.»

«Ma io non sono solo un medico, sono anche tua madre.»

«Una madre medico? È proprio la categoria peggiore! Non saprebbero riconoscere neppure la lebbra se colpisse uno dei loro familiari. Si chiama rimozione.»

«Non c'è nulla da rimuovere» disse Rachel sollevando finalmente il busto e poggiando la schiena alla testiera del letto: la conversazione notturna prometteva di non esaurirsi in poche battute. E rischiava di prendere una pericolosa piega filosofica.

«La gente muore continuamente. Anche i giovani, anche i bambini. Anche le persone più sane del mondo. La gente si ammala. Perché non potrei essere io ad aver pescato il numero zero alla lotteria? Perché neghi persino l'ipotesi che uno dei tuoi figli muoia?»

«Non nego un bel niente. Dico solo che si muore sempre per qualcosa.»

«E questo a te non pare qualcosa?» la sfidò lui mettendole sotto il grugno l'avambraccio.

«Un brufolo che si sta rimarginando? No, non è letale.»

Erano questi i momenti in cui la pietà di Filippo per la madre toccava vette sublimi. Scambiare un melanoma per un brufolo. Era davvero impressionante la capacità di quella donna di mentire a se stessa! Ne giravano in facoltà di storie del genere. Tipo quella del famoso cardiologo che, dopo aver diagnosticato migliaia di infarti, non aveva riconosciuto l'accidente che lo stava portando irrefutabilmente al camposanto!

Come tutte le altre decine di notti bianche farcite da dostoevskiane discussioni sulla condizione umana, anche quella diluì nello stesso tenero, patetico modo. Con Rachel che accoglie il figlio sempre più disperato e farneticante accanto a sé nel lettone coniugale, e con Filippo che si addormenta nel bel mezzo del discorso.

Com'era uscito da quel periodo da incubo che, nel corso di due anni, aveva ridotto la sua vita ai deliri di un paranoico? Ne era uscito e basta. Forse perché l'organismo non può sostenere a lungo lo stillicidio inflitto dalla paranoia senza disintegrarsi. Gli ultimi anni di università il mostro aveva mollato un tantino la presa. Ma solo un tantino.

Per ripresentarsi decisamente in forma al primo anno di specializzazione. Ma ormai Filippo aveva ventisette anni. Era, o almeno si sentiva, un uomo. Viveva solo con Rachel da un pezzo, mentre Samuel, dopo gli anni trascorsi a Milano a studiare in Bocconi, si era trasferito a Londra. E Filippo aveva la netta sensazione che, se non fosse uscito da là e se non avesse abbandonato gli studi, stavolta si sarebbe fatto davvero male. Per questo, già iscritto alla scuola di specializzazione in Malattie infettive, aveva deciso di non rinviare ulteriormente il servizio militare.

Nonostante il sovrappeso e i piedi piatti, aveva passato la selezione per diventare allievo ufficiale e qualche mese dopo era stato chiamato. Sebbene la caserma di Cesano (che gli allievi chiamavano ironicamente "CeSaigon") distasse pochi chilometri dall'ingresso Est dell'Olgiata, l'impressione che Filippo aveva avuto, da che Rachel lo aveva lasciato a un centinaio di metri dall'entrata, era stata di essere trasportato in un'altra dimensione spaziotemporale: quella di certi immortali film subdolamente pacifisti di Oliver Stone e di Stanley Kubrick, in cui il mito della disciplina si risolve in un'incessante intimidazione inflitta ai più deboli.

Mai prima di allora aveva subito un numero così spaventoso di costrizioni. Mai la sua idea di libertà d'azione era stata così severamente messa in discussione. Un secondo dopo averlo sequestrato dalla vita civile e rapato a zero, avevano cominciato a urlargli contro e a minacciarlo, lasciandogli intendere che nei successivi tre mesi (tale la durata del corso), non solo i suoi diritti civili sarebbero stati sospesi, né più né meno di quelli di un qualsiasi carcerato, ma il suo tenore di vita sarebbe dipeso dalla capacità di tirare a lucido il cinturone e gli anfibi, dalla destrezza nel fare un cubo al letto degno di questo nome, o dalla prontezza nel salutare i superiori con un gesto che fosse allo stesso tempo preciso e disinvolto.

Poi ci si era messa l'estate. Le lunghe marce topografiche, sotto il sole di luglio allo zenit, torturato dalle ortiche, dalle vesciche ai piedi, da micidiali contratture e da sciami di insetti; appesantito da mimetica, anfibi, elmetto, zaino, fucile, oltre che da quasi trent'anni di vita sedentaria; tutto questo e molto altro era risultato una prova ben al di là della sua capacità di sopportazione. Per non dire dell'ansia che lo aveva preso la prima volta in cui aveva dovuto lanciare una bomba a mano e aveva il terrore di non lanciarla abbastanza lontano da non colpire e mutilare il tenente, un commilitone o addirittura se stesso. O di quella volta in cui il malessere causato dalla fatica aveva superato a tal punto il livello di guardia che Filippo aveva iniziato a vomitare, eppoi era quasi svenuto. E l'effetto prodotto dalla défaillance fisica era stato un giorno di infermeria e due di consegna. Già, una punizione. Era finito in un posto nel quale non solo ti punivano se non facevi il tuo dovere, ma anche se non ce la facevi a farlo. In pochi giorni lo avevano trasformato in un automa terrorizzato. La prima volta, dopo

257

appena una decina di giorni, in cui aveva potuto incontrare la madre e il fratello in un'angusta stanzetta della caserma deputata ai colloqui con i civili, aveva letto nei loro occhi lo stupore nell'incontrare un tizio che avevano l'impressione di non conoscere affatto. Filippo era magro, tirato, mortificato. Indossava una tuta da ginnastica verde piuttosto ridicola. Era tornato bambino o, per meglio dire, era diventato il bambino che non era mai stato: occhi bassi e voce flebile. Non faceva che guardarsi intorno per paura che qualcuno lo cogliesse in fallo. Quando Rachel gli aveva chiesto perché, da che era iniziato il corso, non fosse riuscito a chiamarla neppure una volta, Filippo l'aveva guardata esterrefatto. Allora proprio non capiva come stava vivendo in quel posto? Certe volte non aveva neppure il tempo per allacciarsi le scarpe, figuriamoci per chiamare qualcuno che viveva oltre le inespugnabili mura di Cesano, nel vasto mondo libero che Filippo non riusciva neppure più a immaginare. Ma certo, perché stupirsi? Lei era una civile, così come lo era il suo fratellino bocconiano (quell'imboscato!).

Avrebbe voluto raccontare loro qualcosa delle notti trascorse là dentro. Del ragazzo di Ostuni, suo vicino di branda, che singhiozzava come una bimbetta e chiamava la mamma. O di quell'altro tizio così avvelenato dall'odio per uno degli inquadratori che, nel sonno, lo invocava senza scordarsi di aggiungere: «Io ti sgozzo, sì, figlio di puttana, ti sgozzo». Sentiva di non avere mai avuto tante cose da raccontare. Non fosse che quei due interlocutori non gli interessavano affatto. Gli sembrava di non avere più niente in comune con loro. Nulla da dire che loro potessero capire, nulla da chiedergli di cui gli importasse. La sola cosa a cui riusciva a pensare mentre lo subissavano di domande era il contrappello serale. Quel giorno i suoi anfibi avevano percorso una mezza dozzina di chilometri nel fango. Come renderli lucidi e splendenti entro sera? Questo pensiero ossessivo lo aveva spinto a interrompere la visita con la madre e con il fratello per precipitarsi in camerata a irrorare di grasso di balena la pelle degli anfibi e strofinare con tutta la grinta che aveva in corpo.

Dopo quasi un mese vissuto nella prostrazione emotiva, era accaduto qualcosa di miracoloso. Filippo aveva iniziato a nutrire un sentimento di amicizia compassionevole per il suo vicino di branda: il tizio di Ostuni che di notte chiamava la mamma. L'anello debole di ogni corso ufficiali era capitato a lui. Era quello destinato a non farcela, quello destinato a mollare, quello che, in un attimo di disperazione, avrebbe persino potuto tentare il suicidio. Si diceva che nel precedente corso ce ne fosse stato uno che aveva provato (senza successo) a impiccarsi con il cinturone, e uno, nel corso ancora prima, che s'era ammazzato con un'assai più efficace pallottola alla tempia. Anche in virtù di questa storia, Filippo ci teneva ad aiutare il tizio di Ostuni. Anzitutto mettendogli a disposizione la sua stupefacente manualità: prima del contrappello, gli dava una mano a riordinare e predisporre ogni cosa. Fu questo a cambiare la situazione. Filippo scoprì che se aiutava quel tizio aiutava anche se stesso. Aiutare un ragazzo più debole lo fece sentire più forte. E ben presto quella vita gli rivelò i suoi doni segreti. Da che aveva memoria non ricordava un'epoca in cui fosse stato più in forma e, allo stesso tempo, più beato.

La verità è che lì dentro, in caserma, è sufficiente fare il proprio dovere. Il resto non conta. Filippo non pensa alle donne e non pensa alle malattie. Non pensa più a cosa farà nella vita per sbarcare il lunario. Filippo non pensa più alla morte. Non ha tempo per certe stronzate. Grazie a tutte quelle tossine espulse, si fa magnifiche dormite. La sovrapproduzione di endorfine lo ha di colpo tramutato in un individuo tutto sommato spensierato.

Poi ci sono i commilitoni. Che ficata, dopo una massacrante giornata all'aria aperta, andarsi a fare un'amatriciana e due birre nello squallido bar di fronte alla caserma, pieno di militari. È uno spasso guardare i nuovi arrivati dall'alto in basso. Pensare con raccapriccio a ciò che attende quei pivellini e con sollievo al fatto che tu sei già oltre.

Filippo non ha mai avuto (né mai più avrà) tanti amici come in quei tre mesi di fatica e di umiliazione. La cosa che più lo eccita è la propria capacità di esercitare su di loro un carisma cristallino. E non è certo il solo a essersene accorto. Alla fine del corso, malgrado non sia certo uno degli allievi più "massicci", ottiene un voto altissimo nella più marziale delle materie: ATTITUDINE AL COMANDO. Per questo, una volta diventato sottotenente, i suoi diretti superiori gli propongono di rimanere a Cesano come ufficiale-istruttore.

Quella del comando era stata un'avventura di certo meno epica di quella dell'allievo, ma con risvolti umanamente altrettanto intensi. Gli allievi lo adoravano. Per il suo sarcasmo e per la sua misericordia. Per la sua serietà scevra da ogni esaltazione e per la sua equanimità. Perché non c'era mansione o impresa che pretendesse da loro che non fosse disposto a condividere. E soprattutto perché, sotto al basco e sotto a quegli occhi spiritosamente azzurri, ben stretto tra le labbra, c'era sempre un mozzicone di sigaro toscano spento che lo faceva assomigliare a un personaggio di Sergio Leone.

Filippo si era sentito talmente fiero di sé da giungere a sperare che scoppiasse una guerra pur di farsi finalmente valere. Era certo che, alla testa dei suoi ragazzi – come i valorosi tenenti di complemento che avevano fatto la gloria dell'Italia durante la Grande Guerra –, avrebbe superato una volta per tutte la paura di morire. Aveva capito che crepare in pigiama in un letto d'ospedale gli risultava (almeno nella fantasia) molto più terrorizzante (per non dire di quanto fosse deprimente) che morire in un assalto alla baionetta a capo di un centinaio di temerari.

Un pomeriggio, a poche settimane dal congedo, aveva parcheggiato l'auto di fronte a casa. Proprio in quel momento era giunto un taxi, da cui era sceso Semi in gessato grigio, una cravatta di seta gialla, un fazzoletto bianco nel taschino, e soprattutto scarpe nere lustre in un modo che nessun anfibio avrebbe mai potuto emulare. Ma guardatelo: da pochi mesi aveva iniziato a lavorare a New York e aveva già l'aspetto di uno squalo di Wall Street.

«Ma ti sei visto?» lo aveva preso in giro Filippo.

«Senti chi parla.»

Erano passati da dietro, dalla parte del giardino, per raggiungere lo studio di geriatra di Rachel. All'ora di pranzo di solito lei sedeva in veranda con tutte le sue carte davanti. Non mangiava niente. Era uno di quei giorni di ottobre in cui la luce diurna, anche nelle ore più calde, sembra ancora intrecciata con i fili dorati dell'alba (o, se preferite, del tramonto). La vite americana splendeva rossa come un rubino, mentre i tentacoli della bouganville, ormai ultraventenne, erano miseramente rinsecchiti. Insomma, la classica giornata che piaceva a Leo e lo induceva a un certo pessimismo meteorologico: «Questo paradiso non può durare» sentenziava. «Il freddo arriva sempre dopo Kippur.»

Anche Rachel aveva il suo assortito repertorio di frasi fatte. E, vedendo i figli sbucare dal nulla, seduta in veranda (proprio lì dove erano certi che l'avrebbero trovata), non perse l'occasione di tirarne fuori una dal cilindro:

«Ma chi sono? Le luci dei miei occhi stanchi?»

A dire il vero la sola luce riflessa dagli occhi di Rachel in quel momento parlava di un divertito stupore. E non tanto per esserseli visti piombare addosso insieme (li stava aspettando), ma per il loro abbigliamento. Probabilmente stava pensando agli anni lontani in cui accompagnava i suoi ragazzi vestiti da supereroi a qualche festa di carnevale. Filippo, convinto di aver indovinato i pensieri della madre, stringendo il collo del fratello in una marzialissima morsa aveva detto: «Guarda, vecchierella! Le due facce di Israele: la Finanza e la Spada!».

«Amo l'odore del napalm la mattina. Ha il profumo della vittoria.»

Filippo non aveva trovato di meglio che ricorrere alle parole del tenente colonnello Bill Kilgore, eroe immortale di *Apocalypse Now*, per spiegare a Elodie Claudel perché alludesse sempre con tanta tenera nostalgia alla sua esperienza di fuciliere assaltatore nella caserma di Cesano.

Erano passati sette mesi dal congedo. Era a Dacca, in Bangladesh, ormai da qualche tempo, con Medici Senza Frontiere.

Ma, ahimè, si era reso immediatamente conto che Elodie – la sua capoprogetto – non era la persona giusta per apprezzare il retrogusto cinico della citazione. No, il cinismo non era il suo forte. Non era proprio la passione di gente come Elodie. E quel luogo pullulava di gente come Elodie. Anche se nessuno di loro valeva un decimo di lei. Che strano: se c'era un posto che avrebbe avuto bisogno di un po' di ironia era proprio Dacca. La prima impressione era orribile, ma non quanto la seconda, quando, sulla jeep scoperta che ti conduceva al dormitorio nella parte occidentale della città, ti trovavi assediato dal susseguirsi implacabile di enormi baraccopoli, respirando l'aria bollente e putrida del primo pomeriggio, incapace di smettere di chiederti chi te l'avesse fatto fare. Se la vita in quegli avamposti dell'umanitarismo progressista aveva più di un tratto in comune con l'esperienza in caserma, ciononidimeno era vietata qualsiasi forma di cameratismo. Ironizzare sulle ragioni per cui eri lì era quanto mai sconveniente, così come lo era non svolgere nel modo adeguato le mansioni che ti erano state affidate. Eppure c'era qualcosa di troppo ostentato e convenzionale nelle opinioni di tanti operatori umanitari per non farti sorgere il dubbio che, almeno nella maggior parte dei casi, fossero sostenute da convinzioni posticce.

A Filippo erano bastate poche settimane per farsi l'idea che, dietro al risentimento di molti suoi colleghi verso ciò che genericamente chiamavano "Occidente", si nascondesse un rancore assai più circostanziato nei confronti di un padre troppo esigente o di una moglie fedifraga o di un bastardissimo capoufficio... Era evidente che, a dispetto delle parole d'ordine piene di sacro fuoco altruista, in molti non ce l'avessero con l'Occidente per ciò che l'Occidente aveva fatto ai bengalesi, ma per ciò che l'Occidente aveva fatto a loro, spingendoli a fuggire in quel pidocchiosissimo posto a occuparsi di bengalesi. Ecco perché il loro odio per l'Occidente non era meno marcio del loro amore per i bengalesi.

Almeno Filippo non aveva alcuna difficoltà ad ammettere la pretestuosità delle ragioni che lo avevano condotto lì. Stava tentando di fuggire dalla noia e dall'ipocondria. Tutto qui. Svolgere mansioni ripetitive in posti scomodi: ecco la strategia che la vita militare gli aveva insegnato per non pensare ossessivamente alla malattia che, secondo i suoi calcoli paranoici, lo stava per uccidere. Ebbene, c'era un luogo più scomodo di Dacca, e un lavoro più monotono di quello?

Qualcuno avrebbe potuto obiettare che entrare nello staff di medici impegnati a debellare la malaria dal Bangladesh non fosse proprio il massimo per un ipocondriaco cronico. Ma si dà il caso che Filippo appartenesse alla categoria di ipocondriaci che non fanno nulla per prevenire le malattie, preferendo di tanto in tanto diagnosticarsene una in stato avanzato.

«Filippo, non si scherza sul napalm» lo aveva ammonito Elodie.

«E chi lo dice?»

«Eppoi perché parli sempre con tanta passione della vita militare?»

«Ti stavo per l'appunto spiegando.»

«La verità è che vuoi provocarci. Prenderti gioco di noi. Mettere a dura prova i nervi del nostro inflessibile avamposto pacifista. Ma ti prego di credermi se ti dico che nel tuo esercizio non c'è niente di originale e niente di eroico. Il cinismo, al contrario di quel che pensate voi cinici, è la pratica più facile del mondo.»

«Il problema di voialtri, qua dentro, è che razionalizzate troppo. State sempre lì a spiegare. Come se dietro a ogni cosa ce ne fosse sempre un'altra. Non date nessun credito alle superfici.»

«Sarà. In effetti credo che tu dia importanza alla forma ancor più di quanto pensi. Altrimenti non ti saresti portato solo pantaloni mimetici.»

«A me sembrano adeguati a questo posto.»

«Non c'è niente di più inadeguato a questo posto di una cosa che alluda alla carriera militare. È sbalorditivo che tu non ti renda conto che la tua antiretorica pacifista è una forma di retorica...»

A Filippo Elodie era piaciuta sin dal primo giorno. Benché si trattasse di una delle più esaltate, c'era qualcosa di cristallino nella sua intransigenza. Sembrava completamente immune dal torbido narcisismo del cooperante umanitario medio. Per lei fare quello che faceva era necessario, ancor prima che utile o giusto: come bere, mangiare, andare in bagno.

Aveva appena superato la cinquantina, occupava un ruolo di rilievo nell'organizzazione, era l'ispiratrice del programma DEBELLIAMO LA MALARIA DAL BANGLADESH! non meno di quanto lo fosse stata di UN CALCIO ALLA DENUTRIZIONE INFANTILE IN CONGO! Elodie adorava i punti esclamativi. Attraverso quell'infantile segno di interpunzione esprimeva ottimismo e bellicosità.

Erano stati i suoi punti esclamativi interiori a farle compagnia durante missioni in posti mille volte più pericolosi di quello (Darfur, Congo, solo per dirne alcuni). Ma al contrario di tanti altri colleghi, sempre pronti a vantarsi delle rischiose avventure che li avevano visti intrepidi protagonisti, Elodie aveva un gusto masochistico nello sbatterti in faccia i suoi fallimenti, tutte le cose che non era riuscita a fare e a cambiare. Forse perché questa non era una parentesi nella sua vita. Questa era la sua vita. Lo era da un sacco di tempo e probabilmente lo sarebbe rimasta per sempre.

Mettersi lì, in un angolo del grande refettorio dove si consumavano i pasti serali, a succhiare avidamente la brodaglia a base di riso, pollo e legumi recitando per l'ennesima volta la lista delle ragioni per cui si era fatta una simile scelta di vita era uno dei più eccitanti diversivi offerti dalla Dacca by night. Alla terza sera, Filippo era già allergico a tutto quello spiegare e a tutto quel pontificare. A meno che il pretenzioso vaniloquio non imboccasse sentieri impervi. Allora sì che c'era da divertirsi.

Come stava accadendo ora con Elodie, che aveva deciso di metterlo sotto processo per il suo ostentato cinismo e per il suo del tutto presunto militarismo. E lui aveva allegramente raccolto la sfida, fornendo una confessione onesta. Aveva spiattellato tutto: aveva attaccato con l'incazzatura di Rachel, quando lui le aveva annunciato che avrebbe lasciato la specializzazione in Malattie infettive per iscriversi al corso per allievi ufficiali. Aveva spiegato a Elodie quanto massacrante fosse stato per lui laurearsi, e quanto la sola idea di aver di nuovo a che fare con libri, voti, registri e cattedratici in abito grigio gli facesse venire la nausea. E soprattutto le aveva parlato della sua paura di ammalarsi. Era stato allora che aveva chiamato in causa l'esperienza militare: il momento più luminoso della sua vita. Quello in cui l'ipocondria aveva smesso di tormentarlo. Ed era proprio questa parte della confessione a non essere piaciuta a Elodie. Ma si vedeva anche che, con il procedere della discussione, qualcosa tra loro si andava sciogliendo.

Filippo ed Elodie erano andati a letto insieme già una decina di volte da quando lui era lì. Niente di che, certe promiscuità erano all'ordine del giorno. Era stato Filippo a provarci. Dio se gli piacevano quelle fanciulle invecchiate. Le preferiva di gran lunga alle sue coetanee (all'epoca aveva appena compiuto trent'anni), per non parlare delle insopportabili ragazzine sbucate fuori dall'adolescenza con la presunzione di aver inventato la fica. A Filippo piacevano le tipe come Elodie perché avevano l'aria di credere di non meritare più l'amore. Di considerarlo una specie di premio tardivo. Il bello era che ti si davano completamente e, allo stesso tempo, erano commosse dalla tua generosità.

I capelli di Elodie avevano smesso di essere biondi già da un bel pezzo, la sua pelle non odorava più di albicocca e vaniglia dai tempi in cui i Beatles si erano sciolti. Eppure, quando si lasciava andare, vedevi perfettamente la timida minuta ragazzina proveniente da una buona famiglia di Bordeaux, figlia di un cattolicissimo produttore di vini di pregio. Così come vedevi tutte le consuetudini familiari che aveva dovuto tradire per costruirsi quell'esistenza alternativa di cui di certo la sua mamma, ammesso che esistesse ancora, non era affatto fiera. Elodie non si era sposata. Non aveva avuto figli. Elodie era totalmente, provocatoriamente astemia. Da quasi trent'anni si spendeva per bambini malati che non erano suoi. E Dio solo sa se ci sapeva fare con i bambini. Era come se tutta la ruvidezza che riservava agli adulti in presenza di un bambino bisognoso svanisse, per dare spazio a una dolcezza per niente caramellosa.

E c'era qualcosa di eroico in tutto questo. Almeno così la pen-

sava Filippo. Un eroismo che, quando lei se ne stava lì a sprolo-
quiare contro gli occidentali, si annacquava in un modo irreversibile. Ma che quando scopava sembrava riemergere dalle acque e
rivelare tutta la sua poesia. Eccoli lì, i punti deboli di una combattente. Gli abbandoni di un essere inflessibile. La pudicizia infantile di una donna che, mentre si spoglia, fa di tutto per non farti capire quanto si vergogni delle smagliature e del colore smorto dei
peli pubici. Se solo sapesse quanto ogni dettaglio è irresistibile per
il suo strambo partner occasionale. Se solo lui riuscisse a spiegar-
glielo... Eppure il gusto era proprio là: in tutto quello che lei non
sapeva del suo fascino.

Protetti dalla sudicia zanzariera che aveva difeso Elodie da mi-
riadi di insetti nel corso delle sue missioni, ci avevano dato dentro
tutta la notte. Senza risparmiarsi. E avevano ripetuto l'esperimen-
to nei giorni a venire, con sempre maggiore trasporto. Ancora, ancora e ancora. Finché a Filippo non era accaduta una cosa davvero
incresciosa: si era innamorato. Non credeva che potesse capitare.
Proprio perché non gli era mai capitato. E se non ti succede entro
i primi trent'anni della tua vita, tendi a convincerti che non potrà
mai succederti.

Aveva sempre trovato grotteschi gli uomini che impazziscono per una donna, tenendo conto che il mondo, nella sua splendida prodigalità, non fa che sfornare ogni secondo neonate destina-
te a diventare, nel giro di pochi lustri, creature ammalianti. E ora,
a trent'anni, si ritrovava impelagato in una storia vischiosa che lo
spingeva a ripudiare la sua inclinazione alla molteplicità e allo stesso tempo gli faceva intravedere il significato di un termine per lui
da sempre astruso come "eternità".

D'un tratto Filippo si vede nei panni di marito. D'un tratto la
quotidianità con una donna gli sembra una vera e propria benedi-
zione. Tra sé e sé prende a immaginare la vita con Elodie: sballot-
tati da un luogo degradato del pianeta all'altro, a occuparsi della salute dei bambini altrui. È uno scenario mentale che dovrebbe
angosciarlo. E invece lo esalta. Non vuole nient'altro: solo divide-

re la sua esperienza di cooperante umanitario con questa donna. Vuole cooperare con lei ventiquattro ore su ventiquattro. Di giorno vuole ammirarla come Madre Teresa di Calcutta, di notte fottersela come una pornostar! Sente che questa vita risolverà tutti i suoi problemi. Che non penserà più alla malattia e alla morte. Che Elodie Claudel lo salverà.

Erano stati mesi bellissimi. Struggenti nella loro monotonia. Essere felici nel posto più sfigato della terra. Che fosse tutto lì il segreto?

Ma evidentemente la sorte aveva altri programmi. O forse la sorte non c'entra niente. Forse il problema è da ricercarsi in ciò di cui quella grande oratrice di Elodie preferiva non parlare. Del suo assurdo odio per la felicità. Della sua incapacità di vivere senza fare qualche gesto estremo che implicasse l'uso di un gigantesco punto esclamativo!

Mancavano poche ore all'ottavo mese di Filippo a Dacca, quando Elodie si era iniettata una dose letale di un medicinale antimalarico. Già, persino per morire aveva scelto un modo igienico. Non solo, da brava capoprogetto-amante-mammina putativa si era misericordiosamente adoperata affinché Filippo non fosse nei paraggi. Aveva perciò atteso che lui partisse per una missione di una settimana nell'entroterra bengalese, una missione in cui era stata lei a spedirlo.

E c'è da dire che Filippo, questo delicato scrupolo, non l'aveva proprio apprezzato. Elodie aveva forse creduto che bastasse sottrarsi alla sua vista affinché il suo concubino non fosse sconvolto dal suicidio dell'amata? Un calcolo scriteriato. Era come credere che se spari a qualcuno indossando un bel gessato grigio invece di una volgare T-shirt, la vittima te ne sarà grata. Ma perché aspettarsi un gesto sensato da chi si sta per suicidare?

Certo è che mettersi qui a elucubrare sulle ragioni per cui Elodie si era uccisa comporterebbe il ricorso a un noiosissimo campionario di illazioni postume. Tutto quello che c'è da sapere su un suicidio è contenuto nell'atto in sé. Il resto è folclore romantico. Il punto fondamentale è che Filippo, durante la sua escursione umanitaria, aveva avuto il tempo di aggiungere alla collezione di sacchi neri anche quello che ospitava i resti della sola donna che avesse mai amato. Ora aveva un nuovo sacco e un nuovo cadavere a cui pensare nei momenti di disperazione. Dopo Federica, dopo il padre, ora anche Elodie Claudel. Occorre dire che quest'ultima, al contrario dei suoi predecessori, gli aveva lasciato un mucchio di storie commoventi da infilare in una graphic novel, qualora a lui fosse mai venuto in mente di realizzarne una.

E già, perché, a costo di deludere i milioni di fan di Filippo Pontecorvo, non posso tacere il fatto che la maggior parte delle avventure che l'autore si attribuisce in *Erode* sono merce di seconda mano. E se, almeno in materia di copyright, esistesse una giustizia, Filippo dovrebbe dividere i suoi cospicui diritti con il fantasma di Elodie o devolverne una parte in beneficenza a tutti i bambini di cui, una volta morta, lei non ha più potuto occuparsi.

In ogni modo, la cosa che più ci importa è che, già poche settimane dopo essere tornato dal Bangladesh, nella casa della sua infanzia, nel regno incantato di Rachel, Filippo aveva ripreso a flirtare con il pensiero della morte imminente. E a dividere equamente il tempo tra cardiologi e puttane.

Era stato l'incontro con Anna a dare una nuova, imprevista sterzata. Filippo aveva capito subito che Anna era l'esatto opposto di Elodie. Tanto la prima sembrava essere precipitata in se stessa sin dall'inizio della sua vita, quanto la seconda aveva tentato con tutto il fervore di cui era capace di sporgersi verso qualcosa che non la riguardasse personalmente, a costo di annientarsi. Tale differenza tra le due donne della sua vita era la garanzia di cui Filippo aveva bisogno per scegliere Anna senza temere che un quarto sacco nero venisse riempito. Era più che probabile che Anna non si sarebbe mai ammazzata. Parlava troppo spesso di suicidio per pensarci seriamente. In questo era proprio simile a lui.

La morte di Elodie e il matrimonio con Anna avevano chiuso la parte avventurosa della sua esistenza. Ciò che gli aveva dato la vita militare glielo aveva tolto l'esperienza di cooperante umanitario.

Ora non restava altro che concentrarsi onestamente sul proprio egoismo. Il che significava riprendere la carriera di malato immaginario. Vivere a fianco dello spettro di un sacco nero già pronto per lui, da qualche parte. Ed era quello che aveva fatto prima di diventare così, per puro caso, un pezzo grosso.

Ma ora che l'ipotesi della sua prossima morte non era più un fantasma continuamente evocato dalla nevrosi e puntualmente smentito da medici spazientiti, ora che Filippo si era conquistato sul campo una dignità straordinaria in virtù della condanna a morte che pendeva sulla sua testa – scaraventandolo nell'esclusivissimo club dei dead-man-walking-di-successo –, ora che, dando credito ai mezzi di informazione, c'era gente inferocita decisa a sgozzarlo pur non conoscendolo personalmente... ora, come si sentiva l'interessato? Be', meglio di quanto sarebbe stato disposto a confessare, persino a se stesso. La morte non era più la cosa peggiore che potesse capitargli. Molto, ma molto peggio perdere ciò che aveva ottenuto negli ultimi mesi. Non era così ipocrita da non vedere la relazione indissolubile tra una vita sovraccarica di onori e una condanna a morte. Forse per questo, ormai, lo sparo della pistola che avrebbe messo fine ai suoi giorni e il fragore degli applausi di cui non finiva di fare incetta – separati dalla nebulosa linea che divide l'incubo dal sogno – avevano per lui quasi lo stesso suono.

Dov'era finita la saggezza? Lo spiritoso fatalismo con cui aveva sempre accettato l'idea di essere un fallito? Forse il suo savoir faire era stato divorato dalle ovazioni? Allora è vero che nessuna droga dà più dipendenza della celebrità. Che l'euforia nel vedere la tua faccia sulla copertina di una rivista patinata è assai meno potente del dolore nello scoprire, a una settimana di distanza, che quella medesima rivista ti è stata infedele dedicando la copertina a qualcun altro.

È così che Filippo mette a punto la ricetta per perpetuare lo stato di grazia: la morte è il segreto. Proprio così, il rischio di essere ammazzato si rivela la migliore assicurazione sulla vita che lui e la sua celebrità siano riusciti a sottoscrivere. Basta questo a gettare sulla questione morte una luce decisamente benevola. Ora, alla fine del tunnel, non lo attende più un sacco nero, ma, anzi, festose cataste di fiori, nenie di pianti insensati, il confortante corollario del pubblico cordoglio, interminabili dirette tv.

Non era forse per alleviare la sensazione di dover morire solo che Filippo, al culmine delle crisi ipocondriache della giovinezza, andava a infilare il muso nel letto della madre, come un cagnolino spaventato dal temporale? E non era forse questa la ragione per cui ora – in vista di un possibile martirio – la morte acquisiva ai suoi occhi un inimmaginabile prestigio? Era come se finalmente Filippo avesse scoperto che c'era una cosa ben più temibile della morte: l'irrilevanza sociale...

Dio santo se ci potevi annegare in certe elucubrazioni.

Dopo essersi a lungo rigirato nel letto di una stanza del Carlton Baglioni di Milano, Filippo si stava convincendo che solo un caffè avrebbe potuto scacciare certi pensieri megalomani. Ma temeva a tal punto di svegliare la giovane donna che gli dormiva a fianco, di cui a stento ricordava le generalità, che non osava muoversi.

La stanza gli era stata offerta dalla Bocconi. Data la trionfale accoglienza ricevuta nell'incontro in aula magna, gli avevano chiesto se non desiderasse tenere, per quello scorcio finale di semestre, un piccolo seminario su un argomento a piacere. Proprio così gli avevano detto: "un argomento a piacere".

Gli studenti ne sarebbero stati entusiasti e, dettaglio non trascurabile, lo avrebbero pagato uno sproposito. Là per là Filippo aveva esitato. Davvero gli stavano proponendo di tenere un corso? A quale titolo? Cosa aveva lui da insegnare? Come avrebbe potuto chiamare il suo seminario?

L'arte di farsi ammazzare.

Corso accelerato di fornicazione applicata.

Come vivere alle spalle di una moglie ricca e nevrotica.

Come far incazzare gli estremisti disegnando.

Ipocrisia e Risentimento.

Questi erano i soli "argomenti a piacere" che gli venivano in mente.

Non aveva alcun senso. Forse proprio per questo Filippo aveva accettato: per ubbidire alla sconsideratezza dadaista che da qualche tempo ispirava ogni suo gesto. Che qualcuno gli affidasse un seminario indicava che l'istruzione universitaria, almeno in Italia, era davvero al capolinea. E tenendo conto di quanto aveva sofferto da studente, era particolarmente lieto di dare il suo apporto al colpo di grazia che stava per essere inferto a un'istituzione che lo aveva così mal sopportato. Eppoi la prospettiva di pontificare al cospetto di tutte quelle ragazzine snob (stivali a punta, jeans stretti, borsette Louis Vuitton) gli faceva venire l'acquolina in bocca.

A distanza di pochi giorni dall'inizio del seminario, poteva dirsi soddisfatto del suo curriculum accademico nuovo di zecca. Insegnava da sole due settimane e aveva già fatto visitare la sua camera d'albergo a una manciata di studentesse. Ormai si era impratichito nell'arte di portarsi a letto le ammiratrici. E, proprio in virtù di tale know-how, poteva dire che la cosa peggiore era che l'ammiratrice di turno non sloggiasse subito dopo l'atto.

I risvegli erano imbarazzanti. Tanto più se era Filippo il primo ad aprire gli occhi. Allora era davvero difficile tenere a bada l'insofferenza: la frustrata smania di caffeina gli ispirava pensieri omicidi.

Esattamente come stava succedendo quella mattina di aprile.

Forse doveva svegliarla. O forse la soluzione più indolore era chiamare il room-service e farsi portare il paio di espressi che avrebbero colmato quel vuoto patologico. Doveva ordinare anche per lei? Aveva la faccia di una che la mattina beve il tè. Bene, le avrebbe ordinato un tè. Filippo, contento della sua intuizione, afferrò la cornetta, spinse il tasto giusto, attese invano che qualcuno rispondesse. Poi attaccò. Sempre più esasperato, si disse che la cosa migliore era infilarsi qualcosa addosso e scendere a fare colazione.

E se durante la sua assenza avesse chiamato Anna?

Ci mancava solo che la bella addormentata, presa alla sprovvista, rispondesse al telefono: allora sì che sarebbe stato un bel casino. La gelosia di Anna negli ultimi tempi aveva superato i livelli di guardia. E proprio perché era disposto a riconoscere che stavolta le paranoie della moglie erano perfettamente adeguate al numero dei tradimenti inflitti, Filippo trovava a dir poco sconsiderato offrirle una prova così irrefutabile della propria infedeltà.

Quando ormai stava per disperare, sentì giungere dall'altro lato del letto il «Buongiorno» più flebile e dimesso che qualcuno gli avesse mai rivolto.

Già la sera prima si era reso conto che questa tizia non corrispondeva quasi in niente all'identikit emotivo della sua ammiratrice. Non apparteneva né alla categoria delle acerbe pasionarie arrabbiate, tantomeno a quella delle signore sfaccendate in cerca di un diversivo. Non c'era alcun fuoco in lei. E nessuna curiosità. Evidentemente non lo idolatrava. La sola cosa certa è che era attraente in quel modo sofisticato che non lo attraeva affatto. E il fatto di risvegliarsi accanto a una ragazza che non lo idolatrava e da cui non era così attratto rendeva l'intera trafila ancor più imbarazzante.

«Buongiorno» rispose, togliendo il sigaro dalle labbra.

«Non mi stavi mica guardando, vero?»

«Perché avrei dovuto?»

«Perché ho sentito che eri sveglio e ho temuto che mi stessi guardando.»

«In effetti ero sveglio. Ma non riuscivo a pensare ad altro che a un caffè.»

«Ti prego, dimmi che non stavo russando.»

«Tranquilla, non stavi russando.»

«Meno male. È una cosa così imbarazzante russare. È la sola cosa su cui una donna non riesce a esercitare controllo.»

«Se è per questo neanche un uomo. Eppoi a me non dispiacciono le donne che russano.»

«Quindi stavo russando?»

«Non ho detto questo. Ho detto che, qualora lo avessi fatto, non mi sarebbe dispiaciuto.»

Filippo fu molto scontento di averla rassicurata con un argomento così bizzarro, non meno di quanto gli dispiacesse di aver usato la congiunzione "qualora". Ma si consolò subito pensando che era stata lei a trascinarlo su un terreno di surrealtà, inducendolo a una sconsiderata forbitezza.

«Ti posso chiedere una cosa?» disse lei.

«Accomodati» le rispose cercando di fare il disinvolto.

«Ti posso chiedere di uscire dalla stanza?»

Questa poi... Come si permetteva di cacciarlo via dalla stanza generosamente offertagli dal rettore della Bocconi?

«Perché me lo chiedi?»

«Ho qualche problema a vestirmi di fronte a qualcun altro.»

"Però a spogliarti no" avrebbe voluto ribattere Filippo. Ma si controllò, e non solo perché il commento sarebbe suonato inqualificabilmente triviale, ma anche perché sarebbe risultato infedele alla realtà dei fatti: farla spogliare era stata una vera e propria impresa. E anche quando ci era riuscito e se l'era ritrovata nel letto era rimasto in lui l'assurdo sospetto che quella nudità non fosse che un subdolo travestimento. Lei, dal canto suo, si era comportata sin da subito come un'infiltrata: lo aveva rimorchiato al bancone del bar dell'hotel (che banalità!), mentre lui si scolava il terzo Lagavulin della serata. Gli aveva chiesto se si ricordava di lei, e lui le aveva risposto che un po' se ne ricordava (e quell'"un po'" era suonato come una mezza menzogna).

Mentre la loro stentata conversazione aveva luogo, lui si era concentrato sulla delicatissima pelle mielata dal carisma mediorientale. Forse Al-Qaeda l'aveva assoldata per fargli la pelle. Un pensiero, quest'ultimo, che lo aveva seguito – insieme alla ragazza, d'altronde – fin su in camera. Facendola entrare, sempre più in preda ai deliri alcolici, Filippo si era domandato se per caso lei non potesse essere una di quelle pupe infide che, nel corso di un favoloso amplesso, provano ad ammazzare James Bond con un serpente velenoso o un coltello nascosto nella giarrettiera.

Il guaio è che l'amplesso non era stato per niente favoloso. Anzi, ripensandoci, l'esperienza sessuale che lei gli aveva propinato si era rivelata spiacevole quasi quanto un tentato omicidio. Gli sembrava di non essersi mai imbattuto in una donna che ci sapesse fare di meno. Il tutto era ancora più strano, considerando che ci si era messa lei in quella situazione. Era stata lei a presentarsi nella tana del lupo. La scusa che gli aveva ammannito per giustificare la sua presenza nel bar dell'albergo alle undici di sera – un'amica le aveva dato buca – era semplicemente ridicola. Era lì per lui. Su questo non c'erano dubbi. Ma perché? Perché prima ti vieni a concedere eppoi ti comporti con tanta ritrosia? E perché, una volta evasa la penosa pratica, non ti togli subito dai piedi? Perché imponi la tua presenza tutta la notte per poi, al mattino, cacciare fuori il legittimo proprietario della stanza?

«Ok» si sentì dire Filippo. «Intanto volevo andare a prendermi un caffè. A proposito, ti ordino qualcosa? Un tè?»

«No, grazie, non mi piace il tè. Ci vediamo giù. Ti vengo a salutare.»

«Un'ultima cosa: non rispondere al telefono. Per niente al mondo.»

«Hai detto proprio una brutta cosa!» osservò lei con tono di riprovazione.

La terrazza aperta su un giardino profumato era un bel posto dove fare colazione. E anche se Filippo iniziava ad averne abbastanza della vita da albergo (da popstar in tour) doveva ammettere che quella mattina non avrebbe cambiato una virgola. Milano sembrava avere in serbo per i suoi laboriosi cittadini una di quelle giornate di primavera irrisolte, in cui il sole trova un accordo precario con una pioggerellina lieve e nient'affatto fastidiosa. Era contento di starsene lì, seduto a un tavolo solitario affacciato sul giardino, il muso affondato nei giornali, in cerca di qualcuno che avesse trovato il modo di lodarlo pubblicamente (si sarebbe contentato anche di qualche detrattore). A un certo punto aveva scovato, su un quotidiano di destra, un'intervista a un esperto di Islam (ce ne sono a bizzeffe in circolazione) che spiegava per filo e per segno perché Filippo fosse stato irrispettoso.

Ogni tanto sorseggiava dalla grande tazza di caffè americano che si era fatto servire subito dopo i due espressi di ordinanza. Poi gettava un'occhiata alla porta d'ingresso della sala, aspettandosi che si materializzasse la bella addormentata. Non vedeva l'ora di consumare educatamente l'epilogo del deludente film che li aveva visti coprotagonisti.

Lei, da copione, si faceva attendere.

La sala non era piena. C'era una coppietta di russi la cui differenza di età era a dir poco perturbante. Filippo si chiese se, ammesso che qualcuno non lo avesse accoppato prima del tempo, a lungo andare si sarebbe ridotto così: un vecchio bavoso che fa colazione con valchirie sempre più giovani e indolenti. Be', l'idea non gli dispiacque: meglio che essere sgozzati! C'era un gruppetto di donne arabe affamate, a giudicare dal cibo che infilavano sotto il velo. Eppoi c'era un uomo d'affari brizzolato che leggeva il "Financial Times" con la stessa avidità con cui una teenager divora *Il Piccolo Principe*.

Questo era il gruppo sociale a cui apparteneva? si chiese Filippo con malriposta autocommiserazione. Era passato direttamente dal club degli sfigati alla stanza dei bottoni? Pareva proprio di sì. La gente normale non conduceva una vita del genere. Non viveva in albergo. Non poteva disporre delle proprie giornate con tanta soavità. La gente normale a quell'ora non se ne stava lì a elucubrare su cosa fa la gente normale.

Dopo un po' iniziò a spazientirsi. Ripensò con rancore alla bella addormentata che, preda di chissà quale ubbia nevrotica, lo aveva cacciato via dalla sua stanza. Assicurandogli che lo avrebbe raggiunto subito. Era passata mezz'ora e ancora niente. Le avrebbe dato altri tre minuti, poi sarebbe salito a sistemare la faccenda. Anche perché, nel frattempo, la frenetica voglia di caffè che aveva scandito l'avvio della giornata era stata sostituita da una smania irresistibile di infilarsi sotto la doccia. Improvvisamente si sentiva sporco e depresso. Ma quando l'acqua calda si fosse portata via la sporcizia, anche la depressione avrebbe avuto i minuti contati. Diventare famoso lo aveva reso un individuo estremamente irritabile. Bastava un nonnulla a guastargli l'umore. Doveva essere questa la ragione per cui non ce la faceva più ad aspettare. La ragazza stava mettendo a dura prova la sua pazienza.

D'un tratto gli sembrò di capire, forse eccitato dalla caffeina, perché i calciatori al culmine della carriera abbiano un debole per le puttane; perché giovani maschi pieni di soldi e di opportunità, invece di attingere a illimitate risorse di fascino, preferiscano sborsare un bel po' di quattrini per avere ciò che potrebbero ottenere gratis.

Le puttane non hanno nevrosi o, almeno, sono pagate per non portarle sul luogo di lavoro. Le puttane non ti mandano quindici sms per dirti quanto sono state bene e quanto sarebbero contente di rivederti al più presto. Nessuna puttana, neanche sottoposta al più grande stress, minaccerebbe di chiamare tua moglie. No, le puttane non fanno certe minacce indecenti. Le puttane sono portatrici di una saggezza millenaria. Di una seraficità biblica. Le puttane, insomma, sono le sole donne che non equivocano mai.

Peccato che a lui ormai fossero precluse. Proprio a lui che ne avrebbe fatto un uso così igienico. Ma una delle cose che non potevi fare se ti chiamavi Filippo Pontecorvo era pagare una bella donna per compiacerti. Nessuno te lo avrebbe perdonato.

Filippo lo aveva capito qualche settimana prima, durante una telefonata con Piero Benvenuti, il suo agente. Il quale, più trafelato del solito, lo aveva accusato di aver combinato un casino dal quale ora lui non sapeva come tirarlo fuori.

«Calmati, Piero, dimmi che succede.»

«Mi ha appena chiamato una specie di paparazzo. Un tipaccio equivoco...»

«E...?»

«Dice che ha degli scatti imbarazzanti che ti riguardano.»

«Purtroppo temo che il tuo tipaccio equivoco abbia fatto un bel buco nell'acqua» aveva risposto Filippo. Aggiungendo con tono nostalgico: «È un bel po' di tempo che non faccio qualcosa di veramente imbarazzante!».

«Ti prego, Filippo, è una cosa seria.»

Una cosa seria? Davvero? Come poteva essere seria la foto di un paparazzo?

C'era qualcosa di patologico nel modo in cui l'atteggiamento di Piero nei suoi confronti era cambiato negli ultimi tempi. La fierezza per aver avuto un ruolo determinante nel planetario successo di *Erode* era tale da averlo indotto a interrompere sodalizi professionali con "artisti" da lui giudicati non meritevoli di appartenere alla stessa scuderia di Filippo Pontecorvo. Se fosse dipeso da Piero, si sarebbe occupato esclusivamente del suo gioiello. E da che la storia delle minacce di morte era diventata di pubblico dominio, il suo desiderio di difendere la rispettabilità di Filippo aveva preso i tratti ridicoli dell'ossessione. Era come se Piero – malgrado lo avesse conosciuto quando ancora il suo futuro assistito era nient'altro che l'eccentrico marito mantenuto di un'attricetta – avesse aderito alla convinzione decisamente stucchevole per cui Filippo era una specie di eroe nazionale: un incrocio tra Valentino Rossi e Luciano Pavarotti, con l'aggiunta di una dirittura morale che neanche Mazzini avrebbe potuto vantare.

«Ti ricordi per caso se di recente hai fatto la pipì per strada?»

«Che razza di domanda è?»

«Una domanda fondamentale.»

«Boh... Sarei un ipocrita se dicessi che non mi piace farlo... Hai mai provato, Piero, a pisciare in un prato sotto un cielo stellato? Io e Semi lo facevamo sempre da ragazzini. Quando mamma ci diceva che dovevamo andare a letto, che dovevamo lavarci i denti e fare la pipì, uscivamo in giardino, lo tiravamo fuori e via sul prato. Una curva dorata e perfetta. Non hai idea che meraviglia, il vapore che si alzava. Che spettacolo!»

«Non sto parlando delle perversioni infantili che condividevi con tuo fratello. Ma di una pisciata tra due macchine in una via di Roma.»

«Te l'ho detto: può essere. Di solito, se c'è da scegliere tra l'aria aperta e un fetido bagno pubblico non ho esitazioni.»

Filippo aveva capito dal silenzio in cui Piero era caduto che ciò che aveva appena sentito non gli era piaciuto affatto.

«Allora la situazione è persino più seria di quanto immaginassi.»

«Mi vuoi dire cosa cazzo sta succedendo?»

«Questo tizio dice di averti pizzicato che pisciavi tra due macchine in un viale di Prati.»

«Quindi non solo devo guardarmi le spalle da qualche beduino deciso a sgozzarmi, ma anche da un pervertito che mi fa un servizio fotografico mentre piscio?»

«Sono stupito che tu lo capisca solo ora» aveva commentato Piero con tristezza, non potendo nascondere la sua riprovazione.

Ma certo, i martiri non pisciano. O almeno non lo fanno in pubblico. I martiri non possono farsi fotografare con il cazzo di fuori. Il manuale di bon ton del martire provetto non contempla certi riprovevoli abbandoni alla fisiologia.

Cosa si fosse inventato l'agente per evitare che le foto del pisciatore solitario finissero su qualche rotocalco scandalistico, Filippo non lo sapeva. Né gli interessava. Conoscendolo, era plausibile che avesse ceduto al ricatto del paparazzo, svenandosi per togliere dal mercato gli scatti indecenti.

La lezione appresa grazie a quella squallida disavventura era semplice: la gente come Piero (e di gente come Piero ce n'era un'infinità) si aspettava da Filippo Pontecorvo un determinato contegno. E tale contegno, ahimè, non prevedeva la frequentazione abituale di puttane. No, quelle non gliele avrebbero proprio perdonate.

«È qui che stavi? Volevo solo salutarti» gli disse la bella addormentata cogliendolo alla sprovvista. Filippo, sovrappensiero, girò il busto verso di lei e la vide con la mano protesa di chi, in effetti, vuole salutarti.

«Ti siedi con me?» le chiese. E non era una cortesia. La ragazza di fronte a lui non avrebbe potuto essere più in forma. Non era mica un caso che l'uomo d'affari per guardarla avesse sacrificato persino la lettura del "Financial Times" (un onore che non aveva concesso al cameriere che continuava a riempirgli la tazza di caffè).

Filippo dovette convenire con lui che, vista a quell'ora del mattino, la bella addormentata faceva proprio un'impressione incantevole. Se avesse indossato una cravatta, la somiglianza con la sublime Annie Hall sarebbe stata perfetta. Una Annie Hall mediorientale, dai capelli corvini e la pelle finissima, ma comunque sia una Annie Hall in piena regola: non meno maldestramente spiritosa e affascinante dell'originale.

«Purtroppo devo andare a casa a studiare.»

Poi aggiunse: «È stato bello», con lo stesso tono meccanico di chi sta recitando la trita battuta di un vecchio film.

«Figurati!» rispose un po' piccato.

Mentre la ragazza usciva di scena, Filippo notò che si era guadagnata un nuovo ammiratore. E bastava valutarne l'espressione attenta per capire che, da giudice equanime qual era, il russo aveva conferito il massimo dei voti al didietro della bella addormentata. Filippo si pentì di non aver dato maggiori chance a quel culetto in rapido allontanamento.

Strano, ma per la prima volta, da che era diventato un libertino seriale, ebbe l'istinto di afferrare il telefonino e scrivere all'esemplare femminile da cui aveva appena preso congedo: "Sì, hai ragione, è stato bello". Tale impulso fu represso non certo dal timore di dire una menzogna – in realtà era stato tutto fuorché "bello" –, ma dal ricordo dell'effetto patetico prodotto da quel tipo di sms quando era lui a riceverli.

Dopo pranzo uscì per andare a lezione. Aveva con sé l'intramontabile sacca militare semivuota. Dall'università sarebbe corso subito all'aeroporto per salire sul primo aereo diretto a Roma. Aveva promesso a Rachel che stavolta sarebbe riuscito a portare anche Anna alla cena di Pesach in programma per la sera dopo all'Olgiata. Filippo sapeva che, per mantenere la promessa, avrebbe dovuto spendersi in un'accorata opera di convincimento. Negli ultimi due anni, Anna aveva disertato tutte le feste comandate in casa Pontecorvo e Rachel ci era sempre rimasta male. Per lei era importante che l'intera tribù si riunisse almeno per le feste. La ragione per cui chiedeva ai figli e alle nuore di presenziare era che credeva fervidamente che una parte fondamentale dell'essere ebrei consistesse nello stare insieme ogni tanto a cena. Spegnere la tv e accendere le candele. Questo significava per lei essere ebrei. E forse non aveva tutti i torti.

Malgrado non si fosse mai presa con quella nuora difficile, a Rachel dispiaceva che Anna si fosse messa a fare le bizze. Non riusciva neppure a immaginare quali fossero i motivi di quel cambio di atteggiamento. Tanto più che, nei primi tempi della sua relazione con il figlio, Anna aveva aderito entusiasticamente alle festività ebraiche in casa Pontecorvo. E anche nei primi anni di matrimonio. Cosa era cambiato da allora?

Rachel non osava rivolgere esplicitamente questa domanda al figlio, ma, all'approssimarsi di ogni festività, si limitava a chiamare Filippo con più frequenza del solito e a chiedergli, en passant, con tono studiatamente disinteressato, se Anna era di buon umore.

Quell'anno Filippo era determinato a convincerla. Anche perché lui, a differenza di Rachel, sapeva perfettamente cosa frullava nella mente della sua strana mogliettina. Anna non aveva digerito la conversione all'ebraismo di Silvia. Quando lei era entrata in casa Pontecorvo per la prima volta, Silvia era già lì da diversi anni. Dato il suo patologico spirito competitivo, era stato inevitabile che Anna provasse immediati sentimenti di ostilità nei confronti di una ragazza arrivata prima di lei da qualche parte. Non amando i ruoli da coprotagonista, gliel'aveva giurata. Anzitutto iniziando a sparlare del rapporto quasi filiale che esisteva tra lei e Rachel. Non era mica una cosa normale. Certi legami morbosi erano concepibili solo tra consanguinei.

«Non vedo perché devi avercela con Silvia solo perché vuole tanto bene a mia madre» le rispondeva Filippo irritato ogni volta che Anna gli riversava addosso il suo vergognoso rancore verso la presunta rivale.

«Non ce l'ho con nessuno. Dico solo che non è una cosa normale.»

«È davvero incredibile che sia tu a dare patenti di normalità.»

«Ci vedo dell'ipocrisia.»

«Silvia non mi pare affatto un'ipocrita. È solo una che ha tanti brutti ricordi. È orfana di madre, ha un padre terribile. Si è attaccata alla vecchia, non vedo perché devi romperle i coglioni. Non vedo perché devi sempre agire nei confronti degli altri come se ti stessero facendo un torto.»

Questo genere di conversazioni aveva luogo di continuo. Finiva sempre con Filippo che si accalorava e diceva cose sferzanti e Anna che non trovava di meglio che insultarlo. La ragione per cui lui difendeva a spada tratta la futura cognata dai fendenti immotivati della moglie era che quella ragazzina gli piaceva. Gli era sempre piaciuta. Era gentile, leale, piena di vita. Filippo non avrebbe sperato di meglio, considerando che Semi, in fatto di ragazze, aveva combinato diversi casini. Aveva temuto che il fratellino, ammesso che non si fosse imbattuto in un'altra psicopatica, fosse destinato a finire nelle grinfie di una di quelle indolenti biondine che la buona società romana o milanese sforna con eccessiva generosità. Era contento di essere stato smentito. Gli piaceva ciò che Semi aveva costruito con Silvia, e apprezzava il legame di affettuoso rispetto che Silvia aveva saputo instaurare con una signora riservata come Rachel.

Anche di recente, dopo il successo di *Erode*, Silvia si era distinta dalla maggior parte dei suoi vecchi amici per la capacità di gioire senza alcun freno o retropensiero malevolo. Non c'era stata pubblica occasione in cui non fosse stata in prima fila (anche quando Semi non era potuto andare) a omaggiarlo e a sostenerlo. Il primo sms che Filippo riceveva dopo essersi esibito in qualche trasmissione televisiva dai grandi ascolti era sempre quello di Silvia. E lei sapeva essere così incoraggiante: "Sei stato fantastico!", "Oggi il dottor Pontecorvo era davvero in forma", "Li hai sbaragliati", "Siamo fieri di te", "Ti ho visto insieme a Rachel. Non faceva che alzarsi e andare in cucina tutta nervosa".

Se c'era una cosa che negli ultimi tempi Filippo adorava fare quando Semi era a Roma per il weekend era invitarlo a cena, insieme a Silvia. Di solito arrivavano con un'ora d'anticipo e Silvia aiutava Filippo ai fornelli. E mentre si scambiavano ricette come due vecchie massaie, Silvia gli raccontava di tutte le sue colleghe – fascinose avvocatesse – che sbavavano per lui e che la subissavano di domande su com'era dal vivo quel fico di Filippo Pontecorvo.

Sì, Filippo adorava Silvia, e non sopportava l'idea che Anna non la tollerasse.

Era convinto che, tra le ragioni che avevano spinto Anna ad accettare la sua proposta di matrimonio, sebbene avesse sempre detto che lei non si sarebbe mai sposata (per eccesso di fedeltà alla figura paterna), ci fosse anche il desiderio di conquistare un vantaggio, per così dire legale, sulla sua rivale. Era evidente che Anna puntasse a diventare una Pontecorvo nella maniera istituzionale ancora preclusa a Silvia, in tal modo surclassandola. Normale che, una volta ottenuto il risultato, per qualche tempo si fosse quietata. Almeno finché Filippo non le aveva detto che Silvia aveva deciso di convertirsi.

«Ecco, lo vedi, lo sapevo! La solita vipera che s'insinua.»

«E io sapevo che non avrei dovuto dirtelo.»

«La verità è che, se tua madre glielo chiedesse, si butterebbe in un fosso.»

«Be', in effetti la conversione mi sembra un eccesso di zelo... ma sai com'è fatta Silvia: sempre esuberante ed entusiasta.»

«Quella che tu chiami esuberanza, io la chiamo prostituzione. Prostituzione affettiva!»

«Che paroloni!»

«Non mi hai sempre detto che è impossibile convertirsi?»

«Non credo di avertelo mai detto. Forse ti ho detto che è terribilmente difficile. E infatti non è mica detto che Silvia ci riesca. Di' un po': ci stai facendo un pensierino?»

«Figurati. Non mi piacciono certi trucchetti.»

Era palese che il desiderio di convertirsi di Silvia aveva inferto un duro colpo ad Anna. Così come era evidente che quello era il motivo per cui da due anni inventava scuse penose per non andare alle cene di Pesach organizzate dalla suocera. L'idea di dover sostenere serenamente il fervore religioso di Silvia, nonché la sua specifica competenza culinaria, era superiore alle esigue capacità di sopportazione di Anna.

Ma quell'anno Filippo riponeva una certa fiducia nel proprio ascendente sulla moglie. Che da qualche tempo lei si mostrasse più sollecita nei suoi confronti era un fatto. La paura di perderlo l'aveva resa più accondiscendente. Filippo contava su questo. Ma sapeva anche che avrebbe dovuto iniziare a lavorarsela con almeno un giorno di anticipo. Ecco perché quella sera sarebbe rientrato a Roma.

La lezione andò benissimo. Dopo gli impacci dei primi giorni, ora si sentiva perfettamente a suo agio in aula. Aveva capito che per fare una buona lezione in università devi ricorrere a una tecnica televisiva. Denudarti, essere spontaneo, dare l'idea che ciò che dici ti sgorghi da dentro e non puzzi di cibo meschinamente precotto. Era meglio sostituire il bloc-notes degli appunti con pause pensose e occhi persi nel vuoto. Per quanto riguarda gli argomenti, l'università ormai era un posto troppo frivolo per esigere contenuti ragionevoli e circostanziati.

Poi aveva preso un taxi per Linate. Lì, in aeroporto, in fila per il controllo di sicurezza, aveva notato che l'attempata signora davanti a lui non solo lo aveva riconosciuto, ma lo guardava con apprensione. E non si era stupito. Erano settimane, ormai, che le minacce di morte rivolte contro di lui facevano notizia sui giornali e in televisione. Il rischio di essere accoppato da un momento all'altro aveva dato un ulteriore impulso alla sua notorietà. Si poteva dire che lui fosse l'uomo del momento. La qual cosa aveva offerto ai suoi ammiratori un nuovo pretesto per idolatrarlo, e ai suoi detrattori un nuovo strumento per metterlo sul banco degli imputati. Cosa aveva fatto di così rischioso Filippo Pontecorvo – si chiedevano quei diffidenti di professione – per essersi guadagnato la patente di martire? E perché chi lo voleva ammazzare, invece di agire, non faceva che aggiungere a proclami altri proclami? Questi maghi del sospetto erano convinti si trattasse dell'ennesima patacca messa in circolazione da un marketing impazzito e geniale. E in alcuni momenti, tanto l'idea che qualcuno volesse realmente toglierlo di mezzo gli sembrava assurda, che persino Filippo era portato a crederlo.

Una cosa però era certa: questa signora qui la pensava altrimenti. Senza dubbio lei era persuasa di essere in fila davanti a un tizio che rischiava grosso. Per questo gli rivolgeva le stesse furtive occhiate che, nei mesi successivi all'Undici settembre, avrebbe potuto lanciare a uno schivo ragazzo musulmano in fila per il check-in.

Filippo avrebbe voluto rassicurarla. Dirle di stare tranquilla: persino lui era sempre più convinto che la storia della condanna a morte non avesse alcun fondamento. Ma purtroppo sulla faccenda non disponeva di dati molto più precisi rispetto a un attento lettore di quotidiani. Dicerie, illazioni, retroscena... La solita indigesta paccottiglia mediatica. Ok, la settimana successiva avrebbe avuto un incontro con alcuni papaveri del ministero degli Interni. Sperava quantomeno che gli avrebbero rivelato, dati alla mano, l'entità del rischio. E che gli avrebbero proposto una soluzione ragionevole. Ma se la situazione era così grave, come Filippo non faceva che leggere sui giornali e come gli aveva fatto intendere un agente dei servizi segreti con cui era in contatto, perché aspettare? Perché non agire subito? In fondo la signora aveva ragione. Perché questo pericolo ambulante non viene tolto di mezzo? Perché non lo nascondete da qualche parte?

Eppure Filippo, per una volta, era contento dell'inadempienza delle istituzioni. Non chiedeva di meglio che qualche giorno in più per riflettere sul futuro. L'ipotesi che lo mettessero sotto scorta non era meno terribile di quella che lo facessero sparire inserendolo in una specie di programma testimoni (in una località X, sotto false generalità, senza più poter vedere i propri cari: per sempre). Entrambe le soluzioni gli apparivano sconvolgenti. Per questo preferiva non pensarci, godersi quelli che sarebbero potuti essere gli ultimi giorni di libertà.

C'era sempre qualcosa di toccante nell'atterrare all'aeroporto di Fiumicino subito dopo il tramonto. Le luci al neon, i poliziotti indolenti, i muri sbrecciati, l'atmosfera di umida fatiscenza in cui languiva una città subtropicale.

Salendo sul taxi che lo avrebbe riportato a casa dopo diverse settimane di assenza, Filippo si sentì sopraffatto dalla stanchezza. Non vedeva l'ora di farsi una doccia e mettersi a letto. Di vedere Anna, di toccarla. Si sentiva come se fosse stato sveglio per un anno intero. Spostarsi di continuo, passare da un albergo all'altro era divertente, ma alla lunga era soprattutto sfiancante.

Se c'era una cosa che lo accomunava a Semi era la compulsione al viaggio. I fratelli Pontecorvo stavano sempre in giro. Semi se n'era andato da Roma appena aveva potuto. Filippo, pur continuando a viverci, aveva colto ogni occasione propizia per lasciarla. Si domandò se tale nomadismo non fosse un modo per continuare a fuggire da ciò che era successo al padre tanti anni prima.

Senza dubbio per Semi era stato così. Roma, a dispetto delle apparenze, era una città pericolosa. Tanto più per chi proveniva da un ambiente come il loro: privilegiato, asfittico, feroce! Filippo era fiero di aver picchiato gli stronzi che si erano presi qualche libertà di troppo con il fratello. Ma era certo che Roma avesse regalato a Semi una quantità inaudita di situazioni imbarazzanti da cui era stato impossibile difenderlo. E si trattava di una di quelle cose a cui Filippo non riusciva a pensare senza arrabbiarsi.

Ciononostante, malgrado i ricordi orrendi, era proprio bello essere a Roma. Tanto più che c'era il rischio si trattasse della sua ultima cena di Pesach a casa, con i suoi (l'ultimo pasto del condannato?). Era importante che tutto sembrasse il più normale possibile. Rachel lo aveva incaricato di preparare l'impasto per le pizzarelle al miele, una prelibatezza pasquale assai in voga in casa Pontecorvo. Gli aveva lasciato un messaggio in segreteria dicendogli che a casa avrebbe trovato gli ingredienti necessari: azzime, uova, pinoli, miele, olio di semi. Quello stesso messaggio in segreteria si concludeva così: "Chiama tuo fratello. Temo che abbia qualche problema".

Filippo si ricordò solo ora delle parole di Rachel. Guardò l'orologio. Erano quasi le otto e mezzo. C'era tempo per chiamare Semi. Che problemi poteva avere il fratello? Era il suo lavoro a essere in pericolo o si trattava dell'organizzazione del matrimonio? Ormai mancava poco alle nozze. L'ultima volta che Filippo lo aveva sentito, Semi gli aveva detto che cominciava ad averne abbastanza della furia organizzativa di Silvia. Che non ne poteva più di bomboniere, addobbi floreali, catering, prove abito e di tutta quell'altra merda nuziale.

A Filippo venne in mente che lui e Semi si sarebbero dovuti vedere quasi un mese prima. Semi gli aveva assicurato che sarebbe andato a sentirlo nell'aula magna della Bocconi e dopo sarebbero andati a cena insieme. Ma poi non si era fatto vedere né sentire. Filippo aveva provato a chiamarlo sul telefonino, subito dopo l'evento, ma, chissà perché, il fratello non aveva risposto. Nei giorni seguenti, soffocato da altri impegni, se n'era dimenticato. E Semi non si era più fatto vivo. Una cosa davvero strana: persino quando era in America si sentivano quasi tutti i giorni. Evidentemente Rachel aveva ragione: il fratello aveva qualche problema. Durante l'ultima telefonata che si erano scambiati, Semi gli aveva detto di essere nei casini. E che gliene avrebbe parlato a cena.

Nel ripensarci, Filippo avvertì il peso di una colpa retrospettiva. L'idea di aver trascurato Samuel e la sua richiesta di aiuto gli sembrava intollerabile. Avrebbe potuto rimediare adesso. Ma non se la sentiva. Era terribilmente stanco. E tuttavia, si disse, qualcosa di gentile per Semi doveva farlo. Allora gli venne in mente che anche Semi conosceva la ragazzina con cui lui aveva passato la notte precedente. E dato che da qualche tempo gli piaceva mandargli sms in cui dava i voti alle sue ultime conquiste, gli sembrò carino non fare un'eccezione proprio con quella ragazza.

Era certo che il fratello avrebbe gradito.

Semi stava entrando in un ristorante, probabilmente atteso già da un bel pezzo da Silvia e da una coppia di amici, quando ricevette il messaggio del fratello, che lo informava non solo di essersi portato a letto la ragazza con cui lo stesso Semi intratteneva da mesi una relazione clandestina, ma anche che la ragazza in questione come partner sessuale (almeno secondo i severi standard filippeschi) non meritava in pagella più di uno striminzito punto esclamativo.

Si trattava di uno di quei ristoranti di nuova generazione in cui la cucina non è più un luogo da nascondere, ma la vera attrattiva a uso dell'ammirata contemplazione degli avventori. Evidentemente i proprietari, per eccesso di zelo o per compiacere il surplus narcisistico dello chef, avevano esagerato. La sola parte visibile del locale era per l'appunto la cucina, posta al centro: al di là delle smaglianti vetrate il famoso chef, coadiuvato dallo staff, non sembrava neppure un cuoco, bensì un astronauta della Nasa alle prese con una delicata esercitazione in una camera decontaminata e depressurizzata.

Al contrario, i clienti si distinguevano appena, per via delle fioche luci di candela sui tavoli. Per questo Samuel faticò tanto a trovarli.

«Oh, ecco Semi!» disse la ragazza dell'amico.

«Che ti è successo?» gli chiese Silvia lievemente allarmata.

Semi là per là non capì se la domanda alludesse al cospicuo ritardo con cui si presentava all'appuntamento o a qualcosa nel suo aspetto che esprimeva lo stato derelitto in cui versava e la crisi di ansia in cui l'sms del fratello lo aveva fatto precipitare.

«Scusate, ragazzi, vengo da un appuntamento complicato» disse Semi sperando, con questa generica frase, di placare tutte le curiosità dei presenti.

«Non ti preoccupare, vecchio mio» gli disse Luciano conciliante, facendo con il bicchiere il segno del brindisi.

"Vecchio mio" era l'intercalare preferito di Luciano. Non si sapeva se lo avesse mediato dal *Grande Gatsby* o da qualche film anni Cinquanta. Il dato certo è che occupava un posto di prestigio nel suo gergo di ultratrentenne viziato e pretenzioso.

«Dov'è il bagno?» chiese Semi a Silvia.

Silvia gli indicò una porta dall'altro lato del locale.

«Torno subito» disse, sempre più confuso.

«Sbrigati. Che qui abbiamo fame, vecchio mio.»

Persino il cesso era in stile neoromantico. I poderosi lastroni di quarzo nero di cui era coperta la parete esaltavano il tondo dello specchio, delimitato da una sfavillante cornice dorata. Semi chiuse la porta e si sedette sul water.

Allora è questo che si sente quando si dice che il cuore sta per esplodere. Questo aculeo infuocato che penetra nello sterno. Semi si accorse che da quando era entrato nel ristorante non aveva smesso di stringere nel pugno il telefonino. Guardò di nuovo il display e, malgrado sapesse già cosa vi avrebbe trovato scritto, provò ugualmente uno stupore e un dolore se possibile ancor più lancinanti.

Era come se solo adesso, dopo qualche minuto di decantazione, stesse prendendo coscienza che l'incubo che aveva segnato l'intero corso della sua esistenza gli si stava ripresentando in forma solo leggermente diversa. Era come se tutto riprendesse a camminare proprio da dove si era fermato un quarto di secolo prima. Era cambiata solo la tecnologia: lo stato d'animo era esattamente lo stesso. Semi aveva tredici anni quando un tizio alla tv aveva annunciato al mondo intero che Camilla, la sua fidanzatina, si scambiava lettere equivoche con Leo, il padre. E ora, alla soglia dei trentotto anni, ecco che il fratello, tramite un sms, lo metteva al corrente che si era appena scopato Ludovica, la sua Ludovica.

La sua intera vita acquisiva una specie di logica geometrica: essa non era altro che un segmento delimitato da quei due punti fissi e minacciosi. L'episodio A e l'episodio B. Tutto quello che c'era in mezzo – i punti che separavano A da B – non aveva alcun senso. Persino le penose preoccupazioni degli ultimi tempi, da un momento all'altro non ebbero più importanza. Almeno un dato positivo c'era: l'enormità di un singolo evento che ti spinge a relativizzare tutti gli altri.

Semi era arrivato tardi al ristorante perché il direttore di banca che, a suo tempo, gli aveva accordato un prestito ingente lo aveva trattenuto più del dovuto per ribadirgli quanto fosse grave la situazione: se Semi non avesse iniziato a pagare gli interessi con regolarità, la banca avrebbe dovuto avviare le pratiche per rifarsi sull'appartamento ipotecato. Proprio l'appartamento in ristrutturazione nel quale Semi e Silvia sarebbero dovuti andare a vivere dopo le nozze. Ebbene, anche un guaio del genere era passato in cavalleria.

Insomma, cosa doveva fare? Chiamare Filippo, fargli una scenata apocalittica? Oppure non era lui quello da chiamare, bensì Ludovica? Doveva essere stata lei a prendere l'iniziativa, forse per vendicarsi, nel modo più mostruoso, di tutto quello che Semi le stava facendo passare. No, non aveva alcun senso chiamarli, né l'uno né l'altra. Anzi, a Semi la sola idea sembrò irragionevole quanto lo sarebbe stato andare davanti alla tomba del padre e iniziare a interrogare il suo cadavere su come gli fosse venuto in mente di rispondere alle lettere affettuose di Camilla. Insensata quanto (non che non ne avesse mai avuto la tentazione) provare a rintracciare Camilla, dopo venticinque anni che non la vedeva più, per fare ciò che allora non aveva avuto il coraggio di fare: chiederle conto a brutto muso del suo comportamento indegnamente audace.

Per una specie di coazione nervosa, tirò fuori dal portafoglio un documento che teneva lì da un pezzo. Era un fogliaccio a quadretti che, per meglio conservarlo, aveva fatto plastificare. Da tutto si sarebbe separato, ma non da quel foglio. Sebbene ne conoscesse il contenuto a memoria, cominciò a leggerlo a voce alta. Perché sapeva che non c'era nulla – neanche l'adorato Pasaden – capace di dargli lo stesso conforto che leggere quella lettera a voce alta. La grafia infantile, lo stile incerto, il contenuto triviale lo facevano sentire meglio. Come se quella missiva, nella sua intrinseca perversione, rappresentasse la garanzia che il punto più basso era già stato toccato.

Semi ricordava perfettamente la circostanza in cui la lettera era saltata fuori. Aveva ventun anni. Studiava già a Milano da un biennio ed era a Roma per le vacanze natalizie. Mancavano pochi giorni alla fine dell'anno. Aveva piovuto tutto il giorno. Il giardino era scintillante come una foresta pluviale. Lui e Filippo avevano giocato per ore con il Nintendo a Super Mario Kart. Ora Filippo stava appoggiando sulla brace del camino acceso le castagne che un paziente aveva regalato a Rachel. Semi aveva chiesto alla madre se per caso non sapesse dove fosse finito il suo piumino blu senza maniche: voleva portarselo a Milano. Rachel gli aveva risposto che non ne aveva la minima idea ma che poteva dare un'occhiata su in mansarda, dove, sapientemente incellofanati, attendevano il loro turno i vestiti fuori stagione. Allora Semi era salito. Aveva aperto tutti gli armadi. Niente, del piumino nessuna traccia. Finché non aveva notato che, nascosto dietro a una sfilza di vecchie sedie accatastate, c'era un altro armadio. Chissà, forse là. Semi aveva armeggiato un po' con una serratura difettosa, infine era riuscito ad avere la meglio almeno su una delle due ante.

Amerei dirvi che allora, aperto l'armadio, un qualche odore sinistro e misterioso lo invase, trascinandolo ai confini di un'altra dimensione spaziotemporale. Vorrei dirvi che Semi, investito da una zaffata magica proveniente dal Paese delle Meraviglie del passato, sentì per un istante di aver trionfato sul tempo e sulla morte. Ma detesto dirvi sciocchezze. La verità, per quanto prosaica possa apparirvi, è che Semi dovette trafficare un bel po' là dentro prima di rendersi conto che il malridotto armadio custodiva il guardaroba di Leo. Esattamente: tutti i vestiti di Leo erano stipati lì. Dunque erano sempre stati lì? Dunque Rachel non li aveva buttati, né regalati? Dunque Rachel non ce l'aveva fatta a sbarazzarsene? Semi fu felice di aver scovato un minuscolo foro nella corazza di inflessibilità che la madre sembrava indossare senza posa.

Una qualche forza – questa sì davvero misteriosa – lo spinse a tirare fuori le giacche dal vecchio nascondiglio e a provarsele una dopo l'altra. Vecchi gessati, vecchi tweed, vecchi blazer. Che tagli meravigliosi, che stoffe morbide! Samuel fu fiero del fatto che le giacche gli stessero a pennello. L'ultima volta che, per scherzo, ne aveva indossata una, Leo era ancora vivo. Semi ricordò la ridicola sensazione di nuotare dentro a un capo di abbigliamento che non ti appartiene. Ma ora quelle giacche gli appartenevano eccome. Se non fosse stato per le maniche troppo lunghe, sarebbero sembrate fatte su misura per lui. Qualcosa allora era successo in quegli anni? Ma certo, in quei dieci anni lui aveva raggiunto il padre. Ecco cos'era successo. Il padre era rimasto fermo e lui l'aveva raggiunto. Ora erano due fratelli gemelli. E in questo c'era qualcosa di spaventoso e di commovente allo stesso tempo. Era come se, ora che la sua struttura fisica era la stessa di quella del padre, lui fosse pronto a capire tutte le fragilità di un uomo che all'epoca gli era sembrato un gigante.

Mentre sfilava come un modello di fronte allo specchio attaccato all'anta interna dell'armadio, Semi, infilando una mano in tasca, aveva sentito un pezzo di carta. Per quanto fosse pronto a tutto – poteva trattarsi di qualsiasi cosa: uno scontrino, una vecchia ricetta, un appunto per uno dei suoi articoli –, Semi non aveva messo in conto che il documento che stava tirando fuori dalla tasca avrebbe potuto avere per lui un'importanza così capitale. Riconobbe istantaneamente la grafia: Leo Pontecorvo non era stato il solo uomo della famiglia a ricevere lettere da una certa signorina.

Roma 3 Febbraio 1986

Caro Principe,

sono o non sono la tua Principessa? Perché se io sono la tua Principessa, come mi hai detto quella volta, allora io non capisco perché non vuoi baciarmi. Le mie amiche si baciano con i loro ragazzi. E anch'io mi bacio con Semi. A me mi piace come bacia. Ma non voglio che mi tocchi. Lui vorrebbe sempre ma io dico NO!!! Io sono SUA, penso. Sua vuol dire TUA. Se sono la tua Principessa allora mi devi baciare. Dappertutto. Voglio fare tutto con te, mon ange. Non so perché non vuoi. Nella classifica della mia classe sono la terza. Michelle dice che i maschi mi bacerebbero tutti. E non è detto che io non lo farò. Guarda che non sono una bambina. Intanto io lo so che la prima volta sarà con te. E credo che anche tu lo sai, anche se dici di no. Mi hai detto che non devo parlare di te alle mie ami-

che, né a nessun altro. Non credo che ci riuscirò ancora per molto tempo a tacere. Lo so che non ami più tua moglie. Lei non ti piace. Lo vedo che a me mi guardi con altri occhi.

Ti prego Leo MON AMOUR *non farmi più aspettare.*

TUA *persempre nell'anima*

Camilla

Questa era la lettera che, tirata fuori al momento giusto, avrebbe potuto scagionare Leo Pontecorvo dall'accusa più infamante: aver molestato sessualmente la ragazza di suo figlio. La lettera mostrava inequivocabilmente chi tra i due fosse il vero molestatore. La lettera rendeva evidente che Leo era stato oggetto, sin dal principio, di una vera e propria manipolazione persecutoria orchestrata da una puttanella senza scrupoli e senza cuore. Purtroppo nessuno a quel tempo aveva avuto né la capacità, tantomeno l'interesse, di recuperare il prezioso reperto e metterlo sotto il naso della pubblica opinione. Era più che probabile che in circolazione ce ne fossero parecchie, di lettere del genere, la qual cosa rendeva ancora più misteriosi i motivi per cui Leo non aveva trovato la forza di protestare con voce stentorea la propria innocenza.

Perché lasciarti massacrare? Perché permettere che la tua famiglia vada a picco con te? Perché non sentire neppure l'esigenza di parlare con il figlio al quale hai fatto un torto così incredibile e provare a dimostrargli che questa storia non è così grave come sembra?

Da un certo punto della vita in poi, Semi aveva smesso di porsi simili domande. Da che aveva ritrovato la lettera, non aveva avuto più alcuna importanza cosa il padre avesse fatto o cosa non avesse fatto per lui. Ciò che più contava era che quella lettera fosse giunta, nel modo più rocambolesco, nelle sue mani, rivelandogli che tutto quanto era successo obbediva a una logica. Malvagia, certo, ma in fin dei conti nient'affatto insensata.

La lettera gli consegnava un'immagine del tutto inedita del padre. Se nei primi tredici anni della sua vita era stato un eroe, se dopo quello che era successo aveva preso le incongrue fattezze dello stupratore seriale, ora, grazie a questa lettera, Leo aveva acquisito il suo aspetto definitivo, di certo il più probabile: era stato un uomo disperatamente debole, ed era assurdo fargliene una colpa. Smettere di colpevolizzare il padre era stato per lui un enorme sollievo.

La sola cosa che, dopo averla rinvenuta, non era riuscito a fare era stata mostrare la lettera alla madre e al fratello.

Forse perché vedeva più contro che pro.

A cosa sarebbe servito? Nessuno aveva mai avuto la grazia di affrontare con lui l'argomento. La madre aveva reagito con una tale durezza. Quanto a Filippo, Semi ricordava di averlo beccato una volta, durante quei giorni spaventosi, che faceva scivolare alcuni fogli sotto la porta dello scantinato dove il padre era andato a nascondersi. Insomma, l'atteggiamento dei due era stato davvero troppo strano perché gli venisse voglia di condividere con loro il prezioso reperto.

Comunque, per sicurezza, aveva fotocopiato la lettera. Poi aveva fatto plastificare l'originale. E, infine, l'aveva infilata nel portafoglio.

E ora, eccola qui, al solito posto. Sempre presente all'appello. E c'è da dire che in un mal illuminato cesso neoromantico fa la sua porca figura. Anche se a Semi non ci vuole molto tempo per capire che stavolta il suo amuleto non gli servirà a un tubo. Questo è un altro gioco. Che avrebbe bisogno di un esorcismo nuovo di zecca.

A cosa gli serve il benemerito fogliaccio plastificato che scagiona il padre dal reato di cui è stato accusato venticinque anni prima, se ora è un altro il colpevole da scagionare? È così che il messaggio di Filippo sbaraglia per sempre la lettera di Camilla. L'immagine del suo fratellone che si scopa la sola ragazza che Semi abbia mai amato (sì, ora può dirlo) inaugura una nuova stagione di sofferenza: è come se qualcuno avesse conficcato nel terreno brullo della nevropatia di Samuel Pontecorvo una nuova, indistruttibile pietra miliare.

Come spesso capita a chi improvvisamente sperimenta sulla propria pelle il martirio della gelosia, Semi si trova a riconsiderare qualsiasi elemento del recente passato attraverso la lente di ingrandimento della disperazione retrospettiva. E dato che il cervello, sottoposto a certi stress, rivela sempre un formidabile talento nel riportare a galla il ricordo più dolorosamente adeguato alle circostanze, ecco che Semi ripensa al surreale discorsetto ammannitogli da Ludovica sull'arte di fare pompini a un ragazzo circonciso. È evidente che non è lui il ragazzo circonciso di cui lei si è presa cura. Così come è evidente che il circonciso che ha goduto dei frutti di tanta accademica abnegazione è il più sbagliato di tutti i circoncisi in circolazione. Ma la cosa più evidente di tutte è l'immagine di Ludovica che dà piacere a Filippo. Si tratta di un'evidenza insopportabile. Eppure Semi non se la sente di incolpare quei due, che, almeno negli spazi siderali della sua immaginazione, continuano a spassarsela.

Non vede l'ora di incolpare se stesso. Ha bisogno di trovare nei propri atti un senso a quanto è successo. E allora ripensa alle cose orribili che lui le ha detto una delle ultime volte. Nel bar dei loro primi incontri, seduti a un tavolo appartato, non ha trovato di meglio che muoverle un'accusa ridicola e pretestuosa: lei disprezza Silvia e lui questo non può proprio perdonarglielo.

«Ma perché dici così?» gli chiede Ludovica esterrefatta.

«È una cosa che sento, è una cosa che vedo e che proprio non mi piace» risponde lui con la voce del paranoico che crede di saperla lunga.

«Ma se non ti ho mai detto niente! Se non ti parlo mai di lei. Come puoi dirmi questo? Mi hai sbattuto in faccia che ti sposi. L'altro giorno ti sei messo addirittura a scherzare sulle bomboniere che avete scelto. E io zitta. Non ti ho detto niente. Non ti ho fatto neppure notare quanto sei cattivo. Lo so che c'è qualcosa che non va. Che non sei contento. Sono terrorizzata che tu voglia lasciarmi. E pur di impedire che tu lo faccia, ho accettato anche questa situazione surreale. Pensa se venissi io a dirti che sposo Marco, pensa se fossi io a chiederti un consiglio per la luna di miele...»

«Non sto parlando di questo.»

«E di cosa, allora?»

«Non sopporto l'aria di sufficienza con cui parli di Silvia. Come se non la giudicassi alla tua altezza, o alla mia.»

«Ma io non ne parlo mai. Mai. Perché mi dici così, Semi, se io non ne parlo mai?»

«Sappi che Silvia non vale meno di te. Hai capito quello che ti sto dicendo? Silvia non vale meno di te!»

E a questo punto Ludovica, per via dei singhiozzi, non riesce più ad articolare parola. E perché dovrebbe farlo, se l'accusa di Semi è così palesemente falsa?

Il problema di uomini come Samuel Pontecorvo è che non riescono a fare a meno di circondarsi di donne molto più in gamba di loro. E il guaio ancora più grosso è che gli uomini come Samuel Pontecorvo sono i primi a essere consapevoli di tale irrefutabile inferiorità.

L'atteggiamento di Ludovica nei confronti di Silvia è sempre stato semplicemente impeccabile. E per un attimo, mentre Ludovica se ne sta lì a piangere, Semi si chiede se il punto non sia proprio questo: lui le rimprovera di non avere nulla da rimproverarle. Le rimprovera di non aver reagito alla notizia delle nozze tra lui e Silvia con la dovuta disperazione. Le rimprovera la sua educazione e la sua inermità. Le rimprovera di non aver accampato diritti. È vero, all'inizio della loro relazione Ludovica ha mostrato nei confronti della rivale un interesse morboso. Ma dopo un po' di tempo, vedendo che Semi s'irritava, ha smesso di fare domande. E da allora, con l'infantile cocciutaggine che la contraddistingue, si è attenuta alla linea. Tale atteggiamento remissivo è stato ispirato anche dalla severità e dalla chiusura di Semi. Lui le ha fatto capire in tutte le occasioni possibili che ciò che esiste tra loro, per quanto profondo e per quanto morboso, non potrà – e quando dico mai è mai – mettere in discussione ciò che lui ha costruito con Silvia. Silvia è insostituibile. Questo Ludovica se lo deve mettere in testa. E in effetti lei se lo è messo talmente in testa da rinunciare a interessarsi al capitolo Silvia. E questa è la ragione per cui non ha reagito alla notizia del matrimonio di Semi con la disperazione che lui si sarebbe aspettato e, in qualche misura, avrebbe auspicato.

È ripensando all'insensata scenata (per di più, a freddo) che lui ha osato farle quella volta, ripensando alle lacrime di Ludovica, al suo mostrarsi così indifesa, che Semi capisce ciò che fino a qualche momento prima gli appariva incredibile.

Quale miglior vendetta per Ludovica che andare a letto con Filippo?

Quando Semi tornò al tavolo, Luciano, neanche a farlo apposta, stava chiedendo a Silvia informazioni su Filippo e sulle minacce di morte. Nulla di strano: Luciano era l'essere più involontariamente importuno con cui avesse mai avuto a che fare.

Era il classico tipo che ti diceva, fingendo di esserne convinto, che *Pulp Fiction* è il peggiore film di Tarantino («Mille volte meglio *Le iene* e *Jackie Brown*»). Il classico tipo che, mentre ti accingevi a dare il primo voluttuoso morso a un Big Mac, ti sparava a brutto muso che comunque il famoso Double Whopper di Burger King è tutta un'altra cosa. Luciano era il classico tipo per cui la notizia di un attentato in una discoteca di Tel Aviv in cui era stata trucidata una dozzina di adolescenti era un ottimo pretesto per mettersi a concionare sulla politica imperialista di Israele.

Luciano non ti dava mai soddisfazione. La cosa che gli piaceva di più era polemizzare e coglierti in fallo. Se gli consigliavi un film, lui lo andava a vedere immediatamente al solo scopo di poterti esprimere il prima possibile il suo disappunto nei confronti di un'opera così mediocre, deplorando en passant la tua mancanza di gusto. Metterti in imbarazzo con le sue arie da secchione era lo scopo della sua vita. Forse perché di scopi non ne aveva poi tanti. Oltre a laurearsi in Lettere in un'astrusa materia che pretendeva di mettere assieme la linguistica e l'informatica, Luciano non aveva mai fatto niente di realmente produttivo. Il massimo sforzo da lui profuso era stato firmare il plico di atti notarili che facevano di lui uno degli orfani più ricchi in circolazione.

Da che il piccolo Cessna su cui i genitori perlustravano uno spicchio di savana del Kenya settentrionale era andato in stallo e precipitato, Luciano gestiva con estrema oculatezza il patrimonio immobiliare lasciatogli da quegli sfortunati avventurieri. Risparmiare era un'altra delle cose che gli venivano bene. Con un'unica eccezione: la gastronomia. Su quella non lesinava. Si considerava uno scopritore di chef. Era a causa di uomini come Luciano se la nouvelle vague della cucina italiana degli anni Duemila aveva avuto la possibilità di esprimersi con tanta disinvoltura. Da buon gastronomo dilettante, Luciano si considerava un vero esperto di vini. Peccato che, per mostrare agli altri e a se stesso quanto ferme fossero le sue convinzioni in fatto di enologia, avesse il vizio di rimandare indietro, per almeno due volte consecutive, le bottiglie di vino che gli venivano servite. Come se, per uno strano gioco della sorte, la bottiglia giusta fosse sempre la terza, mai la prima o la seconda.

Tutto questo per dire che non c'era da stupirsi se Luciano aveva insistito per portarli al Carillon, un ristorante di cui si faceva un gran parlare e che sembrava promettere i salassi a cui Semi, stando alle parole del suo direttore di banca, avrebbe dovuto rinunciare. Così come non era strano che Luciano avesse appena rimandato indietro la seconda bottiglia di vino definendola "olio da motore". Ma la cosa meno strana di tutte era che Luciano – considerato il suo diabolico tempismo nello scegliere l'argomento più inappropriato – stesse chiedendo informazioni sul solo individuo al mondo di cui Semi non desiderava sentir parlare.

«Non ne sappiamo molto» stava dicendo Silvia. «Ho sentito Anna ieri mattina. Era molto preoccupata. Ma non fa testo. Lei è sempre preoccupata. Comunque dovremmo vedere Filippo domani sera, a cena da mia suocera.»

«Ah, la chiami già "mia suocera"?» chiese Giada.

«Non dire gatto se non ce l'hai nel sacco!» commentò spiacevolmente Luciano.

«E se ordinassimo?» intervenne Semi con lo stesso tono con cui avrebbe potuto dire: "Sono qui da pochi secondi e mi avete già rotto le palle".

«Qualcosa non va?» gli sussurrò Silvia poggiandogli la mano sull'avambraccio.

«Va tutto bene» disse lui, e fece uno sforzo per non sottrarsi plateamente alla sua carezza.

Semi gettò un'occhiata al telefonino, che, chissà perché, aveva ancora in mano.

«Be', ci sono dei piatti favolosi che dovete assolutamente assaggiare» disse Luciano mentre il sommelier terrorizzato stappava la terza bottiglia.

«Tipo?» chiese Semi svogliatamente, trovando inconcepibile la sola idea che esistesse qualcuno al mondo che potesse avere appetito.

«Anzitutto i ravioletti ripieni di carbonara di speck» si raccomandò Luciano con la testa affondata nel menu. «Ma soprattutto questo, il vero capolavoro: ventresca di maialino su un letto di capesante al pesto di cipolle rosse di Tropea.»

«Ok, io provo questo» disse Semi, dando l'impressione di non aver ascoltato altro dopo la parola "ventresca".

«Signore, credo che adesso vada bene!» disse il sommelier rivolgendosi a Luciano. Aggiungendo subito dopo: «Posso?».

Allora Luciano si esibì nel minuetto del perfetto intenditore: facendo oscillare il bicchiere, avvicinandolo per annusare il bouquet, allontanandolo per il test cromatico, bagnando le gengive con un sorso. E, infine, affidando a un non troppo convinto segno di assenso il responso positivo.

Il sommelier, decisamente sollevato, versò da bere a tutti, iniziando dalle ragazze.

«Tesoro, ti pare il caso?» sussurrò Silvia a Semi.

«Sai quanto mi dà fastidio che mi parli all'orecchio!»

«Scusa.»

«No, scusami tu. Ho avuto una giornata... Che dicevi?»

«Il maialino. Ti pare il caso?» scandì bene Silvia. Malgrado facesse di tutto per non darlo a vedere, si era offesa. Detestava che lui la trattasse così di fronte a Luciano e Giada.

«Cos'ha che non va il maialino?» chiese Luciano.

«Chiedilo a Betsabea» disse Samuel.

«Chi è Betsabea?» domandò Giada. La conversazione si stava facendo davvero troppo difficile per lei.

Giada non sapeva niente di Betsabea, così come era all'oscuro delle interdizioni alimentari imposte dalla kasherut[8]: ovvero l'insieme di norme che Silvia, intrapreso il travagliato cammino verso l'ebraismo, aveva dovuto prendere davvero sul serio e che mettevano all'indice sia il maialino che le capesante, per non parlare della carbonara...

Semi aveva avuto qualche problema ad adattarsi, per puro spirito di solidarietà, ai divieti alimentari che da oltre due anni la sua ragazza rispettava con tutta l'intransigenza di cui era capace. Ciononostante, tenuto conto che si vedevano solo per i weekend, si era sforzato di compiacerla. Per lei era già così difficile che lui non se la sentiva proprio di metterle i bastoni tra le ruote. Ma ora la sua assoluta devozione a regole assurde – che tra l'altro non avevano niente a che fare con lei, ma la dicevano lunga sulla sua determinazione a entrare finalmente dalla porta principale nel clan Pontecorvo – era apparsa a Semi semplicemente intollerabile.

«Betsabea è la moglie di re Davide» spiegò il pedantissimo Luciano. «Una bella fichetta che perse il primo marito e il figlio per via delle bizze dell'Onnipotente.»

«Non ci sto capendo niente» protestò Giada.

«Sai che novità!» fu il commento sprezzante di Luciano.

Stavolta fu Semi a carezzare Silvia e fu lei a mettercela tutta per non ritrarre la mano.

Quando si trattò di ordinare, Semi deviò su qualcosa di pretenzioso in cui l'aceto balsamico la faceva da padrone. E solo perché in quel momento non c'era niente di cui avesse più bisogno che di un balsamo per lenire una ferita gigantesca.

«Pessima scelta, vecchio mio» fu la sentenza di Luciano.

---

[8] Norma biblica e rabbinica sulla purità dei cibi permessi, sul modo di cucinarli e servirli.

«Avete poi deciso per il viaggio di nozze?» domandò Giada subito dopo aver ordinato il solito piatto a base di riso-verdure-bollite-pesce-crudo che esasperava tanto il suo ragazzo.

«Stiamo valutando diverse opzioni» rispose evasivamente Silvia.

«Ma com'è possibile, scusa? Mancano solo due mesi e non sapete ancora...»

«Se Semi non si decide a...»

«No, ecco, ora non prendertela con me.»

«È almeno un mese che ti ho dato i dépliant del Messico e tu non ti sei ancora degnato...»

«E io sono almeno tre mesi che ti ripeto che in Messico non ci vengo! Detesto tutto il tex mex, Zorro, Pancho Villa e Zapata.»

«Sul tex mex ti sbagli. Su Zorro sono d'accordo» si intromise Luciano.

«Ti avevo detto che volevo un posto freddo» continuò Semi ignorando l'amico, «ma tu ti sei fissata con il Messico, perché il tuo capo parla solo di Messico...»

«È vero, a me piacerebbe andare in Messico. Ma non ti ho mica detto che *pretendo* di andare in Messico. Ti ho chiesto solo di dare un'occhiata al dépliant.»

«Per cortesia, Silvia, non parlarmi come se non stessimo insieme da una vita!»

«E questo che c'entra?»

«C'entra eccome. So che quando ti metti in testa una cosa...»

«Quando mi metto in testa una cosa...?»

«Non ti smuovi più. A forza di stare con mia madre sei diventata come lei. Vinci sempre sfinendo l'avversario.»

«Tu quindi saresti l'avversario?»

«Hai capito benissimo cosa voglio dire. In ogni caso, chi se ne frega. Vuoi andare in Messico? Andiamo in Messico. Per quello che mi importa.»

«Perché devi dire che non ti importa? È il nostro viaggio di nozze.»

«Ne abbiamo fatti un centinaio.»

«Ma questo è diverso.»

«Perché è diverso, scusa?»

«Perché è il nostro viaggio di nozze. Ecco perché!»

«Tu me lo sai spiegare» disse Semi rivolgendosi direttamente a Luciano «perché per le donne è sempre una questione simbolica? Dici che non t'importa della meta del viaggio di nozze e loro capiscono che non ti importa di loro! Non trovi anche tu che sia demoralizzante?»

«Non credo che nella mente di Giada ci sia abbastanza spazio per una cosa grande come un simbolo» sentenziò Luciano.

«Lo dici te, cretino. La mia mente è piena di simboli!» rispose Giada piccata.

«È da quando sei arrivato che cerchi la lite» si lagnò ancora una volta Silvia a bassa voce.

Semi gettò un'altra occhiata al telefonino.

«E perché continui a guardare quel maledetto affare?»

Già, perché non smetteva di farlo? Perché non riusciva a separarsi da lui? Cos'altro poteva dirgli quel telefonino di così fondamentale? Cosa sperava, che il messaggio di Filippo sparisse per miracolo? O che ne arrivasse un altro che rettificava il precedente? O forse no! Forse non era di un nuovo messaggio di Filippo che aveva bisogno, ma di uno di Ludovica. Sì, ecco cosa sperava: che lei gli mandasse un messaggio, in modo da fornirgli su un piatto d'argento la possibilità di risponderle prontamente: "So tutto".

D'altronde, sperare che la notizia che lui sapeva tutto potesse sconvolgere Ludovica era irragionevole quanto sperare che lei gli scrivesse. Era una settimana che non si faceva viva. Non era mai passato così tanto tempo senza che si sentissero. Ma Semi, almeno fino al messaggio del fratello, non se ne era preoccupato. Quel silenzio dipendeva da lui, dopotutto. Era stato lui a darle buca l'ultima volta. Era stato lui a non rispondere a un suo messaggio. Perché non le aveva risposto? Per nessun motivo. Per il gusto di non risponderle. Per il gusto di essere scortese. Per ribadire la propria superiorità. La voluttà del potere. Godeva nel provocarla, nel metterla alla prova. Gli piaceva che lei si assoggettasse alle intemperanze di un uomo così complicato. Era talmente convinto della dedizione di Ludovica da essere certo che lei, dopo aver fatto l'offesa per un po', si sarebbe umiliata richiamandolo.

Fino a quel giorno, almeno, aveva sempre funzionato così tra loro.

Quando aveva iniziato a coltivare la patetica illusione di essere insostituibile? Solo tale presunta insostituibilità poteva averlo spinto a maltrattarla tanto. Possibile che solo ora, ripensandoci, capisse quante gliene aveva fatte? L'imminente matrimonio con Silvia era solo il più evidente degli insulti, non certo il più malvagio. Non avrebbe neppure saputo elencare le occasioni in cui le aveva detto che non doveva farsi illusioni, che tra loro sarebbe finita, che lui Silvia non avrebbe mai potuto lasciarla. E poi ci aveva preso gusto a offendere il suo stile di vita. Le diceva che era una snob, una ragazzina viziata e inconcludente.

L'ultima volta che si erano visti nel solito vicolo infernale a poche centinaia di metri dal residence, lei gli aveva chiesto: «Perché mi odi?».

Erano appena risorti da una delle loro sedute di onanismo condiviso, quando lei se ne era uscita con quella domanda imprevista. Semi era ancora saturo di gratitudine per ciò che lei gli aveva fatto e per ciò che gli aveva permesso di fare. Forse per questo la sua domanda a bruciapelo lo aveva intenerito e fatto sorridere.

«Siamo melodrammatici, oggi.»

«No, dài, rispondimi. Ormai l'ho capito. Perché mi odi?»

«Piccola, ma che dici? Credo di non averti mai venerato tanto come in questo momento.»

«Forse ora sì, ma generalmente mi odi.»

«Ma no che non ti odio. Sono solo un po' scostante.»

E il fatto è che in quel momento, mentre pronunciava queste parole assennate, ancora sotto l'effetto del piacere che lei aveva saputo dargli, era convinto della propria buonafede. Credeva fermamente nella pulizia dei sentimenti che lo attanagliavano a Ludovica.

Solo ora, ripensandoci a una settimana di distanza, dopo aver incassato la più scioccante di tutte le notizie, Semi si rese conto di quanto lei avesse ragione. Era proprio vero: la odiava. L'aveva sempre odiata. Al punto tale da avere l'impressione che l'amore e l'odio in lui si fossero manifestati all'unisono. Come se ciascuno traesse forza dalla reciproca interdipendenza. Ed era davvero strano dal momento che lei, almeno fino a poche ore prima, non aveva fatto proprio niente per farsi odiare.

E allora perché lui l'aveva odiata sin dal principio?

Forse perché lei era esattamente ciò che sembrava: una giovane bella svagata ereditiera che fa di tutto per non darlo a vedere. Ecco, sì, forse Semi la odiava per il suo leziosissimo understatement. O forse perché la sua infanzia elegiaca non era stata spaccata in due, come quella di Samuel, da una storiaccia squallida. O forse Semi, nell'ottuso pietismo acquisito da Rachel, non perdonava a Ludovica di averlo strappato, almeno sentimentalmente, a Silvia, una ragazza assai più meritevole di lei, che aveva sofferto non meno di lui. Sì, forse non perdonava a Ludovica di averlo reso ingiusto ed egoista. O forse non le perdonava di avergli mostrato quale esperienza sconvolgente possa essere il sesso con una partner con i tuoi stessi solipsistici gusti. O forse, a proposito di sesso, non riusciva a perdonarle che lei non volesse prenderglielo in bocca, avendo a più riprese affermato che nulla le avrebbe dato maggiore soddisfazione.

Fu così che improvvisamente, di fronte a Silvia, a un vecchio amico delle medie e alla di lui svampitissima ragazza, Samuel prese coscienza del fatto che in tutto quel tempo aveva agito in modo tale da indurre Ludovica a compiere un atto sconsiderato che fosse all'altezza dell'odio che lui aveva sempre provato per lei.

E Ludovica, da brava coscienziosa bambina, non lo aveva deluso.

Fu più o meno alle soglie del terzo whisky che Giada condusse di nuovo la sempre più languente conversazione su un campo minato: voleva sapere tutto della cerimonia nuziale.

«Ci sposiamo in sinagoga» tagliò corto Semi. E nel sentirsi spiegare a quella povera di spirito in cosa consistesse il rito, provò uno strano senso di incongruità. Davvero era lui il tizio che, tra soli due mesi, avrebbe indossato un tight e una kippà[9] e si sarebbe recato in un posto nel quale non metteva piede volentieri, il tempio, per sposare una donna con la quale non faceva sesso da un secolo? Davvero era lui il tizio che avrebbe fatto una cosa così dissennata dopo aver mandato in malora lavoro, rispettabilità, il legame con il fratellone idolatrato e con la sola donna che avesse mai amato?

Dopo tutto l'alcol che Luciano gli aveva fatto ingerire, Semi vedeva soprattutto il lato comico della faccenda. Cos'altro era la prospettiva di un matrimonio infelice e senza sesso – un matrimonio privo di un adeguato sfondo romantico –, se non la prospettiva di un matrimonio come tanti altri?

«E se ora tu sei ebrea, anche tua figlia sarà ebrea?» chiese Giada imperterrita.

«Che ne sai che sarà una figlia?» la rimproverò Luciano, che stava passando dall'essere mezzo ubriaco all'esserlo completamente.

«Sento che sarà una bambina!» rispose lei trasognata.

Né Samuel né Silvia sapevano quale fosse il cognome di Giada. Forse perché, come quasi tutto ciò che la riguardava, non aveva poi molta importanza. La cosa più interessante che c'era da sapere su di lei era che, più o meno tre anni prima, con un blitz improvviso si era trasferita – insieme al suo guardaroba alla moda – nel quartier generale di Luciano in via Giulia: una casa grande, cupa, piena di teste di giraffa impagliate e di mezzibusti antichi. La sola attività a cui da allora si fosse dedicata era fingere di cercare lavoro. E bisognava darle atto che in quella professione non aveva rivali.

A vederla da lontano l'avresti detta una maggiorata: un metro e settantacinque di burro e zucchero filato. Per un curioso fenomeno, tuttavia, più ti avvicinavi, più lei svaniva nel bozzolo della sua

---

[9] Copricapo usato dagli ebrei nelle cerimonie religiose.

slavata irrilevanza. Tornava a esistere solo quando apriva bocca: forse perché la svampitezza era tale da assimilarla alla pupa di un boss della mala di Chicago in un gangster movie di terz'ordine. O forse perché la voce chioccia somigliava pericolosamente a quella di Sandra Milo.

Il motivo per cui Silvia e Semi, quando quest'ultimo passava per Roma, cenavano con una coppia tanto noiosa – anche se a suo modo ben assortita – dipendeva dall'esigenza, presente in ciascuno di noi, di frequentare individui rispetto ai quali ci sentiamo superiori. Una delle cose che Semi e Silvia amavano fare di più era tornare a casa, dopo aver cenato con Luciano e Giada, e parlare male degli amici con cui avevano appena trascorso una spiacevole serata. Questo sì che li faceva sentire migliori.

Eppure Semi era affezionato a Luciano. Era stato il suo compagno di banco sin dai tempi delle medie. Andava a cena con lui con lo stesso spirito con cui può capitare di aver voglia di tornare a vedere la casa dove sei nato, sebbene ti sia sempre parsa orrenda. Per quel che concerne Giada, come tutte le persone totalmente insulse, aveva il pregio di non essere snob. E inoltre, quando si avventurava in sciatte elucubrazioni sull'astrologia, di cui si considerava un'esperta, sapeva persino essere simpatica.

Certo è che Semi trovò strano che fosse proprio lei – la superpatita di oroscopi! – a metterlo di fronte alla questione bambini: una faccenda capitale sulla quale lui non si era mai interrogato. La verità è che, forse per via della natura casta dei loro rapporti, a Semi e Silvia non era mai accaduto di fantasticare, come capita alla maggior parte delle coppie alla vigilia delle nozze, sulla futura prole. Doveva essere questa la ragione per cui il discorso di Giada li stava imbarazzando a tal punto che non riuscivano a guardarsi negli occhi.

«Insomma, la bambina sarà ebrea o no?» chiese Giada sempre più impaziente.

«Immagino che lo sarà» rispose Semi con tono dubitativo: ed era evidente, almeno per lui, che il dubbio non riguardava solo una cosa inessenziale come l'identità religiosa della nascitura, ma coinvolgeva qualcosa di fondamentale come la sua stessa esistenza.

Avere un figlio da Silvia?

E come, se non riusciva a toccarla?

Conosceva almeno tre coppie che avevano problemi a procreare, ma quantomeno potevano contare su una vita sessuale decente. Lui e Silvia sarebbero dovuti ricorrere all'aiuto dello spirito santo!

Ma poi, al di là del mero fatto tecnico, lui, in coscienza, sentiva in sé la scandalosa motivazione che ti spinge a generare? Cosa avrebbe potuto promettere all'ignaro nascituro? Una vita come la sua? Che Dio ce ne scampi. A pensarci, la sola cosa che avrebbe potuto garantirgli era un padre come lui (per di più sull'orlo della bancarotta), uno zio come Filippo (a un passo dalla follia), una nonna come Rachel. E, converrete con me, non era la più allettante delle prospettive. Così come non lo era condividere il patrimonio genetico con un pisciasotto come Leo.

No, la cosa migliore che potesse capitare al nascituro sarebbe stata riaccomodarsi in panchina e passare la mano a qualche altro marmocchio in attesa di esordire.

«Ma deve fare una specie di battesimo per diventare ebrea?»

Sempre Giada, naturalmente.

«No, niente del genere» rispose lapidaria Silvia. Sembrava furente.

«Non credo di volere dei figli» disse Semi, con lo stesso tono con cui avrebbe potuto dire: "Quest'anno non mi va di andare in settimana bianca".

«Ti sembra il momento per dire certe cose?»

«Perché no?»

«Dopo quello che ti sei bevuto?»

«Sto benissimo. Non mi sono mai sentito tanto lucido. E proprio perché mi sento così, posso dire che non credo di volere dei figli.»

«Forse è un argomento di cui dovremmo discutere privatamente. Un discorso serio su cui non bisognerebbe fare dello spirito, in un contesto salottiero... Scusate, ragazzi, non ce l'ho con voi.»

«Non vedo cosa ci sia di serio in un figlio che non esiste ancora.»

«Anche se il figlio in questione è il nostro?»

Stava per piangere.

«Forse, Silvia, non ti interessa il mio parere. Peccato che stavolta si tratti di una cosa in cui il mio parere è determinante. Una di quelle cose per cui sarà necessario interpellarmi.»

«Ma insomma, che ti prende? È successo qualcosa che non vuoi dirmi? Perché parli a vanvera? E quali sarebbero le cose su cui non ti ho interpellato?»

«Davvero me lo stai chiedendo? È pazzesco, sarà almeno un anno che non mi interpelli su niente. Pare quasi che tu non stia per sposare me. Pare che tu stia per sposare mia madre.»

«Tua madre? Che c'entra ora tua madre?»

«Be', vi siete trovate, no? Siete della stessa pasta. Manipolatrici provette. Due passive aggressive coi fiocchi. Fate tanto le santarelline, le disponibili. Ma alla fine si fa sempre a modo vostro. È geniale il modo in cui mi avete estromesso dal mio stesso matrimonio! Da un certo momento in poi vi siete dimenticate della mia esistenza. Tutte prese dal fervore organizzativo, non vedevate l'ora di mettermi di fronte al fatto compiuto: il numero degli invitati, il colore delle tovaglie, il menu, i fiori...»

«Credevo che non ti importasse niente. Ci ero pure rimasta male. Non ti ho mai visto così indifferente, cinico, sarcastico... Non ti riconosco più. Sono mesi che sei diverso. Sempre scontento e irritabile. Ci avevi detto che avevi problemi di lavoro. Non volevamo disturbarti.»

«Ma ti senti? Ormai parli solo in prima persona plurale. È come se tu e mia madre aveste formato una confraternita.»

«Credevo che fosse una cosa che ti piaceva. Mi hai sempre detto che adoravi il rapporto tra me e tua madre. Che non sopportavi la maniera in cui Anna la tratta!»

«Questo non è più un rapporto. Questo è un plagio. Parli come lei, pensi come lei, ti vesti come lei. Ti sei persino convertita. E ora hai assunto anche i suoi comportamenti subdoli.»

«Si può sapere di quali comportamenti subdoli stai parlando?»

«Questa storia dei figli.»

«Ma io non ho detto niente! È stata Giada a tirarli in ballo. Sei stato tu a dire che non ne vuoi, così, come se fosse una cosa da niente, senza che prima ne avessimo mai parlato...»

«E tu, invece di controbattere, mi hai subito intimato di chiudere il becco. Come si fa con un bambino scemo.»

«Non credevo che fosse il momento giusto per...»

«Tanto ormai hai imparato la lezione dalla Grande Sorella. Conosci l'arte di farmi fare ciò che non voglio fare.»

«Dimmi una sola cosa che ti ho costretto a fare, Semi. Ti prego: una sola, una sola.»

«Potrei cominciare dalla fine. Per esempio questo matrimonio.»

È incredibile, la sta mollando. Di fronte a Luciano e Giada, dopo il terzo whisky, a pochi passi dall'altare. Le sta dicendo la verità dopo aver mentito per tutti quegli anni. E, per farlo, la sta incolpando di ciò di cui dovrebbe incolpare se stesso. È stato lui a mentire. Non è stata lei a ingannarlo: è lui che si è sempre sentito in dovere di compiacerla. E tutto per via di una malsana idea dell'impegno e del senso del dovere. Tutto per il suo terrore di deludere le persone a cui vuole bene. Tutto per essere all'altezza di qualcosa di cui, tutto sommato, non è così importante essere all'altezza.

Non è un caso che abbia trovato il coraggio di dirle come stanno per lui le cose nel momento in cui la sua vita è andata in malora. Ora che Ludovica lo ha tradito con Filippo, ora che il suo socio gli ha dato il benservito, ora che il direttore di banca lo ha messo di fronte alle sue responsabilità Semi si sente autorizzato a mandare a monte il matrimonio. Anche questo è un comportamento perverso. L'idea che lo scotto da pagare per la sofferenza inflitta agli altri sia la tua stessa sofferenza è una forma di puritanesimo assolutamente disgustosa. Un'ipocrisia tra le più disdicevoli. Avrebbe fatto parecchi danni in meno se avesse detto a Silvia come stavano le cose almeno un anno prima. Se le avesse spiegato: "Tesoro mio, io ti adoro, ma è evidente che tra noi non funziona. Che tra noi non potrà mai funzionare". E invece ha fatto finta di non poter vivere senza di lei. E, non contento, si è adoperato per farlo credere sia a lei che all'altra. E alla fine ci ha creduto anche lui. E tutto questo per cosa? Per lasciarla in un ristorante di fronte a Luciano e a Giada, i più disprezzabili dei loro amici, la cui unione improvvisamente sembra molto più onesta e dignitosa della grottesca messa in scena cui Semi ha costretto Silvia e cui Silvia si è lasciata costringere.

Quando Silvia, in lacrime, corse fuori dal ristorante, Semi fu tentato di inseguirla. Sapeva che se lo avesse fatto, se si fosse lasciato tentare ancora una volta dalla scorciatoia emotiva della pietà, niente sarebbe cambiato. Intuì che, date le circostanze, nell'inazione risiedeva la sola speranza di essere, almeno per una volta, onesto.

Anche per questo Semi preferì non muoversi.

Parcheggiando l'auto di fronte al cancello della casa all'Olgiata, Filippo era incerto sullo stato del proprio umore. Tentava, al solito, di ancorarsi agli elementi rassicuranti: a dispetto di ciò che poche ore prima aveva detto, non senza sussiego, a un'intervistatrice argentina, non era affatto male essere Filippo Pontecorvo. Ma soprattutto lo rincuorava il fatto che nel giro di pochi minuti avrebbe rivisto Rachel e Semi. Solo ora sentiva quanto gli fossero mancati. Inoltre aveva con sé l'impasto delle pizzarelle pasquali: niente di più rilassante che mettersi ai fornelli a friggere qualcosa.

Peccato per tutto il resto. Più si avvicinava l'appuntamento di giovedì con la delegazione del ministero degli Interni, più sentiva che la sua vita, proprio ora che aveva raggiunto un invidiabile standard di benessere emotivo, rischiava di naufragare nell'assurdità. È vero, aveva deciso di non pensarci. Negli ultimi giorni aveva continuato a ripetersi che, per la loro tossicità, erano due i pensieri da abolire.

Primo: non pensare a ciò che i burocrati del ministero lo avrebbero costretto a fare.

Secondo: non pensare che da un momento all'altro qualcuno potesse fargli la pelle.

Almeno fin quando, la sera prima, non aveva messo piede in casa, era riuscito a vigilare sulla propria tranquillità.

Poi, il delirio.

Scemo lui! Come poteva il marito di Anna Cavalieri aspettarsi un po' di solidarietà coniugale?

Era rientrato con il fermo proposito di convincere Anna a non fare le bizze e a partecipare al Seder di Pesach. L'aveva trovata in canottiera e mutandine, il cordless attaccato all'orecchio, intenta a camminare per casa. Doveva trattarsi dell'ennesima telefonata giornaliera con il padre. Era chiaro che quei due stavano sparlando di lui. Filippo ne aveva avuto la certezza quando la moglie aveva sussurrato: «È qui. Ti richiamo».

La lunga pratica coniugale gli aveva insegnato che i matrimoni obbediscono a leggi non troppo differenti da quelle che regolano una qualunque rissa da bar: chi mena prima mena due volte. In circostanze normali, anticipandola sul tempo, l'avrebbe sarcasticamente apostrofata. Ma, deciso com'era a comportarsi nel modo più innocuo possibile, se n'era uscito con un semplice: «Sì, piccola, eccomi qui».

Anna lo aveva guardato come se fosse un assassino. Preso alla sprovvista da quell'occhiata, Filippo aveva provato a tergiversare:

«Ho un'idea. Che ne dici se andiamo a mangiare fuori? Sono un po' stanco, ma è da tanto che non usciamo.»

«Non mi va.»

«Ok, allora mangiamo qualcosa in casa. Cucino io.»

Anna era corsa in cucina, come se avesse ritrovato le energie. Aveva iniziato ad armeggiare con ante e cassetti. Filippo, camminando adagio, ci aveva impiegato un po' a raggiungerla. Era lì, che tirava fuori dalle credenze e dal frigorifero alimenti di ogni sorta. E senza foga, anzi, con una certa serafica metodicità, li poggiava sul tavolo da lavoro tanto caro a Filippo.

La scena non era delle più rassicuranti.

«Si può sapere cosa ti prende?»

«Cibo, cibo, cibo, è l'unica cosa a cui sai pensare. Mangiare qui, mangiare lì. Pensi sempre a mangiare.»

«Volevo solo essere gentile. E comunque è ora di cena.»

«Ecco qui, tutto il cibo che vuoi. Ho fatto un sacco di spesa in questi giorni. Tutte le volte che mi dicevi che saresti tornato andavo a fare la spesa. Tutte le volte che mentivi dicendo che saresti salito sul primo aereo, io per festeggiare andavo a comprarti qualcosa.»

«Ancora con questa storia? Te l'ho spiegato. Non è stata colpa mia. Mi hanno chiesto di fermarmi a Milano per una cosa importante. E in ogni caso ti ho sempre avvertito in tempo. Poi cos'è tutto questo affetto improvviso? Quando non muovevo le chiappe dal divano dicevi che non ce la facevi più ad avermi tra i piedi, ora che spesso sono fuori mi vorresti a casa. Non pensi che sia venuta l'ora di prendere una posizione netta in merito alla mia assiduità domestica?»

«Ma chi ti ha chiesto niente! Hai detto che volevi mangiare? Ecco, guarda qui.»

«Non ho detto che volevo mangiare. Va bene, lasciamo perdere... Eppoi non sono certo io quello che ha problemi con il cibo.»

«Il tuo modo di strafogarti non è certo più sano della mia sobrietà.»

«Chiamala pure "sobrietà", se ti piace raccontartela così. Ma perché ti comporti in maniera ancora più stramba del solito?»

«Perché sto male.»

Per un attimo Filippo aveva sperato che fosse preoccupata per lui: per la sua incolumità.

«Per cosa?»

«Per un mucchio di cose.»

«Dimmene almeno una.» Era sempre più speranzoso.

«Dice il dottor Stefani che sarebbe meglio se ricominciassi con la carbamazepina e con il litio.»

Filippo si era seduto, deluso.

«Addirittura? Tutti e due insieme?»

«Dice che prenderli insieme può dare risultati sorprendenti.»

«In che senso?»

«Non dormo più, Filippo. Tu non sai cosa significa non dormire per giorni e giorni. Un'ora, al massimo due, ogni notte. Non è una cosa umana. Per non dire dei pensieri. La mia mente va a mille. Corre come una pazza. E l'altra sera in bagno, mentre facevo la doccia, ho sentito distintamente qualcuno che mi parlava. Mi è preso un colpo. Mi sono girata e non c'era nessuno. Poi l'ho riconosciuta. Era la stessa voce che quando avevo undici anni mi consigliò di buttarmi dalla finestra... Non voglio neppure pensare a che suggerimento potrebbe darmi stavolta.»

«Che altro dice Stefani?»

«Che se continua così sarà meglio ricoverarmi. Ma io non voglio essere ricoverata. Non ce la farei a sopportarlo. È così mortificante. Peggio: è spaventoso! Quell'odore. È una cosa che non potrei reggere. L'odore di mensa e di verdure bollite. In manicomio non fanno altro che bollire verdure.»

«Non chiamarlo manicomio!»

«Da quando sei diventato anche ipocrita?»

«Non è ipocrisia. È una questione di correttezza lessicale.»

«E qual è il termine esatto per definire un posto orrendo dove rinchiudono i matti?»

Perché una parte di lui non credeva a tutto questo? Perché – benché sul viso di Anna il malessere avesse assunto una spigolosa plasticità – non riusciva a credere del tutto alla sua buonafede? Era così inquinato da non saper più provare un po' di tenerezza (e neppure un minimo di pietà) nei confronti del disagio della donna che amava? Filippo sapeva che avrebbe dovuto partecipare al suo dolore, così come sapeva che avrebbe dovuto fare qualcosa per alleviarlo. Purtroppo non gli piaceva per niente il tono ricattatorio con cui gli veniva sbattuto in faccia, né il tentativo di servirsene per colpevolizzarlo. L'odio delle persone malate verso i sani era una cosa che Filippo, provenendo da una famiglia di medici e avendo a suo tempo esercitato la professione, capiva perfettamente. Ma, proprio perché lo capiva così bene, non riusciva ad accettarlo nella moglie. Che il dolore le ispirasse ogni volta pensieri malevoli era del tutto naturale, che il dolore la immeschinisse obbediva alla più atavica delle leggi umane, ma ciò non significava che Filippo fosse tenuto a prendere serenamente su di sé il peso di tanta grettezza.

Forse la smania di salvaguardare l'integrità del suo disincanto avrebbe dovuto consigliargli un certo elegante distacco, ma Filippo ne aveva abbastanza anche di quello: che se ne faceva di una simile raffinatezza intellettuale? In cuor suo era davvero dispiaciuto del comportamento tenuto dalla moglie nell'ultimo anno. Che lei non avesse mai davvero gioito dei successi del marito poteva anche starci, ma che ora, presa dal suo rancore per lui, non nutrisse alcun interesse per le minacce di morte... be', questa era una cosa inaccettabile. Che lo indignava.

Eppure doveva controllare il proprio istinto a dire cose spiacevoli. Non doveva dimenticare che il fine ultimo di quella conversazione era convincerla a presenziare al Seder. Per questo doveva arginarla con tenerezza e rilanciare con cautela.

«Non importa, amore. Ti prometto che non finirai in quel postaccio un'altra volta.»

«E come puoi promettermelo? Dimmelo. Come puoi? Stando via per settimane ad alimentare un narcisismo che dovrebbe essere già satollo da un pezzo?»

Ancora una volta Filippo scelse di non seguire la moglie su quel terreno scosceso.

«Ma proprio perché non vogliamo che la situazione precipiti, non sarà il caso di dare retta al medico e prendere queste medicine almeno per un po' di tempo?»

«Vedi come sei superficiale. Non sono farmaci che puoi prendere e lasciare così. Una volta che hai scelto di prenderli, poi non puoi abbandonarli per un bel po'.»

«Vorrà dire che non li abbandoneremo.»

«Fai come Stefani. Continui a parlare in prima persona plurale.

Come se in qualche modo foste pronti a condividere il mio destino. Ma la verità è che sono io a prendere quelle pillole. La fate facile, voi. Date le pillolette alla matta e credete che tutto si aggiusti. Non è mica così semplice.»

«Non dico sia semplice. Ma se non ci sono alternative...»

«Le medicine non risolvono niente. Sono una merda. Mi fanno ingrassare e mi impediscono di lavorare.»

«Questo non è vero. Quando ti ho conosciuto prendevi già la carbamazepina ed eri magra, bella e infaticabile.»

«Che ne sai tu dello strazio di leggere un copione venti volte perché non ti ricordi nemmeno una battuta? E dire che quando sono pulita ho una memoria perfetta!»

«Tuo padre che dice?»

«E ora che c'entra mio padre?»

«È con lui che stavi parlando, no? Lui che ne pensa di questa situazione?»

«E che ne deve pensare, poveraccio? È terrorizzato. Mi ha chiesto se non sia il caso, visto che tu non ci stai mai e mi lasci sempre sola, che io mi trasferisca da lui. Almeno mi può tenere d'occhio.»

Filippo sapeva che il suocero non avrebbe mai parlato di lui in quei termini. Non gli avrebbe mai rimproverato un'assenza che dipendeva da necessità professionali. Filippo era certo che fosse stata Anna a lamentarsi con il padre delle reiterate assenze del marito. Mettere in bocca ad altri i propri pensieri per conferire loro una disinteressata autorevolezza era uno degli espedienti dialettici preferiti da Anna.

«Non mi sembra una cattiva idea.»

«E certo che ti piace. Così per l'ennesima volta ci sarà qualcuno che ti solleva da un dovere.»

«E con questo cosa vorresti dire?»

«Quello che ho detto.»

«Non ti rispondo nemmeno.»

«Mi fai vedere il tuo telefonino, per cortesia?»

«Cosa?»

316

«Ti ho chiesto di farmi vedere il telefonino. E te l'ho chiesto anche per piacere.»

«Non vedo perché.»

«Voglio controllare le tue chiamate, i tuoi messaggi. Generalmente lo farei di nascosto. Sei talmente distratto che non te ne accorgi neppure. Ma stavolta voglio farla pulita. Meriti un'opportunità. Dài, fammi vedere il telefonino.»

«Non ci penso nemmeno!»

«Su, se non hai niente da nascondere, allora fammi dare un'occhiata.»

«Non ho niente da nascondere? Non sono mica un imputato.»

«Lo sapevo!»

«Che cosa sapevi?»

«Ci avrei scommesso!»

«Si può sapere di cosa stai parlando?»

«Che delusione! Che schifo!»

«Allora? Su che cosa avresti scommesso?»

«Sei proprio uno stronzo.»

Era stato più o meno allora, dopo essere stato apostrofato in quel modo, che Filippo aveva capito che per il terzo anno consecutivo la moglie avrebbe disertato la cena di Pasqua a casa della madre. Ed era stato allora che se ne era fatto una ragione.

Ora, ripensandoci, era contento. Si sentiva sempre in imbarazzo quando la madre e la moglie stavano nella stessa stanza. L'imprevedibilità di Anna mescolata alla suscettibilità di Rachel erano nitroglicerina. Meglio tenerle a distanza di sicurezza l'una dall'altra.

All'Olgiata, rispetto alla città, c'erano sempre due o tre gradi in meno. Nelle sere di primavera come quella, sembrava di trovarsi in una serra talmente vasta e labirintica che era impossibile stabilirne i confini.

Filippo vide soltanto l'auto di Semi. Strano che non fosse ancora arrivato nessuno. Il Seder di Pesach era l'occasione per Rachel di riunire attorno a sé parenti che non vedeva mai: per una sera casa

Pontecorvo si trasformava in un gerontocomio giudaico-romanesco che Filippo trovava estremamente divertente e di cui quello snob di Semi invece si vergognava da morire. L'atteggiamento del fratello gli sembrava davvero stupido. Come non provare affetto per zia Vera? La voce roca e lamentosa di quella matrona ultraottuagenaria; i suoi acciacchi, talmente antichi e sedimentati da farti venire il sospetto che risalissero ai tempi di Mosè; per non dire del modo tenero in cui ti poggiava la mano sulla testa per benedirti. Tutto questo per lui compensava la mancanza di buone maniere che umiliava tanto il fratello.

Comunque, dov'era zia Vera? Dov'erano tutti?

Filippo suonò alla porta. Nessuno andò ad aprirgli. Suonò altre due o tre volte, in modo sempre più prolungato. Ancora niente. Allora tutta la paranoia che negli ultimi giorni aveva cercato di tenere a bada gli si riversò addosso con l'impeto di un maremoto. Chiamò Rachel, poi il fratello. Il cellulare di Rachel era spento, quello di Semi squillò a vuoto per un po', per poi lasciare spazio a un'irritante segreteria telefonica.

Che la serata fosse andata a monte era già di per sé abbastanza allarmante, ma che nessuno lo avesse avvertito era a dir poco minaccioso. Filippo sentì mancargli respiro e gambe all'unisono. Fece il giro della casa con una corsetta nervosa.

Sul retro la portafinestra che dava sul salotto era aperta, la luce accesa. Filippo entrò con circospezione, come se non fosse a casa della madre, ma in quella di uno sconosciuto.

«C'è qualcuno? C'è qualcuno?» continuava a ripetere, quasi non riuscisse a dire altro. La voce gli usciva dalle labbra così flebile che, anche se il qualcuno in questione fosse stato nei paraggi, avrebbe avuto difficoltà a udirla. Era evidente che il salotto aveva sopportato di recente lo stress delle pulizie pasquali. Non solo era stato tirato a lucido, ma era stato privato delle tende e dei tappeti, che sarebbero ricomparsi l'autunno seguente. Da qui forse la sensazione di nudità da cui Filippo si sentì invadere a tradimento.

Il tavolo della camera da pranzo era apparecchiato come si deve: tovaglia di fiandra color perla, servizio di porcellana, sottopiatti di silver plate, doppi bicchieri, candelabri. Sul carrello una vecchia copia della Haggadà[10], sulla quale aleggiava ancora la vergogna provata da Filippo la prima volta che aveva dovuto leggerne un pezzetto in ebraico di fronte al parentado riunito. La sua dislessia aveva reso l'intera operazione uno strazio per la sua bocca, per la sua dignità e per le orecchie degli astanti. Tanto che, al quarto errore consecutivo, si era lasciato prendere da un attacco collerico e si era andato a nascondere in camera. Da allora si era rifiutato di leggere. Preferiva lasciare l'incombenza al fratello che, essendo bravo in tutte le cose, faceva bene anche quella.

Sempre più ansimante, Filippo perlustrò la casa senza trovare nessuno. Nel frattempo continuava a far squillare il telefono del fratello. Disperato, tornò in cucina. Accese la luce. E lì notò l'ennesima incongruità: non c'era odore di cucinato. Filippo stava poggiando sul tavolo il recipiente con l'impasto delle pizzarelle quando fu attratto da una luce: filtrava dalla porta chiusa in fondo alle scale che conducevano al seminterrato. Aprendola, sentì la voce arrabbiata della madre giungere dal luogo che un tempo era stato la stanza di ricreazione del padre, e che si era improvvisamente trasformato dapprima nella sua galera, infine nel suo patibolo. Erano più o meno vent'anni che Rachel ne aveva fatto il suo studio medico. La ragione di una logistica tanto sacrilega era incomprensibile, almeno per i figli. Forse la dissennata ristrutturazione di quella stanza, voluta da Rachel, era indice sia della smania di chiudere i conti con la storia del marito, sia della sua incapacità di farlo.

Pur senza confessarselo, Filippo e Semi provavano sempre disagio ad andare a trovare la madre là sotto. Certo è che Filippo non fu affatto stupito che la voce alterata di Rachel salisse proprio da lì, dal palcoscenico sommerso della loro ultraventennale ipocrisia.

Era ora di andare a teatro.

---

[10] "Narrazione." In particolare il termine indica il libro che contiene la narrazione dell'esodo degli ebrei dall'Egitto, che si legge durante il Seder.

Lo spettacolo che si poteva godere dallo stretto spiraglio conces- so dalla porta schiusa del seminterrato era meno allettante di quan- to Filippo aveva sperato. Dal posto in prima fila di cui disponeva, la sola cosa che Filippo riusciva a vedere erano le mani di Rachel. Gesticolavano a ritmo con le cadenze angosciate della voce. Sta- va parlando con grande concitazione di qualcosa che era stato an- nullato. E Filippo, in prima istanza, si chiese se per caso non allu- desse al Seder di quella sera. Ma perché tanta disperazione per un Seder mancato? E cosa c'entrava il fratello? Dov'era Silvia? Perché non era dove Filippo si sarebbe aspettato di trovarla: in cucina, al- legramente alle prese con i piatti di Pasqua?

Ora Rachel stava parlando di soldi. Di tanti soldi buttati dalla finestra. Davvero era così costoso un Seder? Si capiva bene che i soldi erano solo un pretesto. Tanto che a un certo punto fu lei stes- sa a chiarirlo:

«Ne buttiamo talmente tanti che non saranno questi a mandar- ci in rovina. È tutto il resto, tutto il resto che non riesco a capire.»

«Cos'è che non capisci, mamma?» chiese Samuel serafico. Fi- lippo non riusciva a vederlo. Ma non era un problema: la voce gli dava tutte le informazioni di cui aveva bisogno. C'erano sarcasmo ed esasperazione in quella voce. Filippo era certo di non sbagliare.

«Non riesco a capire come puoi esserti tirato indietro a questo punto.»

«E quando avrei dovuto farlo?»

«Prima. Molto prima. Tanto tempo fa.»

«E poniamo che io me ne sia accorto in ritardo. Poniamo che me ne sia accorto soltanto ieri. Cosa avrei dovuto fare, continuare a perpetuare l'errore solo perché era troppo tardi? Vivere nell'erro- re per sempre?»

«Come puoi sapere che si tratta di un errore? Se per tanto tem- po non è stato un errore, perché ora sei così certo che lo sia? Sul- le cose bisogna lavorarci, non si può buttare tutto alle ortiche per un capriccio.»

«Un capriccio? Come osi definirlo un capriccio? Che ne sai tu di cosa è successo? Che ne sai tu di me? Come cazzo ti permetti di giudicare?»

Ora Semi era veramente infuriato. E Filippo non credeva alle sue orecchie. Stentava a riconoscere il fratello. No, lui non era il tipo che perdeva le staffe. Soprattutto con Rachel, era sempre accondiscendente. Sentirlo urlare così contro la madre, sentirlo ricorrere al turpiloquio in presenza di lei, contro di lei, gli faceva una grandissima impressione. C'era un'aggressività inaudita in Semi. La tipica aggressività di chi esplode dopo essersi trattenuto per troppo tempo.

«Che è un capriccio l'ho intuito da quello che mi ha detto Silvia. L'ho chiamata al telefono stamattina. Quando ha risposto stava piangendo.»

«E perché l'hai chiamata, mamma? Si può sapere perché l'hai chiamata?»

«Perché eravamo rimaste d'accordo così. Che l'avrei chiamata stamattina per ricordarle di passare a ritirare l'agnello dal macellaio.»

«Ma certo. Motivi pratici. Organizzazione. Logistica. Le tue parole d'ordine. Per te non esiste altro.»

«Ma scusa, come potevo immaginare che proprio oggi non avrei dovuto chiamarla se eravamo rimaste d'accordo così? L'ho chiamata. Ho capito subito che era turbata. Si sforzava di non piangere. Faceva di tutto per non dirmi...»

«E tu le hai estorto la verità. Perché a te non deve mai sfuggire niente. Vero? Devi sempre esercitare il controllo...»

«Tu cosa avresti fatto al mio posto? Dovevi sentire la voce che aveva...»

«È proprio questo il punto, mamma. Io non *voglio* stare al tuo posto e tu *non devi* stare al mio. Tutta questa confusione, mamma. Ecco la cosa che mi fa incazzare.»

«Non rigirare la frittata. Non stiamo parlando di questo.»

«Invece sì. È proprio di questo che sto parlando. La tua capacità di manipolarci. Il tuo tenerci sempre al guinzaglio. I ricatti, i tuoi ricatti impliciti...»

«Sai qual è il mio problema? Che non capisco quello che dici. Non capisco. È che sono troppo stupida. Troppo stupida per te. Troppo stupida per tuo fratello. O troppo ignorante.»

«E la devi finire anche con questa storia che non capisci! La devi finire di fare la finta tonta. Capisco che è una tecnica che negli anni ha dato i suoi frutti, ma ora basta!»

«Se sbaglio tutto, che parliamo a fare?»

«Non lo so. So solo che stamattina ti chiamo e mi rispondi a mezza bocca. Ti chiedo a che ora devo venire e mi dici che non sai se il Seder si fa ancora. Ti chiedo spiegazioni e ti chiudi nel tuo solito mutismo.»

«Vedi: se parlo non va bene, se non parlo non va bene... Te lo ripeto. Quando mi hai chiamato avevo appena sentito Silvia. Con grande sforzo ero riuscita a farmi raccontare cosa era successo ieri sera. Ero sconvolta.»

«E vediamo un po', cos'è successo ieri sera?»

«Non lo so. Io non c'ero. Silvia mi ha detto che è tutto finito. Che il matrimonio è andato a monte. Che tu l'hai lasciata di fronte a quel tuo amico... E che amico, poi...»

«E pure se fosse andata così, tu che c'entri in questa storia? E perché hai annullato il Seder? E come ti permetti di giudicare i miei amici?»

«Io? Niente. Non c'entro niente, io. E non è vero che ho annullato il Seder. È stato solo un momento, proprio quando hai chiamato, ma poi è passato. Poi mi è venuto in mente che potevamo fare una cosa più intima, io e i miei figli. Te lo dimostra il fatto che ho telefonato solo a zia Vera e agli altri per dirgli che non potevo più ospitarli, che non mi sentivo bene. Tuo fratello non l'ho chiamato. Anzi, che strano, sarebbe già dovuto essere qui da un pezzo. È sempre il solito...»

«Rispondi alla mia domanda, mamma! Per quale ragione ti impicci di una cosa che non ti riguarda?»

«Non mi sto impicciando. Ti assicuro che non voglio impicciarmi. E in fondo questo non è impicciarsi. Dato che sono mesi che organizziamo il matrimonio, dato che si sarebbe dovuto tenere qui, dato che nell'ultimo periodo sarò uscita un giorno sì e un giorno no con Silvia per scegliere abito da sposa, fiori, confetti, e chi più ne ha più ne metta, credevo di avere il diritto di chiederti se questo matrimonio alla fine si farà oppure no. Nient'altro che questo.»

«E poi sono io che me la racconto, eh... Non è questo che volevi fare, mamma.»

«Sì, era questo. Sei tu che mi hai aggredito.»

«Non è così che stanno le cose.»

«E allora dimmelo tu cosa volevo fare.»

«Certo che te lo dico. Per troppo tempo non te l'ho detto. E forse tutti i nostri guai sono venuti dal fatto che finora non sono mai riuscito a dirtelo. Hai fatto quello che sai fare meglio: biasimare in silenzio. Ecco la tua specialità. Dall'alto del tuo primato morale su tutti noi, tu non fai altro che giudicare e biasimare in silenzio. Non lo fai con cattiveria, forse non lo fai neppure deliberatamente, di certo lo fai con estrema raffinatezza. Ma lo fai eccome. Tu ci giudichi. E noi non siamo mai alla tua altezza.»

«Ma cosa stai dicendo? Io non giudico nessuno.»

«Ma sì, invece. Ti è bastato sentire Silvia tre secondi al telefono per giudicarmi un debole, un irresponsabile, uno che non tiene fede alla parola data, il solito maschio Pontecorvo che fa soffrire il prossimo con la sua vigliaccheria e la sua indolenza, con la sua frivolezza e il suo edonismo... E difatti quando ti ho chiamata è così che mi hai trattato. Come uno con cui non è nemmeno più interessante parlare. Avresti dovuto confortarmi e invece mi hai giudicato.»

«Ma che dici, tesoro mio? Che sciocchezze sono queste? Perché dici così? Te l'ho spiegato come sono andate le cose. Mi hai chiamato ed ero nervosa, tutto qui. Io non giudico nessuno. Mi sento talmente inferiore a voi, come potrei giudicarvi? Non l'ho mai fatto.»

«L'hai sempre fatto, mamma! È spaventoso che tu sia la sola a non saperlo.»

«Ti prego, fammi un esempio. Uno solo.»

«PAPÀ! Ecco, il mio esempio.»

Che il fratello avesse appena pronunciato la parola "papà" di fronte alla madre era un fatto talmente inaudito che Filippo dovette sedersi sullo scalino. Il silenzio che seguì fu la cosa più stupefacente che potesse accadere. Già, Filippo si sarebbe aspettato piuttosto che la terra si aprisse e li inghiottisse tutti. O che lingue di fuoco fulmineamente scese dal cielo afferrassero Semi per il collo e lo stritolassero. Per quel che ne sapeva lui, era la prima volta dopo tanti anni che Leo veniva pubblicamente evocato in quella casa. Lo sciopero del silenzio scontato dal fantasma di quell'uomo mite sembrava ancora più lungo ora che era stato violato dal più fervente dei crumiri.

«Non so di cosa tu stia parlando» disse Rachel con un tono talmente gelido che Filippo si sentì rabbrividire. Eppoi aggiunse: «Non vedo perché dovrei parlare di certe cose con te».

«Perché è proprio con me che è giusto parlarne! Perché nessuno più di me è parte in causa. Perché tutto questo non parlarne ha prodotto solo disastri.»

«Sono preoccupata per tuo fratello. Vado a vedere se è arrivato.»

«No, resta qui. Stiamo parlando. Stavolta non mi impedirai di parlare della sola cosa che mi interessa. Basta omertà, basta. Hai capito, mamma? Basta con la tua omertà, basta con il tuo regime del terrore... Basta!»

A questo punto Filippo vide il fratello. Semi, infatti, si era scagliato su Rachel spingendola indietro il tanto che bastava per consentire a Filippo di vederli entrambi. Semi aveva indosso solo una camicia e un paio di jeans, aveva il viso congestionato. Afferrò le mani di Rachel con il fermo intento di tenerla lì, di non farla scappare. Se non fosse stato Samuel Pontecorvo a fare tutto questo, Filippo avrebbe potuto addirittura temere che quel bruto facesse del male a sua madre.

«L'abbiamo ammazzato, mamma» attaccò il bruto con la voce incerta di chi si vergogna a pronunciare frasi troppo enfatiche. «È una cosa incredibile, ma lo abbiamo ammazzato. E tu lo sai, lo hai sempre saputo.»

«Non dire così» mormorava Rachel provando a divincolarsi dalla stretta del figlio, ma senza alcuna convinzione.

«Lo abbiamo fatto fuori. Lo abbiamo lasciato qui sotto, solo. Per tutti quei mesi. E lui non c'entrava niente. Io lo so che non c'entrava niente, ho le prove che lui non c'entrava niente.»

«Ti prego, lasciami in pace.»

Ora la voce di Rachel non era più fredda. Era accorata.

«No, mamma, bisogna parlarne. Non sempre il "non parlarne" è la cosa giusta. Certe volte è necessario parlarne. Non ha più senso stare zitti. Non ha proprio più senso.»

«Voglio andare su a vedere se è arrivato tuo fratello. Sarà preoccupato di non trovarci.»

«Ma lo sai qual è l'ultima immagine che ho di mio padre? Lo sai?»

«No, non lo so, e non m'interessa.»

«Era in camera vostra. Devi pensare alla mia sorpresa. Lui viveva qui sotto già da un bel po'. Era salito su, poveretto, come un ladro, chissà per quale motivo. Me lo sono chiesto migliaia di volte. Forse gli mancava il piano superiore. Forse voleva sapere se il piano superiore esisteva ancora. Forse, se vivi qua sotto per tutto quel tempo, inizi a sospettare che il piano di sopra non esista più. E probabilmente quel giorno credeva che non ci fosse nessuno. Ma io c'ero. Stavo studiando, e ho sentito un rumore provenire da camera vostra. Mi sono spaventato. Sapevo che tu non c'eri. E neppure Filippo. Era il giorno libero di Telma. Io ero rimasto a casa da solo. Sono andato a vedere. E lui era lì, mamma. Per poco non mi veniva un colpo. Aveva la barba lunga. Non l'avevo mai visto con la barba lunga. E sai cosa stava facendo? Lo sai? La cosa più mostruosa che un figlio possa immaginare. Era lì che si masturbava. Mai mi sarei aspettato di trovarmi di fronte a uno spettacolo così orribile e patetico. Tuo padre smagrito e invecchiato che si fa una sega nella stanza di tua madre. Capisci quello che sto dicendo?»

«Perché dici queste cose? Perché mi vuoi così male?»

La voce di Rachel era quella di un uccellino. Impercettibile.

"Adesso basta!" fu ciò che Filippo pensò spalancando la porta, convinto che se il fratello, con le sue parole, aveva sfondato il muro del suono, toccava a lui iniziare una drastica manovra di decelerazione.

Quando Semi si sentì afferrare di peso per le spalle e strappare alla madre, i cui polsi si ostinava a serrare, tutto si aspettava tranne che l'artefice di un gesto così risoluto fosse il fratello. Anche se, dopo il primo attimo di sorpresa, Semi percepì in quella stretta qualcosa di familiare (per essere precisi, una familiarità remota).

Occorre specificare che Semi aveva sempre avuto timore fisico di Filippo. Forse perché i suoi addominali serbavano il ricordo rovente delle scazzottate dell'infanzia, dalle quali uscivano sempre indolenziti. Sarebbe stato difficile stabilire se il primato pugilistico di Filippo dipendesse dai due anni che li separavano, dalla stazza, o molto più semplicemente dalle motivazioni. Fatto sta che il fratello maggiore sembrava aver costruito il proprio potere sull'esplosiva reattività dei muscoli e sulla natura perentoria e brutale del proprio sarcasmo. Malgrado Semi, grazie all'invidiabile eclettismo, si fosse fatto valere su altri fronti distinguendosi molto più del fratello, non era mai stato in discussione chi tra loro fosse il cavaliere e chi lo scudiero.

Bisogna inoltre aggiungere che oggigiorno la violenza fisica è decisamente svalutata. Non si tiene conto dell'inoppugnabile influenza da essa esercitata sugli individui, soprattutto quando annaspano ancora nell'età del bronzo della prima infanzia. Ma nelle menti dei fratelli Pontecorvo la violenza non aveva smesso di occupare lo stesso posto d'onore che avrebbe potuto occupare in quella di un cavernicolo con tanto di clava e pelliccia.

Per questo Semi, dopo un attimo di smarrimento, si era completamente assoggettato alla volontà di Filippo.

«Ora basta. Ho detto basta! Stai buono qui!» continuava a intimargli Filippo, spingendolo verso il divano di pelle nera dove di solito sedevano i pazienti di Rachel in attesa di essere visitati.

Semi aveva la mano sul portafoglio infilato nella tasca posteriore dei jeans, dove era custodita la reliquia più preziosa: la versione plastificata della lettera che scagionava Leo. Dio solo sa quanto Semi avesse avuto la tentazione di sbattere sul muso della madre l'inconfutabile reperto che avrebbe mandato in frantumi un castello accusatorio che stava per compiere venticinque anni. Ma accorgendosi di non aver mai tolto la mano da lì, Semi si rese anche conto di non avere più alcun desiderio di mostrare il suo segreto alla madre e al fratello.

Dicono che il miglior modo per liberarsi dal rospo che ti soffoca sia sputarlo fuori. Dicono che non ci sia niente di più demistificante della pura, schietta espressione. Parla, e un secondo dopo starai meglio. Apriti, e ti sentirai una bomba...

Chissà, forse di norma è vero. Semi capì subito che con lui il giochetto non aveva funzionato: il rospo che continuava a saltare da una parte all'altra della stanza lo esasperava come mai prima di allora. Eh già, il peso dell'accadimento occorso alla sua famiglia la sera del fatidico 13 luglio 1986 non era mai stato così opprimente. Ora che lui aveva accusato se stesso e la madre di aver provocato la morte di Leo, non lesinando su alcun dettaglio ripugnante, ora che aveva la consapevolezza di averlo fatto in presenza delle orecchie furtive del fratello maggiore, Semi provava un ardente desiderio di sparire dalla faccia della terra. Il brandello di lucidità residuo gli suggeriva quanto fosse giusto che tutto finisse nella stanza dove tutto era iniziato. Che lì, e non altrove, si consumasse l'ultimo atto. Peccato solo che lui non fosse nella condizione di spirito per godersi lo spettacolo.

Ci pensò Filippo a ravvivarlo (lo spettacolo), iniziando a inveire contro i due litiganti:

«Ma siete matti? Vi siete bevuti il cervello?»

Che Filippo osasse fargli la lezione, che Filippo facesse la parte del savio, sembrò a Semi un'impudenza insopportabile.

«Ecco, bravo, illuminaci un po' tu con la tua saggezza!»

«Non mi sembra proprio il caso di fare i sarcastici.»

«Ah, scusa, è vero, dimenticavo: tu hai l'esclusiva su tutto il sarcasmo della famiglia.»

«Senti, cazzone, abbassa le penne. Io non c'entro niente con questa storia. So solo che arrivo qui, trovo tutto buio, non vedo una macchina, suono e nessuno mi apre, vado in cucina e pare che nessuno ci cucini da un secolo, e alla fine vi trovo qui che vi state scannando proprio su...»

«Su cosa? Dài, dillo. Ti manca il coraggio per dirlo.»

«Non mi manca nessun coraggio. Evidentemente ho solo più rispetto per la suscettibilità di mamma di quanto ne abbia tu.»

«Ah, certo, perché questo è un problema di mamma. Io non c'entro niente. Sono solo un passante, uno spettatore. Allora è per questo che qua dentro non se ne parla, non se n'è mai parlato. Ora capisco tutto. È per questo: perché è una storia che riguarda mamma. Eppoi, senti un po' chi parla di rispetto. Allora è proprio vero che sei cambiato. Allora è vero quello che si dice in giro: che sei un grand'uomo, un coraggioso filantropo. Quindi mi sono sempre sbagliato: non sei solo un parassita che si fa i cazzi suoi da quando è nato. Che non è mai disponibile. Che non fa mai niente per gli altri. Ti ho visto sul palco della Bocconi. Un vero spettacolo. Tutti quei dati sui bambini di Dresda. Era davvero toccante. Anche se mi veniva da pensare: ma perché questo cialtrone si occupa tanto dei bambini di Dresda se di tutto il resto non gliene è mai fregato un cazzo? Come può l'individuo più egocentrico e narcisista del mondo passare per il più compassionevole? C'è davvero qualcosa che non va in questo mondo. Le cose vanno esattamente al contrario di come dovrebbero andare...»

«Ah, è per questo allora che non ti sei fermato? Pensa, credevo che non fossi neppure venuto. E invece sei venuto e te ne sei andato. Capisco, il tuo rigore morale ti impediva di cenare con questo predicatore ipocrita, la tua esigenza di autenticità protestava. È bello sapere che tuo fratello la pensa come i tuoi peggiori detrattori.»

«I detrattori? I detrattori?! Ti rendi conto che non sai fare altro che parlare dei tuoi detrattori? Ma lo sai che avere dei detrattori è un gran privilegio? Lo sai che sei la sola persona che conosco a poter vantare una falange di detrattori? E per questo dovrei provare pena per te o rispettare quello che fai? Dimmi un po': la ragione per cui te ne stai lì a sprologuiare sui bambini di Dresda – di cui, se ti conosco bene, non sai un tubo – è redimerti agli occhi dei tuoi detrattori?»

«Si dà il caso che i più incazzati dei miei nemici vogliano farmi la pelle. Ma questo pare interessare a tutti tranne che a mia moglie e a mio fratello.»

«Forse perché tua moglie e tuo fratello ti conoscono.»

«O forse perché i loro sentimenti nei miei confronti non sono limpidi?»

«Non sono limpidi? E perché non sono limpidi, sentiamo un po'...»

«Non lo so, dimmelo tu. Cos'è che non va, Samuel? Cos'è che ti rode?»

«Cosa vuoi insinuare, che sono invidioso? È questa la tua diagnosi? Il fratello rosicone. La vendetta di Caino. Be', lasciami dire che io somiglio a Caino quanto tu somigli ad Abele. Ora, non so, forse hai ragione. Forse è vero, un po' d'invidia c'è, è umana. Ho gioito tanto, all'inizio. Dio santo, ero così fiero. Poi però ti ho visto cambiare. Non credevo a tutte quelle stronzate che il successo cambia. Ma poi ho visto te, ho visto l'egocentrismo trasformarsi in paranoia, l'ironia lasciare spazio alla pretenziosità... Ho visto una cosa che credevo di non vedere mai: mio fratello che si prende sul serio. Mio fratello che fa il fico dandosi arie di importanza. A quel punto, insieme alla delusione, è arrivata anche un po' di invidia. Una cosa davvero strana: invidiare un fratello che non riconosci. Ma ho fatto di tutto per scacciare questo sentimento. Non ho fatto che ripetermi: "Quello è Filippo, cazzo. La sola persona al mondo con cui condividi ogni cosa. Gli stessi genitori, gli stessi ricordi, la stessa infanzia da fiaba, la stessa adolescenza di merda... È lui. È la persona più importante della tua vita. Ha fatto per te quello che tuo padre non ha saputo fare. Ha preso a cazzotti tutti quelli che ti prendevano in giro, ti ha sempre protetto...". Più me lo ripetevo, più la tua personalità si stravolgeva. Ti rendi conto che io so tutto quello che c'è da sapere sulla tua vita e tu non sai niente sulla mia? Che io so tutto quello che stai rischiando, perché lo leggo sui giornali, e tu non sai quello che sto rischiando io, perché i giornali delle mie chiappe se ne fregano?»

«Se tu avessi fatto lo sforzo di aspettarmi quella sera in Bocconi...»

«Era tardi, Filippo, era già troppo tardi. Sia per me che per te. Era da un po' che ti stavo dietro. Ma ogni volta che provavo a parlarti, tu non riuscivi a fare altro che parlare di te stesso. "Ho vinto un premio qui, ho vinto un premio lì", "Pare che la Pixar voglia produrre il mio prossimo film", "In Giappone *Erode* è campione di incassi". Vanterie, solo un mucchio di insulse vanterie. E intanto la mia vita precipitava.»

In qualsiasi altra circostanza, Rachel non sarebbe riuscita a trattenersi dall'intervenire. Ma tutto quello a cui stava assistendo era talmente spaventoso che il suo corpo sembrava scosso da due impulsi uguali e contrari: un passo avanti e un passo indietro. Solo un'altra volta nella vita aveva mostrato altrettanta irresolutezza: quando la televisione l'aveva informata che suo marito non era più suo marito. Ecco, allo stesso modo ora non era sicura che quelli fossero i suoi ragazzi.

«Dovresti ringraziarmi, Samuel» stava dicendo Filippo. «Dico davvero. Ti ho dato un ottimo pretesto per fare la vittima. Ti ho regalato il ruolo che più ti si addice: quello della vittima sacrificale. Carne da macello. È per questo che hai sempre fatto le cose per bene, no? Per questo sei sempre stato così irreprensibile, per questo andavi così bene a scuola? Per questo ti sei quasi sposato con la donna giusta, e poi ci hai messo tanto a mollarla? Per essere all'altezza del ruolo di vittima sacrificale. Perché la vittima è sempre innocente. Perché la vittima deve essere senza macchia... Ma adesso ti ritrovi insoddisfatto. Ora che il fratello scapestrato ottiene tutto quello che tu hai sempre sognato, ti ricordi quanto è ingiusta la vita. Ora che il martirio è in atto, ti lamenti perché nessuno è disposto a riconoscerti il tuo ruolo di martire. Anzi, stanno tutti lì a commuoversi sul martirio del fratello carnefice. Dillo che è questo che non ti va giù. Dillo, dillo, dài, ammettilo e chiudiamola qua!»

«Te la sei scopata, Filippo!»

«Chi?»

«Lei. Te la sei scopata. Non riesco a crederci.»

«Non so di quale "lei" parli.»

«Lei, proprio lei, l'unica, che cazzo! È assurdo, hai osato persino darle un voto. Te la sei scopata e le hai dato un voto. E non contento, hai pure sentito l'esigenza di comunicarmi sia una cosa che l'altra. È una cosa indegna.»

«Mi vuoi spiegare...»

«Che c'è da spiegare? Il mondo intero ha accusato ingiustamente mio padre di essersi scopato una ragazzina che non amavo. E l'ironia è che si tratta dello stesso mondo che ora non fa che tributare onori al fratello che si è scopato la sola ragazza che abbia mai amato.»

«Continuo a non capire di cosa stai parlando...»

«Lascia stare. Forse questa è la cosa peggiore di tutte. La cosa peggiore è che non sapete di cosa sto parlando. Né tu né quest'altra ipocrita qui.»

E nel dirlo Semi indicò Rachel, che se ne stava ancora lì in un angolo, fissando il pavimento come una scolaretta.

«È questa la vera fregatura» riprese con foga. «Che non sapete di cosa sto parlando. Prima avete fatto fuori papà, ora state facendo affogare me.»

In quel momento Semi sentì che le energie gli venivano meno. Non aveva più voglia di lottare. Era esausto. Da quanto tempo non dormiva? Da quanto tempo non faceva un pasto regolare? Da quanto tempo non andava in bagno con un po' di soddisfazione? Tradito dalla fisiologia come da tutto il resto.

Ancora una volta si pentì di aver messo a nudo il proprio cuore. Non capiva se tale esibita nudità fosse più sconcia o più patetica.

Di certo sembrava inutile. Ci doveva essere una lezione nel fatto che tutte le parole ammonticchiate una sull'altra quella sera non suonassero più eloquenti del silenzio in cui era sempre vissuto. La iattura era che lui non riusciva ad afferrarla.

Per fortuna il fratello era lì. Il mattatore adorato dalle folle. Lui sì che era ancora pieno di energia. Dava l'idea di aver ascoltato più di quanto avrebbe desiderato ascoltare, e di aver espresso molto meno di quanto avrebbe voluto esprimere.

«È di papà che vuoi parlare? Coraggio, parliamone» gli disse con tono di sfida.

«Guarda, non m'interessa... Sono stanco.»

«E dài, parliamo di quel vigliacco, parliamo di quello smidollato. Non c'entrava niente con quella storia? E allora avrebbe potuto comunicarcelo. Avrebbe potuto difenderci da quello che stava succedendo. Non credi che fosse quello il dovere di un adulto? Macché, il grande dottore non si sporca le mani. Il luminare è un uomo civile e delicato. Non chiede di meglio che chiudersi in cantina e farsi massacrare. Dici che non aveva fatto niente? Che non aveva commesso alcun crimine? Forse hai ragione. Forse fino a quel momento non aveva fatto niente di male. Chissà allora che il crimine non lo abbia commesso dopo. Il crimine di non difendersi, il crimine di non difendere noi, il crimine di pensare solo a se stesso e non alla sua famiglia...»

In quell'istante Semi capì cosa non gli andava a genio del fratello. Cosa non gli era mai andato a genio, da che erano piccoli: quel cocktail di faziosità e impudenza.

Ci vorrebbe una legge per impedire alla gente di spingersi così tanto in là con la mistificazione. Dopotutto i fatti hanno una rilevanza, un loro peso specifico. Non li si può stravolgere a piacimento, per frivole esigenze dialettiche. Non dare peso alle parole è un giochetto pericoloso. E ancora peggio è innamorarsi del loro suono e della loro capacità di smentire la verità, a costo di tradire se stesse.

Confondere la vittima con il carnefice era un esercizio retorico di una tale disonestà, di una tale ferocia, che Semi non poteva credere che il fratello vi indulgesse con tanto cinismo. Possibile che Filippo si stesse spingendo così oltre? Certo che era possibile. Anzi, si stava spingendo molto, ma molto più in là.

«Ora capisco» continuava Filippo imperterrito. «Capisco perché fai di tutto per somigliargli. Perché ce l'hai sempre messa tutta per essere uguale a papà. Guardati: stesse ambizioni, stesse buone maniere, stessi vestiti da fichetto, persino la stessa cazzo di pettinatura. Non ho mai visto uno sforzo tanto ridicolo nel cercare di somigliare alla persona che ti ha devastato la vita. Chissà se questa sindrome ha un nome, Semi. Certo è che spiega ogni cosa. Evidentemente la somiglianza è funzionale al progetto. È indispensabile essere uguale a lui per ripercorrere le sue orme. L'intento è chiaro. Perverso ma chiaro. Se tu non fossi un uomo perbene come lui, il tuo martirio non sarebbe degno del suo.»

Mentre si slanciava contro Filippo per provare a qualunque costo a tappargli la bocca, Semi si chiese se tale inconsulto gesto fosse dettato dal desiderio di non ascoltare fino in fondo la cosa più giusta che gli fosse stata mai detta, o la più sbagliata.

«Per l'amor di Dio, basta! Vi prego, basta.»

La voce di Rachel non somigliava per niente alla voce di una madre. Samuel non l'aveva mai sentita così dimessa e implorante. Per tutto quel tempo era rimasta lì, a testa bassa, ad ascoltare i suoi figli che si scannavano.

«Tutto quello che ho fatto l'ho fatto per non vedere questo. Per non vedervi così. Ho fatto una scelta che a voi può sembrare incomprensibile e crudele perché ho creduto che fosse il solo modo di proteggervi. E la cosa più assurda è che ero certa che solo Leo avrebbe potuto capirmi. Che solo lui sarebbe stato dalla mia parte.»

Per quanto le parole di Rachel suonassero incredibili alle orecchie di Semi, esse erano di certo meno sbalorditive che sentirla pronunciare il nome del padre. Si trattava di un miracolo sconvolgente quanto sarebbe stato assistere alla resurrezione di Leo.

«Vostro padre...» riprese Rachel per interrompersi ancora, come se proseguire fosse superiore alle sue forze. Poi, forse per dare conto dell'impossibilità di vincere la battaglia contro la sua stessa eterna omertà, Rachel si piegò in avanti ed emise un lieve, trattenuto singulto.

Malgrado Semi fosse il solo in quella stanza a non aver fatto studi di Medicina, comprese che la smorfia di dolore della madre e la mano destra portata al braccio sinistro avevano un significato irrefutabilmente chiaro.

Corse subito da lei. Le mise una mano sul polso con tutta la delicatezza di cui era capace, come se avesse paura di toccarla.

«Mamma, mamma, che succede, non ti senti bene?»

Poi gettò un'occhiata al fratello medico, cercando nei suoi occhi un briciolo di conforto. Vi scorse il suo stesso panico, e soprattutto la sua stessa disperata, implorante preghiera: no, Rachel non doveva morire lì. Non in quel momento. Non in quel modo. Non mentre loro litigavano. Non nel posto dove era morto Leo. Un genitore sì, due no. Era troppo. Troppo persino per i Pontecorvo.

INSEPARABILI

Almeno per una volta la preghiera di Filippo e Samuel fu misericordiosamente esaudita: passarono infatti altri cinque anni prima
che Rachel morisse. E quando fu il momento, lo fece nel modo a lei
più congeniale: un venerdì di un dicembre qualsiasi.

Toccò a Samuel – che, nell'ultimo lustro, aveva convissuto con
lei nella vecchia casa dell'Olgiata – l'ingrato compito di ritrovarla
un mattino. Era lì, nel letto, spaventosamente inerme.

Nelle ore successive Semi ebbe modo di constatare come, persino dal luogo in cui si era appena trasferita, Rachel continuasse a
esercitare il suo benefico influsso semplificandogli il compito. Nel
primo cassetto del comò nella stanza della madre, Semi rinvenne
una busta color senape su cui era scritto un enigmatico:

PER DOPO

Semi la aprì, terrorizzato all'idea di scovarvi chissà quale scon-
certante rivelazione. Ma la sola cosa che vi trovò fu un impeccabile programma funerario: c'era tutto là dentro, le istruzioni erano
talmente puntigliose che fu sufficiente fare un paio di telefonate
affinché una trafila assai complessa si mettesse in moto. Forse Samuel si sarebbe potuto chiedere se quell'estremo servizio resogli
dalla madre fosse il modo in cui Rachel Pontecorvo ribadiva per
l'ultima volta il primato dell'istanza burocratica su qualsiasi impulso emotivo; o se, invece, lei ci tenesse a riaffermare un'impla-

cabile sfiducia nei confronti del pragmatismo dei maschi in generale, e di quelli della sua famiglia in particolare. Certo, Samuel si sarebbe potuto fare questa domanda, e mille altre ancora. Ma stavolta scelse prudentemente di tenersi alla larga da certi interrogativi scomodi. Liquidò l'intera questione con semplicità. Concluse, non senza sollievo, che Rachel Spizzichino non era che il prodotto di quanto le era stato inculcato. Da che la madre e la sorella maggiore erano morte, Rachel si era dovuta occupare a tempo pieno del padre. E, sebbene da allora avesse fatto un mucchio di cose buone (laurea, matrimonio, figli, professione), non era riuscita a emanciparsi dall'idea che il compito affibbiatole dall'Onnipotente e dalla Storia si esaurisse nell'ostinato accudimento degli uomini della sua vita.

Quando, seguendo le istruzioni materne, Samuel andò al cimitero per le pratiche relative alla tumulazione fu accolto da un decrepito signore – tale Tobia Di Nepi – in un ufficetto gelido e disordinato. L'assiduità con la morte di quel vecchietto era tale da dare l'impressione che il suo corpo, smagrito in modo straziante, fosse già pronto per essere sotterrato.

«Che donna, sua madre!»

Semi dapprima pensò che questo fosse il commento standard riservato da Tobia Di Nepi a tutti i figli smarriti che si affidavano a lui per risolvere penose incombenze funerarie. E che, in realtà, la sola cosa che il tizio potesse intuire di Rachel era che doveva trattarsi della solita mamma ebrea che aveva lasciato orfano un attempato marmocchio. Per questo Semi non diede gran peso a quelle parole. Probabilmente facevano parte della visita guidata che Tobia gli stava ammannendo, mentre lo scortava lungo i fioriti dedali del cimitero, verso la tomba dei Pontecorvo. Una tomba che Semi non vedeva da secoli. Era abbastanza sorpreso che la madre avesse scelto di passare l'eternità con quei Pontecorvo con i quali, un certo momento della sua vita, aveva rotto ogni legame. Ma anche stavolta Samuel preferì non rivolgersi domande troppo difficili.

Le siepi, che delimitavano gli spiazzi antistanti alle tombe, erano talmente rosse e curate che ricordavano le acconciature, fresche di parrucchiere, delle vedove in visita ai mariti estinti.

La tomba era lì. C'erano un po' tutti là dentro. C'era Leo e c'erano coloro che l'avevano preceduto. Ancora qualche ora e pure Rachel si sarebbe accomodata. A quanto gli aveva detto Tobia Di Nepi, dopo Rachel restava un solo posto libero. Il che significava che uno dei due fratelli Pontecorvo avrebbe passato l'eternità da qualche altra parte, in contegnosa solitudine.

La cappella lasciava intuire due cose sull'identità di chi, a suo tempo, l'aveva fatta costruire: anzitutto, che si trattava di un megalomane, eppoi che aveva un debole per il neoclassicismo.

«Vede com'è ordinata? Sua madre ci teneva tanto.»

Per quel che ne sapeva Semi, Rachel non si era mai occupata di quella tomba. Con tutta probabilità le ottime condizioni in cui obiettivamente versava dipendevano dalla solerzia di qualche altro Pontecorvo, forse il figlio del cugino di Leo, sepolto nello stesso luogo.

E tuttavia Semi non rispose. Di tutto aveva voglia tranne che di polemizzare con quella specie di becchino ultraottuagenario.

«Mi scusi, dottore, se glielo dico, ma non riesco a crederci... che proprio sua madre... Pensi, lo dicevo ieri a mia sorella, subito dopo aver avuto la notizia: non ricordo un solo martedì negli ultimi trent'anni che la signora Pontecorvo non ci abbia fatto visita.»

«Guardi, mi sa che c'è un equivoco» disse Semi piccato. «Temo che lei confonda mia madre con qualcun altro. Non mi risulta che lei frequentasse né questo né qualsiasi altro cimitero.»

«Un equivoco? Confondere? Ma che dice, dottore? La signora Pontecorvo... Le giuro che...»

Semi non dovette ascoltare oltre per capire che la sola persona che, per l'ennesima volta, aveva omesso di dirgli la verità era quella appena scomparsa.

Fu così che Semi scoprì che la madre era un habitué del cimitero. E capì che in questo non c'era niente di strano. Era proprio da lei. Semi si sentì umiliato che questo Tobia Di Nepi sapesse di sua madre più di quanto ne sapeva lui. O, quantomeno, che sapesse la cosa più importante da sapere: negli ultimi trent'anni Rachel non aveva mai mancato l'appuntamento settimanale con Leo. Ecco il segreto di sua madre. L'ennesima follia.

La notte prima del funerale Semi non chiuse occhio. E non perché fosse oppresso e ossessionato dal pensiero che nella stanza accanto il cadavere di Rachel veniva vegliato dalle sue cugine. Gli uomini muoiono molto più lentamente dei loro corpi. La tua mente fa un po' di fatica ad accettare l'idea che qualcuno che hai sempre dato per scontato d'un tratto non ci sia più. Per questo l'incontro con la morte di tua madre avviene quando meno te lo aspetti, molto tempo dopo l'effettiva estinzione del suo organismo.

Ebbene, quella notte Semi, ancora incapace di credere che Rachel non esistesse più, non riusciva a essere disperato con la pienezza che l'affetto e la convenienza gli avrebbero dovuto imporre.

La ragione per cui continuava a rigirarsi nel letto era che non sapeva se Filippo il giorno dopo avrebbe partecipato al funerale. Nelle istruzioni lasciategli dalla madre c'era un intero capitolo dedicato alle operazioni da compiere per rintracciare Filippo. Bisognava chiamare un certo numero telefonico: apparteneva al tizio del ministero degli Interni che in tutti quegli anni aveva fatto da tramite tra Filippo e la sua famiglia. Bastava lasciargli un messaggio in segreteria e aspettare di essere richiamati. Semi si era attenuto alle direttive. Sebbene fosse stato terribile dire a una segreteria telefonica che Rachel era appena morta, lo era stato ancor più aspettare, peraltro invano, di essere richiamati.

Samuel non vedeva Filippo dalla sera di Pesach di cinque anni prima, quella in cui i due fratelli, se Rachel non avesse avuto un malore, se le sarebbero date di santa ragione.

Due giorni dopo il clamoroso showdown, Filippo aveva finalmente incontrato gli 007 del ministero degli Interni. I quali gli avevano prima fatto ascoltare in originale, poi leggere in traduzione, le intercettazioni di un gruppetto di integralisti che con una certa foga discutevano sulla strategia migliore per accopparlo.

Poi gli avevano detto che gli restavano solo due scelte difficili: arrendersi a una vita sotto scorta (con tutte le complicazioni pratico-logistiche che ciò avrebbe comportato) o entrare in un programma testimoni.

Con molta fatica Filippo era riuscito a persuadere Anna – la quale per nulla al mondo avrebbe voluto interrompere ogni rapporto con il padre – che il miglior modo per ricostruirsi una vita tollerabile era scegliere la seconda opzione, quella più drastica.

Così, da un giorno all'altro, Filippo Pontecorvo si era autoestromesso dal consesso civile. Ma prima di farlo aveva annunciato, in un'intervista a "Le Monde", che la sua carriera si chiudeva lì, che non avrebbe realizzato nessun altro film, che la sua parentesi artistica era stata, per l'appunto, una parentesi. Poi era scomparso. Nessuno lo aveva più visto né sentito. Un giorno si era fatto vivo con una sapida e disimpegnata vignetta pubblicata dal "New Yorker" (il tema era l'amore filiale). Dopo la quale si era di nuovo inabissato nell'oscurità. Imbroccando ancora una volta la mossa giusta dal punto di vista promozionale, si era tolto dai piedi proprio quando le persone avevano iniziato a stancarsi di lui. In tal modo, violentando una natura irrimediabilmente vanesia, aveva fatto di se stesso una leggenda. Già: scegliere l'assenza era stato l'ultimo colpo di genio.

Rachel era la sola ad avere il privilegio di parlare ogni tanto al telefono con il suo primogenito. La trafila era complicata ma dava qualche soddisfazione.

Semi, che dopo il tracollo finanziario era tornato nella casa della sua infanzia, preferiva non chiedere niente del fratello. Lasciava che fosse lei a fornirgli le scarne informazioni di cui disponeva riguardo alla nuova vita di Filippo. Per Semi non fare domande a Rachel su Filippo era un punto d'onore. Un'adeguata vendetta per tutti gli anni durante i quali lei gli aveva tacitamente proibito di parlare di Leo.

Rachel non desiderava altro che i suoi figli si rappacificassero. Una volta aveva fatto loro un'imboscata, adoperandosi in modo che fosse Semi a rispondere a una telefonata di Filippo. A Samuel, sentendo la voce del fratello, per poco non era venuto un colpo. Ma era riuscito a controllarsi, aveva pronunciato un decoroso: «Aspetta un attimo in linea», aveva chiamato la madre. Da quella volta Rachel non aveva fatto altri scherzetti.

La mattina del funerale Semi indossò una vecchia camicia la cui manica sinistra, secondo una consuetudine ebraica, avrebbe dovuto strappare alla fine del rito funebre per dare inizio alla settimana di lutto. Non che lui fosse interessato a certe norme tribali, ma anche su questo punto le disposizioni postume di Rachel erano piuttosto rigide.

Quando salì in auto per recarsi con discreto anticipo al cimitero, la luce del giorno indugiava ancora incerta all'orizzonte. Doveva aver piovuto parecchio durante la notte: la strada di fronte a casa sembrava il greto di un fiume le cui acque si fossero appena ritirate. In compenso il lustro pervinca del cielo annunciava una di quelle giornate di dicembre terse, azzurre e fredde come gli occhi di un'eroina russa. Lungo il tragitto Semi puntò la sua attenzione sul cospicuo assortimento di alberi di Natale messo a disposizione da un grande vivaio all'incrocio con la Trionfale. Qualche chilometro più in là notò una giovane mamma che, alla fermata dell'autobus, stringeva le manine dei suoi due assonnati bambini.

Poche ore più tardi, lo spiazzo di fronte alla tomba dei Pontecorvo era affollatissimo. I riti procedevano con calma e serenità.

Semi provò una grande emozione nel vedere Silvia. Nel corso degli ultimi anni non si erano più sentiti. Semi sapeva che lei e Rachel avevano continuato a incontrarsi di tanto in tanto e a sentirsi spesso. Normale che ora lei fosse lì. Era molto più bella di quanto Semi ricordasse. Aveva poco più di quarant'anni e ogni centimetro quadrato del suo corpo diceva che per lei si stava aprendo il decennio della riscossa. Il bell'uomo brizzolato e atletico al suo fianco aveva l'aspetto compunto di un compagno di vita che ha dovuto fare leva sui propri amorevoli sentimenti per partecipare a un evento imbarazzante. All'inizio del Kaddish[11] Silvia scoppiò a piangere. Niente di strano: Rachel e l'ebraismo per lei erano sempre stati la stessa cosa. Il suo compagno l'abbracciò. Un gesto che non provocò in Semi alcuna gelosia, solo un grandissimo sollievo.

Fu più o meno allora che due auto – per la precisione due Lancia Thesis grigie con tanto di lampeggianti spenti –, facendosi avanti adagio su una via laterale del cimitero, giunsero alla piazzetta, spaccando la folla in due come le bibliche acque del Mar Rosso.

Allora non ci furono dubbi sul fatto che Filippo Pontecorvo fosse uscito dalla pluriennale clandestinità per venire a omaggiare la mamma. Era il colpo di scena che tutti sembravano attendere da che il rito aveva avuto inizio. Era plausibile che in mezzo alla folla ci fosse anche qualche cronista in incognito. Decisamente meno probabile che ci fosse un infido sicario.

Dallo sportello posteriore della prima auto uscirono due ragazzini. Timidi, imbronciati. Malgrado tutti fossero sbalorditi da tale imprevista apparizione, nessuno lo fu più di Semi. Anche perché il suo stupore pareva avere origini sovrannaturali. Per un secondo, infatti, ebbe l'impressione che – in un beffardo stravolgimento delle leggi del tempo – dalla Thesis grigia fossero scesi Filippo e Rachel, entrambi tornati all'età di cinque anni. Nel guardare la bambina, a Semi balenò davanti agli occhi una consunta fotografia seppiata della madre da piccola. Una somiglianza impressionante. D'altronde, avendo trascorso l'infanzia con il fratello, riconobbe nel bimbetto che stringeva la mano alla sorella un Filippo di quarant'anni prima. Che assurdità! Semi temette quasi di svenire. Ma quando dietro di loro vide scendere dall'auto Filippo e Anna, allora comprese che quelle spettacolari somiglianze erano il solito tributo dei cromosomi a se stessi. La grande illusione della perpetuità genetica.

---

[11] La preghiera funebre degli ebrei.

Il secondo colpo per Semi furono le basette incanutite del suo fratellone, e quell'aspetto da campione di boxe in pensione. Per l'occasione Filippo aveva indossato una vecchia giacca di velluto e una cravatta di lana, per lui il massimo dell'eleganza consentita. Appariva provato. Quando finalmente Semi incontrò lo sguardo di Filippo, percepì in tutto quell'azzurro una nota di implorante smarrimento. Anna, invece, era uguale a se stessa. Incapace d'invecchiare. Però, a differenza di quanto avrebbe fatto in altri tempi, non si esibì in alcuna recita a uso del pubblico. Si limitò a carezzare il collo del ragazzino per invitarlo ad andare un po' più veloce. Filippo tirò fuori dalla tasca una kippah e la mise su quella testolina bionda. Poi raggiunse suo fratello, lo affiancò, non osò guardarlo.

Allora Semi capì tutto. Capì che era indispensabile la presenza di Filippo affinché lui finalmente prendesse coscienza del fatto che Rachel no, lei non c'era più.

. Questa è l'ultima illustrazione che accludo.

Confido che almeno tu, lettore esperto, abbia ormai compreso che, sebbene i disegni disseminati nel corso del libro che stai per concludere ricordino nello stile quelli di Filippo Pontecorvo, in realtà essi sono stati eseguiti dall'incerta mano di un imitatore. La stessa mano, d'altronde, che si è presa la briga di scrivere questa storia. E che adesso prova qualche imbarazzo nel rivelare la propria identità.

Ma che ci posso fare? È ora di togliersi la maschera, di mandare in pensione la parodia di questo narratore onnisciente. È tempo di dirvi ciò che forse alcuni di voi avranno già intuito.

Sono il fratello inessenziale, il fratello più volte tradito, il cadetto in tutti i sensi. Sono il più eclettico dei Pontecorvo. Quello pieno di talenti e quindi senza alcun talento. Sono l'impotente, il fallito, l'impostore. E, vi assicuro, parlare di me, di Samuel Pontecorvo, in terza persona per così tante pagine è stato meno imbarazzante che dover, a questo punto, rivelare la mia identità. Avevo forse alternative?

Mi consola sapere che non ho avuto alcun ritegno a scrivere tutto quello che sapevo di me; il guaio è che tutto quello che non sa-

pevo degli altri l'ho dovuto inventare. E forse ho osato tanto perché la maggior parte dei miei familiari che mi sono preso la briga di calunniare non esiste più. E grazie al cielo Filippo – ovvero il solo individuo che potrebbe confutare le mie insinuazioni – non ha alcun interesse a rivangare il passato. Sono certo che Filippo consideri i ricordi per quello che sono: merce scadente e sopravvalutata. Roba da rancorosi. Solo i risentiti non dimenticano mai. Il che mi induce a ritenere che non ci sia mica tutta questa differenza tra oblio e misericordia.

Ed ecco perché, dopo il funerale di Rachel, fu lui a rompere il ghiaccio:

«Allora, frocetto?»

«Allora eccoci qua.»

Una civilissima consuetudine ebraica vuole che, dopo un funerale, ci si sciacqui le mani e si mangi qualcosa. Fu Filippo a propormi il bar appena fuori dal cimitero del Verano per un cappuccino e un cornetto.

Era strano vedere Filippo e Anna nelle vesti dei genitori giudiziosi che, per attraversare la strada, afferrano la manina recalcitrante dei loro ragazzini. Era strano che Anna fosse così taciturna e Filippo così ciarliero. Mi raccontò che viveva in Sudamerica da un pezzo.

«Come un vecchio nazista» commentai io.

«Una cosa del genere» approvò lui.

«E tu, che combini?» mi chiese.

«Lasciamo stare.»

Eravamo seduti a un tavolino da qualche minuto. Io stentavo a mandare giù il mio cornetto, mentre Filippo era già al secondo cannolo con la crema («Cazzo se mi mancavano, questi»). Anna mi si avvicinò, mano nella mano con la bambina. Mi disse: «Vuole sapere chi sei. Su, Giorgia, chiediglielo». Dopo qualche esitazione la piccola trovò il coraggio di domandarmi: «Chi sei tu?».

«Sono Samuel, lo zio Samuel.»

Probabilmente la risposta non le piacque, visto che subito dopo averla sentita scappò verso il fratellino che era rimasto vicino alla porta del bar. Un attimo dopo iniziarono a chiamare insistentemente il padre: «Papà... Papà... Papà...». Il modo in cui Filippo non rispondeva mi ricordò il modo in cui, un tempo, non rispondeva a me.

«E dài, rispondigli» gli intimai.

«Che c'è?»

Una volta ottenuta la preziosa attenzione paterna, i due bambini si esibirono in una mossa sincronizzata che riconobbi immediatamente. Poi, all'unisono, gridarono:

«Ed ecco a voi gli *Inseparabili*!»

FINE

Nota al testo

Temo di dover giustificare alcune licenze, la prima di carattere cronologico. Nella terza parte due personaggi vanno al cinema a vedere un film. Siamo nei primi mesi del 1985. In realtà il film in questione sarebbe uscito in Italia l'anno successivo.

Veniamo a una questione più delicata, quella inerente il discorso tenuto da Filippo Pontecorvo, sempre nella terza parte, di fronte alla calorosa platea della Bocconi. Si tratta di una citazione quasi letterale di una splendida conferenza di W.G. Sebald, contenuta nel volume *Storia naturale della distruzione* (Adelphi 2004).

a.p.

Ringraziamenti

Il mio più affettuoso ringraziamento va ancora una volta a Marilena Rossi: per la pluriennale pazienza, per la perspicacia e la passione (e speriamo che almeno questa allitterazione non me la tocchi).

Ringrazio Werther Dell'Edera per aver messo il suo talento a disposizione del mio libro.

Ringrazio Francesco per i suoi anni alla Citibank.

Ringrazio Ninni e Paolo per aver condiviso con me le loro esperienze negli avamposti della cooperazione umanitaria.

Ringrazio Simone per avermi fornito la logistica.

Ringrazio Chiara per avermi suggerito il titolo.

E, infine, ringrazio Saverio che ha seguito la redazione di questo romanzo (e del precedente) con entusiasmo e generosità.

Indice

ALESSANDRO PIPERNO

PUBBLICI INFORTUNI

Dei tanti modi in cui un essere umano può decidere di passare il suo tempo libero, leggere è uno dei più strani. A prima vista rifugiarsi tra le pagine di un libro è un tentativo di eludere la realtà. In verità, suggerisce Piperno, è esattamente il contrario: letteratura e vita si nutrono l'una dell'altra, e vicendevolmente si amplificano. I personaggi dei libri che amiamo vengono a farci visita nei momenti più delicati e inattesi, proprio come Humphrey Bogart sta affettuosamente al fianco del Woody Allen di *Provaci ancora Sam* per dispensargli consigli di seduzione e fascino.

Quando ci troviamo di fronte ai loro stessi bivi, agli stessi amori impossibili, amicizie perdute, offese subite, felicità promesse, è facile sentire che i protagonisti dei nostri romanzi del cuore sono gli amici che meglio potrebbero comprenderci. È la magia della lettura, il rapporto esclusivo che si crea con chi quelle pagine le abita ma anche con chi le ha scritte.

Con buona pace dei seriosi critici accademici, il modo migliore di leggere un libro è sempre immedesimarsi e lasciarsi rapire, fino al riso, fino alle lacrime. Per non parlare di ciò che accade se il lettore è anche, come in questo caso, uno scrittore...

CON LE PEGGIORI INTENZIONI

L'epopea dei Sonnino, ricca famiglia di ebrei romani, dai tempi eroici dello sfrenato nonno Bepy, nell'immediato dopoguerra, ai giorni assai meno grandiosi dello sgangherato nipote Daniel. Le avventure, gli amori, le ossessioni e i tradimenti degli eroi vitalisti degli anni Sessanta e dei loro rampolli dorati e imbelli, dei giovani e dei vecchi, delle famiglie antiche e dei parvenu, dei fortunati e dei falliti, si succedono di festa in festa, di scandalo in scandalo. Il tutto narrato dalla voce di Daniel in un romanzo spettacolare in cui Piperno, vera rivelazione letteraria dei primi anni del Duemila, ha scolpito figure indelebili dell'ascesa e caduta di un mondo finora inesplorato. Un esordio letterario felice e inaspettato, una scrittura notevolissima per capacità evocativa e introspezione, in cui si sentono le voci di Philip Roth, di Saul Bellow e della grande tradizione ebraica, oltre al marchio di un talento freschissimo.

I LIBRI DI

ALESSANDRO PIPERNO

NEGLI OSCAR MONDADORI

Il fuoco amico dei ricordi

PERSECUZIONE

Luglio 1986. Leo Pontecorvo, quarantottenne oncologo pediatrico di fama internazionale, viene accusato di un reato ripugnante. Dalla sera alla mattina, il professor Pontecorvo si ritrova trasformato nell'oggetto privilegiato del pubblico biasimo: vittima inerme di odio, pettegolezzo, delazione, calunnie, intimidazioni. Leo sarebbe forse in grado di sopportare tutto questo: ciò che lo annienta è il silenzio della moglie e dei figli. Che siano loro i primi a non credere alla sua innocenza? Con lo sguardo feroce ma sempre emotivamente compromesso, con il brio e la capacità di affondo psicologico che lo contraddistinguono, Piperno ci racconta la storia di un uomo di successo giunto improvvisamente alla resa dei conti con il proprio narcisismo e le proprie infantili fragilità; ci racconta una famiglia, i suoi riti, le sue tenerezze e i suoi tabù. E insieme scandaglia i meccanismi della nostra psiche, l'urgenza collettiva di capri espiatori, le sottili ma spaventose distorsioni generate dalla lente deformante dell'informazione..

Questo volume è stato stampato
presso ELCOGRAF S.p.A.
Stabilimento - Cles (TN)

Stampato in Italia - Printed in Italy